村上春樹著

真福寺本
楊守敬本

将門記新解

汲古書院

真福寺本
楊守敬本　将門記新解　目次

真福寺本

解題

現名古屋市の真福寺宝生院所蔵。末尾に承徳三年（一〇九九）書写の記述がある古写本である。江戸時代から、『将門記』の唯一の古写本として世に知られていた。体裁は、巻子本一軸、全長一一六四・九㎝、紙高二十七・八㎝、一紙の長さ四十八㎝（二十四枚）、巻首欠落、本文五五七行。書写は楷書に近い行書、正格な書風と評価される達筆である。しかも、丁寧な書き方で訂正の個所が少なく、一〇九行から一五七行までには、太字を配して模様のように見せる、はな書き（大須文庫職員の説明による呼称）も見られ、清書本の趣がある。全体に、切点・返り点・声点・傍訓が加えられていて、訓読する際の助けとなる。本文や加点・識語は、みな同一の筆と認められている。

寛政十一年（一七九九）、植松有信が「将門記」として木版本を刊行し、世に広く知られるようになった。本来、巻首が欠落していたことから、本書の原名は不明であり、『将門記』は呼称であることを確認しておこう。なお、この写本は、明治三十八年、国宝の指定を受け、昭和二十六年に重要文化財となっている。その間、大正十三年に、山田孝雄氏の解説付きで古典保存会により影印刊行された。その際、紙背の裏書までも細かい調査が行われて、七箇条にまとめられている。（この度の注釈でも一個所、紙背訓を参照した。）これまでの注釈は、ほとんど、この複製本によって進められてきた。

凡例

一、**底本**　名古屋市の真福寺宝生院所蔵の『将門記』（古典保存会コロタイプ複製本大正十三年）を用いた。その影印本（『勉誠社文庫』及び、新人物往来社『平将門資料集』所載）も参照した。通称、真福寺本。（以下、真本と略す。）

一、**本文**　底本の形態、字体等は、以下のように改めることとした。

＊底本には、改行や段落はないが、その内容によって区分を行った。

＊本文は、通行の正字体を用いることがまず原則である。しかし、底本の字体を出来るだけ生かすように次のような工夫を行なった。

1、通行の字形と異なる文字は、活字化が可能な場合は、その字形に従うよう努めた。

（例）兼（承）戚（盛）敎（殺）搩（掾）GREEN（率）建（建）涏（庭）蔱（發）奞（奪）ホ・等（等）

字形が旧字体よりも新字体の方に近いものは、以下の例のように新字体を用いることとした。

（例）将、遥、神、与、礼、焼、万、随、総、并、為、来、真、弁、着、争

踊り字は、分かりやすく全て「々」字で表した。

2、底本には、訓点が施されているが、省略せざるを得なかった。また、本文中の小字の割注については、読みやすくするため、その割注の位置に［　］印内一行で示すことにした。

＊本文に、それぞれ番号を付して楊守敬本と対照できるようにした。

一、**訓読文**　訓読文は、一つの解釈を示すことにもなるから、最も、力を注いで以下のような配慮をすることとした。

＊底本の訓点を重視して、出来る限り当代の訓みに近づくように努めた。
＊訓読文の字体は、分かりやすく正字体及び新字体を用いるのを原則とした。
＊訓読文内の振り仮名は、特別な場合を除き現代仮名遣によった。
＊いわゆる置き字は、（　）で囲み明示した。
＊本文中の明らかな誤りは、訓読の際に正して記述することにした。
一、**注解**　本文中の文字・語句や人名・地名などの固有名詞も抜き出し、その読みや意味などを示した。その際、本文の訓点や古辞書などの資料を参照して、可能なかぎり正確な解釈を目指した。そこで、本文の誤りなどは指摘して正すこととした。なお、読み仮名や本文中の傍訓は、片仮名で示すこととした。また、一度説明した文字や語句は、くりかえして説明しないが、とくに重要と思われるものは、再掲したり、前出としてそのページを示した。
一、**口語訳**　訓読文だけでは、理解しにくいところもあるかと思い、口語訳を付けることにした。本文から離れないよう逐語訳に徹したため、やゝぎこちない表現とならざるを得なかった箇所もある。ただし、（　）印などを付けて語を補い、分かりやすい現代文となるよう努めた。
一、**解説**　注解に加えて、さらに詳しく説明を要する語句・事項を解説する。また、これまでの先学の諸説などもかなり紹介させていただいた。
一、**参照文献**　本書において、とくに参照した文献は以下の通りである。
＊本文関係
植松有信の模刻版本（『勉誠社文庫』所収）とくに、底本の欠落部を参照した。（模刻版本と略す。）

群書類従本（『群書類従』第二十輯、続群書類従刊行会）
楊守敬旧蔵本（貴重古典籍刊行会コロタイプ複製本）詳しくは、P259を参照。（楊本と略す。）
将門略記（蓬左文庫本）前掲『平将門資料集』所載。（略記と略す。）
＊将門記注釈書　※注解や解説などで引用する場合、以下のA～Iの記号で示した。
大正時代以降、刊行された主な注釈書を参照し、多くの教示をいただいた。
A、大森金五郎「将門記校本」（大正十二年『武家時代の研究』所収）
B、古典遺産の会「将門記本文と注釈」（昭和三十八年『将門記―研究と資料』所収、新読書社刊）
C、赤城宗徳『将門記真福寺本評釈』（昭和三十九年サンケイ新聞出版局刊）
D、飯田瑞穂校訂「真福寺本将門記」（昭和四十三年『茨城県史料古代篇』所収）
E、梶原正昭『将門記1、2』（昭和五十年平凡社刊）
F、竹内理三「将門記」（昭和五十四年『古代政治社会思想』所収、岩波書店刊）
G、林陸朗『新訂将門記』（昭和五十七年現代思潮社刊）
H、福田豊彦「将門記注釈」（平成八年『平将門資料集』所収、新人物往来社刊）
I、矢代和夫・松林靖明『将門記・陸奥話記・保元物語・平治物語』（平成十四年「日本古典文学全集四十一」小学館刊）
＊古辞書　主に、以下の資料を参照した。
『倭名類従抄』那波道円活字本（昭和二十九年風間書房刊）倭名抄と略す。
『色葉字類抄』前田本、黒川本（昭和三十九年風間書房刊）字類抄と略す。

『類聚名義抄』観智院本（天理図書館善本叢書）名義抄と略す。

＊漢文訓読語

築島裕『平安時代の漢文訓読語につきての研究』（昭和三十八年東京大學出版会刊）

小林芳規『平安鎌倉時代に於ける漢籍訓読の國語史的研究』（昭和四十二年東京大學出版会刊）

『訓点語辞典』（平成十三年、東京堂出版刊）

＊この他に、多くの研究成果を参照させていただいた。引用する場合は、その都度示すことにした。

※すでに解説した事項を参照する場合、あるいは、後に詳しく説明する事項は↓Ｐで該当ページを示すことにした。

また、楊本と比較が出来るように対照表を示したので参照いただきたい。↓Ｐ359

1裏ホ野本□扶ホ張陣相待将門遥見彼軍之體所謂向纛崛之神靡攄撃鉦［纛崛者兵具也以獣毛作之鉦者兵鼓也諺云布利豆々美也］爰将門欲罷不能擬進無由然而勵身勸據交刃合戰矣

【訓読文】

裏等野本□扶等《グスク》陣を張り、将門を相待つ。遥に彼の軍の体《テイ》を見るに、所謂纛崛《トウクツ》の神に向ひて攄を靡《ナビ》け鉦を撃つ。［纛崛は兵具也。獣毛を以てこれを作る。鉦は兵鼓也。諺に云く、ふりつづみ也。］爰に、将門罷《ヤ》めむと欲《オモ》ふに能はず、進まむと擬《ス》るに由なし。然れども、身を励し拠を勧め、刃を交へて合戦す（矣）。

【注解】

＊真福寺本（以下真本）は、冒頭を欠いており、この場面から始まる。

＊裏　これは、底本では明瞭に読めないが、模刻版本で読むことが出来る。この前後が欠けており、意味は不明である。これまで、裏を人名として、扶・隆・繁らの弟とする説と護の弟とする説があるが、推測の域を出ていない。

＊ホ　等の異体字。裏の読み方は、ツツムという説がある。

＊野本　おそらく地名であろう。この場所がどこか諸説があるが、有力なものは、現茨城県真壁郡明野町の旧上野と結城郡八千代町の野爪の二説である。しかし、推定の域を出ていない。なお、底本で見ると、野本の後に三〜四字程度が欠けている。わずか三〜四字ばかりであるから、扶等が陣を張っていたのは野本の付近と見てよかろう。

＊□底本が欠損していて、不明な個所。以下同じ。

＊扶　前常陸大掾源護の子。三兄弟であったらしく、後に、隆・繁と併記されている。護以下、いずれも一字名であり、嵯峨源氏の一系かといわれる。ここは、『歴代皇紀』に、「将門合戦状云、始伯父平良兼、與将門合戦、次被語

平眞樹、承平五年二月與平国香・源護合戰」とある戦いと考えられる。

＊彼軍之軆　「軆」は体。「彼軍」は、扶等の軍。扶らの軍の様子。

＊纛崛之神　「纛」は旗鉾。竿の先に旄牛の尾や黒毛馬の尾、または雉の羽や尾をさげた大旗のこと。葬儀の指揮、即位の儀礼、軍旗などに用いる。ここでは、軍旗を神格化した纛神をいう。「崛」は高くそびえるさま。纛崛は、高くそびえる旗鉾の神の意味である。所謂とあるから、纛の神は典故のある語句であることを思わせている。

＊旗　底本の字は辞書などに見えない。群書類従本により「旗」とする。

＊［　］内は割注。（以下同じ）小さな字で二行に記している。割注は、底本の形を離れて、このように表す。

＊兵具　武具。

＊鉦　普通は、軍隊で用いるどらをいう。ここでは、鉦は兵鼓で俗にいうふりつづみであると注記する。名義抄にも、「鉦」フリツヅミとある。倭名抄には、「鼗鼓、和名不利豆々美」とある。底本［羑］は美。

＊諺　俗語、俚言を指す。

＊欲罷不能、擬進無由　「欲」は、後の傍訓により、オモフと読む。罷めようと欲っても出来ず、進もうとしても手段がない。「擬」は、ス（サ変動詞）と読む。

＊勵身　「勵」は励。我身を奮い立たせる。

＊勸搆　勧拠。従来、「勧め拠る」と読み、督励して踏みとどませると解釈していたが、意味がはっきりしない。「拠」はヨリドコロと読み、堅く守るところ。「拠を勧む」と読んで、「兵たちに、その拠り所（陣固めなど）を督励する」の意味に解する。

【口語訳】

裏等野本□扶等が陣を張って、将門を待ちかまえていた。遥かに、その軍の有様を見ると、出陣に際して高々と祀った、いわゆる纛神に向かって、旗を靡かせ鉦を撃ち（戦勝を期している。）［纛崛はいくさの用具である。獣の毛で作る。鉦は軍用の鼓である。俗に云う、ふりつづみである。］ここで、将門は退くに退けず、進むに進めず、（進退窮わまった。）しかし、自身を奮いたたせて、兵たちに戦闘の陣固めを督励し、白刃を交えて合戦した。

【解説】

〔『将門記』の書き出し〕

真本の冒頭は欠落している。ここの「裏」より始まっている。『将門略記』には、以下のような書き出しがある。真本にも、このような書き出しがあったかと想定される。

夫聞彼将門昔天國押撥御宇柏原天皇五代之苗裔三世高望王之孫也其父陸奥鎮守府将軍平朝臣良持也舎弟下総介平良兼朝臣将門之伯父也而良兼以去延長九年聊依女論舅甥之中既相違

「訓読文」それ聞く、彼の将門は昔、天国押撥御宇柏原天皇五代の苗裔、三世高望王の孫なり。其の父は陸奥鎮守府将軍平朝臣良持なり。舎弟、下総介平良兼朝臣は将門の伯父なり。而るに、良兼は去る延長九年を以って、聊か女論に依りて、舅甥の中既に相違ふ。

「口語訳」聞くところによると、あの将門は、むかし「あめくにおしはるき、あめのしたしろしめす」柏原天皇（桓武天皇）五代の後裔、三世高望王の孫である。その父は、陸奥鎮守府将軍平朝臣良持である。弟の下総介平良兼朝臣は将門の伯父である。良兼は、去る延長九年に、その娘の問題で、将門との伯父と甥の関係が既に相違することとなった。

〔野　本〕

野本については、先に、茨城県の上野と野爪の二説があることを示したが、未だ確定していない。上野説では、将門はあまりにも、敵方の源護や国香の勢力圏に、深く入り込んだ感じがある。また、野爪説の方には、将門が出掛けた途中で、待ち伏せされて襲われ、進退に窮したという想定がある。この戦いの場面を虚心に読んでみると、確かに扶は陣を張って、将門を待ち構えていたことは分かるが、将門方も、不意に襲われたということではなく、戦場の場に出張って来たようにも受け取れないことはない。現在、この辺りに野本という地名は残っておらず、いずれの説も、十分に納得することは難しい状況である。

〔𩙿崛之神〕

この語句については、以下のように明解に論証されている。

まず𩙿崛の語構成を考えると、被修飾語＋修飾語という列島語法になじまない構成となっている。これが研究者を惑わせたようだ。しかし、このような語構成は前に示した。「幸甚」でもわかるように漢語において珍しいものではないのである。他例を挙げれば「恩余之類」の「恩余」も同様である。そして、これら四字熟語は「𩙿神」「恩類」から挿入の方法でもって創出されたものであろう。「𩙿神」は列島文献では目睹することのない語であるが、唐人柳宗元（七七三～八一九）の『柳河東集』巻四一所収「祭𩙿文」に見い出せるのである。「維年月日、某官以牲牢之奠、祭于𩙿神」。また、『将門記』での「所謂向𩙿崛之神」とは具体的になにを表現しているのかというと、これは大将（将軍）出軍（出陣）前の祭儀（戦勝祈願）を行ったことをあらわしている。（猿田知之「『将門記』の表現」平成十二年『軍記文学の始発』汲古書院刊所収）

〔勧　拠〕

以前は、「勧み拠り」（進み寄りの意）と読んでいたが、「勧」は「進」ではないから、近頃では、「勧め拠る」（督励して踏みとどまるの意）と正された。しかし、それでも明確な読みとは考えられない。これについては、柳瀬喜代志氏が疑問を出され、「拠を勧む」と読むべきとした。（「『将門記』の表現」『学術研究』昭和六十三年第三十七号所載）その理由については賛同できないが、「拠を勧む」とは読むべきであろう。

「拠」には、「拠守」「執守」の意味があり、「先拠北山上者勝」（『遍記』）という用例などがある。「拠」は「有利な立場を確保して固く守ること」などと解釈することが出来よう。ところで、本文には、後の合戦の始まりの際に、「固陣相待」（P69）、「固陣築楯」（P79）などという表現が見える。この「陣固め」は「有利な陣立てをする」「陣を引き締る」などと解することが出来よう。そこで、【注解】に示したように、「勧拠」を「陣固めを勧める」としたのである。なお、「拠よりどころ・よんどころ」は漢文訓読語である。また、幸田露伴は『平将門』の中で、「勧拠」（かんきょす）と読んでいる。こうした語の用例が他にあればよいけれども、今のところは見出せないでいる。

2 将門幸得順風射矢如流昕中如案扶ホ雖勵終以貟也仍亡者數多存者已少以其四日始自野本石田大串取木ホ之宅迯至与力人々之小宅皆悉焼巡□遁火出者驚矢而還入火中叫喚□於□□之中千年之貯伴於一時炎又筑破真壁新治三箇郡伴類之舎宅五百餘家如負焼掃

【訓読文】

将門幸に順風を得て、矢を射ること流るるが如く、中る所案の如し。扶等励むと雖も終に以て負くるなり。仍て亡ぶる者数多し。存する者已に少し。其の四日を以て、野本・石田・大串・取木等の宅より始めて、与力の人々の小宅に至る迄、皆悉《コトゴト》く焼き巡る。□火を遁れて出る者は、矢に驚きて還り、火中に入りて叫喚す。□に□の中、千年の貯一時の炎に伴ふ。又、筑波・真壁・新治三箇郡の伴類《バンルイ》の舎宅、五百余家員《カズ》の如くに焼き掃ふ。

【注解】

*順風　追い風。矢を射る際、矢が勢いよく飛ぶ。

*屓　負と同字。

*如案　思うとおりのこと。

*亾者數多　「亾」は亡と同字。死亡者の数は多いの意。底本の「數」の旁は、攴である。「散」「致」なども同様である。当時、こうした字体は一般的であった。時代が下るにつれて、攵の使用も広く認められるようになる。（岸野大「続・漢字字体一隅」『横浜国大国語教育研究』平成八年十五号所収）

*存者　字類抄「存」ソンス。生きている者。

*雖　雖と同字。読みは、いへども。

*其四日　承平五年二月四日とされる。

*石田　現茨城県真壁郡明野町東石田辺りとされる。

*大串　現茨城県下妻市大串辺りとされる。

*取木　比定地が明確でないが、現茨城県真壁郡大和村本木とする説がある。（杉山三右衛門『杉山私記』明治二十七年刊）

＊迠　辞書では、迄の誤字とされる。
＊宅　住居のこと。
＊与力　加担する者。小宅とあるから、あるいは、後出の伴類ほどの力を有する者ではなく、従類などと同程度の宅に住む者たちであったか。
＊悉　悉と同字。
＊遁火出者驚矢而還　この前に、本文が欠けているが、『扶桑略記』には、「蟄屋焼者迷烟不去」とある。これを補えば、「屋に蟄れて焼くる者は、烟に迷ひて去らず、火を遁れて出る者は矢に驚きて還る。」と対句表現になる。この『扶桑略記』に見える語句があったことも想定されよう。
＊叫喚　大声でわめき叫ぶこと。この後が欠文なので、ここで切れるのか不明。そこで、前文と続けないことも考えられる。その場合、「火中に還り入る」と読むことも可能である。
＊千年の貯伴一時炎　永年の間貯めた物が一時の間に火炎によって無になる。
＊筑破　「破」は波のことか。筑波・真壁・新治は常陸国の三郡（倭名抄）
＊伴類　同盟する土豪、有力農民。歴史用語として諸説がある。↓解説
＊舎宅　住居。大きな屋敷を指したらしい。
＊如負　負は員と同字。数のとおりの意。あるもの全てということ。

【口語訳】

将門は、幸いに追い風を受けて、射る矢は、流れるように飛び、思うように命中した。扶等は奮励したが、ついに負けたのである。そこで、死滅した者は数多く、生存者は少なかった。（将門は）その月の四日には、野本・石田・大

串・取木らの住居より始めて、加担した者の小さな住居に至るまで、皆悉く焼いて廻った。［　　］火を遁れて飛び出した者は、矢に驚いて退き、火の中に入って泣き叫んだ。［　　］の中、永年貯えて来た物が一時の炎となってしまった。又、筑波・真壁・新治三カ郡の伴類の住居、五百余戸もことごとく焼き払った。

【解説】

〔伴　類〕

春田隆義氏は、『将門記』に見える伴類の九例を分析し、「伴類は、（1）主から離れて存在していた。（2）社会的位置は高く経済的にも有力であり、在地土豪と推定しうる。（3）律令的政治権力を契機にして結集する場合が見られる。（4）能動的な戦闘に参加する場合が多い。」などの諸点を指摘し、「結局、伴類とは、在地の土豪的勢力がその支配下にある従者をも含めて組織し、より有力な土豪の下に結集した武力。」と規定している。（「将門の乱における武力組織、とくに伴類について」『史元』昭和四十二年、二の三・四号）

これについて、注釈書Gでは、「概ね首肯されるが、土豪的勢力という点を余り強調できないと思われることと、結集する先を（1）のような主君というほどの主従関係は認められないと思う。要するに各種の利害関係を契機として結集した流動的な同盟者であって、その実体は土豪といいきってしまうより、土豪ないし有力農民というくらいの多岐にわたる存在であったろう。」とする。

Hには、「伴類には歴史上ではいくつかの用例があるが、『将門記』では領主と密接な関係にある〔従類（与力）〕に対し、自立性の強い公民的な一般民衆が伴類と呼ばれている。しかし、彼らも戦闘に参加しており、古代的な様相がうかがえる。」と解説がある。

（※GやHなど記号は注釈書。↓P５。以下同じ。）

3 哀哉男女為火成薪珎財為他成分三界火宅財有五主去来不定若謂之欤其日火聲論雷施響其時煙色争雲覆空山王交煙隠於巖後人宅如灰散於風前国吏万姓視之哀慟遠近親踈聞之歎息中箭死者不意別父子之中弃楯遁者不啚離夫婦之間

【訓読文】

哀しき哉、男女は火の為に薪と成り、珍財は他の為に分つところと成りぬ。三界の火宅の財に五主あり。去来不定なりといふは、若しくは之を謂ふか。其の日の火の声は雷を論じて響を施し、其の時の煙の色は雲と争ひて空を覆ふ。山王は煙に交りて巌の後に隠る。人の宅は灰の如くして風の前に散ず。国吏《コクリ》万姓《バンセイ》、之を視て哀慟す。遠近の親疎、之を聞きて歎息す。箭に中りて死せる者は意はざるに父子の中を別つ。楯を棄てて遁るる者は図らざるに夫婦の間を離れぬ。

【注解】

*男女為火成薪　男も女も火のために薪となった。薪のように焼かれたことを表している。

*珎財為他成分　「珎」は珍。珍しい財宝も他の者たちに分けられた。この語句は、これまで、内容から考えて「分かつところとなる。」と受身に読んでいる。「分たれぬ。」と同じ意味。

*三界火宅　三界は、欲界・色界・無色界、すなわち苦悩が絶えない衆生の世界。それを火に包まれた家屋に例えて言う語。「妙法華」（譬喩品）に、「三界無安猶如火宅」とある。

*財有五主　世の中の財物は王と盗賊と火と水と悪子の五家の共有物（五家所共）であって、一人だけが独占することができないことをいう。

*去来不定　どこから来てどこへ去るか分からない

＊火聲　「聲」は声。火勢の音
＊論雷施響　大きな音をたてて雷のように響きわたる。
＊煙色　黒々とした煙の色。
＊争雲覆空　「覆」は覆と同字。雲と競い合うように空を覆う。
＊山王　日枝神社を指す。筑波山を望む、旧騰波の江のほとりの赤浜に山王二十一社権現があったという。
＊交煙隠於巖後　「巖」は巌。煙にまかれて焼け、巌の後に姿を隠した。
＊国吏万姓　国衙の役人と一般民衆。真本は国に国の字を用いる。
＊遠近親疎　これは底本では見えにくい。模刻版本で補う。「踈」は疎。遠方や近隣の親しい人とそうでない他人（親類と他人）。ここは、対句の文が続いている。
＊歎息・歎いて溜息をもらす。
＊不畐　「畐」は図。図らないのに。底本では、この前の字句は読みにくい。模刻版本を参照した。
＊父子　これ以下「遁」までは、模刻版本によって訓む。

【口語訳】

哀しいことかな。男女は火によって薪のように焼かれ、珍しい財宝は他の者たちによつて分けられてしまった。「この世間は火に燃える家のようで、その財物には五人の持ち主がいて、どこから来てどこへ去るかは定めがない」というのは、あるいは、このような場合をいうのか。その日の火勢の音は雷のように大きな音をたてて響きわたり、その時のまっ黒な煙の色は雲と競い合うように空を覆った。山王社は煙にまかれて焼け落ち、巌の後に姿を隠した。人の家は燃えて灰のように風の前に飛び散った。国の役人や民衆は、これを視て泣き悲しんだ。遠近の親しい人も、そうでもない他人も、これを聞いて嘆きためいきを洩らした。矢にあたって死んだ者は、思いもよらず、父と子の中を絶つこととなった。楯を棄てて遁れた者は、図らずも、夫婦の間柄を離別してしまった。

【解説】

〔対句表現（1）〕

『将門記』には、この場面に見られるように、多くの対句が用いられている。これらの対句は、当時の句型分類で見ると十一種類、総計は二百四十三例を数える。対句を構成する句数は、『将門記』の文章の総句数の約三十五％に当たっている。

これは、『将門記』の作者が中国六朝時代の駢儷体を取り込んで、文を飾ろうと努めたからである。その駢儷体とは、四字句、六字句を頻用し、対句の文や典拠のある語を大いに用いるのが特徴である。そこで、『将門記』には、四字句、六字句が多く、全体の語句の四十％程度用いられている。対句の方も、およそ三十五％ほどを占め、典拠のある語句は、故事を取り入れることから、これまた相当数を見出すことが出来る。今日まで、これらは、『将門記』の四六駢儷体として論じられて来たところである（なお、近年になって、四六駢儷体は、六朝美文と呼ぶ方がふさわしいともいわれている）。

ここの対句、「其日火聲論雷施響、其時煙色争雲覆空」と「山王交煙隠於巖後、人宅如灰散於風前」の傍訓を見ると、前者は、上の句を「施し」と連用形に、後者は、上の句を「隠る」と終止形に読んでいる。本来、対句は、上の句を終止形に読むのが普通であったが、やがて、連用形の中止法に読むようになった。『将門記』では、その傍訓から見ると、中止法に読む方が多くなっている。

4就中貞胝進身扵公事蔎以前叅上扵花城経廻之程具由聞扵京都仍彼君案物情貞胝寔与彼前大掾源護并其諸子䓁皆同黨之者也然而未躬与力偏被編其縁坐嚴父国香之舎宅皆悉殄滅其身死去者迥聆此由心中嗟嘆扵財有五主者何憂吟之但哀亡父空告泉路之別存母獨傳山野之迷朝居聞之涙以洗面夕卧思之愁以焼胷

【訓読文】

就中、貞盛身を公に進《タテマツ》って、事発る以前に花の城に参上し、経廻する（之）程に、具《ツブサ》に由を京都にして聞く。仍て、彼君物情を案ずるに、貞盛は、寔《マコト》に彼の前の大掾源護《マモル》并に其の諸子等とは、皆同党なる（之）者也。然れども、未だ躬《ミズカラ》与力せざるも偏に其の縁坐に編《ア》まる。厳父国香《クニカ》が舎宅は、皆悉く殄《ホロ》び滅しぬ。其身は死去しぬる者なり。迥《ハルカ》に此由を聆《キ》きて心中に嗟嘆《サタン》す。財に於ては、五主あれば何ぞ之を憂へ吟《ニヨ》ばむ。但し、哀しきは、亡父は空しく泉路《センロ》の別れを告げ、存母は独り山野の迷ひを伝ふ。朝に居て之を聞けば、涙以て面を洗ふ。夕には臥して之を思へば、愁以て胸を焼く。

【注解】

*貞胝　「胝」は盛。国香の子、将門の従兄弟。（↓系図P358）

*貞胝進身於公　進の傍訓タテマテ。公に身を奉っての意味。当時、貞盛は左馬允として、官職に就いて都にいたようである。

*事蔎以前　この事件が起こる以前。

*花城　花の都。

*叅　参の俗字。

*経廻之裎　「廻」は廻と同字。「裎」は程。「経廻」は、立ち回る。または歳月を過ごす意。これを「経廻する」と動詞の連体形に読む場合は、次の「之」の字は置き字として、読まないのが普通である。経廻を名詞と取って、「経廻の裎」と読むことは可能である。
*彼君　貞盛を指す。
*京都　「京」は京。都のこと。
*案物情　事の実情を考えるとの意味。
*掾　「掾」は掾、国司の三等官。大国では、大掾と小掾が置かれた。
*等　「等」を等に用いている。これは、当時としては普通のことである。↓解説
*同黨なる者　親戚関係の者。
*縁坐　「坐」は坐と同字。親族の縁によってまきぞえとなること。
*嚴父国香　国香は高望王の長男↓系図P358
*殄滅　ほろび尽きる。
*其身死去者　死去にシヌル、「者」にナリと傍訓がある。そこで、「死去しぬる者なり」と読む。但し、送り仮名を無視して、「死去すてへり」と読む方が理解しやすい。
*逈　はるかに。
*嗟嘆　悲しみ嘆く。
*吟　「によぶ」と読む。歎くの意。
*泉路之別　黄泉（冥土）の路への別れ、すなわち、死別すること。

＊獨傳山野之迷　「傳」は伝。名義抄によれば「傳」と「傅」は同字である。ひとり山野に迷っていると伝える。「傅」と混同されたことがあり、注意したい。

＊朝居聞之涙以洗面　次の「夕臥」以下と対句になっている。朝に居てこれを聞くと、涙が顔を洗う。（涙が顔中に溢れ出る。）「居る」は「臥す」に対して起きている状態を指す。すわるとも取れよう。

＊夕卧思之愁以焼胷　［卧］は臥。「胷」は胸。夕に臥してこれを思うと、愁いが胸を焼く。（愁いが心を苦しめる。）

【口語訳】

とくに、貞盛は自身を公務に奉職し、事件が起こる以前に都に上って時を過ごしていた際に、このいきさつを詳しく京都で聞いたのであった。そこで、彼の君（貞盛）が事の実情を思案してみると、自身は、たしかにあの前大掾源護とその諸子たちと皆同党の者である。しかしながら、まだ自分自身は加担していなかったものの、ひとえに、その一族として巻き添えをくっているのである。厳父国香の居宅は皆すべて滅び去ってしまい、自身は死去したという。遥かに、このことを聞いて心に深く嘆き悲しんだ。財物には五人の主があるから、どうして、それを嘆こうか。哀しいのは、亡くなった父が死出の旅路に赴く別れを告げ、生き残った母が一人、山野を彷徨していると伝えることだ。朝に居て、これを聞くと、涙が顔を洗い、夕べに臥して、これを思ふと、憂愁が胸を焼き焦がす。

【解説】

〔経迴する（之）程〕

多くの注釈書は、「経迴するの程に」と読んでいる。これは、適切な読み方とは言えないと思う。当時の漢文訓読では、こうした場合、普通は「之」の字は読まず、いわゆる置字とする。そこで、本書では、経迴する（之）程と記して、「之」が置字であることを示す。こうした例は、以下のとおりである。掩空之雲…空を掩へる（之）雲（P67）、

迴謀之間…謀を迴す（之）間（P75）、治郡之名…郡を治る（之）名（P116）可返請之由…返請すべき（之）由（P122）

このように、活用する語の連体形に、格助詞の連体格の「の」を加えて、名詞を修飾する形、例えば「花を見るの記」のような読み方は、かなり時代が下り、室町時代以降に見られるようになるのである（小林芳規「花を見るの記の言い方の成立追考」『文学論藻』十四号昭和三十四年所収）。

〔「等」の使用について〕

『将門記』では、「等」を用いるところに「等」が用いられている。こうしたことは、「符」「答」「節」などでも、同様に竹冠が草冠となっている。

これら竹冠の文字は、『将門記』書写当時は、草冠様に書いたものとの併用が一般に認められていたことによる（岸野大「漢字字体一隅」『横浜国大国語教育研究』平成八年十四号所収）。

5 貞盛不任哀慕之至申暇扵公帰扵舊郷僅着私門求亡父扵煙中問遺母扵巖隈幸雖預司馬之級還吟別鶴之傳方今以人口尋得偕老之友以傳言問取連理之徒烏呼哀哉着布冠扵緑髪結菅帶扵藤衣冬去春来漸失定省之日嵗變莭改僅遂周忌之願

【訓読文】

貞盛哀慕《アイボ》の至りに任《タ》へずして、暇を公に申して旧郷に帰る。僅に私門に着きて、亡父を煙中に求め、遺母を巌隈に問ふ。幸に司馬の級に預ると雖も、還りて別鶴《ベツカク》の傳《フ》に吟ぶ。方《マサ》に今、人の口を以て偕老《カイロウ》の友を尋ね得たり。伝言を以て連理《レンリ》の徒を問ひ取れり。烏呼《アヽ》、哀しき哉。布の冠を緑の髪に着けて、菅の帯を藤の衣に結ぶ。冬去り、春来たり、漸く定省《テイセイ》の日を失へり。歳変じ節改りて、僅に、周忌《シュウキ》の願を遂ぐ。

【注解】

*哀慕之至　哀れみ慕う気持ちが極まること。
*申暇於公　休暇を朝廷に申し出る。
*帰舊郷　「帰」は帰の古字。「舊」は旧。「郷」は郷。故郷に帰る。
*僅　ようやく。
*私門　私宅。ここでは国香の住居。現茨城県真壁郡明野町東石田にあったと推定されている。
*亡父　死亡した父。
*遺母　遺された母。
*巖隈　「巖」は巌。岩のかたすみ。
*司馬之級　司馬とは、中国では軍務に従事した官名である。しかし、左馬允を司馬という例はないという。一方、我国では、諸国の掾の唐名でもある。後に、貞盛が常陸の掾となるので、ここでは、それと混用したのかともいわれている。
*別鶴之傅　「鶴」は鶴。別鶴は、中国古代の楽府琴曲中の曲名「別鶴操」を指す。夫と別れ行く哀れな妻を主題とする。『白氏文集』にも、「和微之聴妻弾別鶴操」とある。そこで、別鶴とは、夫の国香と死別した貞盛の母を例えていると思われる。夫と死別した妻、母の守り役（世話役）の意味。↓解説
*人口　世人の噂
*伝言　伝える言葉
*偕老之友　夫婦が仲よく連れ添う意味の偕老に友が付いている。ここでは、この友を伴と解して、貞盛の妻を指す

と思われる。

＊連理之徒　木の幹や枝が連なることから、夫婦または男女の深い契りを表す語である。ただ、ここでは「徒」（名義抄トモ、トモガラ）という語が付いている。妻を表す偕老の友に対する語であるから、兄弟あるいは一族の人々を表すのではなかろうかと推定した。

＊着布冠於緑髪、結菅帯於藤衣　布の冠は布製の冠、菅の帯は菅を編んだ帯、藤衣は、藤の皮の繊維で織った衣、いずれも喪中など凶事に用いる。布の冠を黒髪に着け、菅の帯で藤の衣を結んだ。

＊失定省之日　底本は不明瞭、模刻版本による。定省の日は、『礼記』（曲礼上）の「昏定晨省」から出た語。子が日夜よく親に仕えて孝養をつくすこと。その日数が終わった。

＊歳變莭改　「歳」は歳。「變」は変。当時、莭は節と併用。（↓Ｐ21）歳が変わり、季節が改まる。

＊周忌之願　服忌一年の願い。

【口語訳】

貞盛は、両親を哀れみ慕う気持ちに耐えられず、休暇を朝廷に申し出て故郷に帰った。やっと、自宅に着いて、父の遺骸を焼跡に探し出し、遺された母を巌のかげに尋ねた。自身は、（都では）幸いに司馬の職に就いていたが、故郷に帰ると、父と別れた母に付き添う守り役になって、嘆き悲しんでいる。まさに今、人の口伝えに妻を尋ね得て、伝言によって、兄弟など一族の者たちを呼び集めることとなったのである。あゝ、哀しいことかな。喪中を表す布の冠を黒髪に着け、菅の帯で藤の衣を結んで（喪に服して）いる。冬が去り、春が来て、漸く、親に孝養を尽した日数も過ぎ去った。歳が変わり、季節が改まり、やっと一周忌の供養の願いを果たしたのであった。

【解説】

〔別鶴之傅〕

「傅」には、フと読み仮名があるにもかかわらず、「傳」の誤記とされることが多かった。そこで、「傅」の意味を再検討してみた。この字の意味には、補導役、守り役、世話役などがある（例、『孟子』「使斉人傅之」『史記』「太子丹患之、問其傅鞠武」）。この場面は、貞盛が故郷に帰り、父の遺体を探し出し、生き残った母を尋ね当てた後、都と故郷の状況を対比した表現である。都では、司馬の級にあったが、故郷では別鶴の傅に吟ぶこととなったのである。別鶴は、夫と別れた哀れな妻を内容とする。そうであれば、ここの別鶴は、夫の国香に死別した哀れな貞盛の母のことを指しているのではなかろうか。その母に付添い、守り役となって、悲しみ歎く貞盛の心中を述べた表現と見ることが出来そうである。そう考えると、都の司馬の級と故郷の別鶴の傅は、相対する語として書かれたことが分かるのである。すなわち、ここの文章は、貞盛が都にあっては、官職について順調であったが、故郷に帰ってからは、夫と死別した哀れな母の守り役となって、その不幸を嘆く有様を表したと理解されるのである。この後にも、「官都に帰りて官勇を増すべし。而して孀母堂に在り、子に非ずは誰か養はむ」という表現があり、母にかしずく守り役としての貞盛の立場が記されているのである。

〔偕老之友、連理之徒〕

これらが相対する語句として用いられ、対句表現となっている。どちらも夫婦の睦まじさを表す語であるから、貞盛の妻を指すとする説がほとんどである。前者を貞盛の母、後者をその兄弟とする説もある。ここでは、【注解】で示したように、「偕老の友」は貞盛の妻と考えられる。「連理」も、比翼連理と用いられ、夫婦の深い契りを表す語ではあるが、後に、比翼が貞盛と将門の関係で用いられている。ここの連理も、夫婦に関わる語ではなく、文字どおり、枝を差し交わす徒、すなわち、兄弟や一族と捉えることが出来るのではなかろうか。「徒」という語も妻との関係を表すのにはふさわしくない。（兄弟を表す「連枝」のように用いたことも想像されよう。）このように考えると、この二句を対句表現に仕立てたことも理解されるのではなかろうか。

6貞盛倩檢案内几将門非本意歒斯源氏之縁坐也〔諺曰賤者随貴蒻者資強不如敬順〕苟貞盛在守噐之職須帰官都可増官勇而孀母在堂非子誰養田地有數非我誰領睦於将門通芳操於花夷流比翼於国家仍具擧此由慇斯可者

【訓読文】

貞盛、倩《ツラツラ》案内を検するに、凡そ将門は本意の敵に非ず。斯《コ》れ源氏の縁坐《エンザ》也。〔諺に曰く、賤しき者は貴きに随ひ、弱き者は強きに資《ヨ》る。敬順するに如《シ》かず。〕苟《イヤシ》くも貞盛、守器《シュキ》の職に在り。須《スベカラ》く官都に帰りて、官勇を増すべし。而るに、孀母《ソウボ》堂に在り。子に非ずは誰か養はむ。田地数有り。我に非ずは誰か領せむ。将門に睦びて、芳操を花夷《カイ》に通じ、比翼《ヒヨク》を国家に流《ツタ》へむと。仍て、具に此由を挙《ア》ぐるに、慇《ネンゴロ》に、斯れ可ならむ者《テヘリ》。

【注解】

＊倩　つらつら、よくよく

＊几　凡と同字。

＊案内　事情、実情　「検案内」は、実情を考えてみるの意味。先の「案物情」と同様の表現。

＊本意歒　「歒」は敵。底本では、歒の字が用いられる。本来の敵。「非本意歒」は、将門とは、未だ本来の敵ではないということ。

＊源氏之縁坐　源氏との姻戚関係によるまきぞえ。
＊諺　前出P8。
＊賤者随貴蒴者資強　「蒴」は字類抄、名義抄ヨハシ。弱と同字。賤しい者は貴い者に従い、弱い者は強い者に資る。「資」は、「たよる」という意。
＊不如敬順　うやまい、したがうのに越したことはない。
＊守噐之職　「噐」は器。「職」は職。噐は兵甲（甲、冑、兜等）の意味で、それを守る職。すなわち、武官としての左馬允を指すと考えられよう。
＊増官勇　官職に励んで進級する。
＊孀母　やもめとなった母
＊堂　堂にいることから、母親は出家したと解釈されている。
＊芳操　美しく、固い節操。
＊花夷　都と地方。
＊比翼　比翼は、二羽の鳥が翼を並べることから、男女の深い契りを表す語。しかし、ここでは、貞盛と将門が協力し合うことを指す。
＊具擧此由　「擧」は挙。この挙の傍訓ニ。詳しく、（貞盛が）事由を申し出る意味。
＊慇斯可者　「慇」の傍訓ニ。親密に、丁重にの意味。「可」（よろしい）の内容から「可ナラム」と読む。（将門が）丁重に、これ（二人が協力すること）はよかろうと言っている。「者」トイヘリの略で「テヘリ」と読む。「と言っている」の意味。記録類などに、よく用いられる語である。

【口語訳】

貞盛は、よくよく実情を考えてみたところ、だいたい将門は、本来の敵ではない。これは源氏との姻戚関係によって起こったことである。〔俗説にいうには、賤しい者は貴い者に随い、弱い者は強い者をたよると。敬順するにこしたことはなかろう。〕かりにも、貞盛は、武官（左馬允）の職にある。当然、都に帰り、官職に励み進級するべきであろう。しかし、やもめとなった母が堂にいる。子でなければ誰が養おうか。田地も数多くある。自分でなければ、誰が治めようか。将門と親しくして、固い節操を都と地方で通わせ、（二人の）みごとな協力を国家に流えようと。そこで、こうした趣旨を詳しく申し出ると、（将門は）丁重に、それはよかろうと述べたのである。

【解説】

〔芳操、比翼〕

いずれも、夫婦に関わる語であるが、ここでは、貞盛と将門は本来の敵でないとして、従兄弟の関係をさらに強めようとする意味に捉えた。お互いに固い信念を通わせ合い、二羽が一体となって飛ぶ鳥のように、中央と地方で協力することを世間に知らしめようと（貞盛が）決意したことを表している。将門と源氏との戦いの中で、父の国香が死去したのであるから、将門は、貞盛にとって、父の敵になるはずである。しかし、貞盛は、自らの立場と状況を冷静に判断して、将門とは誼みを通じて、自分は都で栄達を図ろうとしたのであろう。この貞盛の考えは、これ以降、長く続いていたようである。

〔仍具挙此由慇斯可者〕

ここの読み方は難しい。まず「挙」は、後に「挙於大兄之介」「使者還参具挙此由」「可挙実否之由」などの用例があり、「申し上げる」「申し出る」の意味に用いられている。ここも、貞盛が将門に「趣旨を申す」という内容に取りたい。「挙」には、傍訓ニがあるので、「（貞盛が）挙ぐるに」と読むことになる。したがって、「慇斯可者」は、将門の返答と見ることになる。「慇」には傍訓ニがあり、次のような読みが考えられよう。「慇に、斯（コレ）可なり者（テヘリ）。」この「可なり」は、「よし」と承諾する言葉である。これを「可ならむ」として、訓読文のような読みとなった。これまでの注釈書は、「仍て具に此の由を挙げ、慇にせむこと斯れ可ならむ、てへり。」と読んでおり、貞盛が将門に提案したと解釈している。その中で、Ｆだけが「よて具にこの由を挙ぐるに、慇にせむことこれ可ならむてへり。」と読み、「挙ぐる」に「将門に申上げる。」と注が付く。慇以下は、はっきり主語を示していないが、将門の言葉と取れる解釈である。本書では、傍訓を重視して、以上のような解釈をすることとなった。こうした例は、後の問答の場面にも見受けられる。良兼が「案内を問ふ」のに、子春丸は「甚以可也」と答えている。（Ｐ88）さらに、貞盛が維扶に「令聞事由」ところ、維扶は「甚以可也」と述べている。（Ｐ113）これらの実例からも、以上のような説明が理解出来ると思われる。

7
乃擬對面之間故上総介高望王之妾子平良正亦将門次之伯父也而介良兼朝臣与良正兄弟之上乍兩彼常陸前掾源護之因縁也護常嘆息子扶隆繁等為将門被害之由然而介良兼居於上総国未執此事良正獨追慕因縁如車舞廻於常陸地爰良正偏就外縁愁卒忘内親之道仍企干戈之計誅将門之身于時良正之因縁見其威猛之勵雖未知勝負之由兼莞介熈怡而已［字書曰莞介者倭言都波恵牟也上音官反下音志反熈怡者倭言与呂古布也上音伎下音伊反］任理負楯依實立出

【訓読文】

乃ち対面せむと擬る（之）間に、故上総介高望王《タカモチノオオキミ》の妾の子平良正も亦、将門の次の伯父也。而して介良兼朝臣と良正とは兄弟の上に、両《フタリ》乍ら彼の常陸前掾源護の因縁也。護常に息子、扶《タスク》、隆《タカシ》、繁《シゲル》等が将門の為に害せらるる（之）由を嘆く。然れども、介良兼は上総国に居て未だに此事を執らず。良正独り因縁を追慕して、車の如くに常陸の地に舞ひ廻る。爰に、良正偏に外縁の愁へに就き、卒に内親の道を忘れぬ。仍て干戈の計を企て、将門の身を誅せむとす。時に、良正の因縁其の威猛の励むことを見て、未だ勝負の由を知らずと雖も、兼ねて莞介とほほえみ、熙怡とよろこぶらくのみ。[字書に曰く、莞介《カンジ》は倭に言くつはゑむ也。上の音は官の反、下の音は志の反。熙怡《キイ》は倭に言くよろこふ也。上の音は伎、下の音は伊の反。」理《コトワリ》に任せて楯を負ひ、実《マコト》に依りて立ち出づ。

【注解】

*擬對面之間　「對」は対。「貞盛と将門が対面しようとする間に」の意味であるが、次の文には繋がらない。↓解説

*平良正　将門の次の伯父という。『尊卑分脈』では、国香の末弟の子となっている。↓系図P358

*夂灬　この字は名義抄に、マタとある。底本の字は変形しているが亦と同じ字。

*因縁　仏教語で前世から定まった運命や関係の意味。但し、ここでは、婚姻などによって結ばれた族的関係、姻戚を指す。

*害　害のこと。

*介良兼　底本の兼の異体字はやや変形している。「兼」に近い字体で、これを採用する。良兼は、「上総国に居て」とあるので上総介かと思われる。しかし、『尊卑分脈』などでは、下総介となっている。↓系図P358

*未執此事　まだ、この事件に関わっていなかった。

*如車舞廻　車のように、ぐるぐる親戚を訪ね回ったことを指す。

*外縁　外戚。母方、妻の親類。

＊愁へ　本来、下二段活用の動詞であるから、こう読む。上二段活用の「愁ひ」は、後の読み方である。
＊内親　内戚。父方の親類。
＊干戈の計　戦いを行う計画
＊威猛の励　猛は猛と同字。名義抄タケシ。威勢よく励むこと。
＊莞介　にっこりほほえむさま。この語の右側にクワンジトと傍訓があり、左側にホホエミとある。これは文選読みである。現在は、莞爾と書く。
＊熈怡　「熈」は熙。さかんにに喜ぶこと。キイト、ヨロコフと傍訓があり、文選読みである。
＊倭言　倭に言ふ。「我国では…という」の意。
＊字書　「倭に言ふ」として説明があるので、我国の辞書を指すか。
＊都波恵牟　「つはゑむ」は、ほほえむの意味の古語といわれるが、他に実例があるのか不明である。「つは」が「つば」ならば、唇（九州方言）の意味があり、『日葡辞書』にも見えている。唇、すなわち口で笑うことか。
＊反　反切のこと。
＊任理、依實　「任理」道理に従っての意味。「理」コトハリ。「依実」真実に依っての意味。「實」は実。字類抄マコト。「理」と「実」は、相対する語として用いられている。おそらく、良正は、姻戚の扶らが殺害されたため、将門を討つことが当然の理であり、それが姻戚の護に実を尽くすことであるとして戦いに出立したのであろう。

【口語訳】

そこで、貞盛と将門は対面しようとしていた。（ところで）故上総介高望王の妾の子、平良正もまた、将門の次の伯父であり、しかも、介良兼朝臣と良正とは兄弟の上に、二人とも常陸前掾、源護の姻戚でもあった。護は、常に息子、扶、隆、繁等が将門のために殺害されたことを嘆いていた。しかし、介良兼は上総国に居て、未だ、この一件に関わっていなかった。良正独りが姻戚の人々を追慕して、車のように常陸の地を巡りまわった。ここに、良正は、ひたすら外戚（護）の憂愁に心を寄せ、にわかに内親（将門）との関係を忘れてしまった。そこで、戦闘の計略を企て、将門自身を討ち取ろうとした。その時、良正の外戚（護）たちは、その威勢よく励む姿を見て、まだ、勝負が分からないのに、その前から、にっこりと微笑み大いに喜ぶのであった。［字書にいうところ、莞介は和語では「つはゐむ」である。上の音は官の反、下の音は志の反。熙怡は和語では「よろこぶ」である。上の音は伎、下の音は伊の反。」（良正は将門を討つのを）当然の理として楯を背負い、実（を表すこと）に依って立ち出たのであった。

【解説】

〔擬対面之間〕

ここまでの記述から、貞盛は、承平五年の春に帰郷し、「歳変じ節改まりて、周忌の願いを遂げた。」のであった。そこで、将門と和解を図ったのは、承平六年の春以降のこととなる。ところが、これから記される良正との戦いは、承平五年十月のことである。この場面の記述は、それより、なお以前のことであるから、二人が対面しようとした時期の方がかなり後のこととなる。したがって、ここは、時を溯った記述となる。これについては、すでに栃木孝惟氏によって、分かりやすくまとめられている。

①貞盛が故郷に帰郷し、亡父・遺母の消息を尋ねつつ、自家の立て直しを計った。②その間、護の敗戦を引きついだ良正と将門との間に合戦が起こり、良正は将門のために敗れるが、貞盛は、これを坐して黙視した。③そして、承平六年の春、貞盛は、亡父の周忌の願いを遂げ、将門との和解を決意し、貞盛の側から手を差し延べ、将門の応諾を得た。④そこで、二人が対面しようとした（「『将門記』論（上）」『文学』昭和五十五年八月号所収）。

したがって、「擬対面之間」の語句は、次へ直接は繋がらないことになる。この語句は，時間的には後の良兼との戦いの前あたりに置くことになろう。『将門記』の叙述は、ほぼ、年代順になっているが、ここのように、前後が逆になっているところが見られる。

なお、この「間」は、後の語句と全く無関係に接続されている形式語とされている（鈴木恵「原因・理由を表わす［間］の成立」『国語学一二八号』昭和五十七年）。

〔文選読み〕

同一の漢語を音で一度読み、さらに訓で読む法。平安時代の博士家で、『文選』を講義する際、こうした読み方で教えたところから文選読みという。例えば、「関々雎鳩」を「クワンクワント、ヤハラギナケルショキウノミサゴ」と読む。

この文選読みの文法的構成について、築島裕『平安時代の漢文訓讀語につきての研究』（↓P６）には、「用例から帰納すると、次のような範疇が立てられる」と解説する。

・字音語　―ト―　和語（属性概念を表はす語）

・字音語　―ノ―　和語（實體概念を表はす語）

右のように、必ず字音語が先に立ち、次に助詞ト又はノが来て、トの場合には属性概念を表はす語、例へば動詞、形容詞及び所謂形容動詞の語幹が続き、ノの場合には實體概念を表はす語、即ち體言が續く。

〔反　切〕

六朝時代の初期から始まったといわれる中国特有の表音法を反切（翻切・反音・反・かえし）という。すでに既知の二文字の音、すなわち、上の文字の頭子音と下文字の韻を合わせて音を表す法である。例えば、「都礼反」は、上の字「都」の頭子音「t」と下の字「礼」の韻「e」から、「te」の音を表わす。しかし、ここでは、一字に一字の音を示しており、本来の反切とは異なっている。

8 将門傳聞此言以羕平五年十月廿一日忽向彼国新治郡川曲村則良将揚聲如案討合弃命各合戰然而将門有運既勝良正無運遂屓也射取者六十餘人迯隠者不知其數然以其廿二日将門帰扵本卿爰良正并因縁伴類下兵恥扵他堺上敵名扵自然慧動寐雲之心暗追疾風之影［書曰慧者阿知支奈久］

【訓読文】

将門伝へにこの言を聞きて、承平五年十月廿一日を以て、忽ち、かの国新治郡川曲村に向かふ。則ち、良将声を揚げ案の如く討ち合ひ、命を棄てて各《オノオノ》合戦す。然れども、将門は運有りて既に勝ちぬ。良正は運無くしてつひに負くる也。射取る者六十餘人、逃げ隠るる者其の数を知らず。然して、其の廿二日を以て将門は本郷に帰る。爰に、良正并に因縁伴類は兵の恥を他堺に下し、敵の名を自然に上ぐ。慧《アジキナ》くも寂雲の心を動かし、暗に疾風の影を追ふ。［書に曰く、慧はあちきなく。］

【注解】

＊新治郡川曲村　現茨城県結城郡八千代町内の旧川西村の地域付近かという。

＊良将　良正のこと。原文には、「良正と将門」の名前があった可能性があるとする（H）。たしかに、良将以下は、両者を主語とすると理解はしやすい。

＊揚聲如案討合　声を揚げて思いどおりに討ち合う。

＊有運既勝　ここでは、運が勝敗を左右している。『将門記』は、合戦の戦法などより、運によって勝敗が決まるよう

な記し方をしている。

＊迯　「逃」と同字。

＊本郷　本拠地。将門の本拠地は、鎌輪（現茨城県結城郡千代川村鎌庭）と石井（同岩井市）とされる。

＊下兵恥扵他堺　底本は不鮮明。模刻版本による。兵としての恥を他の地域にまで知られてしまって、評判を下げたこと。

＊他堺　他の地域（他国）

＊自然　おのずからそうなること。ひとりでに。

＊膭　名義抄［嶺］アチキナシとある。この字と同様の字であろう。「あぢきなし」無意味、無用、無益で、やるせない。つまらない。『枕草子』に「あぢきなきもの」として、無意味でどうしようもない例が記されている。

＊寐雲之心　［寐］は寂。静かで動かない雲のような心。良正に例える。

＊暗に　そらにと読む。むなしく。

＊疾風之影　（一瞬に通り過ぎる）疾風のような光。将門を指す。

＊書　先の字書などを指す。

【口語訳】

将門は、これを人づてに聞いて、承平五年十月廿一日に、たちまち、かの国、新治郡川曲村に向かった。そこで良正は声を張り上げて、思いどおりに戦い、お互いが命を棄てて、ぞれぞれが合戦した。しかしながら、将門には運があって、すでに勝ち、良正には運がなく、ついに負けたのである。射取る者六十余人、逃げ隠れた者は数を知らない。その二十二日に、将門は本拠に帰った。ここに、良正ならびに、その姻戚、伴類は、兵の恥を他の国にまで伝えて評判を下げ、敵の名前をおのずから上げることとなった。つまらないことに、しずかな雲のような心を動かして、むなしく疾風のような光を追う（無残な）結果となってしまった。〔辞書に、慧は「あちきなく」という。〕

【解説】

〔川曲村〕

古代、常陸国新治郡に、川曲郷と呼ばれて、鬼怒川が大きく屈曲している地域があった。神護景雲二年（七六八）河道改修が行われ、この地域は鬼怒川の西（下総）側に変わった。しかし、国界は、旧河道によったため、この地域は、鬼怒川の西側にありながら常陸国であったという。そこで、後に、この地は川西村と名付けられた。良正と将門が戦った川曲村は、この川西村付近に比定される説が有力である。川西村は、現在、八千代町になっている。したがって、往時の川曲村は、現八千代町の旧川西村の十大字の地域、すなわち袋、新井、八町、久下田、高崎、大里、大渡戸、小屋、坪井、野爪の付近ということになる。（八千代町川西とする解説が多いが、正しくない。）

このように、常陸国新治郡と下総国結城郡の境にある川曲郷はその帰属が微妙な地域である。関谷喜彦氏は、「この川曲村を、将門は、本来、結城郡に属すべきものと考え、源護は、古来から新治郡に属するものと考えたのであろう。ここに両者は、川曲村の自らの勢力圏への帰属を主張したものと思われる。つまり、川曲村は当時の所領争いの地であり、この土地をめぐり、源護と将門は対立していたのである。」（「『将門記』にみえる地名の研究」平成五年『常総の歴史』十二号所載）とこの地域に刮目している。

〔慧動𤴯雲之心暗追疾風之影〕

これは六字句の対句の文である。これまでの注釈書では、この一文は適切に解釈されていなかった。参考になるのは、高橋貞一氏の「静かな雲のような心をもって、疾き風の影を追ったが叶わなかった」（「将門記・陸奥話記について」『國語と國文學』昭和三十二年十月特輯号所載）という解釈である。これをヒントにして考えれば、寂雲の心は良正に、疾風の影は将門に例えられていることが分かる。そこで、字句に忠実に解釈すると以下のようになる。「つまらないことに、（良正が）寂雲のような心を動かし、むなしくも、疾風のような光（の将門）を追いかけるようなことをした。」ここの対句は、「あぢきなく」と「暗に」の語から、良正の行動を「無意味でつまらないこと」となじる内容が表されていると解釈したいと思う。

9
然而依於會嵆之深尚茇歒對之心仍勒不足之由擧於大兄之介其状云雷電起響是由風雨之助鴻靏淩雲只資羽翔之用也羨被合力鎮将門之乱悪然則国内之騒自停上下之動必鎮者彼介良兼朝臣開吻云昔之悪王尚犯害父之罪今之世俗何忍強甥之過舎弟昕陳尤不可然也其由何者因縁護掾頃年有所皁愁苟良兼為彼姻婭之長豈无与力之心哉早整戎具密可相待者

【訓読文】

然れども、会稽の深きに依り、尚、敵対の心を発す。仍て不足之由を勒し、大兄の介に挙ぐ。其の状に云く、雷電響きを起すこと、是、風雨の助けに由る。鴻鶴《コウカク》雲を淩ぐこと、只、羽翔の用に資《ヨ》る也。羨《ネガワ》くは合力を被り、将門の乱悪を鎮めむ。然らば則ち、国内の騒ぎ自ら停り、上下の動き必ず鎮らむ者《テヘリ》。彼介良兼朝臣、吻《サキラ》を開きて云く、昔の悪王は尚し父を害する（之）罪を犯しき。今の世俗何ぞ甥を強むる（之）過を忍ばむ。舎弟陳る所、尤も然るべからざる也。其の由何者《ナントナラバ》、因縁の護《マモル》の掾、頃年、触れ愁ふる所有り。苟も、良兼彼の姻婭《インア》の長と為りたり。豈に与力の心无からむや。早く戎具を整へて密に相待つべし者《テヘリ》。

【注解】

＊會稽　中国の春秋時代に、越王勾践が会稽の山に於いて呉王夫差に敗れた後、苦心の末、復讐をとげ「会稽の恥」をすすいだ故事による語。（『史記』）ここは、会稽だけで、（恥をすすぐ）復讐の（思い）の意味となっている。底本は「會嵇」とし、字類抄十巻本にも「會嵇」とある。

＊勒不足之由　勒は文章に記すの意味。兵力が不足であることを記す。

＊大兄之介　大兄は兄の尊称。介の良兼を指す。

＊雷電　雷といなずま。これ以下は『帝範』を引用した語句。

＊依風雨之助　風や雨の助けがあるからだ。

＊鴻鸖　おおとり（白鳥など）と鶴。

＊資羽翔之用也　羽を用いて飛ぶことによるのである。

＊羨　傍訓ハ。「ねがはくは」と読む。

＊上下の動　身分の上、下の人々の動揺。なお、この上下を国内（常陸）の対語と見て、上総、下総の国の人々とすることにも引かれるが、後に、上下之国の語があって、割注でわざわざ説明しているから、ここは、普通に貴賤の人々としておく。（上下が上総・下総ならば、ここで注を付けるはずである。）

＊吻　傍訓サキラ。倭名抄、字類抄、名義抄にクチサキラとある。口の端の意味。

＊昔悪王尚犯害父之罪　古代インドの摩掲陀国の王子阿闍世が父王を七重の獄に降して、これを殺し王位についたこと（『大涅槃経』）を示す。

＊強甥　底本の返り点と送り仮名によって、「甥を強むる」と読む。

＊不可然也　これは、「不」を除いて、良正の述べることは「然るべし」と読むように考えられてきた。しかし、簡単に本文に誤りがあるとするのもどうかと思われる。ここでは、良正が述べた将門の行動が「然るべからず」とするF説に賛同したい。

＊護掾　常陸前大掾、源護

＊頃年　近ごろ

＊皐愁　触愁と同じ。将門に害せられた事について愁え訴える。底本には「皐」（犆）とあるが、これは「觸」の古体とされる。

＊姻婭之長　「姻婭」姻は姻戚、婭は相聟（姉妹の聟相互の関係）。その長であるということ。（↓系図P358）

＊豈无与力之心哉　どうして、助力する気持ちがないはずがあろうか。

＊整　整と同字。

＊戎具　武具

＊密　やや変形しているが、密と捉える。この字体は字類抄、名義抄にも見える。

【口語訳】

しかし、良正は深い復讐の念によって、なおも将門に敵対の気持ちを表していた。そこで、兵力が不足することを大兄、介良兼に申し伝えた。その書状には、「雷やいなずまが響きわたるのは、風雨の助けがあるからです。大きな白鳥や鶴が雲を越えて飛ぶのは、翼の働きによるのです。お力添えを賜り、将門の乱悪を鎮めたいと願っております。そうなれば、常陸国内の騒ぎは自然におさまり、（身分の）上下の人々の動揺も必ず鎮まるでしょう。」とあった。あの、介良兼朝臣は口を開いて、こう述べた。「昔の悪王は、父王をも殺害するような罪を犯した。今の世の中では、どうして甥の力を強めるような過ちに耐えていられようか。弟のお前が言っている事（将門の振る舞い）は、決してそのままにしてはならないのである。その訳は、姻戚の大掾、護が近ごろ、（息子が殺され、本拠が焼かれた）事件について愁え訴えているからである。いやしくも、良兼は姻娅の年長者となっている。どうして、助力する気持ちがないはずがないではないか。早く、兵具など軍備を整えて、ひそかに待っていよ。」と。

【解説】

〔対句表現（2）〕

雷電起響　是由風雨之助
鴻鶴凌雲　只資羽翔之用

このように、並べて書くと、四字句と六字句がそれぞれ対をなす隔句対であることがよく分かる。これは『帝範』の六字句の隔句対、

舟航之絶海也、必仮橈楫之功、
鴻鶴之凌雲也、必因羽翮之用

を参考にして、作者が工夫をして作り変えた対句であろう。前半を全く変えたのは、良兼への助力を願う内容から、「雷といなずまが響きわたるのも、風雨の助けに由る。」という表現にしたものであろう。

当時、こうした書状において、典拠のある語句などを用いて対句を作り、文章を飾ることは、自分の意志をより強固に主張しようとするためと解されている。

10良正勵得水之龍心成李凌之昔勵鬪之先軍被射者治痕而向来其戰遁者繕楯會集而間介良兼調兵張陣以

兼平六年六月廿六日指常陸国如雲涌出上下之国［言上総下総也］雖加禁遏稱問因縁如遁飛者不就所々関自上総国武射郡之少道到着扵下総国香取郡之神前自厥渡着常陸国信太郡薵前津以其明日早朝着扵同国水守營所

【訓読文】

良正、水を得たる（之）龍心を励し、李陵《リリョウ》の昔の励みを成す。之を聞きて、先に軍《イクサ》に射らるる者は痕を治して向ひ来たる。其の戦に遁るる者は楯を繕って会ひ集る。しかる間に、介良兼は兵を調へ陣を張り、承平六年六月廿六日を以て常陸国を指して、雲の如くに上下の国［上総下総を言ふ也］に湧き出づ。禁遏《キンカツ》を加ふと雖も、因縁を問ふことを称して、遁るるが如くに飛ぶ者《テヘリ》。所々の関に就かず、上総国武射《ムサ》郡の少道より下総国香取郡の神前《カンザキ》に到り着く。その渡より常陸国信太郡薵前《エサキ》津に着く。その明日の早朝を以て同国水守の営所に着く。

【注解】

＊得水之龍心　龍が水を得たように、勢い盛んな心。

＊李淩　「淩」と陵は通じる。李陵のことである。李陵は、『史記』によれば、「李陵既壮、選為建章監、監諸騎、善射愛士卒。」とあり、騎射に優れ、士卒を愛して匈奴を撃ち、軍功をたてた。しかし、後には、匈奴に捕らわれの身となった。ここでは、昔励とあり、龍心に対する語なので、匈奴に捕らえられる以前に、勇猛な活躍をしたことを指すのであろう。水を得た龍と李陵の昔の奮励を勢い盛んなものとして、対句の文に仕立てている。

＊調兵張陣　兵をととのえ、陣の配置を行う。

＊如雲湧出上下之国　ここは、「上下の国」に返り点があるのを生かして「上下之国に湧き出づ」と読む。

＊禁遏　傍訓キンカツ。字類抄キンアツ。名義抄では両方に読める。禁じて止めるの意味。ここでは、通行を禁止し

たこと。
＊稱問因縁　縁者を尋ねると称する。
＊如遁飛　「如」の傍訓ニ。ここでは、ニと「遁」に付いた返り点を生かして読んだ。「遁れ飛ぶが如くに」と読むと「者」に続かない。
＊上総国武射郡　和名抄に見える上総国の郡。上総国の北端に位置する。現在は山武郡に含まれている。
＊少道　間道のこと。
＊閞　名義抄に關の俗字とある。関所。
＊下総国香取郡之神前　「前」の傍訓ヘニ。傍訓はマへと読ませたいらしいが、神前はカムザキ（地名）か。現香取郡の神崎町と考えられる。ここの低地は、かつて、榎浦流海と呼ばれた内海の水域である。これに突出する岬島の先端部が神崎森で、対岸の信太方面への渡津地点と推定されている。
＊渡　「わたり」が古い読み方、「わたし」は時代が降る。
＊信太郡菁前津　菁の傍訓エ。現稲敷郡江戸崎町、同郡東村市崎、幸田などの諸説があるが、明らかではない。
＊水守　現つくば市水守とされ、良正の営所かといわれる。
＊營所　一般に、兵営・軍営の意味であるが、当時はどのようなものであったか諸説がある。・軍事的な拠点で、舎宅的な部分があり、田畠が付属していたという北山茂夫説に従う（F）。・豪族の住居であると共に堀や土塁をめぐらした軍事上の拠点、農業経営や交易の事務所も兼ねるとする（G）。・軍事的な施設という側面を強調した館の呼称とする（H）。なお、営所は宿と呼ばれたともいう。（「宿」の傍訓リ。ヤドリと読む）

【口語訳】

良正は、水を得た竜のように心を励まし、昔、戦いを前にした勇将李陵のように奮いたったのである。これを聞いて、先の軍に射られた者は傷痕を治してやって来た。その戦いに遁れた者は楯を繕って会い集まった。そうする間に、介良兼は兵を整え、それぞれ陣固めを行って、承平六年六月廿六日に常陸国を目指して、さながら雲のように、上、下の国［上総、下総の国をいう。］に湧き出した。（国が）禁じて止めようとしたが、縁者に尋ねることがあると称し、遁れるように飛び去ったという。所々の関を通らずに、上総国武射郡の間道から下総国香取郡神前に到着した。その渡津から常陸国信太郡蒋前津に着き、その明日の早朝に、同国の水守営所に着いた。

【解説】

〔如雲湧出上下之国〕

この読み方には、諸説がある。「雲の如くに湧き出づ。上下の国禁遏を加ふ」も有力な読みであるが、訓点に忠実に読んだのがここの【訓読文】である。このように読むことへの批判は、以下のようになろう。（1）次の「禁遏を加ふ」の主語が明確ではない。（2）両総から出現した兵どものそれぞれがその因縁を問うと称して越境したことになる。

（1）の主語が明確でないことは、次のように考えられる。すなわち、良兼が私兵を動かす行動を禁じて押さえつけようとするのは、それぞれの国の国司であることは明らかである。そこで、主語が略されていると考えることは可能である。

（2）については、本文の記述をよく見ることによって解決されよう。良兼は、上総の国に居て、上総の武射郡から下総の香取郡に、雲が湧き出るように進軍した。したがって、上下の国に湧き出るとは、両総の国のそれぞれから兵がバラバラに現れたわけではない。良兼は、「調兵張陣」を行ってから、「如雲湧出」て上下の国を通過したのである。

その釈明が「良兼が縁者に尋ねることがある」であった。

〔平良兼〕

本文にあるように、良兼は上総にいたというが、その居館は明確ではない。おそらく伝説であろうが、現山武郡横芝町屋形にその館があったといわれる。『山武郡郷土史』(大正五年刊)には、「高望王が上総介に任命され、境村(屋形)に政務所を設け、第二子の良兼を任地へ配したといわれる。同村の四社神社は延喜元年(九〇一)の建立と伝承され、良兼は崇拝する神を館の鬼門鎮護のため祭祀し、翌年、仏寺を創建して、来照院と称したといわれる。」という記述がある。

また、略記には、良兼は下総介とあり、『尊卑分脈』でも下総介である。一方、『桓武平氏系図』は上総介とする。ここでは、良兼が上総に居たとあり、上総に居館があったと考えられるから、上総介が当てはまると思われるが、みだりな推測は差し控えるべきであろう。当時の上総国府は、現市原市にあり、その所在地には諸説があり、能満、郡本、惣社、村上等の地が比定されている。もし、良兼が上総介であれば、これらの地域のいずれかに居館があったと考えられよう。さらに、良兼が常陸へ向かった経路についても、さまざまに推定されている。例えば、現山武郡芝山町の早乙女小路、山武郡成東町の武射郡の少道などは、上総国府から香取方面へ抜ける間道といわれ、良兼軍の進軍が伝承されているという。

11 斯鶏鳴良正忝向述不審其次貞詼依有疇昔之志對面扵彼介(之)相語云如聞我寄人与将門等慰懃也者斯非其兵者兵以名尤為先何令虜領若干之財物令致害若干之親類可媚其敵哉今須与被合力将定是非云貞詼依人口之甘雖非本意暗為同類指下毛野国地動草靡一列發向

【訓読文】

斯の鶏鳴《ケイメイ》に、良正参向して不審を述ぶ。其の次に、貞盛は疇昔《チョウセキ》の志あるに依り彼介に対面して、（之）相語りて云く、聞くが如くは、我寄人と将門等は慇懃なる也者《テヘリ》。斯れ其の兵に非ず者《テヘレ》ば兵は名を以て尤も先と為す。何ぞ若干の財物を虜領せしめ、若干の親類を殺害せしめて、其の敵に媚ぶべきや。今須く与に合力せらるべし。将に是非を定めむとすと云ふ。貞盛は人口の甘きにより本意に非ずと雖も暗に同類と為りて下毛野国を指して地を動かし草を靡け一列に発《オコ》り向ふ。

【注解】

＊鶏鳴　夜明け、明け方。
＊不審　字類抄イフカシ・フシン。疑問に思うこと。ここは貞盛への疑惑であろう。
＊疇昔之志　往昔から厚意を受けていたこと。
＊（之）　この「之」は不明。あるいは踊り字で、前にある介を表すか。それならば、介相語となり意味が通じる。
＊寄人　身寄り
＊慇懃　傍訓ナル。「慇懃なるなり」かばい合い親しい仲である。
＊非其兵　兵は、字類抄に兵ヘイ・ツハモノとある。それ（貞盛の態度）は、兵のものではない。
＊者　傍訓ハ　テヘレバ。というのは、というのでの意。
＊兵者以名為先　兵は、何よりもその名を第一とする。
＊若干　字類抄には、若干ソコハクとある。いくらかの意味から、かなりの数量を表す場合もある。ここでは、かなり多いの意。

＊令虜領、令殺害　（受身ではなく「しむ」と）使役の表現になっているのは、兵にふさわしい表現といえよう。後世の軍記物語では、「討たれ」と受身で表すところを「討たせ」と使役に表している。ここは、奪い取らせる、殺害させるの意。

＊須　再読文字すべからく…べし。当然…すべきである。

＊将　再読文字まさに…むとす。きっと…しようとする。

＊人口之甘　人の言葉の巧みさ。

＊地動草靡　地面を動かし、草を靡かせる。勇ましく進軍する際に、よく用いられる表現である。

＊發向　［発向す］と音読するのが普通。傍訓を重視して、発り向ふと読む。出発して向かう。

【口語訳】

その明け方に、良正が参向して（貞盛への）疑惑を述べた。その次に、貞盛が昔からの誼みによって、彼の介に対面した。介が語っていうことには、「聞くところでは、我が身内（貞盛）と将門等とは親密（の仲）であるという。それは、兵ではないということだ。すなわち、兵というものは、その名を第一とするものだ。かなりの財物を奪い取らせ、何人かの親類を殺害させて、どうして、その敵に媚びてよいはずがあろうか。今は、当然ながら、我らとともに力を合わせられるべきである。まさに、（将門との）勝敗の決着をつけようとしているのだ。」と云った。貞盛は、（良兼の）言葉の巧みさによって（将門との固い約束を破り）本意ではなかったが、いつの間にか仲間となり、下野国を目指して地をとどろかせ草をなびかせて、一列になって行き向かった。

【解説】

〔不　審〕

この不審という語について、これまでの解釈は分かれている。貞盛の言動に不可解な点がある（C）（I）。将門あるいは貞盛の行動についての疑惑を語ったものか。または、ご機嫌伺い（E）（H）。将門の行動など不審の点（G）。Fは、「将門の行動についての疑惑を語ったという解釈もあるが、今更、良正が将門の行動についての疑惑を述べるのはおかしい。」として、ご機嫌伺い（相手の近況や健康を尋ねる意味もある。）の説となっている。確かに、ここで将門に対する疑惑とするのはおかしい。しかし、良正が「貞盛と将門が誼みを通じている」ことに大いに疑問を感じるのは当然のことである。ここの不審は、すでに、Cに指摘があるとおり、貞盛への疑惑と考えられるのではなかろうか。そうであれば、良正が良兼にその不審を述べて、良兼が貞盛に問いただすことになるのは当然の流れといえよう。

〔兵者以名為先〕

良兼は、貞盛に「財物を奪われ、親族を殺されても、なお敵に媚びるような者は兵ではない。」と言って、兵はその名を第一に考えるべきであると述べている。すなわち、兵はこうあらねばならないという意識があり、それに沿う者が兵の名を得ることになり、それに外れる者は兵とは呼ばれないのである。これに関して、「すでに坂東の地に、いわば、兵の道とも呼ぶべき兵の価値規範、兵の独特の倫理が生まれ始めていたことをうかがわせる。」という説がある（栃木孝惟「将門記論下の二」『文学』昭和五十六年四月号）

『将門記』の中では、将門を始め、良兼等一族の人々が兵の名を意識して（言い変えれば、当時の兵の倫理の下に）行動しているさまが描かれている。例えば、兵として「振兵名於畿内」「欲揚兵名於後代」「揚兵名於坂東」「振兵威」などと、兵として評価される表現が見られる。逆に、兵にふさわしくない行動は「下兵恥於他堺」「未練兵道」と非難されている。これらは、『将門記』に記された、当時の兵の倫理観として注目されよう。

12爰将門依在機急為見實否只𤕤百餘騎以同年十月廿六日打向於下毛野国之堺依實件歒有數千許畧見氣色敢不可歒對其由何者彼介未費合戰之遑人馬膏肥干戈皆具将門被摺度々之歒兵具已乏人勢不厚歒見之如垣築楯如切政向矣将門未到先寄歩兵畧令合戰且射取人馬八十余人也彼介大驚怖皆挽楯逃還

【訓読文】

ここに、将門機急あるに依り、実否を見むがため、只百余騎を率ゐ、同年十月廿六日を以て、下毛野国の堺に打ち向ふ。実に依て件の敵数有りて千許なり。略《ホボ》、気色《ケシキ》を見るに、敢て敵対すべからず。その由何者《ナントナラバ》、彼介未だ合戦の遑に費えずして、人馬膏《アブラ》つき肥えて、干戈皆具せり。将門は度々の敵に摺《クジ》かれ兵の具已に乏し。人勢厚からず。敵、これを見て垣の如くに楯を築き、切るが如くに政め向ふ（矣）。将門は未だ到らざるに、先づ歩兵を寄せ、略して合戦せしめ且つ射取る人馬八十余人也。彼介、大に驚き怖ぢて皆楯を挽きて逃げ還る。

【注解】

*機急　緊急の事態

*實否　字類抄にジツフとある。事実か否かの意味

*𤕤　この字は、字類抄ヒキキル。率ゐるの意味。

*同年十月廿六日　良兼が行動を起こしたのが六月廿六日であるから、時間がたち過ぎる。しかも、後に、将門は、十月十七日に上京している。何らかの齟齬があったと思われる。略記には、同月廿六日とあり、こちらを採る説と七月廿六日の誤記とする説がある。

＊依實　まことに依り。ここは、実際にの意味。
＊件敵有數千許　普通に読めば、「件の敵数千ばかり有り。」となる。しかし、Hにも指摘があるように、「数」に返り点がある。それを生かすと、【訓読文】のようになる。まず、数千というのは人数が多すぎること。将門がすばやく八十余人を討ち取ると、敵は国庁に逃げ込む。将門がそれを解放した際、千余人の兵が助かったとある。おそらく、加点者（訓点を付けた人）は、こうした数字も考えて、返り点を付けたのではなかろうか。これに従うことにしたい。
＊氣色　様子。
＊何者　後に見える傍訓から、ナントナラバと読む。どういうわけかというと。
＊合戰の遑　合戦がなくゆとりがあること。
＊費ゆ　消耗する。
＊人馬膏肥　「肥」の傍訓テ。動詞に読む。字類抄、名義抄ともに、アブラツクの訓がある。「あぶらつきこえて」と読む。
＊干戈　武器
＊摺　くじく、ひしぐ。
＊人勢　人勢のこと。
＊如垣築楯如切政向　多くの楯を隙なく横に並べ、大軍が一気に切り裂くように攻め向かう。底本では、「政」を「攻」の意味で用いている。
＊寄歩兵「寄」は寄。徒立ちの兵を寄せる

＊畧　［畧］は略。傍訓シテがあるので、副詞ではなく、動詞ととる。「略す」の攻めとる、かすめとるの意味。大軍が迫って来る前に、先手をとって歩兵で急襲して、攻略したのであろう。

＊挽楯　築楯と相対する語。築いた楯を引きあげる。

【口語訳】

ここに、将門は、緊急の事態によって、事実か否かを見るため、ただ百余騎を率い、同年十月廿六日に下野国の国境に打ち向かった。実際に、例の敵が多数あり千人ばかりが存在した。およそ、敵情を見ると、敢えて敵対することは出来そうにない。その理由は、どういうわけかと言えば、彼の介は、未だ合戦によって消耗していず、（ゆとりがあり）人馬は脂が乗って肥え、武器もことごとく整っている。将門は、度々の敵に摺かれて武具は既に乏しく、兵の数も多くなかった。敵は、これを見て垣のように楯を築き、いっせいに切り裂くように攻め向かって来た。将門は、敵が迫る前に、先ず歩兵を接近させて、先手をとって攻略して、ただちに射取る人馬は八十余であった。彼の介は、大いに驚き怖れて、皆、楯を挽いて逃げ帰ったのである。

13将門揚鞭稱名追討之時歒失為方偪仄府下［傳曰偪仄者倭言伊利古万留也］扵斯将門思惟允雖不在常夜之歒尋脉不踈逮氏骨肉者所云夫婦者親而等瓦親戚者踈而喩葦若終致殺害者若物譏在遠近欤仍欲逃彼介獨之身便開国廳西方之陣令出彼介之次千餘人之兵皆免鷹前之鴙命急成出籠之鳥羽厥日件介無道合戰之由觸扵在地国日記已了以其明日帰扵本堵自茲以来更无殊事

【訓読文】

将門鞭を揚げ名を称へて追討する（之）時に、敵為方《セムカタ》を失ひて府下に偪《イ》り仄《コマ》る。［伝に曰く、偪仄は倭に言ふ、いりこまるなり。」斯に於て、将門思惟す。允に常夜の敵にあらずと雖も、脉《チノミチ》を尋ぬれば疎からず、氏を建つれば骨肉なり者《テヘリ》。所云、夫婦は親しくして、瓦に等し。親戚は疎くして、葦に喩ふ。若し終に殺害を致さば、若しくは物の譏《ソシ》り遠近に在らむか。仍て、彼の介獨りの身を逃さむと欲ひて、便ち国庁西方の陣を開き、彼の介を出さしむる（之）次に、千餘人の兵皆鷹の前の雉の命を免れて、急に籠を出づる（之）鳥の羽を成す。厥の日、件の介無道の合戦の出を在地の国に触れ、日記し已に了りぬ。其の明日を以て本堵に帰りぬ。茲《コレ》より以来、更に殊なる事なし。

【注解】

*揚鞭稱名　馬に鞭打ち、馬を走らせながら名乗りをあげる。

*失為方　「せむ方を失ひ」と読む。なす術がない、どうしようもない。

*府下　下野国府の内。下野国府は現栃木市にあった。

*偪仄　底本に「偪仄」傍訓イリコマルとある。偪は名義抄シリソク、イル。仄はお灸のことで意味がとれず、字類抄の庂コモルであろうか。そうならば、入り籠るの意味。なお、字類抄には逼庂とある。

*伝　先の字書や書などと同様の意味であろう。

*雖　雖と同じ。

*思惟　深く考え思うこと

*常夜之敵　「常夜」は、終わることなく続くこと。『俚言集覧』では、不断の意とする。永遠の宿敵という意味か。これまで、「不在常夜之敵」の「不」は誤りとして、略記の「在常夜之敵」を正しいとする。しかし、疑問がないわけではないので、ここでは、「不」を除かないで解釈しようと努めた。↓解説

＊尋脉不疎逹氏骨肉　「脉」傍訓チノミチ。血すじの意味。血筋をたどれば疎遠ではない。底本の［逹］字は、字類抄にも見え建と同字である。家系を挙げれば血族である。

＊夫婦者親而等瓦、親蹙者疎而喩葦　「蹙」は戚の異体字。「而」を（1）順接または（2）逆接とする両説がある。（1）夫婦は、親しくて（すき間のない）瓦に等しい。親戚は、疎くて（すき間の多い）葦に喩える。（2）夫婦は、親しいけれども（壊れやすい）瓦に等しい。親戚は、疎いけれども（根が繋がる）葦に喩える。ここでは、（1）に従う。↓解説

＊物譏　非難があること。

＊国廳　廳は庁。国の役所。

＊皆免鷹前之鴙命　鴙は雉。皆が鷹の前の雉が命を免れたかのように、死を免れて遁れ出たの意。楊本は、これ以前は欠けていて、ここの「雉」のところから始まる。

＊急成出籠之鳥羽　急に、籠から出た鳥の羽のような歓びを表した。「鳥の羽」は、楊本では「鳥の歓び」となっていて理解しやすい。

＊觸扵在地国日記　在地は、ここでは下野国、常陸国、下総国などであろう。その国々に觸れ廻って、国庁の日記（記録）に事の顛末を記して、後日の証拠としたのであろう。

＊自茲以来　これより「以来」コノカタと読む。

＊无殊事　とくに変わった事はない。

【口語訳】

将門は、鞭を振り揚げ名を称えて追討する時、敵はどうしようもなくなり、下野国府に逃げこんだ。［伝によると偪

仄は倭語でいりこまるという。」ここに至って、将門は考えこんでしまった。まことに永遠の宿敵とまではいかないが、(当面、敵対する良兼は) 血筋をたどれば疎遠ではない。家系を述べてみれば血族である。いわゆる、夫婦は、親しくて隙間のない瓦に等しい。親戚は、隙間が多い葦に喩えている。(疎く間隙のある親戚であっても) 若し殺害に及ばば、あるいは、自分への非難が遠近の地域に起こるであろうと。そこで、彼の介一人の身を逃がそうと思って、国庁の西側の陣を開けて、彼の介を逃げ出させたところ、それに乗じて千余人の兵が皆、さながら鷹の前の雉が命を免れるように助かり、急に籠から逃げ出た鳥が羽ばたくような歓喜を表すこととなった。その日、(将門方は) あの介の無道の合戦の事実を辺りの国に触れ廻り、日記に記録し終わったのであった。その明日に、(将門は) 本拠に引き上げた。これ以来、とくに変わった事はなかった。

【解説】

〔雖不在常夜の敵〕

「常夜の敵にあらずと雖も」と読むと、文脈上、次の「脈を尋ぬれば疎からず」には繋がりにくい。略記のように「常夜の敵にありと雖も」となっていれば、通じやすい。そこで、これまで「不」の字を誤りとして、これを除いて解釈がなされて来たと思われる。しかし、これは、再検討の余地がありそうである。

この段階で、良兼を常夜の敵と呼ぶのはいかがなものであろうか。確かに、略記に見えるように、将門は良兼といわゆる女論によって、不仲にはなっていたのであろう。しかし、現存する真福寺本『将門記』中の記述だけを考察すれば、直接、両者が軍勢を率いて戦うのは、これが初めてのことである。良兼とは、ここで合戦になったのだが、将門から見れば、良兼は妻の父親でもあるし、どうも、常夜の敵という表現が気になるところである。貞盛は、父の国香が戦死しているにもかかわらず、「将門は本意の敵にあらず。」と述べていたことも併せて考えておきたい。

この後、良兼と将門の二人は、合戦に次ぐ合戦を展開して、まさしく常夜の敵になるのである。その際、「将門は尚し伯父と宿世の讎に為りたり。」（↓P77）と記されるのである。そのことから察すれば、この段階では、将門と良兼は、未だ、宿世の敵ではないのではあるまいか。その故に、この戦いに於いて、将門は、追い詰めた良兼を逃がしてやるのである。そこで、本書においては、「常夜の敵にあらず」を誤記とはせずに、すなおに本文を生かしてみたいと考えたのである。

〔夫婦者親而等瓦　親戚者疎而喩葦〕

これは、当時言い慣らわされていた諺の類を対句にしたものであろう。この解釈は、【注解】に示したように二つに分かれている。その内容を以下に示そう。

（1）水ももらさぬ夫婦のなかを瓦ぶきに、あつくふいても雨のもる葦ぶきを近いようでも離れやすい親戚にたとえてみればこの比喩もわからないではありません。それどころか、そうみることで、まだ葦ぶきの竪穴住居がたちならび、国衙・郡衙や官寺ばかりがそびえている十世紀の関東平野がうかんでくるではありませんか（むしゃこうじ・みのる「瓦と葦」『日本歴史』昭和三十五年一三九号）。

（2）夫婦は親密であるが、別るれば瓦石の如く関係が絶たれるが、葦は根が続いて離れ難いといふ意味であらうか（高橋貞一「将門記と陸奥話記について」『國語と國文学』昭和三十二年十月号）。

ここで、（1）の解釈に従ったのは以下のとおりである。平安時代に、瓦が宮殿、官衙、寺院といった権力の中枢に結びつくものであったことから、この場合は、瓦礫、瓦解などの悪いイメージではない。一方、葦の方は、葦の屋、葦の丸屋などといわれ、粗末な小屋としての表現があり、あまり良いイメージではない。このように対句の内容を踏まえると、（1）の解釈の方が無理なく受け入れられるのである。また、将門は良兼の娘を妻として睦まじい関係であることから「夫婦者親」と表現し、親戚の伯父良兼とは疎い関係となっていることを「親戚者疎」と記述したとも想像出来よう。なお、『新撰字鏡』には、「男瓦」「女瓦」という語も見える。瓦は、夫婦の譬になりやすい語とも考えられる。

〔日　記〕

これは、事件が発生した際、その経過を事実に基づいて、直写した報告書で事発日記のことという。将門は、一国の介である良兼を殺せば、朝廷によって、いかなる罰を受けるかを熟知していて介を見逃したが、その無道の合戦の事実を後日の証拠として、下野国府の日記に記録させたのであろうと解説されている。一方、良兼が下野国府に逃げ込んで、将門の行為を無道の合戦と記したという論もある。（奥野中彦「九世紀末～十世紀の新軍事力構成と初期武家の組織」『国士館史学3』平成七年所載）しかし、文脈から見れば、ここの主語は将門である。通説どおり、将門方によって日記の記述がなされたと考えておく。

14然間依前大掾源護之告状件護并犯人平将門及真樹等可㕣進之由官府去羕平五季十二月廿九日府同六年九月七日到来差左近衛番長正六位上英保純行同姓氏立宇自加支興ホ被下常陸下毛下総之ホ国仍将門告人以前同年十月十七日火急上道便叅公遅具奏事由

【訓読文】

然る間に、前大掾源護の告状に依り、件の護并に犯人平将門及び真樹等を召し進むべき（之）由の官府、去りし承平五季十二月廿九日の府、同六年九月七日に到来す。左近衛番《ツガイ》の長《オサ》正六位の上英保純行《アナホノトモユキ》、同姓氏立《ウジタツ》、宇字加支興《ウジカノトモオキ》等を差して、常陸、下毛、下総等の国に下さる。仍て将門、告人以前に、同年十月十七日、火急に上道す。便ち公庭《クテイ》に参じて具に事の由を奏す。

【注解】

＊告状　告発状

＊真樹　『歴代皇紀』に「将門合戰状云、始伯父平良兼與将門合戰、次被語平真樹承平五年二月與平國香并源護合戦」とある。これによると、平真樹が将門を語らって、国香と源護と合戦したことになる。

＊可㕯進之由　「㕯」は召。公に召喚させること。「可…之由」は記録語としてしばしば用いられる。

＊官府　官符のこと。底本では、この「符」を「府」と記した例が4カ所ある。これまでは、この「府」は誤字とされていたが、古代においては、誤字とする感覚はなかったかもしれないという論がある（浅野敏彦「平安時代漢字文献対照漢字表作成の試み」『大阪成蹊女子短期大学研究紀要』平成六年三十一号所収）。そこで、「府」を「符」に訂正をしなかった。

＊承平五季　「季」は年のこと。

＊廿九日府　「府」は「符」同前。

＊同六年九月七日　承平五年十二月廿九日から、承平六年九月七日では時間がかかりすぎる。何らかの齟齬があったのであろうか。

＊左近衛番長　番長は「ばんちょう」又は、「つがひのをさ」と読む。兵杖を帯して、禁中の警衛に当たる近衛から選任する。

＊英保純行　底本には、純の字まで「アナヲノトモ」と振り仮名がある。「あなをのともゆき」と読ませたいのであろう。太田亮『姓氏家系大辞典』（角川書店）によれば、「莫保、アナホ」の項に『将門記』の英保純行を挙げ、「出自

を詳かにせず。恐らく東国穴太部の裔なるべし。」とある。また、「阿保、アホ」の項に、「英保アホ、和名抄播磨國錺磨郡に英保郷を収め安母と註す。此地より起る。」と見える。このように、東国穴太部の末裔の英保氏とする説と阿保、安保と同じ英保氏説があり、いずれとも決め難い。

＊宇自加支興　孝霊天皇の皇子、彦狭島命の後裔、宇自可臣から出た宇自可氏という。

＊差す　遣わす。

＊下総之ホ国　ここは、楊本により「下総等之国」として読む。

＊告人　告訴した人。ここでは源護を指す。

＊火急　字類抄クワキウ。急なこと。

＊公庭　読みクテイ。朝廷。［庭］は名義抄ニハ（庭）。

【口語訳】

その間に、前の大掾、源護の告発状に依り、例の（原告）護ならびに被告の平将門及び真樹等の召喚を命じた内容の官符、すなわち去る承平五年十二月二十九日付の官符が同六年九月七日に到来し、左近衛の番長正六位の上、英保純行、同姓氏立、宇自加支興を遣わして、常陸・下野・下総等の国に下された。そこで、将門は、告発者の護よりも前に、同年十月十七日、急速に上洛した。すぐに朝廷に参上して、詳しく事件のいきさつを奏上した。

【解説】

これまで年月記述の整理。

＊承平五年二月二日　将門は野本付近で源扶らと戦い勝利する。
（『将門記』に年月日の記述はなく、『和漢合運図抜粋』による。また、『歴代皇紀』には、承平五年二月とある。）

＊同　四日　将門は源護の本拠を焼き、源扶・隆・繁及び伯父国香ら死去す。
＊承平五年十月廿一日　将門は、伯父良正と戦い勝利する。
＊承平五年十二月廿九日　源護の告状により、将門・真樹を召喚する官符が発せられる。
＊承平六年六月廿六日　良兼は、常陸に出兵し、水守で良正・貞盛と合流する。
＊承平六年九月七日　護の告状による官符が到来した。
＊承平六年十月十七日　将門は、官符に応じて上京する。
＊承平六年十月廿六日（？）　将門は、下野国境で良兼軍と合戦に及び、勝利し良兼を追い詰めたが逃がしてやる。

このように、年月日を並べてみると、良兼との合戦の月日には不審があることが分かる。また、官符の発給と到来の時期にも疑問がないではない。『将門記』の年月日の記述には、信じがたい点があることも確認しておこう。

15幸蒙天判検非違使所被略問允雖不堪理務佛神有感相論如理何況一天恤上有百官頋所犯准軽罪過不重振兵名扵畿内施面目扵京中経廻之程乹徳降詔鳳暦已改［言帝王御冠服之年以承平八年改天慶元年故有此句也］

【訓読文】

幸に、天判を検非違使の所に蒙りて、略問せらるるに允に理務に堪へずと雖も、仏神感有りて相ひ論ずるに理の如し。何ぞ況むや、一天の恤《メグミ》の上に百官の顧み有り。犯す所軽きに准じて罪過重からず。兵の名を畿内に振ひ、面目を京中に施す。経廻する（之）程に、乾徳《ケントク》詔を降し鳳暦已に改る。［言ふこころは、帝王の御冠服の年、承平八年を以て、天慶元年と改む。故に此の句有る也。］

【注解】

＊天判　天皇の判定。裁定。

＊検非違使所　ここは、「検非違使所に略問せらるるに」又は「検非違使に略問せらるる所」と読み得る。これまでの注釈書は、まず「天判を蒙りて」と読み、次いで「検非違使…」と続けていた。しかし、底本の訓点に従うと「天判を検非違使所に蒙りて略問せらるるに」と読むことになる。

＊略問　細部を省いたあらましを問うこと。

＊理務　（裁判で、筋道をたてて立場を主張するような）理詰めの務め。

＊佛神有感相論如理　将門の理にかなった論述は、仏神の感応によるとされている。

＊一天恤　一天は天皇、恤は情けをかけること。天皇の同情。

＊百官の顧　［頋］は名義抄によると顧と同字。文武百官（廷臣）たちの恩顧、引き立て。

＊振兵名於畿内　兵としての名前を畿内に広める。

＊乹徳　［乹］は、名義抄に乾の俗字とある。乾徳は天皇の徳。ここでは、天皇の意味。

＊鳳暦　暦の美称。

＊言　字類抄に「イフココロハ」という読み方がある。「言う意味は」の意。

＊帝王御冠服之年　朱雀天皇の御元服の年。

【口語訳】

幸いに、天皇のご裁定を検非違使の所にいただき、事件の大要を問われた際、（将門は）筋道をたてて答えるような理詰めの務めに全く堪えられなかったが、仏神の感応があつて、その論述は理にかなっていた。ましてや、天皇の同情があるのに加えて、廷臣たちの恩顧もあった。犯したことは軽いのに準じて、罪科は重くなかった。（かえって）兵の名前を畿内に存分に高め、名誉を都中に広く表すこととなった。（都に）滞在するうちに、天皇が詔勅を下し、元号が改められた。［ここに言う意味は、天皇が御元服の年にあたり、承平八年を天慶元年と改めた。そこで、この語句があるのである。］

【解説】

〔幸蒙天判検非違使所〕

先に示したように、訓点に従えば、「幸ニ天判ヲ検非違使所ニ蒙テ」と読むことになる。従来の読みと異なるが、それほど内容が変わることはないと思われる。将門は、朝廷に参上して、具に事の顛末を述べたとあったが、おそらく、私君の藤原忠平家にまず報告をして援助を乞うたに違いない。しかも、この時の検非違使の別当は、忠平の長子、藤原実頼であったという（井上満郎『平安時代の軍事制度の研究』昭和五十五年）。そこで、この訴訟においては、すでに、天皇の裁定が朝廷によってなされており、その意向が検非違使庁に伝えられていたのではなかろうか。もともと、藤原忠平と関わりが深い将門の裁判は、最初から有利に行われたことが推察されよう。

ここに検非違使所とあるのは、これまで、検非違使庁の誤りとされていた。歴史書の解説によれば、中央の検非違使の役所を検非違使庁、地方の検非違使の役所を検非違使所という。しかも、検非違使所の成立は、康保二年（九六五）が初見とされ、検非違使庁より時代が降るのである。そこで、ここは、検非違使庁でなければならないことになる。ただ、楊本では、「検非違使ノ所」と読んでいるから、これを参照すると、ここでも「検非違使の所」と読むのがよいと思われる。そうであれば、単に庁と所の誤りではないことになろう。

〔帝王御冠服之年について〕

ここの記述は事実と相違している。『日本紀略』承平七年正月四日の条に「四日丁巳、雨降、天皇於紫宸殿加元服年十五」とあり、朱雀天皇の元服は承平七年正月のことである。これに伴い、正月七日に大赦の宣命が発せられた。（次の本文に記述があるように、四月七日に実行された。）

また、改元は、『日本紀略』承平八年五月廿二日の条に「廿二日戊辰、改元天慶元年、依厄運地震兵革之慎也」とある。したがって、将門が帰国するのは、改元による大赦によったのではなく、承平七年の天皇の元服によることであった。作者の認識に何らかの齟齬があったことが想定されよう。

16 故松色含千年之緑蓮糸結十善之蔓方今万姓重荷軽扵大赦八虐大過浅扵犯人将門幸遇此仁風依承平七季四月七日恩詔罪无軽重含悦靨扵春花賜還向扵仲夏忝辞燕丹之遑終帰嶋子之墟〔傳言昔燕丹事扵秦皇遥経久年然後燕丹請暇帰古郷即秦皇仰曰縦烏首白馬生角時汝聴還者燕丹歎仰天烏為之首白俯地馬為之生角秦皇大驚乃許帰又嶋子者幸雖入常樂之国更還本郷之墟故有此句也子細見本文也〕所謂馬有北風之愁鳥有南枝之悲何況人倫扵思何无懐土之情哉仍以同年五月十一日早辞都洛着弊宅

【訓読文】

故に松の色千年の緑を含み、蓮の糸十善の蔓を結ぶ。方《マサ》に今万姓《バンセイ》の重き荷《カ》は大赦に軽し。八虐の大なる過ちは犯人に浅し。将門幸に此の仁風に遇ひて承平七季四月七日の恩詔に依りて、罪に軽重无く、悦の靨《エクボ》を春花に含み、還向を仲夏に賜はる。忝くも燕丹の遑《イトマ》を辞して、終に嶋子の墟に歸る。〔伝に言ふ、昔、燕丹《エンタン》秦皇に事って遥に久年を経《フ》。然して後、燕丹暇を請ひ古郷に帰らむとす。即ち秦皇仰せに曰く。縦ひ烏首白く馬角を生ずる時に、汝の還るを聴《ユル》さん者《テヘリ》。燕丹歎きて天を仰ぐに、烏之が為に首白く、地に俯すに、馬之が為に角を生ず。秦皇大に驚き、乃ち帰るを許す。又嶋子《トウシ》は幸に常楽の国に入ると雖も更に本郷の墟に還る。故に此句有る也。子細本文に見ゆる也。」所謂《イワユル》、馬に北風の愁へ有り。鳥に南枝の悲び有り。何ぞ況や、人倫思ひに於て何か懐土の情无《ナ》からむや。仍て同年五月十一日を以て早く都洛を辞して弊宅《ヘイタク》に着く。

【注解】

＊松色含千年之緑　ここの「含む」は「様子を表わす」の意味にとりたい。松の色は千年も続くような深い緑を表す。これは、朝家を松寿に例えて、千年も繁栄する意味を表している。

＊蓮糸結十善之蔓　「蓮糸」は、その葉や茎の繊維で作った糸で、極楽往生の縁を結ぶといわれる。そこで、蓮の糸で袈裟や曼荼羅を織ったという。「十善」は、仏教でいう十種の善行で、これを前世に修めた者が現世において天子に生まれるとされる。ここの「十善」は十善の君の意味で、天皇を表している。底本の「蔓」は「蔓」と同字。蔓には、すじ、系統が繋るという意味がある。「十善之蔓」は天皇の系統すなわち皇統の繁栄と捉えられる。そこで、蓮の糸が極楽と縁を結ぶように、皇統を無上の繁栄に結び付けると解せよう。

＊万姓重荷　万姓は多くの民。多くの民（万民）が担う重い負担。

＊軽於大赦　大赦は律に定められた赦の一つ。大赦によって軽い。

＊八虐大過　八虐は律に定められた八つの大罪。

＊浅於犯人　犯人にとっては（罪が）浅い。（微罪となる。）

＊承平七季四月七日恩詔　「恩」は恩と同字。承平七年正月七日に、朱雀天皇の元服の賀による赦免の宣命が下された。それが四月七日に、将門に行われたと考えられている。これを対句に表したのが次の「含悦靨…」以下の句で

あろう。

＊含悦靨於春花　悦びの靨（笑顔）を花咲く春に表す。

＊賜還向於仲夏　「仲夏」陰暦五月。故郷に還り向かうことを仲夏にいただく。

＊嶋子　傍訓タウ、「たうし」と読む。浦島子のことで、後の浦島太郎。

＊傳　『燕丹子伝』『浦島子伝』などの伝を指す

＊燕丹　燕は中国の春秋戦国時代の七雄の一つ。この国の皇太子丹の略称。秦の国に囚われの身となったが、許されて帰郷することができた。ここの燕丹の話は、『史記』に見える.

＊事　傍訓ツカムマテ。つかうまつって（お仕えして）の意。

＊秦皇　秦の始皇帝。

＊縦　タトヒと読み、順接仮定条件にも用いられた。たとへばの意。

＊烏首白馬生角　燕丹が故郷に帰りたいと申し出た際、秦皇が烏の首が白くなり、馬に角が生えたら許そうと難題を出した。燕丹が天を仰ぎ、地に伏して嘆願したところ、はたしてそうなって、帰還を許されたという。「聴」は聴。ゆるすの意。

＊常樂之国　浦島子が行ったとされる蓬莱宮で、常に安楽な仙郷のこと。

＊本郷之墟　「墟」旧跡。故郷の旧居。

＊本文　本文とは典拠のある古典をいう。後の『軍記物語』では、「本文に曰く」とか、「本文にあり」などと、しばしば現れる。

＊馬有北風之愁、鳥有南枝之悲　『文選』の「古詩十九首」にある詩句「胡馬依北風、越鳥巣南枝」に拠る。北方の

胡国産の馬は北風に嘶き、南方の越から渡って来た鳥は南側の枝に巣を作るの意味。何人も故郷を忘れ難い心情を例えた詩句である。

＊哉　ここの一字は破損して読めない。模刻版本により「哉」とする。

＊弊宅　「弊」は弊。粗末な家。都洛に対して、鄙の自宅を謙遜して表した。

【口語訳】

その故に、松の色は（天皇の御代が永く輝きを続けるような）千年の緑を表し、蓮の糸は十善の蔓（すなわち皇統を）無上の隆盛に結びつけた。まさに今、多くの民の重い負担は大赦によって軽く、八つの大罪は犯人にとっては微罪となった。幸いに、将門はこうした仁愛の世風に遇って、承平七年四月七日の恩詔によって、罪の軽重に関係なく許された。花咲く春に笑顔を見せ、仲夏（陰暦五月）に帰国の許可をいただいた。ありがたくも、（将門は）燕の国の太子、丹のように、お遑の挨拶を述べ、ついに、浦の島子のように自らの居宅に帰ることとなった。［伝に言う、昔、燕の丹が秦皇に仕えて、遥かに長年を過ごした。その後、燕の丹は暇を願い、故郷に帰ろうとした。すると秦皇が仰せに言うことには、たとえば、烏の首が白くなり、馬に角がはえる時が来たら、お前が帰るのを許そうと言った。燕の丹は嘆いて、天を仰ぐと、烏は、そのために首が白くなり、地に俯すと、馬は、そのために角を生じた。秦皇は大いに驚き、すぐに帰ることを許した。又、嶋子は幸いに常楽の国に入ったが、さらに、故郷の旧宅へ帰ることとなった。そこで、この句があるのである。子細は本文に見えるのである。］いわゆる、（北方の）馬には北風が吹くと、故郷を思う愁いがあり、（南方の）鳥には南側の枝に巣を作って、故郷を想う悲しみがある。ましてや、人間の思いの中に、故郷を懐かしむ心がないはずがなかろう。さて、（将門は）同（承平七）年五月十一日に、早くも都を辞して、自宅に着いたのである。

【解説】

〔万姓重過軽於大赦、八虐大過浅於犯人〕

ここでは、万民の重い負担が大赦によって軽く、さまざまな重罪が犯人に対して緩くなったと解読した。これは、大森金五郎「将門記校本」（『武家時代之研究』大正十二年刊）以来、「大赦に軽められ」「犯人に浅めらる。」と受身に読んでいた。底本には、傍訓はないが、楊本には、「軽」にカロム、「浅」にサシとクナリヌとある。

この「軽む」は、軽くするという意味で、「その罪をかろめてゆるし給へ」（『源氏物語』賢木）などと用いる。ここでは、主語の万姓重過が大赦によって、軽めらる（軽くされる）と受身に読んでも意味が通じる。一方、「浅む」は、上代には確例がなく、中古には、1、驚きあきれる2、いやしめる、あなどるなどの意味の用例は見られるが、浅くするという意味の用例は確認することが出来ない。楊本において、カロムに対して、アサムとせず、浅シ、浅クナリヌとしたのは、アサムでは浅くするの意味にならなかったからではなかろうか。そうであれば、この場面に「浅めらる」という表現は成り立たないことになる。すなわち、「軽めらる」は認められるが、「浅めらる」は認められないので、形容詞「浅し」を用いて、「浅くなりぬ」として意味が通じるようにしたと考えられよう。

翻って、「軽」を「軽し」、「浅」を「浅し」と両方を形容詞に捉えて読んでも、意味は通じるようにも思われる。そこで、「軽む」は残してもよいのだが、あえて「大赦に軽し。犯人に浅し。」と読むことにした。

17未休擐脚未歴旬月件介良兼不忘本意之怨尚欲遂會嵇之心頃年眄棒兵革其勢殊自常便以八月六日圍来扵常陸下総兩国之堺子飼之渡也其日儀式請霊像而前陣張〔言霊像者故上総介高茂王形并故陸奥将軍平良茂形也〕整精兵而襲政将門其日明神有忿慥非行事随兵少上用意皆下只肩楯還

【訓読文】

未だ旅の脚を休めずして、未だに旬月を歴ざるに、件の介良兼本意の怨を忘れずして、尚し会稽の心を遂げむと欲ふ。頃年、構へたる所の兵革、其勢常よりは殊なり。便ち八月六日を以て、常陸、下総両国の堺子飼の渡に囲み来たる（也）。其の日の儀式は霊像を請ひて前の陣に張れり。［霊像と言ふは故上総介高茂王の形并に故陸奥将軍平良茂の形也。］精兵を整へて、将門を襲ひ政む。其の日、明神忿《イカリ》有りて慥《タシカ》に事を行ふに非ず。随兵少なきが上、用意皆下りて、只楯を負ひて還る。

【注解】

＊摤　旅と同字。この字体は名義抄、字類抄にある。

＊旬月　十日または一ヵ月。転じて、わずかの月日

＊本意之怨　もとから心にいだく怨み

＊會嵇之心　敗戦の恥を雪ごうとする報復の心

＊頃年　しばらくの間、近頃

＊摢　構と同字。字体は名義抄、字類抄にある。

＊殊自常　いつもとは全く違う。

＊子飼之渡　小貝川の渡場。現つくば市吉沼あたりから、現結城郡千代川村へ渡る地点と考えられている。

＊其日儀式請霊像而前陣張　その日の戦いの儀式は神霊の像を勧請して陣の前に掲げていた。（先の野本の合戦においては、纛神を掲げて戦勝を期していた。）

＊故上総介高茂王形故陸奥将軍平良茂形　高茂王は、将門の祖父の高望王。良茂は、伯父国香の前名の良望と将門の

父の良持の二説があるが、良持説が有力である。この二人の肖像画を前面に押し立てて威圧し、将門方の気勢をそごうとしたと考えられる。このことについて「良兼は代々の族長の像を陣頭に掲げて、一族の長という立場を鮮明にしたもの」とし、さらに、「高望王の流れを汲む坂東平氏の族長に変質し、将門の立場は平氏一門から除者となった。このため将門は対決を避けて兵を引いたのであろう。」という解説がある（H）。

＊明神有忿　神の忿が有ったという意味。この神は、霊像との関連があるとすれば、将門の父祖の神ということになろう。

＊慥非行事　「慥」字類抄タシカニ。たしかに事を行うのを否定する。父祖の神の忿があって、将門はたしかに事（戦い）を行うというわけにはいかなかった。

＊随兵少上用意皆下　従えた兵が少なく、準備も全てに劣っている。

【口語訳】

まだ、将門が旅の脚を休めず、また、まだわずかの月日を経ないうちに、例の介良兼は、もとからの怨みを忘れないで、なおも報復の心を成し遂げようと欲っていた。近頃、準備し整えた軍備は、その勢いがふだんとは全く違っていた。ただちに、八月六日には、常陸、下総両国の堺、子飼の渡に囲んで来た。（良兼方の）その日の儀式は、霊像を勧請して、前の陣に掲げていた。［霊像というのは、故上総介高望王と故陸奥将軍平良持の肖像である。］

よりすぐった軍兵を整えて将門を襲い攻めて来た。その日、（父祖の）神の忿が（将門方に）あり、たしかに戦いを進めるというわけにはいかなかった。従う兵が少ない上に、用意は全て劣っており、ただ、楯を担いで逃げ帰ったのである。

18爰彼介焼掃下総国豊田郡栗栖院常羽御厩及百姓舎宅于時晝人宅櫓収而奇灰満於毎門夜民烟絶煙柒柱峙於毎家煙遐如掩空之雲炬迩似散地之星以同七日旿謂敵者奪猛名而早去将門懐酷怨而暫隠矣。

【訓読文】

爰に、彼の介、下総国豊田郡栗栖院常羽御厩《ミマヤ》及び百姓の舎宅を焼き掃ふ。時に、晝は人の宅の櫓を収めて、而も奇しき灰毎門に満てり。夜は民烟に煙を絶えて、漆の柱毎家に峙《ソバダ》つ。煙は遐に空を掩へる（之）雲の如し。炬《ヒ》は迩《チカ》く地に散る（之）星に似たり。同七日を以て、所謂敵は猛き名を奪ひて、而も早く去り、将門は酷き怨を懐きて、暫く隠る（矣）。

【注解】

＊豊田郡栗栖院　現結城郡八千代町栗山には、栗栖院弁寿山仏性寺があり、九世紀に作られたという木心乾漆像を蔵する。この近くに、旧栗栖院があったという。

＊常羽御厩　これは、現八千代町大間木にあったという官牧、大結馬牧の官厩とされる。将門の重要な基地でもあったと推定されている。

＊晝人宅櫓収而奇灰満於毎門　「櫓」米を蒸すのに用いる道具。後の蒸籠のこと。「奇灰」あやしい灰。人の居宅は櫓を収め、火元は始末されているのに、戦火で焼かれて奇しい灰が門ごとに満ちている。

＊夜民烟絶煙柒柱峙於毎家　「民烟」は民家の意味で、「烟」をかまどとするのは後世の人の読みで、将門記の原作者にとって「烟」は「民烟・宅烟」といった漢語あるいは和製漢語の構成要素として理解していたという（浅野敏彦「真福寺本将門記にみえる複数字体の漢字について」『同志社國文学』平成六年十一月）。「柒」は漆のこと。「漆柱峙毎家」は、焼けて漆を塗ったようになった真っ黒な柱が家ごとに林立する情景を表している。黒こげの柱を漆に例

えるのは、「尾張国郡司百姓等解」にも、野火の後に「見立如塗漆之柱」という表現がある。

＊煙遐如掩空之雲　煙は、はるかに空を掩う雲のようである。

＊炬迸似散地之星　炬は、ちかく地に散在する星に似ている。「炬」は字類抄、名義抄にタチアカシとある。あちこちの、燃え残りの柱から炎がちろちろと出ているさまを「地に散在する星」と例えたのであろう。この炬を野営する良兼軍のものとする説もあるが、合戦後の惨状を描くことからすれば、燃え残りの火と捉えたい。また、「炬」の傍訓ヒの位置から、ヒではなくトモシビとも読めようかという見解もある（船城俊太郎「変体漢文はよめるか」『日本語学論集』七、平成五年刊所収）。

＊敵者奪猛名　「奪」は奪。敵が勇猛の名を奪いとるようにすること。

【口語訳】

ここに、かの介（良兼）は、下総国豊田郡栗栖院常羽御厩及び百姓の家宅を焼き掃らった、その時、昼に、人家では檑をしまっていて（火元はないのに）、奇しい灰が門毎に満ちていた。夜に、民家では煙を絶やしていても、漆を塗ったような真っ黒い柱が家毎に立ち並んでいた。煙は遐かに空を掩う雲のようであり、炬は近く地に散在する星に似ていた。同七日に、いわゆる敵は勇猛の名を奪い取るようにして、素早く姿を消し、将門は酷い怨みを懐いて、しばらく身を隠したのである。

【解説】

〔対句表現（3）〕

『将門記』では、合戦の場面よりも、むしろ戦後の惨状に力点を置いて描いている。その惨状を描くのに、作者は、対句を連続して用いている。『将門記』の文章を段落に分けて考察してみると、（1）対句がほとんどなく、記録体で綴られている箇所（2）対句が記録体のところどころに用いられている箇所（3）対句が立て続けに用いられて、大いに文飾がこらされた箇所に大別することが出来る。この（3）にあたる箇所は、合戦の苦吟なども含めて戦後の惨状の場面がほとんどなのである。さらに、これらの箇所を詳しく調べて見ると、対句がその箇所の文章の七割以上を占めている。おそらく、作者は、対句を用いて戦後の惨状を描くのに、最も力をそそいだように思われる。それらの中で、ここの「書人宅…」以下の対句は、比較的簡潔ではあるが、とくに優れた表現ということが出来るように思われる。

19 将門偏欲揚兵名於後代忽變合戰於一両日之間所構鉾楯三百七十枚兵士一倍以同月十七日同郡下大方郷崛越渡固陣相待件敵叶期如雲立出如電響致其日将門急勞脚病毎事朦朦未幾合戰伴類如竿打散所遺民家為仇皆悉焼亡郡中稼穡人馬共被損害所謂千人屯處草木倶彫者只於斯云矣

【訓読文】

将門偏に兵の名を後代に揚げむと欲ふ。亦合戦を一両日の間に変じて、構へたる所の鉾・楯三百七十枚、兵士一倍なり。同月十七日を以て同郡の下大方《シモオオカタ》の郷の崛越《ホリコシ》の渡に陣を固めて相待つ。件の敵は期に叶ひて雲の如くに立ち出で電の如くに響きを致す。其の日、将門急に脚病を労りて事毎に朦朦《モウモウ》たり。未だ幾ばくも合戦せざるに、伴類算《サン》の如くに打ち散りぬ。遺る所の民家仇の為に皆悉く焼亡しぬ。郡の中に、稼穡人馬共に損害せられぬ。いわゆる千人屯れぬる処には草木倶に彫《シボ》むとは只（於）斯を云ふか。

【注解】

＊揚兵名　兵としての名を後代まで高める。

＊變合戰於一両日之間　「變」は変。合戦の状況を一、二日の間に変えようとした。
＊鉾楯　傍訓ムジュン。鉾と楯のこと。
＊兵士一倍　兵士が二倍であるということ。
＊下大方郷崛越渡　倭名抄の豊田郡に大方が見える。下大方郷は、大方郷の南部を称していたといわれる。崛越渡は現茨城県結城郡八千代町仁江戸にあったと推定されている。この地の五所神社は、将門を祀ると伝えており、その北方の山川水路がかっての鬼怒川があった所で、堀戸渡があった。この堀戸渡が崛越渡であろうという。「渡」の傍訓ミチ。
＊労脚病　脚気にかかること。足がむくみ全身がだるく疲れやすくなる病。
＊如竿打散　「竿」は算。算木の意で、計算用具として用いる。算木が散乱するように、ばらばらになって逃げ散ること。
＊朦々　精神がぼんやりとしたさま。
＊未幾合戦　まだ、いくらも合戦しないうちに。
＊稼穡　農業、農作物。ここでは農作物の意味。
＊千人屯𠩄草木倶彫　「𠩄」は處。「屯」に「むらかれぬ」と附訓がある。「むらがる」は古くは下二段活用。その連用形に完了の助動詞が付いて、処（体言）に続くので「むらがれぬる」と読むことになる。意味は、兵を集めてとどまること。「彫」はしぼむ意。全体の意味は、「千人の兵が駐屯する處では、草や木もともに弱り衰える。」となる。
＊云矣　「矣」の傍訓カ。所謂とあるから、諺か典拠のある語句かもしれない。

【口語訳】

将門は、偏に兵の名を後代に揚げようと願い、また、戦法を一、二日の間に変えて、準備した鉾・楯は三百七十枚、兵士を二倍にした。同月十七日に、同郡の下大方郷の崛越の渡に陣を固めて待機した。例の敵は、予期したとおり、雲が湧くように現れて、雷のように大音を響かせた。その日、将門は、脚の病にかかり、全てが朦朧として何も分からなくなった。まだ、いくらも戦わないうちに、（将門方の）伴類は、算木が散乱したようにばらばらに逃げ散った。焼け残っていた民家は、敵のために悉く焼亡した。郡内では、農作物、人馬が共に損害を受けた。いわゆる「千人が駐屯する所では、草木がともに弱り衰える」とは、このことを言うのか。

20以登時将門為労身病隠妻子共宿扵辛嶋郡葦津江邊依有非常之疑戴妻子扵舩泛扵廣河之江将門帯山居扵陸閑岸経一両日間件歒以十八日各分散以十九日歒介取辛嶋道渡扵上総国其日将門之婦乗舩寄彼方岸之于時彼歒等得媒人之約尋取件舩七八艘内所被虜掠雑物資具三千余端妻子同共討取即以廿日渡扵上総国爰将門妻去夫留忿怨不少其身乍生其魂如死雖不習旅宿慷慨假寐豈有何益哉

【訓読文】

登時に以て、将門、身の病を労らむが為に、妻子を隠して共に辛《サ》（幸）嶋郡葦津《アシツ》の江の辺に宿る。非常の疑有るに依り、妻子を船に載せて広河の江に泛べたり。将門は山を帯して陸閑《ムスキ》の岸に居り、一両日を経る間に件の敵十八日を以て各《オノオノ》分散しぬ。十九日を以て敵の介辛（幸）嶋の道を取りて上総国に渡る。其の日将門が婦を船に乗せて彼方の岸に寄す。時に、彼敵等媒人の約を得て件の船を尋ね取れり。七、八艘が内に、虜掠せらるる所の雑物資具三千余端なり。妻子同じく共に討取られぬ。即ち廿日を以て上総国に渡る。爰に、将門が妻は夫を去りて留りて、忿《イカ》り怨つこと少なからず。其の身生き乍ら、其の魂死せるが如し。旅の宿りに習はずと雖も、慷慨《コウガイ》して仮に寝る。豈何の益有らむや。

【注解】

＊登時　即時。

＊辛嶋郡葦津江　辛嶋にはカラシマと読み仮名がある。これは、幸島郡の誤りといわれる。倭名抄の猿島郡に、葦津が見える。葦津江は、現茨城県結城郡八千代町芦ケ谷、猿島郡猿島町山から沓掛に至る辺りが推定されているが、詳細は不明である。

＊非常之疑　「疑」は疑と同字。思いもよらない非常事態が起こる疑い。

＊戴妻子扵船　底本は「戴妻子」とあるが、意味がとれない。楊本により「戴」は載として解釈した。「舩」は船。

＊廣河之江　かって、現結城郡石下町西部から水海道市中央にかけて、飯沼という広大な沼があった。これを広河と称したという。葦津江もその一つの入江である。

＊陸閑岸　傍訓」ムスキ。むすきの岸か。結城郡八千代町六軒などの諸説があるが未詳である。

＊辛嶋道　幸嶋の道で、猿島郡を南北に縦断する道のことという。

＊将門婦　ほかに、妻・妾と書くが、いずれも、将門の妻を表すと考えられる。

＊彼方岸之　「之」字の位置は誤りか。彼方之岸であろう。

＊媒人之約　媒人は手引をする人。約は取り決め。あらかじめ妻子の情報を知らせる取り決めをしていたのであろう。それならば、先の非常の疑いもこのことを指していたのかもしれない。

＊雑物資具三千余端　「雑物」種々雑多の物。「資具」日用の道具。「端」は布帛の大きさの単位でもあるが、ここで

は、ただ数の単位を指すか。
＊妻子同共討取　「取」にレヌと傍訓があり、受身に読む。妻子が討ち取られたことになるが、後の文から、この「討ち取られぬ」は、文字どおり攻撃されて捕らえられた意味にとる。妻は、命を奪われたわけではなく、捕らえられ拉致されたことになるが、子については、全く不明である。
＊虜掠　「掠」は掠。人を虜にし、物を奪うこと　但し、これ以後、子についての記述がないから不明であるが、あるいは、子の方は命を取られたことも考えられよう。
＊将門妻去夫留　「畄」は留。ここの読みは二通り考えられる。「将門が妻は夫を去りて留り」と「将門が妻は去り夫は留り」である。ここでは、後者の読みの方が分かりやすいが、訓点にしたがって前者の読みに従うことにした。その場合、「留る」は、『源氏物語』などに見える「滞在する」「宿泊する」の意味にとりたい。
＊忿怨　傍訓イカリハラタツコト。この主語も、前文に続いて将門の妻となる。「その魂死せるが如し」の主語も将門の妻である。
＊慷慨　憂い嘆くこと。
＊假寐　「寐」の傍訓ネフル。ねぶるの意。従来、フがマに見えて「ネマル」と読んだのは誤りである。
＊豈有何益哉　どうして、何の利益があるのだろうか。
【口語訳】

即時に、（将門は）我身の病を癒すために、妻子を隠して自身も共に幸島郡葦津江の辺りに宿った。（敵の急襲を受けるような）非常事態の疑いがあったので、妻子を船に乗せて、広河の江に浮かべた。将門は、山を背後にして、陸閑の岸に居り、一二日を過ごす間に、例の敵は、十八日には、それぞれ分散して行った。十九日には、敵の介も幸島の道を通って上総国へ至った。その日、将門の妻を船に乗せて彼方の岸に近づかせた。その時に、かの敵たちは、手引きをする者との取り決めによる知らせを得て、例の船を捜し当てて取り押さえた。七、八艘の内に、奪い取られた雑物と資具は三千余端であった。妻子も同じく討たれて捕らえられた。すぐそのまま、廿日には、上総国へ至り着いた。ここに、将門の妻は夫と分かれて滞在して、大いに怒り恨んだのである。（妻は）その身は生きながら、その魂は死んだも同然であった。旅の宿りに慣れていないが、憤り嘆いて仮寝をする有様である。どうして、（このような拉致をして）何か利益があるのだろうか。

【解説】

〔豈有何益哉〕

ここで、良兼による将門の妻の拉致事件をもう少し詳しく考えておく。この妻は、上総へ抑留されたのであるが、最後の「豈有何益哉」という語句が気にかかる。これについては、Eに「どうして何の利益があろうか。仮眠をとろうとしても寝ることができず、まったくその甲斐がないことをいったものか。」と解説している以外、他の注釈書では触れられていない。この最後の語句は、将門の妻が生ける屍のようになって、悶々として眠るにも眠られず、上総へ抑留されていることを受けていると思われる。楊本でも、「草枕假寝豈有何益哉」とあって、「旅の仮寝をすることがどうして…」という内容になっている。すなわち、将門の妻を上総に連行した旅が無益のことだと理解されるのである。そもそも、良兼が将門の本拠付近を襲撃した目的の一つには、将門の妻となっている娘を奪還することも含まれていたのではなかろうか。それを思わせるのは、媒人の約という言葉である。あらかじめ、将門の妻の動向を察知して、これを捕らえるという密約があったことを想わせるのである。このように見て来ると、「豈有何益哉」という語句には、略記に記された女論（P9）以来、自分の娘に関わる良兼の行動を非難する口吻が感じられるのである。

21妾恒存真婦之心与𠦝亏明欲死夫則成漢王之勵将欲尋楊家迴謀之間數旬相隔尚懐戀處无相逢之期然間妾之舎弟等成謀以九月十日竊令還向於豊田郡既背同氣之中屬本夫家辟若遼東之女随夫令討父国件妻背同氣之中逃帰於夫家

【訓読文】

妾は恒に真婦の心を存して、幹明に与《トモナ》ひて死せむと欲ふ。夫は則ち漢王の励みを成して将に楊家を尋ねむと欲《オモ》ふ。謀を廻す（之）間に、数旬相隔りぬ。尚し懐恋《カイレン》の處に相逢ふ（之）期无し。然る間に、妾が舎弟等謀を成して、九月十日を以て、窃《ヒソカ》に、豊田の郡に還向せしむ。既に同気の中を背きて本夫の家に属《ツ》く。譬《タト》へば、遼東の女の夫に随ひて、父が国を討たしむるが若し。件妻は同気の中を背きて夫の家に逃げ帰る。

【注解】

*真婦　ほんとうの妻の意味。

*𠦝亏明　人名。「𠦝亏」は幹。幹明は、楊本では幹朋とあり、その方が正しい。この幹朋は、中国戦国時代の宋の大夫、韓憑の異称である。『捜神記』によると、韓憑は美人の妻を王に奪われて自殺する。この妻もまた、夫の後を追って、自殺するという悲話である。この故事から、「与幹明欲死」の文が作られたといわれる（E）。

*成漢王之勵将欲尋楊家　漢王は、白居易『長恨歌』の「漢皇重色思傾国」の漢皇を指す。漢皇が楊貴妃を寵愛した故事を引用して、将門がその妻を思慕する様子を記述したのである。「尋楊家」というのは、漢皇が楊貴妃の魂の行方を捜させたように、将門が妻の在所を捜そうとしたという意味にとれる。

*隔　「隔」は隔と同字。

*懐戀　「戀」は恋。この語構成は動詞＋名詞であり、語順は中国的である。『文選』に「懐恋反側如何如何」とある。

（猿田知之『「将門記」の表現』前掲）恋しく思うこと。

＊妾舎弟等　将門の妻は良兼の娘と推定されている。（↓Ｐ９）『尊卑分脈』によれば、良兼の子には、公雅、公連、公元がいる。

＊竊　窃と同字。ひそかに。

＊同氣之中　兄弟の中。同気は、『千字文』の「同気連枝」（兄弟は同じ気から生まれ、同じ木から枝が連なって出ているようなもの）に拠ったか。ここでは、親子兄弟の関係を指していよう。

＊本夫　これまで、「本夫の家に属す。」と読んでいたが、「夫の家に属本す。」とも読めるという。（猿田知之『「将門記」の表現』前掲）この説にも引かれるが、本文の傍訓を重視して、これまでの読みに従った。

＊属　傍訓ツク。着くの意か。

＊辟　「辟」は譬と同字。

＊遼東之女　出典不明。このような内容の話が知られていたのであろう。

＊件妻背同気之中迯帰於夫家　同じ文の繰り返しであり、楊本にも存在しない。あるいは、衍文であるかもしれないが、遼東の女の話の中に、このような内容があったのかもしれない。

【口語訳】

妻は常に、真の妻の心を持っていて、『幹朋賦』に見えるように、夫の後を追って死のうと思った。夫（将門）は、漢王が妻を慕い、楊家を訪ねたように、心を励まして妻の家を尋ねたいと思った。謀りごとを廻すうちに数旬が過ぎ去った。なおも、慕う気持ちを抱いていたところが（お互いに）逢う機会がなかった。そうする間に、妻の弟たちが、謀りごとを行って、九月十日になって、ひそかに豊田郡（の将門宅）に還り向かわせたのである。すでに、妻は、親子兄弟の仲を背いて、本来の夫の家に属すこととなった。例えば遼東の女が夫に従って、父の国を討たせたようなものである。例の妻は親子兄弟の仲を背いて、夫の家に逃げ帰った。

【解説】

〔与幹明欲死〕

幹朋の説話については、以下のような論考がある。どうして、「与幹朋欲死」という表現が生まれて来たのか、これによって、その経緯がよく分かるのである。

『千字文』注の一種に、敦煌に蔵されて伝わった文書『千字文注』（斯五四七）がある。その第四十一句「女慕貞潔」の注の一つには『捜神記』の話と同じ情節を持つ話を引載する。そこでは「幹朋」とその妻を「貞夫」と言い、この妻が「貞潔之志」を守ろうとして死んでいったことを主題にしている。「貞婦」は「貞夫」に甚だ似ているから、あるいはこの一種の『千字文』注が渡来し受容されて、この「貞潔」な「婦」の話が作者に知られて来たのかと推測される。（柳瀬喜代志「『将門記』の表現」前掲）

22然而将門尚与伯父為宿世之讎彼此相揖時介良兼依有因縁到着於常陸国也将門僅聞此由尓欲征伐旿脩兵士千八百余人草木共靡以十九日發向常陸国真壁郡乃始自彼介服織之宿与力伴類舎宅如負掃焼一兩日之間追尋件敵皆隠高山乍有不相

【訓読文】

然れども、将門は尚し伯父と宿世の讎《カタキ》に為りたり。かれこれ、相揖《ソウイウ》する時に、介良兼は因縁有るに依りて常陸国に到り着く。（也）将門、僅に此由を聞きて、亦征伐せむと欲ふ。備へたる所の兵士千八百余人、草木共に靡く。十九日を以て、常陸国真壁郡に発向す。乃ち、彼の介の服織《ハトリ》の宿より始めて与力の伴類の舎宅、員《カズ》の如くに掃ひ焼く。一両日の間に件の敵を追ひ尋ぬ。皆高山に隠れて有り乍ら相《ミ》ず。

【注解】

＊為宿世之讎　「為」傍訓ナリタリ。将門と良兼とは、ついに、宿命の仇敵となった。（以前には、「常夜の敵に非ず」と記していた。）

＊彼此相揖　底本の「揖」は、名義抄に揖の俗字とし、アヤツル、フネノカチとある。この「アヤツル」から、相手を自らの思いどおりに動かそうとする意味に捉えられよう。将門と良兼が「策を廻らし合う」「牽制し合う」などと解釈出来よう。

＊征伐　攻めて討ちやぶる。

＊脩　備と同字。傍訓カマヘタル。

＊服織之宿　「服」は服。現茨城県真壁郡真壁町羽鳥の地にあった良兼の営所。伝承ではあるが、羽鳥には良兼の墓もあり、地元の篤い供養も伝えられている。「宿」は、傍訓リから「やどり」と読む。宿は営所と同じとされる説と、それぞれが別で、同一の場所に宿と営所の表現があれば、両者が在るとする説がある。

＊如負　「負」は員。「かずのごとくに」と読み、そこにある数の全ての意味。

＊高山乍有不相　筑波山、足尾山、加波山などは、標高がそう高くはないが、この地方では高山とされる。「相」は、「あふ」と読んでいたが「みる」の方がよいと思われる。

【口語訳】

しかしながら、将門は尚も伯父の良兼と宿世の讎となった。あれこれと牽制し合っていた。その時、介良兼は姻戚がいることから、常陸国に到着した。将門はかすかに、このことを聞いて、攻めて討ち果たそうと願った。準備した兵士は千八百余人、草木もともに靡くような勢いであった。十九日に、常陸国真壁郡に向かって出発した。すぐさま、あの介の服織の宿から始めて、協力する伴類の家宅を全て焼き掃った。一、二日の間、例の敵を追い尋ねた。敵は皆、高山に隠れているはずではあるが、（姿を）見ることはなかった。

23逗留之程聞有筑波山以廿三日如貟立出依實件敵従弓袋之山南谿遥聞千余人之聲山響草動軯諊諠譁将門固陣築楯且送簡牒且寄兵士于時津中孟冬日臨黄昏因茲各各挽楯陣々守身自昔迠今敵人所苦晝則掛箭以眝人矢所中夜則枕弓以危敵心所勵風雨之莭蓑笠為家草露之身蚊虻為仇然而各為恨敵不憚寒温合戰而已

【訓読文】

逗留の程に、筑波山に有りと聞く。廿三日を以て員の如く立ち出づ。実に依りて、件の敵、弓袋の山の南の谿《タニ》より遥に千余人の声聞ゆ。山響き草動きて軯諊《ヘイキク》とののしり、諠譁《ケンカ》とかまびすし。将門、陣を固め楯を築きて、且つは簡牒を送り、且は兵士を寄す。時に、津の中に孟冬《モウトウ》の日黄昏《コウコン》に臨めり。茲に因りて、各々楯を挽きて陣々に身を守る。昔より今に迄りて、敵の人の苦ぶ所なり。晝は則ち箭を掛けはげて以て人の矢の中る所を眝《ミ》る。夜は則ち弓を枕して以て敵の心の励む所を危む。風雨の節には、蓑笠を家と為す。草露の身には蚊虻を仇《トモ》と為す。然れども、各敵を恨みむが為に寒温を憚らずして合戦するのみ。

【注解】

＊逗留之程　滞在するうちに。

＊筑波山　古来から詩歌などに詠まれた常陸国の名山。

＊如員　前出↓Ｐ13

＊依實　実際に。前出↓Ｐ48

＊弓袋之山　筑波山の東の麓に連なる峠。

＊南谿　谿は溪と同字。糸がつながるように水が注ぎこむ谷を表す。

＊軒詾諠譁　傍訓により、「ヘイキクとののしり、クェンクヮとかまびすし。」（文選読み）と読む。「軒詾」の「軒」は雷が響いたり、車馬の騒音。「詾」は罪を調べる大声。「諠譁」やかましく騒ぐこと。大きな声が響きわたり、がやがやと騒がしいこと。

＊簡牒　「牒」は牒と同じ。合戦を始める前に、敵に送りつける挑戦の書状。

＊津中孟冬日臨黄昏　「津」は、水の湧き出る水辺の地。孟冬は冬の始め、陰暦十月の異称でもある。水辺の地は、初冬のたそがれを迎え、戦いの続行が困難になったことを表す。これまで、この「津」は、「律」として、律暦と解釈が行われていた。

＊自昔沾今敵人所苦　昔から今までに、敵と戦う人の苦しむ所である。この一文を入れて、一旦、ここの戦いから離れて、以下、一般に、戦う兵士たちの苦難を対句で記述する。

＊各各　ここでは、このように表記している。各々。

＊晝則掛箭以眄人矢所中、夜則枕弓以危敵心所勵

「掛」の傍訓カケハケテ。弓に矢をつがえる。「眄」は目を見はるの意味。昼は、箭をつがえて、人の放つ矢が中るのに目を見はる。夜は、弓を枕にして敵が心を奮い立たせて（攻めて来るのを）恐れる。

＊風雨之節蓑笠爲家　風雨の節には、蓑と笠を家とする。

＊草露之身蚊虻爲仇　「蚊虻」にアブハヘヲ、「仇」にトモと傍訓がある。蚊虻はカ、アブの方がよいと思うが、トモは『新撰字鏡』や『名義抄』に見える読み方である。露営の際には、兵士たちは、「蚊や虻までも仲間とする」ほど、悲惨な状況におかれることを表したととりたい。。

【口語訳】

（将門軍が）滞在している際に、（良兼軍は）筑波山にいると聞いた。廿三日に、総勢が出立した。実際そのとおりに、例の敵は、弓袋山の南の渓谷に（在って）、はるか彼方に千余人（の軍勢）の声が聞こえた。（それによって）山は響き、草は動いて、車馬の騒音やわめきののしる声のように、がやがや、ざわざわと騒がしかった。将門は、自陣を固め、楯をしっかりと立てて、さらに、挑戦状を送りつけた上で、兵士を進撃させた。その時、渓谷では孟冬の日、黄昏を迎えていた。このために、各々が楯を引き、それぞれの陣に我が身を守るのであった。昔から今までに、敵と戦う兵士たちには、（さまざまに）苦しむことがあった。（例えば）昼は、箭をつがえて人の矢が中るのに目を見はる。夜は、弓を枕にして敵が心を奮いたたせるのを恐れる。風雨の節には、蓑や笠を家とする。草の露を身に受ける際には蚊虻までも仲間とする（ほど、悲惨な状況である）。しかしながら、それぞれ敵に対して恨みを抱くために、寒温を気にもかけず、ただ、ひたすら合戦するのである。

【解説】

〔「津中孟冬」の津について〕

真本、楊本、植松有信の木版本ともに「津」となっている。しかし、津では意味が通らないとしてか、群書類従本の「律」が採用され、これまで、解釈が行われて来た。律ならば、暦（律暦）の意味にとれ、「暦では孟冬に中り」又は「暦の中の孟冬の日」などと文意が明確になる。しかし、無批判に、群書類従本の語を用いるのは問題がないわけではない。

「津」をそまま生かして、解釈することは不可能であろうか。「津」の意味には、水の潤す所、水辺の地がある。この場面は、弓袋山の南谿であり、水との関わりが感じられる土地である。この「谿」から、作者が水辺として津という語を用いたと考えられなくはない。その理由は以下のとおりである。

現在の弓袋峠の南側の谷は、もちろん、往時とは変わっていることも考慮しなければならないが、大小四ケ所の沢があり、水量もかなり多い地である。昭和二十八年には、農業用水のダム工事が行われたが、軟弱な岩盤のために中止され、一部が用水池となり、今は観光用の沼となっている。この土地の人の話では、昔は大きな沼があったと伝えられていたということであった。

さらに、『万葉集』には、「筑波の山の裳羽服津のその津の上に率ゐて」と歌に詠まれている。この津の場所は不明であるが、筑波山中の水辺（水の湧き出る所）という解説がある。古くから、筑波山麓には、津があると知られていたのである。こうしたことから、作者が「津」という語を採用したと考えることは不可能ではない。

〔自昔迄今敵人所苦〕

・この一文は、前の文との繋がりがないことから、この文はないほうがよいとか、文意不明と解されて来た。確かに、将門軍と良兼軍との対峙の記述から、この文を境として、合戦に於ける、一般的な兵士たちの苦悩の叙述に変わっていく。昼と夜の合戦から、風雨の節と草露の時の合戦に続き、それぞれが対句を駆使して描かれている。（楊本では、さらに凝った対句が見られる。↓P280）

作者は、こうした合戦一般の苦難を指摘しておきたかったのではなかろうか。すなわち、「それにもかかわらず、人々は、怨恨の故に寒温を憚らず、なお合戦が行われる。」と述べて、この場面の戦いもまた同様であるとまとめようしたことが伺える。むしろ、作者はこの一文を入れることにより、戦いの苦しみは、昔から今まで続いていると強調したかったと思われる。

24其度軍行頗有秋遺敷稲穀於深泥渉人馬於自然飽秣𩜾牛者十頭酔酒被討者七人［真樹陣人其命不死］謂之口惜哉焼幾千之舎宅想之可哀滅何万之稲穀終不逢其敵空帰於本邑

【訓読文】
その度の軍《イクサノキミ》行きて頗《スコブ》る秋の遺り有り。稲穀を深き泥に敷きて、人馬を自然《ジネン》に渉す。秣《マグサ》に飽きて𩜾《タオ》しぬる牛は十頭、酒に酔ひて討れぬる者は七人。［真樹が陣の人其の命死せず。］之を謂ふに口惜しき哉、幾千の舎宅を焼く。之を想ふに哀しぶべし、何万の稲穀を滅す。終にその敵に逢はず、空しく本邑に歸りぬ。

【注解】
＊其度軍行頗有秋遺　「軍」に「ノキミ」と傍訓がある。いくさのきみは一軍を統率する将軍のこと。その時の将軍の行軍では、たいそう秋の収穫の残りがあった。
＊自然　そのままに、
＊飽秣𩜾牛　「𩜾」の傍訓シヌル。秣を食べるにまかせて𩜾した牛。これらの牛は、物資の運搬など、輜重用の牛であったのかもしれない。
＊酔酒被討者　底本では「酒」「酔」の文字の旁の酉が百となっている。名義抄では、百と酉は同字とされている。この内容は、酒に酔ったために敵に討たれたか、同士討ちであったか明確ではない。いずれにしろ、作物や食料、

飼料が多かったことを言おうとしたようである。ここに見える「敷稲穀」「飽秣斃牛」「酔酒被討」などは、合戦における愚行であって、その惨状を具体的に記したものと解せよう。これらを実例として、「謂之口惜」以下の批判が述べられることになる。

＊真樹　前出（P55）の平真樹のことか。この割注だけでは、その文意が何を指しているか分からない。

＊幾千之舎宅　この語句の横に以下の傍書がある。「想像可哀何万之稲米散滅」。「幾」は、楊本では傍訓ソコハクとある。。

＊何万　傍訓ソコハク。前の幾千と同様に読むか。きわめて多いという意味であろう。

【口語訳】

その度の将軍の行軍では、秋の収穫の残りが多かった。実った稲を深い泥の上に敷いて、人馬を滞りなく渉した。秣を食べ過ぎて斃すこととなった牛は十頭。酒に酔って討たれた者は七人。［真樹の陣の人は死ななかった。］これを謂うと残念なことよ。幾千の家宅を焼いた。これを想うと哀しいことだ。何万もの稲をだめにした。（将門は）終に、その敵に逢うことなく、空しく本拠に帰るはめになってしまった。

【解説】

〔真樹陣人其命不死〕

先に「平将門及真樹等可召進之由官符」が記され、将門と真樹が源護によって、朝廷に訴えられていた。ここに見える真樹は、その真樹と考えられている。将門と源護一族との戦いに関わっていたことから、将門に味方した人物であろう。その真樹が引き続いて、良兼との戦いに加わっていたことになる。伝説では、現真壁郡大和村の大国玉に居住していたとされるが、実際には、どうであったか不明である。また、ここに、真樹の陣は、わざわざ戦死者がいなかったと記されている理由も分からない。ただ、合戦における愚行が記されたところに注として入っているので、統率のとれた陣をしいていたことを強調しているようにも見える。常陸国ないしはその付近に勢力を有していて、将門に従っていたことは確かであろう。なお、ここの合戦は、互いに勝敗がつかず、死んだ十頭の牛や酒に酔った七人の戦死者を記すなど、きわめて細かい叙述がなされている。これらは、事件の展開から見れば、きわめて瑣末なことであろうから、かえって注目すべき合戦描写ということが出来よう。

25 厥後以同年十一月五日介良兼掾源護并掾平貞盛公雅公連秦清文凡常陸國等可追捕将門官府被下武蔵安房上総常陸下毛野等之国也扵是将門頗述氣附力而諸国之宰乍抱官苻慥不張行好不堀求而介良兼尚銜忿怒之毒未停敎害之意求便伺隟終欲討将門

【訓読文】

その後、同年十一月五日を以って、介良兼、掾源護、并に掾平貞盛、公雅、公連、秦清文、凡そ常陸国等を将門に追捕せしむべき官符、武蔵、安房、上総、常陸、下毛野等の国に下されぬ（也）。是に、将門頗る気を述べ力に附く。而るを、諸国の宰《ツカサ》、官符を抱《ニギ》り乍ら、慥《タシカ》に張り行はず、好みて堀り求めず。而るを介良兼尚し忿怒の毒を銜《フフ》んで未に殺害の意を停めず、便を求め隙を伺ひて、終に、将門を討たむと欲《ス》。

【注解】

＊公雅、公連　いずれも良兼の息子。

＊秦清文　どういう人物か未詳。常陸の秦氏は「常陸国那珂郡に幡田郷ありて『和名抄』に見ゆ。この氏と関係あるべし。」という。（太田亮『姓氏家系大辞典』）

＊常陸國　ここだけ、「國」の字体を用いる。楊本には常陸国の敵とあり、理解しやすい。
＊官府　「府」は「符」のこと。（→P55）介平良兼、椽源護、椽平貞盛、公雅、公連、秦清文等を平将門に追捕させる官符が武蔵、安房、上総、常陸、下野国等に下ったと解釈する。
＊述氣　意気ごみを述べる。
＊附力　力とする。
＊諸国之宰　諸国の国司。
＊抱　傍訓ニキリ。にぎりと読む。手に入れる。
＊愢張行　きちんと執行する。
＊堀求　追求する。
＊銜忿怒之毒　「銜」ふゝむと読み、心に留める意。怒り腹立つ憎悪の心を留めている。
＊欲討将門　「欲」の傍訓ス。これはサ変動詞「す」である。漢文訓読語では、為、擬、将、欲などが「す」と読む。

【口語訳】

その後、同年十一月五日、介良兼、掾源護、并に掾平貞盛、公雅、公連、秦清文など常陸国（の敵）等を将門に追捕させる官符が武蔵、安房、上総、常陸、下野等の国に下された。是に、将門は、意気込みを述べ、力としたのである。しかし、諸国の国司は官符を手にしながら、きちんと執行せず、進んで追求しなかった。ところが、介良兼は、なおも怒りの憎悪を心に有し、未だに、将門を殺害する気持ちを止めず、つてを求め、すきを伺って、終に将門を討とうとした。

【解説】

〔承平七年十一月五日の官符〕

この官符をそのまま読むと次のようになる。「介良兼、掾源護、并に掾平貞盛、公雅、公連、秦清文、凡そ常陸国等、将門を追捕すべき官府、武蔵、安房、上総、常陸、下毛野等之国に下されぬ。」(真本、楊本の傍訓は、ともに「将門ヲ」となっている。) すなわち、「良兼等が将門を追捕すべき官符」が武蔵以下の国に下されたことになる。しかし、この内容では、以下の理由によって、矛盾が生じ、逆に「良兼等を将門に追捕させるべき官符」とする説がほぼ定説となっている。

(1) この次の文で、「於是、将門頗述気附力」とあり、この官符を得て将門が大いに意気込みを述べ、気力を高めている。

(2) 後の将門の書状の中に、良兼に襲われ虜掠された後、「被下諸国合勢可追捕良兼等官符又了」(諸国勢を合せて、良兼等を追捕すべき官符を下さるること又了りぬ) とある。この官符は、ここに示した承平七年十一月五日の官符と考えられる。

(3) 官符が下された諸国の中に、将門の在地である下総国が入っていない。将門を追捕するのであれば、当然、下総国が入るはずであろう。

(4) 追捕する側に人名と共に、常陸国が入っている。おそらく、この本文には、何らかの誤りがあったことが考えられよう。楊本では、「凡常陸国敵等」と敵の字が入っている。これならば、良兼など常陸国に所在する敵らを将門によって追捕させる官符と考えられる。

(5) 良兼の方に、官符が下ったのであれば、良兼の対処の仕方が全く異なったはずである。

ただし、これを文章の面から言えば、このようには読むのに疑問があることも事実である。本文中の用例を参照して細かく検討しておこう。

Ⅰ、「介良兼～常陸国等」を「追捕す」の客語とすること。これは、和化漢文ではしばしば見受けられ、本文中にも同様の用例が見られるから問題はない。例えば、「平将門及真樹等可召進之由」（平将門及び真樹等を召進すべき由→P54）「賊首兄弟及伴類可追捕之官符」（賊首兄弟及び伴類を追捕すべき官符→P234）などである。

Ⅱ、「将門」に傍訓ヲがあること。『将門記』には「可追捕将門之官符」すなわち「可＋動詞……之＋名詞」の形で、……に傍訓ニがある用例は見当たらず、全てヲである。『将門記』を見るかぎりでは、「将門に追捕すべき官符」と読むのは不自然である。

そこで、ここでは、底本の記し方に誤りがあったことをも考え合わせ、官符の内容の方を重視して、ほぼ定説となった読み方に従った。さらに、文意を分かりやすくするため、「追捕せしむ」と使役形に読むことにした。これは、漢籍を読む際に、使役を表す文字がなくとも、文の前後関係から使役に読むことがある慣例に拠った。例えば、「管仲以其君覇、晏子以其君顯」（『孟子』公孫丑）のような文を「管仲は其君を以て覇たらしめ、晏子は其君を以て顯はれしむ。」と読む。すでに、注釈書の中でも、Ⅰでは「追捕せしむ」と使役に読んでおり、本書もそれに従うことにした。

26 于時将門之駈使丈部子春丸依有因縁屢融於常陸国石田庄邊之田屋于時彼介心中以為［字書曰以為者於牟美良久］讒釼破巖屬請傾山盍得子春丸之注豈敎害将門等之身即呂取子春丸問案内申云甚以可也今須賜此方之田夫一人将罷漸々令見彼方之氣色云々彼介愛興有餘恵賜東絹一疋語云若汝依實令謀害将門者汝省荷夫之苦役必為乗馬之郎頭何況積穀米以増勇分之衣服以擬賞者

【訓読文】

時に、将門が駈使丈部《ハセツカベ》子春丸、因縁有るに依り、屡《シバシバ》常陸国石田の庄邊の田屋に融ふ。時に、彼介、心中に以為［字書に曰く、以為はおもみらく」讒剣《ザンケン》は巌を破り、属請《ショクセイ》は山を傾く。盍《イカン》ぞ子春丸が注を得て、豈に、将門等が身を殺《セツ》害《ガイ》せざらむ。即ち子春丸を召し取りて、案内を問ひて、申して云はく、甚だ以て可也。今須く此方の田夫一人を賜るべし。将て罷《イ》りて漸々彼方の気色を見せ令めむと、云々。彼介、愛興すること余り有りて、東絹《アズマキヌ》一疋を恵み賜《タ》ぶて語りて云く。若し、汝、實に依りて、将門を謀りて害せ令めたらば汝が荷夫の苦しき役を省きて、必ず乗馬の郎頭と為《セ》む。何ぞ況や穀米を積みて以て勇みを増し、之に衣服を分かちて以て賞と擬《セ》む者《テヘリ》。

【注解】

*駈使　雑用の走り使い

*丈部子春丸　丈部（はせつかべ）氏は常総地方に多い。子春丸は、将門の駈使を務めていて、妻のいる石田辺りの田屋に通っていたのであろう。

*屡　しばしば。現在は、俗字の屡の字を使うことが多い。

*石田庄　現茨城県真壁郡明野町東石田付近にあったといわれる。もともと、将門の伯父、国香の根拠地であったといわれる。

*田屋（たや）　田の耕作に関わる小屋。歴史用語としての説明を見よう。「農繁期の一時的な住居とは異なり、さらに規模の大きい恒常的なもので、人間の住むべき「屋」と農具・収穫物の貯蔵所たる「倉」とからなる若干の建物であった。」（石母田正『中世的世界の形成』昭和二十一年刊）。

*於牟美良久　「以為」の読みとして「おむみらく」と示されているが、不可解である。「おもみらく」であれば、「考

えてみる」の意味となる。↓解説

＊讒釼破巖屬請傾山　「讒釼」は、人を悪く言っておとしめる言葉を人を傷つける釼に例えた。「屬請」は、無理やりに頼み込むこと。この内容は、「人を悪くいう鋭い言葉の剣は巌をも破り、無理やり頼み込む言葉は山も傾ける」ということか。すなわち、良兼が子春丸に対して、将門を悪しざまに言い、強引に頼みこんで、将門にうち勝って大きく局面を変えようとしたと解釈したい。

『仲文章』には、「讒言剣破巌、非法鉾傾山」とある。こうした諺語が当時あったと思われる。

＊盍　傍訓イカマソ。「なんぞ（いかんぞ）…ざる」と読む再読文字。

＊注　注進、手引き。

＊㕥取　召し寄す。呼び寄せる。

＊案内　実状、内情　「問案内」の「問」に傍訓テとあり、「案内を問ひて」と読むが、楊本のように「問ふに」と読む方が次に繋がりやすい。

＊甚以可也　たいへんけっこうである。（子春丸の応諾の言葉）

＊将罷　傍訓ヰテカエテ。連れ帰っての意。

＊彼方の氣色　将門方の状況。

＊愛興有餘　喜び、めでる感情があふれていること。

＊東絁　「絁」は絹。東国より産出する絹。品質がよくないという。

＊荷夫之苦役　荷を背負って運搬する人夫の苦しい仕事。

＊乗馬之郎頭　馬に乗ることの出来る上級の従者。

【口語訳】

その時、将門の駆使、丈部子春丸は、姻戚がいることから、しばしば常陸国石田の庄辺りの田屋に通っていた。その際、彼の介は、心中に思うことがあった。［字書では、以為はおもみらくという。］、人の悪口を言う言葉の剣は、巌をも破り、強引に頼み込む言葉は山をも傾ける。子春丸の手引きを得て、どうして、将門らの身を殺害させないでいられようか。と。そこで、子春丸を呼び寄せて、（将門方の）実状を（知らせよと）問うたところ、（子春丸は）申して言った。「大いにけっこうです。今、こちらの農夫、一人をぜひ（貸して）いただきたい。連れて行って、徐々に、あちらの状況を見させましょう。」などなどと。彼の介は、喜びの感情をいっぱいに溢れさせて、東絹一疋を恵み与えて、語って言った。「もし、おまえが実際に、将門を謀って殺害させるならば、おまえの荷夫の苦役を除いて、必ず、乗馬の郎頭としよう。」と。なおさら、米穀を積み上げて（子春丸の）奮起を促し、衣服を分かち与えて「褒賞としよう。」と言った。

【解説】

〔於牟美良久〕

これを「おむみらく」と読むと、意味がとれないが、「おもみらく」であれば、以下のように説明がつく。「おもひみる」という二語の複合動詞が音便を起こし、「おもむみる」となった語と考えられる。さらに、この「む」が無表記で、「おもみる」となる。「みる」（上一段活用動詞）の「み」（未然形）＋らく（準体助詞）の形で、「おもみらく」は「おもいみること」の意味になる。

さて、於牟美良久の牟を「も」と読むことについては、底本の用字法から可能性がある。この後、「我身牟不成」（我身も成らず）と「心牟遭杵」（心も遭杵）の「牟」をモと読ませているからである。これと同様に考えれば、ここの牟も、モと読むことによって、解釈することが出来ることになろう。

ところで、ここでは「以為」を「おもみらく」と注を付けているのだが、普通は「おもへらく」と訓む。おもへらくならば、おもへ（四段活用動詞の已然形）＋ら（完了の助動詞未然形）＋く（準体助詞）の形で、「おもつていること」の意味となる。

27 子春丸忽食駿馬之宍未知彼死偏随鴆毒之甘喜悦罔極率件田夫帰於私宅豊田郡罡埼之村以其明日早朝子春丸彼使者各荷炭而到於将門石井之營所一兩日宿衛之間摩率使者其兵具置昕将門夜遁昕及東西之馬打南北之出入悉令見知爰使者還叅具擧此由

【訓読文】

子春丸、忽ちに駿馬の宍《シシ》を食ひて、未だ彼の死なむことを知らず。偏に鴆毒《チンドク》の甘きに随ひて喜悦極りなし。件の田夫を率ゐて私宅の豊田郡岡埼村に帰る。其の明日の早朝を以て、子春丸、彼の使者と各炭を荷なひて将門が石井の営所に到る。一両日宿衛《シュクエイ》する（之）間に、使者を麾《マネ》き率ゐて其の兵具の置所、将門が夜の遁所、及び、東西の馬打《ウマウチ》、南北の出入、悉く見知ら令む。爰に、使者還り参じて、具に此由を挙ぐ。

【注解】

＊食駿馬之宍　駿馬の肉を食った後に酒を飲まないと病になる恐れがあるという故事がある。これは『呂氏春秋』『淮南子』などに見える。

＊未知彼死　駿馬の肉を食らって、死ぬことを知らない。子春丸がうまい話に乗って、やがて死に至ることが分からないさまを例えている。

＊鴆毒之甘　鴆は猛毒を持つ鳥で、その毒は甘く口当たりがよいという。出典『淮南子』「易随鴆毒甘口也」、『帝範』にも見える。
＊冈　「冈」は名義抄にナシとある。
＊豊田郡罡埼之村　罡埼は、岡埼。現結城郡八千代町尾崎といわれるが明確ではない。
＊各荷炭　この炭は鍛冶用ともいう。
＊石井の營所　現在の岩井市中根付近の将門の本拠地にあったとされる営所。現在、島広山の遺跡をはじめ、伝説が多く残されているが、確かな場所は不明である。
＊宿衛　宿直して護衛する。子春丸が宿衛を勤めたことについて、以下の解説がある。「伴類である子春丸が宿営を勤めていたことが重要で、平時の宿営は戦闘の際の合戦への動員と表裏の関係にある。伴類である子春丸は、軍事的な性格を持つ宿営と炭を納める貢納の二種の負担を負っていた。」（H）
＊摩　傍訓にマネクとあるから麾の誤りであろう。楊本は麾である。
＊夜遁所　夜に姿を隠す所、寝所か。
＊東西之馬打　「馬打」は馬に鞭を打つこと。営所の東西にある馬場のことであろうか。あるいは、馬を出す場所ともいう。
＊南北之出入　営所の南北の出入口。
【口語訳】

子春丸は、たちまち、駿馬の肉を食らうように（この美味い話に）飛び付いて、（故事にあるように）死ぬことを知らなかった。ひとえに、鴆毒のような甘さに引かれて、さかんに喜ぶさまは、極まりなかった。例の田夫を連れて、私宅のある豊田郡岡埼村に帰った。その明日の早朝、子春丸は、その使者と各々炭を背負って、将門の石井の営所に到着した。一、二日、宿衛する間に、使者を連れまわって、営所の武器の置場所、将門の寝所、及び東西の騎馬の出入口、南北の出入口など、全てを見知らせた。こうして、使者は帰って来て、（良兼に）詳しくこの報告を申し上げた。

28 彼介良兼々構夜討之兵同年十二月十四日夕發遣扵石井營昕其兵類昕謂一人當千之限八十余騎既張養由之弓［漢書曰養由者執弓則空鳥自落百射百中也］弥肩解烏之靫［淮南子曰有弓師名曰夷羿尭皇時人也時十介日此人即射九介之日射落地其日有金烏故名解烏仍喩扵上兵者也］催駿馬之蹄［郭璞曰駿馬生三日而超其母仍一日行百里也故喩扵駿馬而已］楊李陵之鞭如風徹征如鳥飛着即以亥剋出結城郡法城寺之當路打着之裎有将門一人當千之兵暗知夜討之氣色交扵後陣之従類徐行更不知誰人便自鵝鴨橋上竊打前立而馳来扵石井之宿具陳事由主従惚忙男女共囂

【訓読文】

彼の介良兼、兼て夜討の兵を構へて同年十二月十四日の夕、石井営所に発遣《ハッケン》す。其の兵類は、所謂一人当千の限り八十余騎、既に養由の弓を張れり。［漢書に曰く、養由は弓を執れば、則ち空の鳥自ら落ち百を射るに百に中る也。］弥解烏《カイウ》の靫《ヤナグイ》を負へり。［淮南子に曰く、弓師有り名は夷羿と曰ふ。尭皇の時の人也。時、十介の日、此人即ち射しかば、九介の日を地に射落しき。その日に金烏有り。故に解烏を名とす。仍て上兵なる者に喩ふる也。］駿馬の蹄を催し、［郭璞《カクハク》が曰く、駿馬生れて三日にしてその母を超ゆ。仍て一日に百里を行く也。故に駿馬に喩ふるのみ。］李陵の鞭を揚げて、風の如くに徹り征き、鳥の如くに飛び着く。即ち、亥剋を以て結城郡法城寺の当りの路に出て打ち着く（之）程に、将門が一人当千の兵有りて暗に夜討の気色を知り、後陣の従類にに交りて徐に行く。更に誰の人と知らず。便ち、鵝鴨《カモ》の橋上より窃に前に打ち立ちて石井の宿に馳せ来りて具に事の由を陳ぶ。主従怱忙《ソウボウ》男女共に囂《サワ》ぐ。

【注解】

＊夜討　夜、不意に敵を襲い撃つこと。夜攻め、夜駆けという表現もある。

＊発遣　出向かす。良兼は、本拠にいて、兵を出動させたようである。

＊一人當千　一人で千人にも当たれる強者。

＊養由之弓　養由は、養由基のことで、戦国時代の楚の人、弓の名手として知られている。割注に、「漢書曰」とあるが、漢書にはこうした記述はないという。ただし、『千字文注』には「養由基亦善射。射甲透徹九重。挙弓雁自落」と見えている。

＊漢書　後漢の班固が書いた前漢の歴史書。

＊淮南子　漢の淮南王、王劉が学者に作らせた書。

＊夷翌　「翌」は羿が正しい。中国、戦国時代末の屈源が「天帝は夷羿をこの世に降らせて、夏の民の禍いを革めさせた。」と詠じている。ここでは、中国古代の伝説的な弓の名手の意。

＊解烏之靫　割注に記述があるように、堯の時代に、十の太陽が現れ、弓の名手、夷羿がその九つを射落とした。太陽の中にいた烏も射落とされたことから、解烏という。「靫」の傍訓ツボヤナクヰ。筒形をしたやなぐい（矢を入れて携帯する容器）のこと。そこで、弓の名手夷羿が身に着けていた靫を解烏の靫と称えたのである。

これは、『淮南子』に、「尭の時代に、十の太陽が出て、草木が焼けて枯れたので、羿に命じて十の太陽を射させたところ、九の太陽を射落した。」という内容の記述がある。後漢の王逸がこの記述を引用して、「九の太陽の中にいた九烏は、皆、死んでその羽翼を落とした。」と注を付している。この解羽を解烏と称したのである。

また藤原明衡の『新猿楽記』には「具養由之弓能、有解烏之靭徳、寔可謂一人当千」と見えるように、「養由の弓」と「解烏の靫」が一人当千の優れた兵を表す成句となっている。ここは「まるで、養由が弓を張り、解烏の靭を身に着けているような、優れた兵士」をいう。

＊上兵　武芸（ここでは弓術）に優れた上級の兵。

＊催駿馬之蹄　優れた馬が蹄の音を起こしての意味。

＊郭璞　晋の人、字は景純。東晋に仕えて著作郎となる。

＊駿馬生三日而超其母　駿馬は、生まれて三日でその母を超える。この出典について、以下の説がある。『文選』の「上林賦」には、上林苑に棲む獣の中に駃騠が記されている。駃騠は牡馬と牝驢の子という。これに郭璞の注があり「駃騠生三日而超其母」とする。この駃騠は『広雅』では「駿馬」と解している。（柳瀬喜代志『将門記』の表現」前掲）

＊楊李陵之鞭　「楊」は揚の意。李陵は前出。勇将李陵のように、勢いよく鞭を揚げての意味。ここは、良兼の夜討ちの出陣を故事を交えて記し、ものものしい表現となっている。

＊結城郡法城寺　現結城市矢畑と上山川にまたがる地域にあった大寺。ここは結城寺廃寺跡といわれていたが、結城市教委の発掘調査によって、法城寺と判明した。市教委の発表によれば、「発掘された法城寺とヘラで書かれた文字瓦から、将門記の結城郡法城寺が結城廃寺であることが裏付けられた。」（平成4年3月6日毎日新聞）という。なお、この瓦片は、結城市公民館に保存されている。

＊従類　一般には一族・家来をいう。伴類とともに歴史用語である。Hによれば、「伴類が私宅を別に持つ一般庶民であったのに対し、従類は経済的にも主人と密接な関係にあり、居住形態としては伴類の家々が広く郡内に散在して

いたのに対し、従類は与力の小宅といわれるように、主人の館（宅）の周辺に住む者が多かった。しかし、戦闘ではこの従類が騎兵隊になり、主人の兵とともに活躍している。」という。

＊鵝鴨橋　現結城市山川新宿の釜橋、結城市大木の八坂下橋の二説があるが、想像の域に止どまる。

＊惚　名義抄に、サハカシとある。

＊囂　傍訓サワグ。騒ぐ、騒がしい。

【口語訳】

彼の介、良兼は、かねてから夜討ちの準備をしていて、同年十二月十四日の夕方、石井営所に出向かせた。その兵たちは、いわゆる一人当千の者ばかり八十余騎。すでに養由の弓を張り［漢書にいう、養由が弓を手にすれば、空の鳥がひとりでに落ちた。百射百中である。］、その上に解烏の靭を身に着けている［淮南子にいう、弓師がいた。名を夷羿という。堯皇の時代の人である。その時、十の太陽が出て、この人が九の太陽を射て、地面に落とした。その太陽には金の烏がいた。その故に、解烏と名づけた。そこで、上兵に喩えたのである。］ような優れた兵士である。（その兵たちが）駿馬の蹄の音も（高らかに）響かせ、［郭璞がいう。駿馬は生まれて三日経つと、その母を超える。そこで、一日に百里を行く。その故に、駿馬に喩えたのだ。］勇将李陵のように鞭を揚げて、風のように通って征き、鳥のように飛び立った。そうして、亥の剋になって、結城郡法城寺の辺りの道に到着した時に、将門方の一人当千の兵がいて、夜討ちの気配を察知して、（良兼軍の）後陣の従類たちに交じってゆっくりと行く。それが誰であるか、全く分からなかった。そうして、鵝鴨の橋からひそかに、一団の前に打ち立ち、石井営所に馳せて来て、詳しく、事の次第を通報した。将門主従は驚き慌てて、男女共々、大騒ぎとなった。

【解説】

〔中国の故事挿入について〕

先に、燕丹の故事が割注で詳しく記されていたのと同様に、ここにも養由・夷羿・駿馬の故事が続けて取り入れられている。これら、『将門記』の故事挿入については、かなり早い時期から論じられて来た。佐々木八郎『中世戦記文学』（昭和十九年刊）には、「もし『将門記』の筆者が更にこれらの故事説話を徹底させるために、その故事の内容について詳述したならば、ここに挿話的叙述が出来あがったのであろう。」と記されている。後世の軍記物語には、多くの中国故事挿入説話が見受けられる。『将門記』の中国故事挿入が故事挿入説話へと発展していったことが首肯されるのである。

29 爰敵等以夘尅押圍也扵斯将門之兵十人不足揚聲告云昔聞者由弓［人名］楯爪以勝扵數万之軍子柱［人名］立針奪千交之鉾況有李陵王之心慎汝等而勿面帰将門張眼嚼歯進以撃合于時件敵等弃楯如雲逃散将門羅馬而如風追政矣遁之者宛如遇猫之鼠失穴追之者辟如政鵄之鷹離韝第一之箭射取上兵多治良利其遺者不當九牛一毛其日被戮害者卌餘人猶遺者存天命以遁散［但注人子春丸有天罸事顯以承平八年正月三日被捕敎已了］

【訓読文】

爰に、敵等、卯の剋を以て押し囲む也。斯に於て、将門が兵十人に足らず。声を揚げて告げて云く、昔聞きしかば、由弓［人名］は爪を楯として以て数万の軍に勝ちき。子柱［人名］は針を立てて、千交の鉾を奪ひき。況や李陵王の心有り。慎んで汝等（而）面を帰すこと勿れ。将門、眼を張り歯を嚼んで進みて以て撃ち合ふ。時に、件の敵等楯を棄てて雲の如くに逃げ散る。将門馬に羅って風の如くに追ひ政む（矣）之を遁るる者は、宛も猫に遇へる（之）鼡の穴を失ふが如し。之を追ふ者は、譬へば雉を政むる（之）鷹の韝を離るるが如し。第一の箭に上兵多治良利を射取る。その遺りの者は九牛の一毛に當らず。その日、戮害せらるる者の卌余人、猶遺る者は天命を存して以て遁げ散る［但し、注人子春丸、天罰有りて事顕れ、承平八年正月三日を以て捕へ殺され巳に了りぬ。］

【注解】

＊夘尅　午前六時頃。夜明けを待って攻撃したか。

＊告云　将門が主語。

＊由弓、子柱　ともに人名、未詳。爪や針を武器として戦ったとあり、こうした典拠がありそうだが未詳である

＊千交　刃を交えた千本の鉾か。

＊慎　傍訓ツツシムテ

＊勿面帰　後を見てはならない。（敵に後を見せるなの意。）

＊張眼嚼歯進以撃合　睨みつけ歯噛みをして、突き進み討ち合う。すさまじい将門の戦いぶりを表現する。

＊宛如遇猫之鼠失穴　あたかも、猫に遇った鼠が逃げ場の穴を見失ったような救いがたい惨めな状況をいう。

＊譬如政鴂之鷹離韝　「韝」字類抄にタカタヌキとあり、鷹匠の籠手のこと。譬えれば、雉を攻める鷹が鷹匠の籠手から飛び立つような勇ましい勢いをいう。猫と鼠、鷹と雉は、『新猿楽記』に「譬如鼠会猫雉相鷹」とあるように、諺の類であろう。

＊多治良利　多治氏は丹比、多治比とも書く上古以来の名族。下総・常陸にも多治氏が存在した。この人物は未詳。

＊九牛一毛　司馬遷『報任少卿書』中の「仮令僕伏法受誅若九牛亡一毛」による語句。九頭の牛の中の一毛。多数の

中の僅かな一部で、取るに足らないこと。

【口語訳】

ここに、敵たちは、卯の剋になって、営所を取り囲んで来た。ここにおいて、将門の兵は、十人に足らなかった。（将門は）声を張り上げて、告げて言った。「昔、聞いたところ、由弓［人名］は爪を楯として、数万の軍に勝った。子柱［人名］は針を立てて、千本の鉾を奪った。ましてや、（自分は）李陵王のような強い心が有る。慎んで、汝ら（而）面を帰して敵に後ろを見せてはならない。」と。将門は眼を張り、歯を嚙んで、進んで撃ち合った。その時、例の敵らは、楯を棄てて、雲が散るように、ちりぢりに逃げ去った。将門は、馬にまたがり、疾風のように追い攻めた。これを遁れる者は、まるで猫に遭った鼠が逃げ場の穴がないような惨状で、これを追う者は、例えば雉を襲う鷹が鷹匠の鞲から飛び立つような威勢であった。第一の箭に、上兵多治良利を射取った。その他の者は、九牛の一毛にも当たらない（取るに足らない者でしか）なかった。その日、殺害された者は四十余人、なお生き残った者は、天運があって遁げ散った。［ただし、注進者、子春丸は、天罰があって事が露顕し、承平八年正月三日、捕らえられてついに殺されてしまった。］

【解説】

〔将門兵十人不足〕

良兼は、子春丸の手引きによって、石井営所の状況を十分に調べ、夜襲の計略を練りあげた。承平七年十二月十四日、一人当千の兵士八十余騎を選りすぐって派遣する。その出陣のものものしさは、養由の弓を張り、解烏の靫を背負い、駿馬の蹄を響かせ、李陵の鞭を揚げると表されている。まさに、中国の英雄の雄姿そのものと言ってよい。これに対して、将門方にも一人当千の従者がいた。その勇者の注進によって、全くの不意をつかれたわけではないが、兵の数は十人に足りなかった。この劣勢を跳ね返したのは、まさしく、将門個人の奮戦にあった。まず、出典があるような語句を引きながら、声を張り上げて従者たちを鼓舞し、けして敵に後ろを見せてはならぬと督励した。敵が襲来すると、眼を見開いて睨みつけ、歯をばりばりと噛んで、真っ先に立って戦った。敵が後ろを見せるや、馬を駆って、おそらくは名乗りを揚げ、疾風のように敵を追い詰めて行く。逃げ去る者は、猫に遭う鼠であり、追う者は、雉に迫る鷹であった。第一の矢が上兵の多治良利を討ち取った。その瞬間から、一人当千の勇者たちは、九牛の一毛にも足らない者たちになり変わり、将門方は大勝利となった。

ここの戦いは、将門一人の活躍がとくに際立って表現されている場面である。将門の姿は、まさに一代の英雄の雄姿といってよかろう。こうした描写は、後世の将門英雄伝説の成立に大きく関わっていると考えられる。

30 此後掾貞盛三顧己身立身修徳莫過扵忠行損名失利無甚扵邪悪清廉之比宿扵蚫室羶奎之名取扵同烈然本文云不憂前生貧報但吟悪名之後流者遂巡濫悪之地必可有不善之名不如出花門以遂上花城以達身加之一生只如隙千歳誰栄猶争直生可辞盗跡苟貞盛奉身扵公幸預扵司馬烈況積勞扵朝家弥可拝朱紫之衣其次快奏身愁等畢以兼平八年春二月中旬山道京上

【訓読文】

此の後、掾貞盛、三たび己の身を顧みて、身を立て徳を修むるには忠行に過ぐるは莫し。名を損じ利を失ふは邪悪より甚しきは無し。清廉の比、蚫室《ホウシツ》に宿りて、羶奎《センケイ》の名を同烈に取れり。然るに、本文に云く、前生の貧報を憂へずして、但、悪名の後流を吟《ニヨ》ぶ者《テヘリ》。遂に濫悪の地に巡りて、必ず不善の名有るべし。如かじ。花門に出て、以て遂に花城に上り、以て身を達せんには。加之《シカノミナラズ》、一生は只隙の如し。千歳誰か栄えむ。猶し直生を争ひて盗跡《トウセキ》を辞すべし。

苟も貞盛身を公に奉り、幸に司馬の烈に預る。況や労を朝家に積んで、弥朱紫の衣を拝すべし。其の次に、快く身の愁へ等を奏し畢らむ。承平八年春二月中旬を以て山道より京に上る。

【注解】

＊掾貞盛　この掾は常陸の掾と考えられる。↓P85

＊三顧己身　何度も自分を顧みる。

＊立身修徳　自己の地位を確立し、仁徳を修める。

＊忠行　忠義の行い

＊邪　「邪」は邪と同字。

＊清廉之比　清く潔白である頃

＊宿於蚫室　蚫など干魚を貯蔵する室に宿る。『孔子家語』の「与不善人居如入鮑魚之肆久而不聞其臭亦与之化矣」などによる表現であろう。

＊羶奎之名　「羶」なまぐさい「奎」股ぐらの意味から、なまぐさく汚いことを表すか。なまぐさく汚れた名前。

＊同烈　「烈」は同系統の「列」に通じることから、同列の意味であろう。

＊不憂前生貧報但吟悪名之後流　前に「本文云」とあるが、この出典は不明。「報」は報。「前生貧報」は、前生の行いによる今生の貧しい報いをいう。『日本霊異記』中十四に、「我先世殖貧窮之因今受窮報」（我先世に貧窮の因を殖ゑ、今窮報を受く）とある。ここは「前生からの因縁によって、乏しい報いを受けるのは憂えないが、自分の悪名が後世につたわるのを嘆く」という内容。

＊濫悪之地　乱悪の地のことで、ここでは常総の地を指す。

＊花門　立派な門から、朝廷の美称といわれる。都を表すと捉えたい。
＊花城　宮中
＊加之　「しかのみならず」と読む。その上さらに。
＊一生只如隙　人の一生は、ほんの隙間のように短いものである。『史記』や『十八史略』の「如白駒過隙」に拠る語句といわれる。
＊猶争直生可辞盗跡　「直生」正しくまっとうな生き方。「盗跡」ラムセキと傍訓がある。盗について、濫などの類推からこう読んだという。（中田祝夫『将門記』昭和六十年、勉誠社刊）盗みの経歴の意味。なおも、まっとうな生き方を競い合い、盗みなど（乱悪）の経歴を残すようなことはやめるべきだ。
＊司馬烈　先の「同烈」と同様に、「司馬の列」と考えられよう。
＊可拝朱紫之衣　朱色、紫色の衣服。朱は五位、紫は三位以上の上級貴族の官服。きっと、上級の衣をいただくようになるだろう。（昇進するだろう。）
＊畢　傍訓テがあるが、ここは推量または意志でないと意味が通じない。「畢らむ」と読むこととした。
＊山道　東山道
【口語訳】

この後、掾貞盛は、何度も自身を顧みて（以下のように考えた。）我身を確立し、徳を修めるには、忠義の行い以上のものはない。名を損ない、利を失うのは、邪悪より以上甚だしいものはない。（自分が）清く正しい場合でも、鮑のような干魚の貯蔵室に滞在すると、なまぐさく汚れた名前を（ずっと、そうした室にいた者たちの）同類として受けることになる。さて、本文に言うには、「前生のつたない報いを憂えていないで、ただ悪名が後世につたわるのを嘆く。」

と。遂に、乱悪の地に巡っていると、必ず、よからぬ評判を受けるだろう。都に出て、そして、遂に朝廷に参上し、自身（の望み）を達成するのに越したことはない。さらに、一生はほんの一瞬間である。千年も誰が栄えようか。（だから）なおも、まっとうに生きることを競い合い、人のものを盗み取るような悪行はやめるべきであろう。かりそめにも、貞盛は自身を公に差し上げ、司馬の官職を拝命している。まして、功労を朝廷に積んで（行けば）、さらに朱紫の衣を賜るような地位を頂くようになろう。それから、思うままに我身の愁いなどの奏上を果たそう。承平八年春、二月中旬に、東山道より京に上った。

【解説】

〔濫悪之地〕

これまでの注釈書の中で、Fは「もし、将門が濫悪であれば、濫悪を伐つのであるから、この言はあり得ない。良兼側の貞盛にしてこの言あるは、非が良兼側にあることを示すものであろう。」と指摘する。これは卓説であろう。まず、貞盛は三顧したとある。この三顧は『論語』にみえる三省に近い意味であろう。そもそも、貞盛は、将門と誼みを通じて上京しようとしていたのである。ところが、良兼に兵ではないと説得されて、仕方なく良兼の側についたのである。その際に、「本意に非ずと雖も暗に同類と為った」と表現しているが、これ以降も、貞盛の本心はずっと変わっていなかったのであろう。ここで、貞盛は、良兼らと行を共にし同類でいることは「鮑室に宿る」に等しく、やがて悪の名を受けることになると強く悟ったのである。そこで、上京を決行することになったが、将門は、会稽未だ遂げずとして許さなかったのである。

31将門具聞此言告伴類云讒人之行憎忠人之在己上耶悪之心嫐富貴之先我身旿謂蘭花欲茂秋風敗之賢人

欲明讒人隠之今件貞廏将門會嵇未遂欲報難忘若上官都讒将門身欤不如追停貞廏蹂躙之啻寧百餘騎之兵火急追征

【訓読文】

将門具に此の言を聞きて、伴類に告げて云く。讒人の行は忠人の己の上に在ることを憎む。邪悪の心は富貴の我身に先だつことを嫐む。所謂、蘭花茂からむと欲ふも、秋風之を敗る。賢人明ならむと欲ふも讒人之を隠す。今、件の貞盛、将門が会稽未だ遂げず。報いむと欲ひて忘れ難し。若し、官都に上らしめば、将門が身を讒せむか。如かじ。貞盛を追ひ停めて、之を蹂躙してむには。啻に、百余騎の兵を率して、火急に追ひ征かしむ。

【注解】

*此言　前の貞盛の言葉。

*讒人之行憎忠人之在己上　他人を悪く言って陥れる行為（をする人）は、忠節な人が自分の上にいることを嫉む。これは、将門が貞盛を批判した言葉として記されているが、『帝範』上の「去讒」に拠った章句である。「夫讒佞之徒」で始まり、少し離れて「以其謟諛之姿惡忠賢之在己上」とある。

*耶悪之心嫐富貴之先我身　「耶」は、邪と同字通用で邪の誤りではない。（猿田知之『将門記』の表現」前掲）邪悪な心を持つ人は、自分より富貴な人を妬む。これは、前述と同様『帝範』上「去讒」の「懐其奸邪之志怨富貴之不我先」に拠る。

*蘭花欲茂秋風敗之　蘭の花が茂ろうとすると、秋風がこれを妨げてだめにする。前述と同様『帝範』の「叢蘭欲茂秋風敗之」に拠る。

*賢人欲明讒人隠之　「賢」は賢。賢人が明晰であろうとしても、讒言をする人がこれを隠蔽する。前述と同様『帝

範』の「王者欲明　讒人蔽之」に拠る。

件貞盛将門會嵆未遂　例の貞盛に、将門の報復をまだ果たしていない。

不如追停貞盛蹂躙之　「蹂躙」の傍訓リンシテムニハ。貞盛を追い停め、踏みにじるのに越したことはなかろう。

＊啻　傍訓マサニ。

＊火急　非常に急に。

【口語訳】

将門は、詳しくこの言葉を聞いて、伴類に告げて云った。「讒言をする人の行いは、忠節な人が自分の上にいることを憎む。邪悪の心を持つ人は、自分より富貴な人を妬む。いわゆる、蘭の花が茂ろうと願っても、秋風がこれを妨げる。賢人が明晰であろうと望んでも、讒言をする人がこれを隠蔽してしまう。今、例の貞盛に対して、将門の報復をまだ果たしていない。報復しようと願って、忘れ難い。もし、都に上らせるならば、将門の身を讒訴しようとするであろう。貞盛を追い停めて、踏みにじるのに越したことはない。」と。まさに、百余騎の兵を率いて、ただちに追い征かせた。

32以二月廿九日追着於信濃国少縣郡国分寺之邊便帯千阿川彼此合戰間無有勝負厥内彼方上兵他田真樹中矢而死此方上兵文室好立中矢生也貞盛幸有天命免呂布之鏑遁隠山中将門千般掻首空還堵邑

【訓読文】

二月廿九日を以て、信濃国小縣郡《チイサガタ》国分寺の辺に追い着く。便ち千阿川《チクマ》を帯して、彼此合戦する間に、勝負有ること無し。厥内に、彼方の上兵、他田真樹《オサダノマサキ》矢に中りて死ぬ。此方の上兵、文室好立《フンヤノヨシタツ》、矢に中るも生くる也。貞盛、幸に天命有りて呂布《リョフ》の鏑を免れて山の中に遁れ隠れぬ。将門、千般《チタビ》首を掻いて、空しく堵邑に還りぬ。

【注解】

*信濃国少懸郡国分寺　少懸郡は小縣郡である。国分寺は、現長野県上田市にあった。発掘によって、その遺跡が明らかにされている。

*千阿川　千曲川。国分寺の傍らを流れている。

*彼方　貞盛方

*此方　将門方

*他田真樹　他田氏は、大和国城上郡他田より出たといわれる。この他田真樹は、地元ではこの地の土豪、他田一族の勇者で、貞盛に味方したと伝えるが、未詳である。

*上兵　上級の兵。

*文室好立　文室氏は、天武天皇から出た名族と関わる一族であるが、伝未詳である。将門の重要な従者であったと見え、後の将門の除目では安房守に叙せられている。

*天命　天から与えられた命運。

*呂布之鏑　呂布は中国の後漢末の武将、弓の名手であった。呂布のような弓の名手の鋭い鏑を逃れたという意味。

*遁隠山中　山中は未詳であるが、地元の伝承では、この山を国分寺側から見て、千曲川の対岸の尾野山（現小県郡丸子町）という。後の付会であろうが、その山中の孫代の地が将門と貞盛の古戦場という伝承もある。

*千般掻首　何度も何度も首をかく。残念がる様子を表す。なお、「掻いて」とイ音便の傍訓がある。

*堵邑　堵は垣に囲まれた住居。邑は村里。将門の本拠であろう。

【口語訳】

二月廿九日になって、信濃国小県郡国分寺の辺りで追い着いた。そこで、千曲川を挟んで、両軍が合戦したところ、勝負がつかなかった。そのうちに、彼方の上兵、他田真樹が矢に当たって死んだ。こちらの文室好立は、矢に当たったが命をとりとめた。貞盛は、幸いに天命があり、まさしく、呂布のような鋭い鏑を免れて、山の中に逃れ隠れた。将門は、何度も何度も、頭を掻いて空しく本拠に帰ったのである。

【解説】

〔呂布の鏑〕

呂布は中国の後漢末の武将。弓に優れ、馬術に長じていたが、しばしば、主将を裏切り、最後に曹操に捕らえられて殺された。これまで、こうした呂布をこの場面に、作者が引用した意味に疑問が呈されていた。このことに関して、その後、二つの論考が出され、ほぼ同様の解説が示されている。ここの「呂布の鏑」の典拠は『注千字文』にあるという。『千字文』の「布射遼丸」の注に以下のような解説がある。「布者姓呂名布。善騎馬、左右射之。百歩懸楊葉射之、百発百中、箭不虚発也。」これによって、呂布は単なる弓の名人として、『将門記』の作者が引用したと考えられると結論が一致している（柳瀬喜代志「将門記の表現」前掲、矢作武「漢籍と軍語り」『解釈と鑑賞』昭和六十三年十二月号）。

さて、この呂布の出典の問題から、『将門記』中の典拠のある語句について、少し、考えておこう。呂布の場合、後漢書の「呂布伝」や『三国志』の「呂布伝」に詳しいというが、先述のように、作者は『注千字文』によって、「呂布の鏑」を記したと推測されている。このことから考えると、これまで、示されて来た出典がはたして適当であったか疑問もあろう。例えば、子春丸が良兼の勧誘を受けた際に、「偏随鴆毒之甘」という語句が見られる。これは、『淮南子』に拠るといわれるが、P92に記したように、『帝範』にも見えている。『将門記』には、『帝範』からの引用が多いことから、作者は、この書の方を典拠としたとも推察される。また、良兼の夜襲に見える「九牛の一毛」は、司馬遷の『報任少卿書』にある語句という。しかし、この語句は、『世俗諺文』にも見えており、当時の教養人であれば、皆がよく知っていたものであろう。ちなみに、『世俗諺文』には、「偕老」「白駒過隙」「有争臣」なども見える。さらに、『明文抄』にも、「叢蘭欲茂秋風敗之」や「鴆毒之甘口」がある。このように見て来ると、『将門記』の作者は、古い漢籍から直接に語句を引くばかりではなく、『千字文』などの幼学書や日頃から熟知して身近に親しんでいた故事などに関わる語なども巧みに取り込んでいたことが分かるのである。このことについて、「一定の漢籍、史書だけによらず、幼学書、漢文小説などをも利用して身近に起こった将門の乱を自由に描いたのである。」という解説がある(矢作武「漢籍と軍語り」前掲)。

33爰貞盛千里之粮被奪一時傒空之涙灑於草目疲馬舐薄雪而越堺飢従含寒風而憂上然而生分有天僅届京洛便録度々愁由奏大政官可糺行之天判賜於在地国以去天慶元年六月中旬京下之後懐官苻雖相糺而件将門弥施逆心倍為暴悪厥内介良兼朝臣以六月上旬逝去

【訓読文】

爰に、貞盛、千里の粮を一時に奪はれて、旅空の涙を草目に灑《ソソ》く。疲れたる馬は薄雪を舐《ネブ》って堺を越え、飢ゑたる従は寒風を含みて憂へ上る。然れども、生分《セイブン》、天に有りて僅に京洛に届る。便ち度々の愁への由を録して太政官に奏す。糺し行ふべき(之)天判を在地の国に賜ふ。去りぬる天慶元年六月中旬を以て、京を下る(之)後、官符を懐きて相糺すと雖も、而も件の将門弥逆心を施して、倍《マスマス》暴悪を為す。厥の内に、介良兼朝臣六月上旬を以て逝去す。

【注解】

＊千里の粮　長旅に携行する食糧

＊灑草目　「灑」は「そそく」と読む。注ぐこと。「草目」は草の芽とされるが、目（もく）は、木と同系統の字であるから、草木の意味にも取れよう。

＊疲馬舐薄雪　疲れた馬は薄雪を舐める。

＊飢従含寒風　飢えた従は寒風に身をさらす。

＊生分有天　「生分」『漢書地理志』に「親子兄弟が仲違いして争うこと」の意味で用いられている。その意味で、ここを考えると、「従兄弟の将門との争いに天運があって」と解することが出来る。なお、この語は、菅原道真の詩にも用いられている。（『菅家文草』「宿舟中」に、生分竟浮生とある。）

＊度々愁由奏太政官　「大政官」は太政官。「奏」は奏。たびたび、（将門の暴挙による）愁いの次第を太政官に申しあげた。（これが認められて、天皇の裁許が出された。）なお「太政官」は、「だいじょうかん」と読む。律令制で、八省諸司および諸国を総管し、国政を総括する最高機関。

＊可糺行之天判　「判」は判。罪悪の糾明を行わせる天皇の裁定。これまで、貞盛は追捕される対象であったのに、逆転して将門を追捕する立場に変わったわけで、将門の怒りを買うことになる。（後の書状に示されている。）

＊在地の国　所在地の国。常陸の国庁とする説がある（E）。

＊去天慶元年六月中旬京下　これまでの注釈書では、天慶元年は二年の誤記とする説が優勢である。

＊弥施逆心倍為暴悪　いよいよ逆心を表わし、ますます暴悪を行う。「倍」名義抄マスマス。将門がこのように記されるのはここが始めてである。

＊良兼朝臣以六月上旬逝去　良兼の逝去の記事は、後にもう一度あり、それは天慶二年六月上旬のことである。ここには、六月上旬とのみあって天慶元年か二年か明らかではない。しかし、ここの記述を検討すると、やはり天慶二年と見てよいと思われる。↓解説

【口語訳】

ここに、貞盛は、長い旅の食料をいっぺんに奪われて、旅の空の下、涙を草の芽にそそいだ。疲れた馬は、薄雪を舐めて国の境を越え、飢えた従者は、寒風に身をさらして憂えながら上った。しかし、将門との争いに天運があり、やっとのことで都に着いた。それから、度々、愁訴のいちいちを記録して太政官に奏上した。そこで、（朝廷は）糾明を行うべき、天皇の裁定を（下総など）所在地の国に下された。去る天慶元年六月中旬、（貞盛は）都を下った後、官符を所持して糾明したが、それでも、当の将門はいよいよ逆心を顕して、ますます暴悪を行った。厥のうち、介良兼朝臣が六月上旬に逝去した。

【解説】

〔天慶元年六月中旬〕

この天慶元年は二年の誤りという論がある。それは、後の将門の書状に「今年之夏同平貞盛拳召将門官符到常陸国」（↓P163）とあり、その書状の天慶二年の日付から、今年は天慶二年を指すという説である。

天慶元年説は、注釈書ではFのみで、その他は二年説を取っている。しかし、研究者は、ほぼ二分する状況である。この問題については、後に書状のところでも再び考えるが、天慶元年六月中旬が誤記とされる理由について検討しておきたい。これが誤記とされる理由は、（1）書状の「今年の夏」の記述。（2）貞盛下京と良兼の死・藤原維扶の赴任との関連である。（1）については、上述のとおり後に考えるとして、（2）について検討しよう。まず、良兼の死

は後の二度めの死の記述から（↓Ｐ129）、天慶二年が正しいと見られよう。また、維扶の赴任も『貞信公記抄』天慶二年八月十七日の条に「餞陸奥守維扶朝臣」とあることから天慶二年となる。

これに関して、天慶元年は二年の誤記を唱える上横手雅敬氏の『将門記』所収の将門書状をめぐって（『日本政治社会史研究』昭和五十九年刊所収）」には、本文の「以去天慶元年六月中旬京下之後、懐官符雖相糺而、件将門弥施逆心倍為暴悪。厥内介良兼朝臣以六月上旬逝去。沈吟之間、陸奥守平維扶朝臣、以同年冬十月擬就任国之次、自山道到着於下野之府。」の中の「厥内」に関して、他の「厥内」の例を検討して以下のような論述がある。「これまで考えてきた「厥内」の用例からみて、貞盛の京下と良兼の死とは同時でなければならない。良兼の死を天慶二年六月とみることに異説はないようだから、貞盛の京下も天慶二年ということになり、本文のこの箇所に天慶元年六月中旬とあるのは天慶二年六月中旬と改めるべきだと思う。」

問題のポイントのみ示し、わずかの引用で恐縮であるが、ここに示された論理について考えてみたい。まず、「去」、次いで「京下之後」に注目しよう。（ａ）貞盛は、「去」すなわち、すでに過去となった「天慶元年六月中旬」に官符を懐いて下京した。（ｂ）それ以後、官符を以て糾明しようとした。・しかし、将門は「施逆心為暴悪」という手の付けられない有様であった。この（ａ）から（ｂ）までは、当然ながら、かなりの時の経過が想定されよう。作者はそれを示すため、「去」や「後」という語を用いたのである。さらに、良兼の死は六月上旬とある。もし、この六月が下京と同じ年であるならば、良兼は、貞盛の下京の中旬より以前に逝去したことにもなってしまう。

論者が指摘した通り、「厥内」がほぼ同時期を表すのであるなら、その時期とはいつを指すのであろうか。それは、貞盛が下京した後、官符を懐いて糾明したが、将門が逆心を表し暴悪を為していて、それが果たせなかった時期である。その時期に、まさに良兼が死去したのである。ここの本文は、「去る天慶元年六月中旬に貞盛が下京した後、将門を糾明しようとしたが、彼は暴悪をなしていて果たすことが出来ずに、時が経過して行った。厥の内、(翌年の天慶二年の六月上旬に、)良兼が死去し、沈吟の間、十月に維扶が下野国に到った。」と記されていると理解しなければならないのである。すなわち、作者は貞盛下京と良兼の死を同じ年とはしていないのである。ここだけに関して言えば、春田隆義「『将門記』について」(『日本古代史論叢』昭和四十五年刊所収)、永積安明「『将門記』成立論」(『文学』昭和五十四年一月号)などの「貞盛の下京は天慶元年である」という読み方が正しいといえよう。

34 沉吟之間陸奥守平維扶朝臣以同年冬十月擬就任国之次自山道到着於下野之府貞盛与彼太守依有知音之心相共欲入於彼奥洲令聞事由甚以可也乃擬首途之間亦将門伺隟追来固前後之陣狩山而尋身踏野而求蹤貞盛有天力而如風徹如雲隠太守思煩弃而入任国也

【訓読文】

沈吟《チンギン》する(之)間に、陸奥守平維扶《コレスケ》朝臣、同年冬十月を以て、任国に就かむと擬《ス》る(之)次に、山道より下野の府に到り着く。貞盛と彼太守とは知音の心有るに依り、相共に彼の奥州に入らむと欲《シ》て、事の由を聞かしむるに、甚だ以て可也。乃ち首途《カドデ》せむと擬る(之)間に、亦将門隙を伺ひて、追ひ来りて前後の陣を固めて山を狩《カ》って身を尋ぬ。野を踏んで蹤《アト》を求む。貞盛、天力有りて風の如くに徹《トオ》り、雲の如くに隠る。太守、思ひ煩ひて弃てて任国に入りぬ(也)。

【注解】

*沉吟　「沉」は沈。憂え嘆くこと。

*平維扶朝臣　系譜未詳だが、『本朝世紀』には左馬頭とある。

*同年冬十月　天慶二年冬十月。

＊任国　ここでは陸奥国
＊太守　太守は上総・常陸、上野三カ国（親王任国）の守の称。ここは陸奥守であるから、たんに、守を敬ってこう呼んだらしい。
＊知音之心　お互い心をよく知り合った人。左馬允の貞盛は、維扶と旧知の仲であったのであろう。知音の出典は、『列子』とされるが、『蒙求』にも「痛知音之永絶」と見えている。
＊入於奥洲　「洲」は州の意。貞盛は奥州に逃れようとした。
＊甚以可也　大いに結構である。
＊首途　門出
＊伺　機会を伺う。
＊踏野　野に分け入る。
＊蹤　足跡、行くえ

【口語訳】

（貞盛が）憂え嘆いている間に、陸奥守平維扶朝臣が同年冬十月に、任国に就こうとする途次に、東山道から下野国府に到着した。貞盛はその守と心をよく知り合った仲であった。お互い一緒にあの奥州に入ろうとして、このことを尋ねさせたところ、大いにけっこうだということであった。そこで、出発しようとする際に、また将門が隙をうかがって追って来て、前後の陣を固め、山狩りをして（貞盛の）身を捜した。野原を踏み分けてその跡を探し求めた。貞盛は、天運があり、風のように通り行き、雲の（消え去る）ように隠れた。太守は、思い悩んで、（貞盛を）見棄てて任国に入った。

35厥後朝以山為家夕以石為枕兇賊之恐尚深非常之疑弥倍縈々不離国輪匿々不避山懐仰天観世間不安伏地吟一身之難保一哀二傷猒身難癈厥聞鳥喧則疑例敵之嘯見草動則驚注人之来乍嗟運多月乍憂送数日然而頃日无合戦之音漸慰旦慕之心

【訓読文】

厥後、朝は山を以て家と為し、夕は石を以て枕と為す。兇賊の恐れ尚し深く、非常の疑ひ弥倍《マサ》る。縈々《エイエイ》として国の輪を離れず。匿々《チョクチョク》として山の懐を避けず。天を仰ぎて、世間の安からざることを観じ、地に伏して一身の保ち難きことを吟ず。一は哀び二は傷む。身を猒ふも廃れ難し。厥《ソ》れ、鳥の喧びすしきを聞けば、則ち例の敵の嘯《ウソブ》くかと疑ひ、草の動くを見ては則ち注人の来たるかと驚く。嗟き乍ら多月を運び、憂へ乍ら数日を送る。然れども、頃日、合戦の音无くして、漸く旦慕（暮）の心を慰む。

【注解】

*以山為家以石為枕　山を家とし、石をまくらとして、野宿して逃避行を続けること。

*兇賊之恐　「恐」は恐。兇悪な賊か襲来する恐れ。先に指摘したように、将門が逆心を抱き、暴悪を為したと記されていたことから、ここの兇賊も将門方を指すと思われる。

*非常之疑　将門の急襲など思いも寄らない事態が起こる疑い。

*縈々不離国輪　「縈」名義抄メグル。廻りに廻って常陸国の周りから離れない。

*倍　名義抄マサル。

*匿々不避山懐　隠れに隠れて山の懐から去らない。

*世間之不安　世間が安らかでない。（不安に満ちている様）

＊一身之難保　自分一人を保ち難いこと。
＊例敵之嘘　「嘘」傍訓ウソブク。例の敵が声をあげる。
＊猒身難癈　「猒」は厭。「癈」は廃。我が身を厭うても棄てるわけにはいかない。
＊注人　手引きをする者。
＊頃日　この頃
＊合戦之音　合戦のうわさ
＊慰旦慕之心　底本「慕」とあるが暮か。（楊本は「暮」）朝夕の心を慰めた。

【口語訳】
その後、（貞盛は）朝には、山を家とし、夕べには、石を枕とした。兇賊（来襲）の恐れは、尚も深く、非常（事態が起こる）疑いは、弥々倍った。廻りに廻って（常陸）国の周りを離れることがない。隠れに隠れて山中から出ることがない。天を仰いでは、世の中が安らかでないことを見、地に伏しては、自身一人を保ち難いことを嘆く。一には哀しみ、二には苦しく思う。我が身を厭っても、滅しがたいものである。さて、鳥がやかましく鳴くのを聞けば、例の敵（将門軍）が声をあげているのかと疑い、草が動くのを見ては、密告者が来たのかと驚く。嗟きながら多くの月を過ごし、憂いながら数日を送った。しかしながら、近頃、合戦のうわさもなく、漸く朝夕の心を慰めた。

36然間以去兼平八年春二月中武蔵守興世王介源経基与足立郡司判官代武蔵武芝共各争不治之由如聞国司者无道為宗郡司者正理為力其由何者縦郡司武芝年来恪懂公務有譽无謗苟武芝治郡之名頗聴国内撫育之方普在民家代々国宰不求郡中之欠肙往々刾吏更无違期之譴責

【訓読文】

然る間に、去りし承平八年春二月中を以て武蔵守興世王《オキヨノオオキミ》・介源経基と足立郡司判官代武蔵武芝《ムサシノタケシバ》とは共に各不治の由を争ふ。聞くが如くは、国司は无道を宗と為《シ》、郡司は正理を力と為《ス》。其の由なんとならば、縦《タト》ひ、郡司武芝、年来公務に恪勤《カクゴン》して、誉有りて謗无し。苟も、武芝、郡を治る（之）名、頗る国内に聴ゆ。撫育之方、普《アマネ》く民家に在り。代々の国宰、郡中の欠負《ケップ》を求めず。往々の刺吏《シシ》、更に違期の譴責无し。

【注解】

＊兼平八年春二月中　この時期は、将門が上京する貞盛を追って戦った頃に当たる。時を溯った記述となる。

＊武蔵守興卋王　後の記述から、権守であることが分かる。楊本は権守となっている。興世王は王族であろうが、系譜が明らかでないという。従来、桓武天皇―伊予親王―継枝王―三隈王―村田王―興世王の系譜が示されているが、根拠は明らかでない。

＊源経基　『尊卑分脈』には、清和天皇の皇子、貞純親王の子に経基王とあり、源氏の始祖とされて六孫王と呼ばれた。『貞信公記抄』天慶二年三月三日に、「源経基告言武蔵事」とある。また、『尊卑分脈』には、経基は天徳五年（九六一）に源姓を賜ったと記されている。

＊足立郡司判官代武蔵武芝　武蔵氏は、武蔵国造の後裔とされ、氷川神社の祭事を司る大豪族である。『西角井系図』によれば、武芝は郡司判官代従五位下で、「承平八年二月与国守興世王介源経基不和争論依此事郡家退不預氷川祭事。」とある。ここの「判」は判。「判官代」三等官、掾の目代。

＊何者　漢文訓読語で、ナントナラバとナントナレバの両方の読み方があった。「どういうことかといえば」という意味である。ここで、ナントナラバと読んだのは、楊本にイカントナラバという傍訓があり、真本でも後に何者にラ

バと傍訓が見えるからである。

＊不治之由　よい政治が行われないこと、すなわち、失政を意味する。

＊縦　「たとひ」は、順接または逆説の仮定の他に、「たとへば」と同じような意味の用法がある。ここは、その例である。

＊公勢恪懂　「勢」は務。「懂」は「勤」と同字通行。名義抄「懂」ハケム。字類抄「恪勤」ツツシム、ツトム。公務を忠実に勤める意。

＊聴　聴と同字。

＊撫育之方　民を慈しみ、育むやり方。

＊国宰　国司

＊郡中之欠扂　郡内の租税が所定の数・量に満たないこと。Fによれば、「国司は欠負した郡に対して、欠負を充たすことを要求するわけである。しかし、この頃には、欠負の充填が不可能であるので、この欠負を求めない方が却って良吏とされた。」という。

＊往々之剌吏　「往々」時々。「剌」は刺。刺吏が「刺史」ならば国司の唐名。

＊違期譴責　「違期」は、納期が（守られず）違うこと。「譴責」に読み仮名セメがある。（過失を）咎め責めることの意。

【口語訳】

去る承平八年春二月中に、武蔵守興世王・介源経基と足立郡司判官代武蔵武芝とは、互いに政治がうまく行われていないことを言い争った。聞くところによると、国司は、道理に合わないことを専らにし、郡司は、正しい理屈を力としていた。それはどういう事かといえば、たとえば、郡司武芝は、年来、公務に忠実に励んでおり、誉れがあって誇りはない。本来、武芝は、郡を治める名声がきわめて国内に聞こえていた。民を慈しみ、育てる方策が広く民家に行きわたっていた。代々の国司は、郡中の租税の不足を求めることがなく、時々の国司は、租税の納期の遅れを咎め責めることもなかった。

37 而件権守正任未到之間推擬入部者武芝検案内此囯為羕前之例正任以前輙不入部之色者囯司偏稱郡司之无礼恣發兵杖押而入部矣武芝為恐公事暫匿山野如案襲来武芝之所々舎宅縁邊之民家掃底捜取所遺之舎宅検封弃去也

【訓読文】

而るに、件の権守正任未だ到らざる（之）間に、推して入部せむと擬《ス》者《テヘリ》。武芝案内を検するに、此の国承前《ショウゼン》の例と為《シ》て、正任以前に輙《タヤス》く入部する（之）色あらず者《テヘリ》。国司は偏に郡司の无礼を称して恣《ホシイママ》に兵杖を発して押して入部す（矣）武芝、公事《クジ》を恐るるが為に暫く山野に匿《カク》る。案の如くに、武芝が所々の舎宅、縁辺の民家に襲ひ来たりて、底を掃ひて捜し取り、遺る所の舎宅を検封して弃《ス》て去る也。

【注解】

＊正任未到之間　正任の守がまだ着任していない際。
＊入部　国司が管轄する郡内に入ること。
＊検案内　前出。↓Ｐ25
＊羕前の例　従前からの慣例。

＊輙不入部之色　「入部」任国に入る。「色」様子、気配。たやすくは入部する様子はなかった。
＊蓌兵杖　「兵杖」は武器。「発兵杖」で兵力を用いること。
＊公事　裁判沙汰。
＊匿山野　当時、国司から調・庸を追求された場合、山野に身を隠すのが農民側の対抗手段であったという（F）。
＊縁辺の民家　「縁辺」縁続きの意。武芝と縁続きの民家。
＊掃底　底をさらう意。

【口語訳】

　ところが、例の権守は、正式に任命された国守がまだ到らない間に、強いて（郡内に）入部しようとしたという。武芝が実状を調べてみると、この国（武蔵）の従前からの慣例として、正任の国守より以前に、（他の官吏が）そうたやすく入部するような気配はなかったという。国司は、一途に郡司の無礼を唱え、思いのままに兵力を用いて強引に入部した。武芝は、裁判沙汰になるのを恐れるために、しばらく山野に隠れた。（興世王らは）思ったとおりに、武芝のあちこちの家宅、縁続きの民家に襲い来て、底をさらうように捜し取り、遺った家宅は検査し封印をして、放置したまま去って行ったのである。

38 凢見件守介行事主則挟仲和之行［花陽国志曰仲和者為太守重賦貪財漁国内之也］従則懐草竊之心如箸之主合眼而成破骨出膏之計如蟻之従分手而勵盗財隠運之思粗見国内彫弊平民可損仍国書生等尋越後国之風新造不治悔過一巻落於廳前事皆分明於此国郡也

【訓読文】

凡そ件の守介の行事を見るに、主としては則ち仲和之行を挟《ワキハサ》む。［花陽国志に曰く、仲和は大守として賦を重くし財を貪りて国内に漁《スナド》る之也《モノ》。」従としては則ち草窃《ソウセツ》の心を懐けり。箸の如くある（之）主は、眼を合せて骨を破りて膏を出す（之）計を成す。蟻の如くある（之）従は、手を分ちて財を盗みて隠し運ぶ（之）思ひを励す。粗《アラア》ら、国内の彫《シボ》み弊《ツイ》ゆることを見るに平民を損ふべし。仍て国の書生《ショショウ》等、越後国の風を尋ねて新に不治悔過《ケカ》一巻を造り廳の前に落す。事皆、此の国郡に分明也。

【注解】

*主の傍訓シテ「主として」と読むか。

*主則挟仲和之行　（武蔵国の）主として、仲和のような悪業を身に着けていた。割注によると、仲和は太守となり、税を重くし財を貪る悪政を行った。

*花陽国志　晉の常璩の撰の史書。

*重賦　租税を重くする。

*漁国内之也　「漁」は、渔に似た字にも見えるが、傍訓スナトルにより「漁」とした。楊本は漁。国内を搾取すること。「之也」傍訓モノナリ。

*従則懐草竊之心　「草窃」は「草賊」の意。従者としては、盗賊の心を懐いていた。

*如箸之主合眼而成破骨出膏之計、如蟻之従分手而勵盗財隠運之思　箸のような主は、興世王と経基を例える。この二本の箸が眼くばせをして、民衆の骨を破り膏を取り出すような計略を図り、その従者たちは、蟻がたかるように手分けをして、人民の財物を盗み隠し運ぶことに励む有様を対句で

表したのである。
＊粗　「あらあら」と読み、「およそ」「大略」の意味。
＊彫弊　つかれ、衰えること。
＊平民　字類抄ヘイミム。人民。
＊損　字類抄ソコナフ、ソンス。
＊国書生等尋越後国之風　「書生」は、国庁に仕えて、国解や牒状などの書類をしたためる任務を行った。「越後国之風」越後国で同様の事件があったと考えられるが、実情は不明。越後国の事件に於けるやり方の意。国の書生たちが越後国の事件に於けるやり方を尋ねた。
＊不治悔過　「不治」政治がよくないこと。失政。「悔過」ケカと読む。罪を悔いること。失政を悔い改めること。

【口語訳】

およそ、あの守と介の行いを見ると、主として（あの悪人の）仲和の行いを身に着けている。［花陽国志に曰く、仲和は郡の長官として税を重くし、財を貪って、国内の搾取を行ったのである。］従としては、盗賊の心を懐いている。まるで、箸のような主は、眼を合わせて骨を破って膏を取り出すような計略をたてている。さながら蟻のような従者は、手分けをして財物を盗んで隠して運ぶような思いを励ましている。おおよそ、国内の疲弊した様子を見ると、人民を滅ぼすことになろう。そこで、国の書生たちは、越後国のやり方を聞き出して、新たに失政を悔い改めさす一巻の書を作り、国庁の前に落とした。ことは皆、この国郡に明らかとなった。

39
武芝已雜帶郡司之職本自無公損之聆昕被虜掠之私物可返請之由屢令覧擧而曽无弁糺之政頻致合戰之

拼于時将門急聞此由告従類云彼武芝等非我近親之中又彼守介非我兄弟之胤然而為鎮彼此之乱欲向相武蔵国者即攣自分之兵杖就武芝當野武芝申云件権守并介等一向整兵革皆攣妻子登於比企郡狭服山者将門武芝相共指府發向于時権守興世王先立而出於府衙介経基末離山陰将門且興世王与武芝令和此事之間各傾數坏迭披榮花

【訓読文】

武芝已に郡司の職を帯ぶと雖も本より公損の聆無し。虜掠せらるる所の私物を返請すべき（之）由を屡覧挙《ランキョ》せしむ。而れども曽て弁糺の政无し。頻に合戰の構を致す。時に将門急に此の由を聞き、従類に告げて云く、彼の武芝等は我近親の中に非ず。又彼の守・介、我兄弟の胤《タネ》に非ず。然れども、彼此が乱を鎮めむが為に武蔵国に向ひ相むと欲《ス》者《テヘリ》。即ち自分の兵杖を率して武芝が當の野に就く。武芝申して云く、件の権守并に介等は一向に兵革を整へて皆妻子を率して比企郡狭服山《サヤキノヤマ》に登る者《テヘリ》。将門と武芝は相共に府を指して発向す。時に、権守興世王先立ちて、府衙に出づ。介経基未だ山の陰を離れず。将門、且《マ》た興世王と武芝と此の事を和せしむる（之）間に、各《オノオノ》数坏を傾けて、迭《タガイ》に栄花を披《ヒラ》く。

【注解】

＊公損之聆　公職にあって、私腹を肥やすなど公物を損耗させるような風聞。
＊屡令覧擧　「覧挙」文書で上申すること。しばしば文書で上申させる。
＊弁糺之政　弁別してただす行政。ここでは、武芝の私物を弁別し、返却する行政措置を指す。
＊比企郡狭服山　狭服山の傍訓サヤキノ山、楊本はサフクノ山。この狭服山については、伝承によって、現鴻巣市馬室のサブ山、東松山市古凍の松山台地、比企郡嵐山町杉山、所沢市久米町の八国山、などが挙げられている。いず

れも確証があるわけではない。最近、「狭服山を比企郡大蔵館に推定することができる可能性がある」という説が出されている。（木村茂光『将門記』の「狭服山について」、「東村山市研究9」平成十三年所載）

＊胤　血筋
＊兵杖　配下の兵
＊兵革　武器
＊府　武蔵国府。現東京都府中市にあった。
＊府衙　国の役所
＊且　傍訓マタ。
＊各傾數坏　おのおの酒盃を交わす。
＊迭披榮花　互いに花が開くように栄えることを祝したことを示す。

【口語訳】

武芝は、すでに郡司の職についていたが、もとより、公物を私物化するような風聞はなかった。彼は略奪された私物を返却するように、しばしば、文書によって上申させた。しかし、これまで、調べて糺すような措置は（とられ）なかった。（守、介等は）ただひたすら、合戦の構えをとっていた。その時、将門は、このことを聞いて、従者たちに言った。「あの武芝等は我が近親の中ではない。又、あの守、介は我が兄弟の血筋でもない。しかし、かれこれの乱を鎮めるため、武蔵国に行って見ようと思う。」と。すぐさま、自分の兵力を率いて、武芝のいる野の辺りに至った。武芝が申して云うには、「例の権守と介等は、一途に軍備を整えて、それぞれ妻子を率いて比企郡狭服山に登っている。」ということであった。将門と武芝とは、共に国府を目指して出発した。その時、権守興世王は、先立って国衙に現れた。介経基は、まだ山の陰を離れなかった。将門は、さらに、興世王と武芝に、この一件を和解させようとしている間に、酒宴となり、各々が盃を何回か交わし合って、互いに栄えることを祝した。

【解説】

〔武蔵の紛争と解文〕

将門が貞盛を追って信濃で戦っていた頃、武蔵国では、国司と郡司の紛争が起こっていた。当時、こうした国司と郡司クラスの在地有力者との争いごとは、かなり多かったという。その中で、とくに有名なのは、尾張国の郡司・百姓らが尾張守の藤原元命を糾弾した事件である。こうした事件では、郡司・百姓の解文「尾張国郡司百姓等解」（永延二年・九八八）が残されている。これは、藤原元命の苛政を三十一カ条にわたり弾劾したものである。

この解文を見ると、ここの注解で説明した語彙と共通するものが多い。例えば、万民の撫育、更不承前之例、難堪弁済、依恪勤行者也、払底捜取、帯兵杖所部横行などが次々と現れる。横暴な国司が私腹を肥やすための政治を行い、それに郡司らが対抗するのは、ほぼ同じであることから、こうした同様の表現が現れるのは当然ということも出来よう。それと共に、こうした苛政に対して、国の書生らが不治悔過一巻を記したことにも注目しておこう。尾張国の解文の方も「この筆者が国の民政に具体的に携わっているものにしてはじめて可能であるので、国庁の書生あたりが関係しているとも想像される。」（竹内理三「尾張国郡司百姓等解」『古代政治社会思想』岩波書店、昭和五十四年刊）と書生の関与が考えられている。このような書生の文書の文体が影響していることも考えられよう。

先に、真本『将門記』の対句については、すでに解説を行った。ところが「尾張国郡司百姓等解」にも多くの対句表現が行われている。この文章の六十一％が実に対句表現とされている。（西村浩子「真福寺本尾張国解文の対句表現について」『鎌倉時代語研究第十二輯』平成元年刊、所収）この解文も大いに文飾が凝らされているのである。ただし、仏典や漢籍の引用は『将門記』の方がはるかに多く、より文学らしい雰囲気があることは確かである。

40而間武芝之後陣ホ无故而圍彼経基之営所介経基未練兵道驚愕分散云忽聞扵府下于時将門鎮監悪之本意既以相違興世王留扵国衙将門ホ帰扵本郷爰経基所懐者権守将門被催郡司武芝抱擬誅経基之疑即乍含深恨遁上京都仍為報興世王将門ホ之會稽巧虚言扵心中奏謀叛之由扵太官因之京中大驚城邑併囂

【訓読文】

而る間に、武芝の後陣等、故无くして彼の経基の営所に圍む。介経基未だ兵の道に練《レン》せずして驚き愕《サワ》いで分散すと云ふ。忽ちに府下に聞ゆ。時に、将門、監悪を鎮むる（之）本意既に以て相違しぬ。興世王は国衙に留り将門等は本郷に帰りぬ。爰に、経基が懐く所は、権守と将門とは郡司武芝に催されて、経基を誅せむと擬《ス》るかと（之）疑ひを抱きて、即ち乍《ニワカ》に深き恨を含みて京都に遁れ上る。仍て、興世王、将門等が会稽を報いむが為に虚言を心中に巧へて、謀叛の由を太官に奏す。之に因りて、京中大に驚き城邑併《シカシ》ながら囂《カマビス》し。

【注解】

*経基之営所　現鴻巣市大間に伝源経基館跡が伝えられている。ここが経基の営所といわれるが、伝承の域を出ていない。ただし、ここの場面は、前に「山陰」とあったから、経基が狭服山に構えた営所を指すか。

*未練兵道　「練」傍訓はレン。「れんず」と読む。字類抄に練レンスとある。「慣れる」、「熟練する」の意味。

*分散云　「分散」にシテ、「云」にクと傍訓があるので、「分散して云く」と読めるが、これでは文意が通じない。揚本を参考にして「分散すと云ふ」と読む。

*忽聞扵府下　すぐに武蔵国府内に伝わった。

＊監悪　「監」は「濫」の誤りとされるが、すでに、疑問が出されていた。（山田俊雄「漢字手写の場合の字形の変容について」昭和四十三年『成城大学国文学論集』1所載）また、『名義抄』には、「監ミタリカハシ」の意味が見られる。監悪は、濫悪すなわち乱悪と同様の意と解されよう。
＊擬誅経基　ここの「基」は碁の字に見える。
＊乍含深恨遁上京都　「乍」の傍訓ニカハニとあるが、ニハカニであろう。この傍訓により「にはかに」と読んだが、「含みながら」とも読めよう。「含」を「ふふむ」とする注釈もあるが、「ふくむ」も訓読語として用いられている。急に深い恨みを心に抱いて都に上った。
＊巧瀘言於心中奏謀叛之由於太官　「瀘」は虚。太官は、楊本では太政官。うその申告を心中にたくらみ、謀叛のことを太政官に奏上した。経基によって、誣告が行われたのである。
＊城邑併囂　「併」は「しかしながら」、「囂」は「かまびすし」と読む。宮中も都中もすべて騒がしかった。

【口語訳】

そうしている間に、武芝の後陣が理由もなく、経基の営所に囲んで来た。介経基は、まだ軍事に熟練していず、驚き恐れてばらばらに逃げ散った。（これは、）たちまち、国府の下に伝わった。この時、将門が乱悪を鎮めようとした本意はくい違うこととなった。興世王は国衙に留まり、将門等は本拠に帰った。ここに、経基が思ったのは、権守興世王と将門は郡司武芝に誘われて、経基を討とうとするかと疑ったことであった。そこで、たちまち、深い恨みを抱いて京都に逃れ上ることとなった。さらに、（経基は）興世王と将門等に報復をするために、うその申告を心にたくらみ、太政官に、彼等の謀叛を奏上した。これによって、宮中は大いに驚き、都中が全て大騒ぎとなった。

【解説】

〔経基未練兵道〕

「練」は、後の軍記物語にも、「為義、いまだ合戦に練せざるものにて候。」（『保元物語』）とあり、これと同様な表現が見えている。さて、この「練」に関わって、問題が生じたことがある。

昭和四十七年刊『シンポジウム日本歴史五中世社会の形成』の中で、高田実氏が源経基に関連して、『将門記』の天慶年間成立説に疑問を投げかけている。（1）経基は天慶三年の段階では、まだ源姓を得ていない。（底本には、源経基とある。P116、237）

（2）ここに、「経基未だ兵の道に練せず。」とあるのは、経基が驚いてあわてる様から記された表現である。すなわち、この段階で、経基はまだ兵の道に慣れていないという叙述は、すでに、源氏に対する、武家としての一定の見方が前提となっていることを示しているという。そうであれば、『将門記』の成立は、そうした見方が一般化していた時期となるという考えが出てくることとなろう。この表現は、『将門記』の成立とも関わる叙述ということになり、きわめて注目されたのである。

しかし、この説は『尊卑分脈』の「天徳五年六月十五日始而賜源朝臣姓」という記事が根拠になっていることから、こちらを疑うべきであろうとされて（増田俊信「将門記論」『古代中世の政治と地域社会』昭和六十一年刊所収）、近頃は言われなくなっている。

41 爰将門之私君大政大臣家可擧實否之由御教書以天慶二年三月廿五日寄於中宮少進多治真人助真昕被下之状同月廿八日到來云々仍将門取常陸下総下毛野武蔵上毛野五箇国之解文謀叛无實之由以同年五

月二日言上而間介良兼朝臣以六月上旬乍臥病床剃除鬢髮辤去已了自介之後更无殊事

【訓読文】

爰に将門の私の君大政大臣家に実否を擧ぐ可き（之）由の御教書《ミキョウショ》、天慶二年三月廿五日を以て中宮少進多治真《マ》人助《ヒトスケ》真《マサ》（縄）が所に寄せて下さるる（之）状、同月廿八日に到来すと云々。仍て将門、常陸下総下毛野武蔵上毛野五箇国の解文を取りて謀叛无実之由を同年五月二日を以て言上す。而る間に介良兼朝臣六月上旬を以て病の床に臥し乍ら鬢髪を剃除して卒去し已に了りぬ。尓《ソレ》よりの後更に殊なる事无し。

【注解】

＊将門之私君　将門は少年の時、藤原忠平家に仕えていた。私的な主君。ここの場面では、藤原忠平は太政大臣であった。

＊可擧實否之由御教書　「可」に傍訓シテがあるが、「可…之由」の記録語特有の語法であるから、「可」はベキと読む。謀叛が事実か否かを明らかにして申し上げよという御教書。御教書とは、公卿の家の命令書。家司が主人の命を承けて出すのが普通で奉書形式をとるという（F、H）。

＊中宮少進多治真人助真　楊本は多治真人助直縄とする。『貞信公記抄』天慶八年正月十二日には「政所事可令觸知中將之状仰助縄真人」とある。この助縄真人は藤原忠平に仕えた家司である。ここは、助真ではなく。助縄が正しいという。（H）→P307

＊同月廿八日　三月廿五日の御教書が同月廿八日到来というのは早すぎよう。何らかの齟齬があったかもしれない。

＊解文　解ともいい、京官・地方官が太政官及び所管に上申する公文書。

＊剃除鬢髮辤去　天慶二年六月上旬、いわゆる剃髪をすることで仏門に入り、良兼は死去した。（底本「辤」は卒が正

しい。）先にも、良兼死去の記事があり重複している。このように、同じ内容が重複するのは、『将門記』の叙述の構造によるものである。ほぼ、年代順に記述されているが、貞盛の上京から下京して天慶二年十月頃までを記し、そこで筆を戻して時間を溯り、武蔵の紛争を承平八年二月から書き始め、天慶二年の夏にまで至ったのである。そこで、将門との関わりが深い良兼の死が繰り返し記述されることになったのである。

【口語訳】

ここに、将門の私君、大（太）政大臣（藤原忠平）家においては、謀叛の実否を明らかにして申し上げよという内容の御教書を天慶二年三月廿五日付けで、中宮少進多治真人助真（縄）の所に託して下された。その御教書が同月廿八日に到来したという。それによって、将門は、常陸、下総、下毛野、武蔵、上毛野の五ケ国の解文を取って、謀叛が無実のことを同年五月二日に言上した。そうしている間に、介良兼朝臣は、六月上旬に病床に臥したまま、鬢髪を剃り除いて死去してしまったのである。それより後は、とくに変わったことはなかった。

【解説】

〔貞盛の上・下京と武蔵の紛争〕

この二つの事件は、承平八年二月に起こり、介良兼が天慶元年六月に逝去した後の頃までが記述されている。これらは、ほぼ同時期の出来事と考えられよう。両方が別々に記されているので、ここで要旨を同時にまとめて考察しておきたい。

〔貞盛の動向〕

1承平八年二月中旬　貞盛が山道より上京。将門百余騎を率して追征、信濃国分寺に追い着く。

2同二月廿九日　信濃千阿川で合戦。貞盛山中に逃れ、将門本拠に帰る。

3その後　貞盛辛くも都に上り、太政官に愁訴して、将門糾問の官符を賜る。
4天慶元年六月中旬　貞盛下京の後、官符を手中にして相糺すが、将門は暴悪を為していて手がつけられない状況であった。
5天慶二年六月上旬　良兼死去。
6天慶二年十月　貞盛は、陸奥に入ろうとして将門に妨げられ、以後、山中に逃れ、嗟き憂え多月を送るが頃日合戦の音無し。

〔武蔵国紛争〕

ア承平八年二月　興世王・経基と武芝と不治の由を争う。
イその後　将門兵を率い武蔵国に向かい興世王と武芝を和せしめ、経基は都へ逃れ上る。
ウ天慶二年三月三日　経基上京し興世王と将門を訴える。（『貞信公記抄』による。）
エ天慶二年三月廿八日　私君太政大臣家より、謀反の実否を問う御教書が下された。
オ天慶二年五月二日　将門五ケ国の解文を取り無実の由を言上。
カ天慶二年六月上旬　良兼死去。その後、更に殊なる事無し。
（承平八年五月に改元、天慶元年となる。承平八年と天慶元年は同じ年。）

このまとめを見て、少しばかり考察を加えておこう。ここに示した記述では3と4、それにイの箇所に問題がある。3の貞盛が都に着いた時は不明であるが、官符を手に入れて下京するまで、期間が短かすぎる感じがある。（天慶二年下京説は後に考える。）4の貞盛が官符を手に帰郷した時は、イの記述と、どのような関連になるか不明であるが、将門は、武蔵国の紛争すなわち公権力の争いに介入していたであろう。これは、貞盛側から見れば、武蔵国に越境して武力を誇示して介入したのであるから、「弥施逆心倍為暴悪」という状況であろうと理解出来る。

この二つの事件の記述は、(貞盛の方の苦労は続くが) 5の良兼の死去でほぼ終結を迎えている。良兼の死去が二度書かれたのは、こうした記述のあり方によるのであろう。これは、私闘の終焉を意味し、以後、将門の眼差しは公に向かうことになる。すなわち、公権力をバックにした貞盛との戦いの始まりでもあったのである。

42而比武蔵権守興世王与新司百済貞連彼此不知乍有⿰女回婭之中更不令廳坐矣興世王恨世寄宿於下総国抑依諸国之善状為将門可有功課之由被議於宮中幸沐恩澳於海内須満威勢於外国

【訓読文】

而る比、武蔵権守興世王と新司百濟貞連《クダラノサダツラ》と彼此不知(和)なり。⿰女回婭《インア》の中に有り乍ら更に廳坐せしめず(矣)。興世王は世を恨みて下総国に寄宿す。抑、諸国の善状に依り、将門の為に功課有るべき(之)由宮中に議からる。幸に恩澳を海内に沐みて、須く威勢を外国に満すべし。

【注解】

＊百済貞連　百済氏は、朝鮮半島から帰化した百済王の後裔。系譜などは明らかでない。天慶二年五月に、武蔵守に任命された、前上総介従五位下百済王貞運のことであるという(『類聚符宣抄』)。

＊不知　互いに不知はおかしく、不和が正しいようである。

＊乍有⿰女回婭之中　「乍」にニ、「有」にテと傍訓があり、「にはかに姻婭の中に有りて」と読ませるようであるが、文意が通じない。「姻婭の中に有り乍ら」と読む。「⿰女回」は姻。「姻婭」は前出→P38。興世王と貞連は姻戚であったことが分かる。

＊不令廳坐　国庁に席を与えない。国政に参与させないの意味。
＊諸国之善状　善状とは、考課（律令時代の官人の勤務評定）の基準となる「善」を記した文書（G）。ここは先に将門が集めた五カ国の解文のこと。
＊可有功課之由　（将門が武蔵の事件を解決した）功績に対して評価をするべきこと。
＊被議扵宮中　宮中で、将門の行為を評価することが議せられた。
＊幸沐恩渙扵海内　「沐恩渙」は恵みの流れにうるおうことから、恵みを受けること。幸いに恩恵を国内に受ける意。将門が恩賞を得たように見えるが、実際には不明である。『今昔物語』に、「将門、無実の由を申して、常陸・下総・下野・武蔵・上総五カ国の証判の国解を取りて上ぐ。公、これを聞し召しなほして、将門返りて御感ありけり。」とあるが、このあたりが実情に近いのかもしれない。
＊須満威勢扵外国　「外国」は、国外のこと。あるいは、国外とは畿内以外の地方の国を指すか。

【口語訳】

その頃、武蔵権守興世王と新司百済貞連とはお互いに不和であった。貞連は姻娅の中でありながら、けして、国庁に席を与えず、国政に参与させなかった。興世王は、この状況を恨んで下総国に寄宿した。さて、諸国の善状により、将門の（武蔵国の紛糾を調停した）功績に対して、評価すべきことが宮中に議せられた。（将門は、）幸いに、恩恵を国内に受けて、当然ながら、威勢を国外にまで満たすことになろう。

43而間常陸国居住藤原玄明《ハルアキ》朩素為国乱人為民之毒害也望農節則貪町満之歩數至官物則无束把之弁済動淩轢国使之來責兼劫略庸民之菏身見其行則甚扵夷狄聞其操則伴扵盗賊于時長官藤原維幾朝臣為令弁

済官物雑送度々移牒對捍為宗敢不府向背公恣施猛悪居私而強寃部内也

【訓読文】

而間に、常陸国に居住する藤原玄明等は、素より国の為の乱人なり。民の為の毒害なり。農節に望みては、則ち町《チョウ》満《マン》の歩數を貪り、官物に至りては、則ち束把《ソクハ》の弁済无し。動《ヤヤム》すれば、国使の来り責むるを凌轢《リョウレキ》して、兼ねて庸民《ヨウミン》の弱き身を劫略す。其の行を見るに則ち夷狄より甚だし。其の操を聞けば則ち盗賊に伴へり。時に、長官藤原維幾《コレチカ》朝臣、官物を弁済せしめむが為に度々の移牒《ウツシチョウ》を送ると雖も、対捍《タイカン》を宗と為《シ》て敢て府向せず。公を背きて恣に猛悪を施す。私に居して而も強に部内を寃《シエタ》ぐなり。

【注解】

＊藤原玄明　系譜未詳。後に見える、藤原玄茂の同族かとする説もあるが確かでない。「その行動範囲から、常陸の東部、霞ケ浦あたりを根拠とする在地の富豪層の一人であると推定される」（F）。後の将門の書状では、将門の従兵とある。

＊為国乱人、国のためには乱をなす者。

＊為民之毒害　人民ためには害毒を及ぼす者。

＊農莭　農作の時節　これ以下、その内容から解文などと共通する語が多い。

＊町満　「町」は、土地の面積の単位。一町は十段。令制では、三千六百歩。「十段の一区画が町であり、条里制の位置制の一里にあたる。一里一杯。」（F）。「一町以上の広い土地」（G）。「一町のすべてが耕作（満作）されていると見なされた田地を指すようだ」（H）。

＊歩數　「歩」は六尺四方の地。一坪のこと。

*官物　国に収納すべき稲などの官有物。
*束把之弁済　束は稲一束、把は一握り。「弁済」は税などを納入すること。
*淩轢　あなどって踏みつけにする。
*庸民　普通の人民。
*劫略　おびやかして奪いとること。
*羸身　弱い身の意。
*夷狄　野蛮な異民族。
*長官藤原維幾　常陸介であるが、親王任国制の常陸国なので、介を長官と言ったのであろう。維幾は藤原南家の系統で、武蔵守から常陸へ転出した。高望王の娘（将門の叔母になる）を妻とする。
*移牒　「移」内外諸司の互いに上下関係のない間でやり取りする文書、「牒」は内外官人主典以上が諸司に出す文書。ともに、上下関係のない間で用いる公文書である。ここは、常陸国から玄明に出されているので、Fでは、「玄明の地位は、国司と対等に近いこととなる」とする。Gでは、「これを同様に理解してよいかどうか。移牒という語をそれほど厳格に正式に用いているのかどうかなお疑問がないではない」と解説する。
*対捍　字類抄「對捍」アヒコハム。「対抗拒捍」の略で、逆らいこばむこと。
*寃　「しへたぐ」と読む。虐待する。
【口語訳】
その間に、常陸国に居住する藤原玄明は、もともと国にとつては　乱を起こす人物である。人民にとっては害毒となる者である。農作の時節になると、一町もの土地の坪数（の収穫物）を横領して、官納物に至っては、一束一把ほど（わずか）の納入もない。ややもすると、国の使者がやって来て責めるのをあなどって辱しめ、さらに、弱い人民の身をおびやかして略奪することも行った。その所業を見ると、夷狄よりも甚だしい。その節操を聞くと、盗賊と変わりがない。その際、長官藤原維幾朝臣は、官納物を納入させるために、度々、移牒の文書を送ったけれども、逆らい拒むことを主として、けして国府に出向かなかった。公の意向に背いて、思いのままに極悪の所業を行った。私的に居宅を構え、しかもその（管轄）区域から強引に搾取を行って（人民を）虐待したのであった。

44長官稍集度々過依官苻之旨擬追捕之間急提妻子遁渡於下総国豊田郡之次旿盗渡行方河内兩郡不動倉穀糒等其數在郡司旿進之日記也仍可捕送之由移牒送於下総国并将門而常稱逃亡之由曽无捕渡之心凡為国成宿世之敵為郡張暴悪之行鎮奪往還之物為妻子之稔恒掠人民之財為従類之榮也

【訓読文】

長官、稍く度々の過を集め、官符の旨に依り、追捕擬《セ》むとする（之）間に、急に妻子を提げて下総国豊田郡に遁れ渡る（之）次に、盗み渡る所の行方・河内兩郡の不動倉の穀糒《モミホシイイ》等、其數郡司の進むる所の日記に在る也。仍て捕へ送るべき（之）由の移牒《ウツシチョウ》を下総国并に将門に送らる。而るに、常に逃亡の由を稱して曽て捕へ渡す（之）心无し。凡そ、国の為に宿世の敵と成り、郡の為に暴悪の行を張る。鎮《トコシナエ》に往還の物を奪ひて、妻子の稔《ニギワイ》と為し、恒に人民の財を掠めて従類の栄と為す也。

【注解】

＊度々過　たびたびの罪過。

＊追捕　罪人を追い捕らえる意。

*提妻子　妻子を連れての意。
*行方、河内兩郡　それぞれ常陸国の郡名。
*不動倉　非常用の穀糒を納めた国や郡の倉庫。
*穀糒　もみとほしいい。ほしいいは米を蒸した後、乾燥させたもの。
*郡司所進之日記　郡司が注進した記録（事発日記）。
*送於下総国　「送」傍訓ラル。送らると訓む。
*為国成宿世之敵、為郡張暴悪之行　国にとっては宿敵となり、郡にとっては、暴悪をさかんに行った。
*鎭奪往還之物、為妻子之稔　いつも街道の荷物を奪い、妻子を豊かにする。
*恒掠人民之財、為従類之榮　つねに人民の財産を掠めとり、従者等を栄えさせる。

【口語訳】

長官は、漸く、（玄明の）度々の罪過を集め、官符の主旨により、追捕しようとしている間に、急に妻子を引き連れて下総国豊田郡に逃れ渡った。その際に、行きがけに盗み取った、行方・河内両郡の不動倉の穀や糒などの数量は郡司が注進した日記に記録があった。仍て、（玄明を）捕らえて送らせる内容の移牒が下総国ならびに将門に送られた。しかし、（将門は）常に逃亡の理由をつけて、もともと捕らえ渡す考えがなかった。およそ、玄明は、国のためには宿敵となり、郡のためには乱暴な悪行を重ねたのである。いつも、街道の荷物を奪っては、妻子を豊かにし、つねに人民の財産を掠め取っては、従者を栄えさせたのである。

45将門素済侘人而述氣顖无便者而託力于時玄明等為彼守維幾朝臣常懐狼戻之心深含蚫飲之毒或時隠身

欲誅戮或時出力欲合戰玄明試聞此由扵将門乃有可被合力之様弥成跋扈之猛悉搆合戰之方内議已訖集
部内之干戈發堺外之兵類

【訓読文】

将門は、素より侘人《ワビヒト》を済《タス》けて氣を述ぶ。便无き者を顧みて力を託《ツ》く。時に、玄明等は、彼の守維幾朝臣の為に常に狼戻《ロウレイ》の心を懐きて、深く蛇飲《ジャイン》の毒を含めり。或時は身を隠して誅戮せむと欲《ス》。或時は力を出して合戰せむと欲《ス》。玄明は試に此由を将門に聞ゆ。乃ち合力せらるべき様有り。弥跋扈《イヨイヨバッコ》の猛を成して悉《コトゴト》く合戦の方《ミチ》を構ふ。内議已に訖りぬ。部内の干戈を集めて堺外の兵類を發す。

【注解】

*済侘人而述氣　「侘」の傍訓ワビ。侘人は世に用いられず失意の人。済の傍訓ケテ。侘人を済けて。「氣を述ぶ」は意気を示すの意。

*顧无便者而託力　「无便者」よるべのない者。「託」の傍訓ツク。よるべのない者を世話して力をつける。ここの表現は、将門の人柄を描いたと捉えられている。

*彼守　楊本のように、介とあるべきである。長官と記したことから守としてしまったのかもしれない。

*常懐狼戾之心　「戾」は戻。「狼戻」狼のように心がねじけていて道理にそむくこと。こうした心を常に持つ意。

*深含虵飲之毒　「虵」は蛇のこと。蛇の体内の毒。「蛇飲之毒」は、「蛇毒」という語に、「飲之」を挿入して出来た語か。（猿田知之『将門記』の表現」前掲）

*誅戮　「誅」の後の字は剹または勠の一部か。ここでは正字「戮」を宛てた。罪をただして殺すこと。ここでは、介の政治に難癖をつけて誅殺しようとしたことを指すか。

＊此由　介維幾に対決すること。
＊可被合力之様　字類抄「合力」カウリョク。力を貸してくれる様子。「様」は様。
＊弥成跋扈之猛　「跋扈」勝手気ままにふるまうこと。「扈」は扈と同じ意。「猛」の傍訓タケミ。勝手気ままに猛々しい振舞いをすること。
＊恙楱合戰之方　「方」傍訓ミチ。あらゆる合戦の方法を作りあげる。
＊内議　内々の会議
＊部内之干戈　ここでは、下総国内の兵器。
＊堺外之兵類　堺外は境界の外で、ここでは下総国外の意。

【口語訳】

本来、将門は失意の人を済けて意気を示したり、よるべのない者を世話して力を貸していた。この時、玄明らは、あの守（介）維幾朝臣に対しては、常に、狼のようにねじけた心を懐き、深く、蛇の体内にある毒のような思いをこめていた。ある時は、身を隠して（介を）謀殺しようとした。ある時は、力を示して合戦しようとした。玄明は、試しにこのことについて将門に伺いをたてた。すると、力を貸してもよいという様子が見えた。（玄明は）いよいよ勇んで勝手気ままにふるまい、すべて合戦に向けて態勢を整えていた。内々の会議はすでに終わたのである。（将門軍は）国内の武器を集め、国外の兵をも徴発した。

46以天慶二年十一月廿一日渉於常陸国々兼倫驚固相待将門々々陳云件玄明ホ令住国土不可追捕之牒奉国而不秉引可合戰之由示送返事仍彼此合戰之裎国軍三千人如負被討取也将門随兵僅千余人押塘苻下

便不令東西長官既伏扵過契詔使復伏辯敬屈

【訓読文】

天慶二年十一月廿一日を以て、常陸国に渉る。国は兼て警固を備へて将門を相待つ。将門陳べて云はく、件の玄明等を国土に住せしめて追捕すべからざる（之）牒を国に奉る。而るに、承引せずして合戰すべき（之）由の返事を示し送る。仍て彼此合戰する（之）程に国軍三千人員の如く討ち取らるる也。将門の随兵僅に千余人府下を押塘《オシツツ》んで、便ち東西せしめず。長官既に過契《カケイ》に伏し、詔使復た伏弁敬屈《フクベンケイクツ》しぬ。

【注解】

*驚固　警固のこと。敵の襲来に対して守りを固めること。

*可合戦之由示送返事　傍訓により「合戦すべき由の返事を示しおくる」と読む。

*押塘　「塘」ツツミの訓を借りた当て字。押し包むの意。

*如負　前出↓P11

*苻下　府下のこと。常陸国府は現石岡市総社にあったという。平成十四年に、その発掘が行われた。

*不令東西　自由に動かせない。「東西す」はサ変動詞、『枕草子』に「ただ袖をとらへて東西せさせず。」とある。

*伏扵過契　「過契」は過状のことという（F）。誤った契りということか。将門の主張する、本来国務からみて過りである契約に服従した（G）。将門は、玄明から依頼を受け、合力を約して、内議を行なって戦いに臨んでいた。ここでは、将門と玄明とが交わした、過った契りと解したい。

*詔使　詔書を伝えるために都から来ていた使。

*伏辯敬屈　「辯」は弁。「伏弁」（裁決の）罪にふくすること。ここでは、将門の処置に服すること。「敬屈」つつしみ

かしこまる。

【口語訳】

天慶二年十一月廿一日に常陸国に渡った。常陸国は、兼ねてから警備を整えて将門軍を待ちかまえていた。将門が陳べて云った。「あの玄明らを（常陸の）本土に住まわせて追捕してはならぬという牒を国に差し上げる。」と。しかし、（維幾は）承知しないで、合戦しようという内容の返事を示し送った。そこで双方が合戦するうちに、国府の軍、三千人はことごとく討ち取られてしまった。将門の随兵は僅かに千余人、府下を包囲して自由に動かせなかった。長官は、既に、（将門と玄明の）過った契りに屈伏し、詔使もまた、将門の処置に謹んで畏まっていた。

47 世間綾羅如雲下施微妙珎財如筭分散万五千之絹布被奪五主之客三百余之宅烟滅作扵一旦之煙屏風之西施急取裸形之媿府中之道俗酷當為害之危金銀彫鞍瑠璃塵匣幾千幾万若干家貯若干珎財誰採誰領矣

【訓読文】

世間の綾羅《リョウラ》は雲の如くに下し施し、微妙の珍財は算の如くに分ち散じぬ。万五千の絹布は五主の客に奪れぬ。三百余の宅烟滅びて一旦の煙と作《ナ》る。屏風の西施《セイシ》は急に形を裸にする（之）媿を取る。府中の道俗も酷く害せらるる（之）危みに當る。金銀を彫《エ》れる鞍、瑠璃《ルリ》をちりばめたる匣、幾千幾萬ぞ。若干の家の貯へ、若干の珍財誰か採《ト》り、誰か領せむ（矣）。

【注解】

＊世間綾羅　「綾羅」は綾絹と薄絹など美しい織物の意。「綾羅錦繍」という熟語がある。

＊如雲　雲のように多く。

＊微妙珍財　微妙「字類抄」ミメウ。何ともいえないほど美しくすぐれた珍しい財宝。
＊竿　前出↓P69
＊万五千　実数というより多さを示す。
＊五主之客　五主は前出↓P15
＊三百余之宅　Fによれば、常陸国府の戸数で実数を示すものであろうという。
＊宅烟　人宅、民宅↓P67
＊屏風西施　「西施」は楊貴妃と並び称された、越の国の美女。ここでは、屏風の陰にいる美女をいう。
＊裸形之媿　「媿」は愧と同字。「裸」傍訓アラハニスル。
＊府中之道俗　国府の中に居た、僧侶や俗人。
＊為害　「為」の傍訓ラルル。為には受身の用法がある。例「皆為戮没（戮没せらる）」（『史記』）
＊金銀彫鞍　「彫」の傍訓エレル。「彫る」は、きざんで模様をほりこむ意。金銀の彫刻で飾った鞍。
＊瑠璃壥匣　「瑠璃」は倭名抄に「俗云留利、青色而如玉者也。」とある。「壥」楊本の傍訓チリバメタル（壥は当て字）。瑠璃を鏤めた匣のこと。
＊幾萬　傍訓イクソハクソ、
＊若干　前出↓P43

【口語訳】

世の中の綾絹や薄絹など美しい織物は、雲のように多く、（人々に）下し施すこととなり、なんとも言い表せない美しく珍しい財宝は、算木を乱すように分けてばらばらになった。一万五千もの絹布が五主の客人に奪われてしまった。

三百余りの民家は（焼かれて）滅び、一度の煙となった。（日頃）屏風の陰に居る美女は、急に体を（人前に）露にする恥をさらした。国府中の僧侶や俗人もひどく害される危機に直面した。金銀の彫刻で飾った鞍や瑠璃をちりばめた箱は、幾千幾萬、（およそ）どのくらいの数になるものか。かなりの量の家の貯えやかなりの数の珍しい財宝は、誰が採り、誰が領したのであろうか。

【解説】

〔如雲下施〕

ここの「雲の如く」という比喩表現は、すぐ後の万五千の絹布という記述によって、多い数を示すことがはっきりしている。「雲の如し」とは、おびただしい数の表現と考えられよう。これまでに、「如雲湧出」（雲の如く湧き出づ）とか、「如雲立出」（雲の如く立ち出づ）とあり、多くの軍兵を表していた。後にも、「如雲従」（雲の如き従）とあり、大軍を表している。後世の軍記物語にも、「軍兵雲霞の如し」、「雲霞の如き大軍」などと頻出する。

また、「如雲逃散」（雲の如く逃げ散る）「如雲隠」（雲の如く隠る）という表現も見られた。これは、雲が風に吹かれて消え去ることを表したといえよう。このように、『将門記』には、雲の特徴をとらえた比喩表現が用いられている。

48定額僧尼請頓命扵夫兵僅遺士女見酷媿扵生前可憐別賀搵紅涙扵緋襟可悲国吏跪二膝扵泥上當今濫悪之日烏景西傾放逸之朝領掌印鎰仍追立長官詔使令随身既畢廳衆哀慟留扵館後伴類俳佪迷扵道前以廿九日還扵豊田郡鎌輪之宿長官詔使令住一家雖加愍労寝食不穏

【訓読文】

定額の僧尼は頓命《トンメイ》を夫の兵に請ひ、僅に遺れる士女は酷《カラ》き愧を生前に見る。憐むべし、別賀は紅の涙を緋襟《アケノコロモ》に搵ふ。悲しぶべし、国吏は二膝を泥上に跪く。当に今、濫悪の日、烏景西に傾き、放逸の朝、印鎰を領掌せらる。仍て長官を追ひ立てて、詔使を随身せしむること既に畢りぬ。廳の衆は哀慟して、館の後に留り、伴類は徘徊して道の前に迷ふ。廿九日を以て豊田郡鎌輪の宿に還る。長官詔使を一家に住せしむるに、愍《メグミ》の労《イタワリ》を加ふと雖も寝食穏かならず。

【注解】

*定額僧尼　「額」は額。「定額」は定数のこと。官から定数を定められて官から供料を受ける僧尼。ここでは、国府近くの国分寺や国分尼寺の僧尼であろう。

*頓命　一時の命。

*夫兵　夫は歩と同音であるからか、ふへい、ふひょうと読み、下級の兵士とするが、他資料に見当たらない語で疑問がある。その兵又はかの兵と読んでおく。

*士女　身分の高い男女。

*別賀　楊本には別駕とあり、この方が正しいようである。別駕は諸国の介の唐名として用いた。ここは介藤原惟幾を指す。

*跪二膝於泥上　両膝を泥の上に跪く。

*濫悪之日　乱暴、狼藉が行われた日

*烏景　「烏」は前出↓P94、太陽を表す。景は光。太陽の光の意。

*放逸之朝　（将門軍の侵攻により）乱暴された日の翌朝。

*印鎰　国の印と正倉の鍵。この印は国の公権力、鍵はその財力、それぞれの象徴である。

＊追立長官　ここの読みは、本文の訓点から【訓読文】のように読むべきであろう。これまでは、「長官・詔使を追ひ立てて」と読んでいた。
＊随身　つき従っていく。
＊廳衆　国廳の役人たち。
＊伴類　前出↓Ｐ14
＊徘佪　さまよい歩くこと。
＊鎌輪の宿　将門の本拠。現茨城県結城郡千代川村鎌庭とされる。
＊愍労　「愍」傍訓メクミ。傍訓により「めぐみのろう」と読む。慰めいたわること。
＊寝食　「寝」底本の字は複雑な異体なので、正字に従った。就寝と食事。

【口語訳】

国分寺や国分尼寺などの僧尼は、一時の命をあの（卑賤な）兵どもに乞い、僅かに遺っていた（身分のある）男女は残酷な辱めを生前に受けたのである。憐れむべきことよ。介（維幾）は、血涙を緋の襟にぬぐった。悲しむべきことよ。国吏は、両膝を泥の上に跪いた。まさに今、この狼藉が行われた日、陽が西に傾いて（暮れ）、敵のなすがままであった翌朝、国府の印と鍵を（将門に）略奪されてしまった。さらに、長官を追い立てて、詔使を付き従わせることが既に終了した。国庁の役人は嘆き悲しんで建物の後に留まり、伴類はうろうろと道の前をさまよった。（将門は）廿九日に豊田郡鎌輪の宿に還った。長官・詔使を一家に住まわせ、慰めて、いたわったけれども、その寝食は穏やかではなかった。

49于時武蔵権守興卋王竊議扵将門云令検案内雖討一国公責不軽同虜掠坂東暫聞氣色者将門報荅云将門昕念啻斯而已其由何者昔斑足王子欲登天位先殺千王頭或太子欲奪父位降其父扵七重之獄苟将門刹帝苗裒三卋之末葉也同者始自八国兼欲虜領王城今須先奪諸国印鎰一向受領之限追上扵官堵然則且掌入八国且胥附万民者大議已訖

【訓読文】

時に、武蔵権守興世王、窃に将門に議りて云く。案内を検せしむるに、一国を討つと雖も公の責め軽からじ。同じくは坂東を虜掠して暫く氣色を聞かむ者《テヘリ》。将門報じて答へて云く、将門が念ふ所啻《ト》に斯のみ。其由何とならば、昔、斑足《ハンゾク》王子は天の位に登らむと欲て、先づ千の王の頭を殺る。或太子は父の位を奪はむと欲て其父を七重の獄に降せり。苟も将門刹帝《セッテイ》の苗裔三世の末葉也。同じくは八国より始めて兼て王城を虜領せむと欲ふ。今須く先づ諸国の印鎰を奪ひ、一向に受領の限りを官堵に追ひ上げてむ。然らば則ち、且つは掌を八国に入れ且つは万民を腰に附けむ者《テヘリ》。大議已に訖りぬ。

【注解】

＊検案内　前出↓P25

＊討一国公責不軽　一国を討っても朝廷の咎めは軽くはなかろう。

＊何者　ナントナラバ。↓P117

＊斑足王子　『仁王経』護国品に見える伝説上の人物で、足に斑点があったことからこう呼ぶ。帝位に就こうとして千人の王の首を取ることにしたが、あと一人のところで仁王経の功徳を聞いて仏教に帰依したという。

＊或太子　阿闍世太子のこと。前出↓P37

＊刹帝　「刹」は刹。刹帝利のことか。刹帝利はインドのカーストのクシャトリヤ（王・武士）である。ここでは、桓武天皇を指すのであろう。
＊苗裔　字類抄べウエイ。「裔」は裔。子孫の意。「刹帝苗裔三世」は、桓武天皇から三世の高望王を指す。
＊末菜　傍訓はハチヨウ。「菜」は葉。後裔。高望王の後裔である将門の意。
＊官堵　堵は都に通じる。官都の意味。（京都）
＊掌　底本の傍訓ツカサヲ。掌すなわち国掌、国司の意となる。後に将門が除目を行って、八国に司を入れたことと符合する。加点者は、八国に司を入れるの意に読もうとしたと考えられる。ところで、これまでは、楊本の傍訓ロニから、たなごころにと読む。「掌に八国を入れ、腰に万民を附く」と対句の文として解釈出来る。つかさと読めば、対句表現はなくなるが、一応、傍訓に従った。
＊胥附　「胥」は腰。思いのままにする。
＊大議　重要な共議

【口語訳】

その時、武蔵権守興世王は、窃に将門に議って云うには、「実情を調べさせてみると、一国を討ったとしても公の咎めは軽くはないであろう。同じことならば、坂東を奪い取って暫く様子を伺ってみよう。」と。将門は、これに対して答えて云う。「将門が念うところも、まさにそのとおりだ。そのわけは何かといえば、昔の斑足王子は天位に登ろうとして、まず千人の王の頸を殺った。或る太子は父の位を奪おうとして、その父を七重の牢獄に降した。仮にも、将門は天皇（桓武天皇）の血筋の三世高望王の末葉である。同じことなら、八国から始めて、さらに都を奪おうと望むものだ。今は、まず（坂東）諸国の印鎰を奪い、全て、国司という国司を京都に追い上げてしまうべきであろう。そうなれば、坂東八国に（自分の側の）国司を入れ、全ての民を思いのままに手なづけよう。」と。重要な共議がすでに終わったのである。

50又帯數千兵以天慶二季二月十一日先渡扵下野国各騎如龍之馬皆率如雲従也揚鞭催蹄将越万里之山各心勇神奢欲勝十万之軍既就扵国廳張其儀式于時新司藤原公雅前司大中臣全行朝臣等兼見欲奪国氣色先再拝将門便擎印鎰跪地奉授

【訓読文】

又、数千の兵を帯して、天慶二季二月十一日を以て、先づ下野国に渡る。各《オノオノ》龍の如くある（之）馬に騎《ノ》りて、皆雲の如くある従を率ゐる也。鞭を揚げ蹄を催して将に万里の山を越えむとす。各心勇み神奢りて十萬の軍に勝たむと欲《ス》。既に国庁に就きて其儀式を張る。時に新司藤原公雅、前司大中臣全行《マタユキ》朝臣等兼て国を奪はむと欲《ス》る氣色を見て、先づ将門を再拝して便ち印鎰《インヤク》を擎《ササ》げて地に跪きて授け奉る。

【注解】

＊天慶二季二月十一日　これまでの記述から、楊本の十二月が正しい。

＊如龍之馬　優れた馬。将門軍の勢い盛んな進撃を示そうと、「越万里之山」「十万之軍」と誇張表現が続く。

＊越万里之山　越の傍訓ユ。将に…すと読むと、このユは読まない。

＊心勇神奢　心は勇み、魂は高ぶる。

＊国廳　下野国府を指す。

＊張其儀式　国庁に入場する大げさな儀式をして、自らの権威を示したのであろう。

＊新司藤原公雅　楊本に藤原弘雅とある。他の資料から見て、こちらが正しいとされる。

＊前司大中臣全行朝臣　これも楊本の大中臣完行が正しいという。ちょうど、国司の交替期で、新司と交替後、まだ下野国庁に留まっていたといわれる。

＊擎印鎰　「擎」傍訓ササケテ。名義抄ササク。印鎰は前出↓P144

＊冄拝　再拝。底本の再は、崩しで「冄」に近い字体となっている。

【口語訳】

又、数千の兵を率いて、天慶二年十二月十一日に、先ず下野国に渡る。各々龍のような馬に騎して、皆々雲のように多くの従者を率いていた。鞭を揚げて、蹄の音を響きわたらせて、まさに万里の山を越えようとする（勢いである。）各々、心を勇ませ、魂を高ぶらせて、十万の軍にも勝とうとしていた。すでに、（下野）国庁に就くと、（入場の）儀式を催した。その時、新司藤原公雅、前司大中臣全行朝臣らは、あらかじめ（将門軍が）国を奪おうとしている気配を見抜いて、先ず、将門に再度礼拝して、すぐに国印と鍵を捧げ、地に跪いて差し上げ奉った。

51如斯騒動之間舘内及府邊悉被虜領令差幹了使追長官扵官堵長官唱曰云天有五衰人有八苦今日遭苦大底何為［字書伊加々世牟也］時改世變天地失道善伏悪起佛神無験嗚呼哀哉鶏儀未舊飛扵西朝亀甲乍新秏扵東岸［言任中有此愁故所云也］

【訓読文】

斯の如き騒動の間に、舘内及び府辺悉く虜領せらる。幹了《カンリョウ》の使に差して長官を官堵に追はしむ。長官唱へていはく、天に五衰有り。人に八苦有り。今日苦に遭ふこと大底いかが為む［字書いかがせむ也］。時改り世変じて天地道を失ふ。

善伏し悪起りて佛神験無し。嗚呼哀しき哉。鶏儀《ケイギ》未だ旧からずして、西朝に飛ぶ。亀甲新た乍ら東岸に秏《ホロ》びぬ［言ふは任中に此愁へ有り。故に云ふ所也］と云ふ。

【注解】

＊如斯騒動　かくの如き騒動と読む。

＊舘内　国庁の建物の内。

＊府邊　国府の周辺（の建物など）

＊幹了　字類抄「幹了カンレウ」（幹は幹と同字）。身体が強健で才知に秀でていること。『続日本紀』に「郡司解任更用幹了」とある。

＊長官唱曰云　底本を見ると、「唱」の字が明確でない。これまでの注釈書では触れていないので、「唱」の字がのびた形と解したようである。しかし、「唱」の後に、「曰」「云」とあるようにも見える。こう見ると、「イハク…トイフ」という訓みが想起される。ただし、その場合は「曰く」の後に、内容を記して、最後に「云ふ」を付ける（曰く「…」と云ふ）形が普通である。ここでは、「云」が先に来ていることになる。いずれにしろ、ここは、長官が大きな声で云った内容が列挙されている。四字の対句を連ねて、その悲しみを述べている。

＊天有五衰　天に住む天人が死ぬ際に現れる五つの忌まわしい衰相をいう。衣服垢穢、頭上華萎、身体臭穢、腋下汗流、不楽本座。

＊遭　名義抄アフ。遭と同じ。

＊人有八苦　人間界にある八つの苦しみ。生・老・病・死の四苦に、愛別離・怨憎会・求不得・五陰盛を加える。

＊大底　字類抄に、大底タイテイ大宗也とある。おおむね、およそ。

＊時改世變　時代が変わり世の中が変転する。
＊天地失道　天と地に人として生きるべき道が失われる。
＊善伏悪起、善がなくなり悪がはびこる
＊佛神無験　仏や神の効験がなくなる。（俗にいう御利益がない。）
＊鶏儀未舊、飛扵西朝、亀甲乍新、耗扵東岸　この対句は、国の祭祀に用いられた占い（鶏の骨で占う鶏卜と亀の甲羅で占う亀卜）の道具が四散したことを表している。それぞれの道具は、「未だ旧からず」であったのに、東西に散逸してしまったのである。朝は鶏に、岸は亀にそれぞれ因んで用いたと考えられよう。出典があるか未詳。
＊秏扵東岸「秏」傍訓ホロヒヌ。秏は耗と同字。

【口語訳】

このような騒動の間に、（国庁の）館の内、国府の周辺の建物などが悉く掠奪されてしまった。（将門は）強健で才覚のある使者に命じて、長官を京都へ追放させた。長官は、声をあげて云った。「天には五衰があり、人には八苦がある。今日この苦しみに遭う。およそ、どうしてよいものか。［字書に「いかがせむ」とある。］時が改まり、世が変わり、天地に道が失われた。善がなくなり、悪が起きて、仏も神も効験がない。あゝ、悲しいことだ。鶏の占いの道具が古くなっていないのに、西方に飛び去るように失われ、亀甲の占いのそれも新しいままに、東岸に消滅してしまった［これは、長官の任中にこうした愁いがあったために云うのである。］」と。

52 簾内之兒女弃車轅而歩扵霜擐門外従類離馬鞍而向扵雪坂治政之初開金蘭之靨任中之鼠弾歎息之爪被取四度之公文空帰扵公家被棄一任之公廨徒疲扵擐暗国内吏民嚬眉而涕涙堺外士女挙聲而哀憐昨日聞

他上之愁今日取自下之媿略見氣色天下騷動世上彫弊莫過於斯吟々之間終従山道追上已了

【訓読文】

簾の内の児女は、車の轅《ナガエ》を弃てて而も霜の旅に歩み、門の外の従類は馬の鞍を離れて而も雪の坂に向ふ。治政の初には金蘭《キンラン》の甖《エクボ》を開く。任中の盛には歎息の爪を弾く。四度之公文を取られて空く公家に帰る。一任の公廨《クガイ》を奪はれて徒に旅の暗に疲る。国内の吏民眉を嚬《ヒソ》めて涕涙す。堺外の士女は声を挙げて哀憐す。昨日は他上の愁へと聞き、今日は自下の愧を取る。略《ホボ》氣色を見るに、天下の騷動世上の彫弊《チョウヘイ》斯より過ぎたるは莫し。吟々の間に、終に山道より追ひ上ること已に了りぬ。

【注解】

＊簾内之児女　簾の内の子供や女。ここは、屋敷内の簾というよりは、牛車などの座席に取り付けられた簾を指す。

＊轅　字類抄ナカエ。轅のこと。牛車や馬車の前に長く平行に出した二本の棒。（その前端にくびきをつけて牛・馬に引かせる。）

＊歩於霜㨿　霜の道を歩いて旅をする。

＊開金蘭之甖　金蘭は、『易経』の「繫辞上」に「二人同心其利断金同心之言其臭如蘭」に拠る。朋友の固く美しい交りをいう。ここでは、国司が赴任して、国庁の役人たちが結束して国政が行われたことを笑って甖を見せることに譬えた。

＊弾歎息之爪　「爪を弾く」は、爪先を親指で弾いて排斥すること。人民が嘆いて爪弾きをする。

＊四度之公文　ヨドノクモン。国司が中央政府に提出する、重要な四帳。大計帳、正税帳、調帳、朝集帳。

＊一任之公廨　任期中の国司の俸給。

＊国内吏民　国内の役人や人民
＊嚬眉而涕涙　「嚬」名義抄ヒソム。眉をひそめて涙を流す。「人民嚬眉泣嘆」（『尾張国郡司百姓解』）などと同様な場面で用いられる。
＊挙聲而哀憐　「挙」ここは新字体に近い。声に出して哀れみ悲しむ。
＊他上之愁　他人の身の上の嘆き。
＊彫甐　「彫」には、凋と同じ意味がある。衰え疲れるの意味。
＊吟々　何度もうめき苦しむ。
＊山道　東山道。

【口語訳】

（外出する際、）車の簾の内にいる（身分の高い）女や子供は、車の轅を放れ、霜を踏む徒歩の旅に出て、門の外に住む従者は、馬の鞍から離れ、雪の山道に向かった。（国司として赴任した）治政の初めの頃には、国庁が結束して、さながら笑って齧を見せるような政治を行っていた。任期の最盛期になって、人民は、爪弾きをして嘆息するような状況になっていた。（ここに国司は）四度の公文など重要な文書を取られ、むなしく京都に戻っていく。在任中の（国司としての）俸給までも奪われて、あてなく暗い旅に疲れはてた。国内の役人や人々は、眉をひそめて涙を流した。国外の（身分のある）男女は、声をあげて哀れみ悲しんだ。昨日は、他人の身の上の嘆きと聞き、今日は自分のもとに愧を受けることとなった。およそ、その状況を見ると、天下の騒動・世間の疲弊はこれより甚だしいことはない。呻き苦しむうちに、ついに、東山道から（国司らを都へ向けて）追い上げることが終わったのである。

【解説】

〔開金蘭之醫、弾歎息之爪〕

この両句は、相対する語となっている。「金蘭」は、金蘭の交または金蘭の契と熟語となっており、非常に親しい交わりの例えである。「開醫」は、醫を見せることで笑うの意である。「弾爪」はつまはじきのことで、排斥して非難することである。

ここの記述を分かりやすく整理すると以下のようになる。治世の始めには、金蘭の交のような笑みを見せていた。任期の最盛時には、人々は歎きためいきをついて爪弾きをするようになっていた。将門の侵攻により、四度の公文を取られて、空しく都に帰ることとなった。

ここを解釈するのに、ヒントとなるのは、Fでも触れているように、「尾張国郡司百姓等解」の次の記述である。「奉公之始、開熙怡之醫、任限之中、弾喟然之爪。」これは、国司が任に着いた際には、喜びの醫を開き、その任期中には、民衆が嘆き悲しみの爪を弾くということを表している。そこで、ここの記述も同様の内容を記していると考えて、前記のような口語訳となったのである。当時の国司の政治が一般にどのように行われていたかが窺われる記述ということが出来よう。

53将門以同月十五日遷於上毛野之次下毛野介藤原尚範朝臣被奪印鎰以十九日兼付使追於官堵其後領府入廳固四門之陣且放諸国之除目

【訓読文】

将門同月十五日を以て、上毛野に遷る（之）次に、下（上）毛野介藤原尚範朝臣印鎰を奪はれ、十九日を以て、兼て使を付けて官堵に追ふ。其の後、府を領し庁に入る。四門の陣を固めて、且つ諸国の除目を放つ。

【注解】

＊上野国府　倭名抄に、在群馬郡とある。前橋市元総社町にあったとされる。

＊下毛野介　ここは、上毛野介の誤り。楊本は上野介。

＊藤原尚範朝臣　藤原北家長良流。『尊卑分脈』に上野・下野介とある。下野介にもなったのであろうか。そこで、本文で下毛野介と誤ったか。また尚範の兄、良範の子は藤原純友である。この伯父との関係から、純友は将門の動向を知っていた可能性があるという（H）。

＊其後　直前に、十九日とあるので、国府占領以下は十九日以後のように思えるが、おそらく十五日の後に繋がるのではなかろうか。後の書状の日付が十五日であるし、上野介追放を待って、国府を占領して国庁に入るのは不自然である。これまでの底本の叙述は、一つの事のおよその結末までを記して、時をある程度溯って他のことを書く場合があった。（→P31）ここも、上野介の追放までを記してから、その前、十五日の将門の行動の記述に戻ると解したい。

＊四門之陣　「四門」国庁の東西南北の四方の門。「陣」門の警固の者が詰めている屯所。

＊放諸国之除目　「除目」平安時代以後、諸司・諸国の官を任ずる儀式。春の県召には、主に国司などの地方官を任じ、秋の司召には、主に京官を任ずる。ここでは、坂東諸国の国司の補任を発令した。「放つ」には、「自由にする、思いのままにする。」などの意味がある。Fでは、「官職の任命は天皇の大権に属し、ほしいままに、これを行うのは天皇の大権を侵犯する私僭の行為である。よって「放つ」という。」と解説する。

【口語訳】

将門が同月十五日に、上毛野に遷った時に、上毛野介藤原尚範朝臣は印鎰を奪われ、十九日に、（将門は）また使を付けて、（介を）京都に追い上げることとなった。その後、国府を占領し国庁に入った。四つの門の陣を固めて、その上、諸国の除目を（公を憚ることなく）思うままに行った。

54于時有一昌伎云者憒八幡大菩薩使奉授朕位扵蔭子平将門其位記左大臣正二位管原朝臣霊魂表者右八幡大菩薩起八万軍奉授朕位今須以卅二相音樂早可奉迎之爰将門捧頂再拝況四陣挙而立歡數千併伏拝又武蔵権守并常陸掾藤原玄茂等為其時宰人喜悦辟若貧人之得冨美咲宛如蓮花之開敷扵斯自製奏謚号将門名曰新皇

【訓読文】

時に一昌伎《カンナギ》有り。云へらく、八幡大菩薩の使ぞと憒《クチバシ》る。朕が位を蔭子《オンシ》平將門に授け奉る。其位記に左大臣正二位管原朝臣の霊魂表すらく右八幡大菩薩八万の軍を起して朕が位を授け奉らむ。今、須く卅二相の音楽を以て早く之を迎へ奉るべしと。爰に将門頂に捧げて再拝す。況や四の陣を挙げて立ちて歓ぶ。數千併ら伏し拝む。又武蔵権守并に常陸掾藤原玄茂等其の時の宰人《サイジン》と為《シ》て、喜悦すること譬へば貧人の富を得たるが若し。美咲すること宛ら蓮花の開き敷くが如し。斯に自ら製して謚号《イミナ》を奏す。将門を名づけて新皇と曰ふ。

【注解】

＊昌伎　遊女の意であるが、楊本の傍訓にカムナキとあり巫女を指すと思われる。

＊云者　傍訓ラク。「いへらく」と読める。云ふ＋完了助動詞り＋準体助詞く。云うことにはの意。

＊懴　懴の傍訓クチハシル。「くちばしる」すなわち、「正気を失い思わぬことをしゃべる」の意。しかし、この字は辞書などにみえない。『新撰字鏡』には、「誑」久知波志留、久留比天毛乃云とある。

＊八幡大菩薩　八幡神のことで応神天皇を指す。大菩薩は、八幡神に奉った称号。神仏混淆によった称である。八幡神は託宣を下す神としても知られている。とくに、弓削道鏡の事件が有名である。

＊朕位　天皇の位。「朕」は天皇の自称。

＊蔭子　「蔭」は蔭。律令制には、五位以上の人の子は位階を与えられて官職への機会を得る制度があった。これを蔭位の特権を得る子息、すなわち蔭子という。将門の父、良持は鎮守府将軍で五位以上と考えられ、将門は蔭子であったことになる。

＊位記　位階を授ける際に与える文書。位を授与するのは天皇で、天皇自身の位記はあり得ない。Hによれば、「天皇にも位記があるとし、その奉者を菅原道真の霊魂とするのが『将門記』の創作。」という。

＊左大臣正二位管原朝臣霊魂　管原は、菅原であろう。楊本には右大臣正二位菅原朝臣道真霊魂とある。道真は、参議従参位式部大輔菅原是善の子、元慶元年文章博士、昌泰二年右大臣となり、死後、正暦四年（九九三）五月左大臣、同年十一月太政大臣を贈られた。右大臣の時、藤原時平の讒言により、太宰権帥に左遷されて配所に没した。その後、さまざまな怪異が現れたため、御霊として北野天満宮に祀られた。

＊表者　「表者」傍訓ヘウスラク。表す十準体助詞らく。臣から天子に文書を奉る上表を指す。ここでは、天皇の位記を菅原道真の霊魂が将門に上表したということである。

＊卅二相音樂　いわゆる「卅二相楽」で仏教音楽の曲名。仏が備えている卅二のすぐれた特性を列挙した内容。

＊捧頂再拝　「頂」字類抄テイ・イタダキ。これまでの解釈は分かれている。ここでは、「朕が位を授け奉ろう。卅二

相の音楽で迎えよ」というのに応えて、「(実際には無い) 位記を受けとるような動作で、両手を頭上に捧げて冉礼した。」と解釈した。

＊藤原玄茂　伝未詳。常陸掾とあるから、介藤原維幾に反抗して、将門方に与したと推察される。姓名より推して、藤原玄明と同族で関わりがあったとも考えられよう。ここで、玄茂が急に現れ、宰人となっていることから、将門とも何らかの関係のあった人物と想定される。

＊宰人　取り仕切る人。

＊謚号　傍訓イミナ。死後に尊んでつけた称号。ここでは称号の意味。

＊新皇　新しい天皇。

【口語訳】

この時、一人の巫女が現れた。(これが) 云うことには、八幡大菩薩の使いだと口ばしって、「朕の位を蔭子平将門に授け奉ろう。その位記は、左大臣正二位菅原朝臣の霊魂が表すところで、右八幡大菩薩が八萬の軍を起してお授けいたそう。今、卅二相の音楽を奏して、早くお迎え申し上げなさい。」と。将門は頭上に両手を高く上げて (位記を受ける動作をして) 再拝した。ましてや四方の陣は一斉に立ち上がって歓んだ。数千人全てが伏し拝んだ。また、武蔵権守ならびに常陸掾藤原玄茂らは、その時の主宰者となって、喜ぶことは、例えば貧しい人が富を得たかのようであり、はなやかに笑うことは、まるで蓮の (花の) 美しい色が開き広がったようである。ここで、自ら製して謚号を奏上した。将門を名づけて新皇という。

【解説】

〔将門の新皇即位〕

将門が新皇に即位する際に、八幡大菩薩の使いと称する巫女が現れ、菅原道真の霊魂が登場する。いかにも、創作されたような記述となっている。明治の頃には、茶番狂言扱いをされたこともあった。これに対して、大森金五郎「将門記考証」(『武家時代の研究』大正十二年)は「此時将門は四門の陣を固め、且つ諸国の除目を行うた際であって言はば厳かな式場で決して酒宴乱酔の折柄などではない。託宣は当時としては屢々見受けられる事で決して珍しい例ではない。」と歴史的事実と捉えようとする態度が見られる。この後、将門の即位を取り上げた、多くの論考が出されたが、作者によって創作された可能性が高いとする説が多かった。

近頃、将門の新皇即位の専論として、川尻秋生「平将門の新皇即位と菅原道真・八幡大菩薩―菅原道真・八幡神の託宣をめぐって―」(『千葉県史研究』第九号平成十三年刊)が出されている。これによると、「将門の乱の際、菅原道真の子息の兼茂が常陸介として赴任していたこと、当時、都で八幡信仰が大流行していたことがこの事件の背景にあり、史実の可能性が高いことを論証した。」とある。この説には、首肯出来ることが多く、『将門記』の新皇即位の記述は、必ずしも虚構とは言えないように思われる。

〔捧頂再拝〕

ここは、注釈書の説明が分かれている。E、頭の上に位記を捧げてくりかえし礼拝。F、頂礼する意。G、首をさしのべて二度拝礼。とくにFでは、「位記を頭上に捧げてと解されているが、倡伎の神託でのべられたもので、現実に位記が現れたわけではない。ここは仏教語の頂礼をこのように表現したものであろう。」と解説する。たしかに、位記があるわけではないから、「位記を捧げて」と解するのは適当でない。しかし、頂礼の方も大げさな感じがする。天皇の位を授けようというのに対して、位記をお受けしましょうと両手を捧げて受けるとる動作をしたと普通に解釈してさしつかえないのではなかろうか。天皇の位を受ける動作をして再拝したのを見て、周りの者たちが歓喜し、伏し拝んだのであろう。

55仍於公家且奏事由状云将門謹言不蒙貴誨星霜多改謁望之至造次何言伏賜高察恩々幸々然先年源護等愁状被召将門依恐官符急然上道祗候之間奉仰云将門之事既霑恩澤仍早返遣者帰着舊堵已了然後忘却兵事後緩絃安居

【訓読文】

仍て公家に且は事の由を奏する状に云く。将門謹みて言《モウ》す。貴誨《キカイ》を蒙らずして星霜多く改れり。謁望《エツボウ》の至り造次《ソウジ》に何をか言さむ。伏して高察を賜はらば恩々幸々。然るに先年の源護等が愁状に将門を召さる。官符を恐るるに依りて急然《タチマチ》に上道し祇候する間に、仰せを奉《ウケタマ》はって云く、将門が事既に恩澤に霑へり。仍て早く返し遣す者《テヘ》れば、舊堵に帰り着くこと已に了りぬ。然して後に、兵の事を忘れて却《シリソ》けて後に絃を緩べて安居しぬ。

【注解】

＊公家　朝廷。ここでは私君の藤原忠平家

＊謹言　「謹みてもうす」書状用語。

＊貴誨　「誨」教え。お教え。

＊星霜多改　歳月が多く改まった。多くの年月が過ぎたこと。

＊謁望　「謁」貴人にお目にかかること。拝謁する望み。

*造次　あわただしいこと。
*恩々幸々　ありがたく幸せの意。
*愁状　被害を嘆き訴える訴状。
*官苻　承平五年十二月廿九日の官符。前出↓P54
*急然　本文の傍訓タチマチニ。
*祗候　底本「祗候」は字類抄にシコウ、ツツシミツカフとある。名義抄ツツシミサフラフ。お側に、参上する（又は仕える）こと。
*奉仰　奉の傍訓ウケタハテ　仰せを承りての意。「奉」をウケタマハルと読むのは後にもある。↓P215
*霑恩澤　恩赦を受けたことをいう。
*舊堵　旧居
*早返遣者　「者」てへれば。というのでの意。
*緩絃　「絃」は「弦」と同じで、ここでは、弓のつるを表す。弓の弦を緩めるの意。

【口語訳】

そこで、さらに公家（私君の忠平家）に、事件の顛末を奏上した書状にこう述べた。将門が謹んで申し上げます。お教えをいただかなくなって多くの歳月が過ぎました。拝謁の望みが極まり、あわただしい中、どのように申しましょうか。どうか御考察を賜らば、ありがたく幸せでございます。さて、先年、源護らの愁訴状によって、将門をお召しになりました。官符を恐れて、すぐさま上京し伺候する間に、仰せをいただいて「将門のことは既に恩赦に浴す。即刻返してつかわす。」ということで、すでに、旧居へ帰着を済ましました。その後は、戦いのことをすっかり忘れて、弓弦を緩めて安らかに過ごしておりました。

56而間前下総国介平良兼興數千兵襲政将門不能背走相防之間為良兼被敍損奪掠人物之由具注下総国之解文言上於官爰朝家被下諸国合勢可追捕良兼ホ官府又了而更給㕣将門ホ之使然而依心不安遂不上道付官使英保純行具由言上又了

【訓読文】

而る間に、前の下総国介平良兼数千の兵を興して、将門を襲ひ政む。背走するに能はずして、相防ぐ（之）間に、良兼が為に人物を殺し損じ奪ひ掠られたる（之）由を具に下総国の解文に注し、官に言上す。爰に朝家、諸国合勢して良兼等を追捕すべき官符を下さるること又了りぬ。而るに、更に将門等を召す（之）使を給へり。然れども心安からざるに依りて、遂に上道せずして官使英保純行等に付けて具に由を言上すること又了りぬ。

【注解】

＊襲政将門　良兼が子飼之渡から襲来した戦いのこと。

＊人物　人と物とをいう。

＊敍損　殺傷すること。

＊解文　前出↓Ｐ129

＊朝家　朝廷。

＊可追捕良兼ホ官府　「府」は「符」（↓Ｐ55）。承平七年十一月五日の官符。

＊㕣将門ホ之使　本文中にはないが、将門への召喚状がもたらされたと思われる。

＊英保純行　前出↓Ｐ54

【口語訳】

そうしている間に、前の下総国の介平良兼、数千の兵を興し、将門を襲い攻めて来ました。背走することが出来ず、防戦する間に、良兼のために人を殺傷され、物を奪い取られたことを詳しく下総国の解文に記し、朝廷に言上しました。そこで、朝廷は、諸国が勢力を合わせて、良兼らを追捕せよという官符を下されて事が決着しました。ところが、さらに今度は、将門らを召喚する使いをくださいました。しかし、心が穏やかならず、ついに上京いたしませず、官使の英保純行らに託して、詳しく事由を言上することも又終わりました。


57未蒙報裁欝包之際今年之夏同平貞鬲拳㕣将門之官苻到常陸国仍国司頻牒送将門件貞鬲脱追捕蹐上道者也公家須捕紏其由而還給得理之官符是尤被矯餝也又右少弁源相職朝臣引仰旨送書状詞云依武蔵介経基之告状定可推問将門之後苻已了者待詔使到来之比

【訓読文】

未だ報裁《ホウサイ》を蒙らずして欝包の際に、今年の夏、同じき平貞盛、将門を召す（之）官符を拳って常陸国に至れり。仍て国司頻りに牒を将門に送る。件の貞盛は追捕を脱して蹐《ヌキアシ》に上道せる者なり。公家須く捕へ其由を紏さるべし。而るに還りて理を得る（之）官符を給ふ。是、尤も矯餝《キョウショク》せられたり（也）。又右少弁の源相職《スケモト》朝臣仰せの旨を引きて書状を送る詞に云はく。武蔵介経基の告状に依りて将門を推問すべき（之）後の符を定むること已に了りぬ者ば、詔使の到来する（之）比を待てり。

【注解】
＊報裁　裁きの報告
＊鬱包　気分がふさいでこもっていること。
＊今年之夏　貞盛が将門を召す官符を持って、京都から常陸国に下向した。これについては、今年をいつにするのか、天慶元年と二年の両説がある。
＊隙　前出↓Ｐ80
＊蹐上道　「蹐」は『類従名義抄』にヌキアシとある。こっそりと上京する。
＊得理之官符　理を得た官符。（貞盛の訴えが理にかなうとする官符）
＊矯飾　字類抄ケフショクとある。うわべを偽り飾るの意。はじめに、追捕される立場にあった貞盛が今度は将門を追捕する官符を受けることになった。この朝廷の裁定を非難してこういう。「尾張国郡司百姓等解」には、矯餝の政（ケウショクノマツリコト）とある。
＊源相職　文徳源氏で、右大臣源能有の孫。
＊可推問之後符　問いただささせる後の官符
＊詔使到来之比　この一文は、多くの注釈書が「詔使の到来を待つ比」と楊本の訓点による読みをして、次の段落の冒頭におく。Hが本文の訓点に従ってここに入れている。ここでは、「比」にヲと傍訓があるのに従う。ここの詔使は武蔵密告使という。『貞信公記抄』『本朝世紀』によれば、天慶二年六月七日源俊らを問密告使に任じたという

【口語訳】
まだ裁定の報告をいただかず、気分がふさいで晴れない時に、今年の夏に、また同じ平貞盛が将門を召喚する内容

の官符を掌中にして常陸国に至りました。そこで（常陸の）国司が頻りに文書を私、将門に送って来ました。あの貞盛は追捕を逃れて、こっそりと上京した者であります。当然、朝廷では捕らえて事由を糺さなければならないと存じます。それなのに、かえって（貞盛にとって）理にかなう官符をくださいました。これは、うわべを偽り飾られたのに他なりません。又、右少弁の源相職《スケモト》朝臣が貴閣の仰せを受けて書状を送って来ました。その文言に云うところは、「武蔵介経基の告状により将門を推問する旨の後の符を決定した。」というので、詔使が到来する時を待っておりました。

【解説】

〔今年之夏〕

先にも、指摘しておいたように、本文では、天慶元年六月中旬貞盛が官符を持って下京したとあった。ここでは、それが今年の夏と記されている。この書状の日付が天慶二年十二月十五日であるから、今年とは、天慶二年と考えるのが普通である。そうなると、先の本文の記述とこの書状の記述とは齟齬が生じる。すなわち、貞盛が下京したのは、天慶元年か、二年かという問題になるのである。この二説は、先に示したとおりである。天慶元年説の場合は、この「今年」を「このとし」と読んでいる。

ここでは、「今年」の読みと意味について考えてみよう。今年に傍訓はないから断定は出来ないが、・コンネン又はコトシ・コノトシの両方が考えられる。意味も、現在ふつうに用いる（A）「ことし」と（B）「このとし」に分かれる。Aの意味であれば、天慶二年説が、Bであれば、天慶元年説が補強されよう。今年を「この年」と読めると主張する論者は、『陸奥話記』に「今年」が「この年」の意味で用いられ、『名義抄』に「今歳は是歳と同じ」とあることなどを示している（永積安明『『将門記』成立論』前掲）。

さらに、付け加えると、漢文訓読語の例として、「今」に「コノ」と付訓する語がかなり見出されている。底本には、こうした傍訓はないが、楊本では、「今世」に傍訓「コノヨ」が見られる。今年の夏をこの年の夏と読むことは全く不可能ではないといえるが、この年の「この」が明確に何年を指しているかがはっきりしない。そこで、書状では、天慶二年を指していると考えるのが普通の解釈であろう。

貞盛の下京に関して、二説が唱えられているが、『将門記』を解釈する立場からは、先に述べたことと併せて、ここでは、この程度のことが述べられるにすぎない。すなわち、底本を読む限りにおいて、この貞盛下向の時期は、本文と書状とでは異なる記述となっているのを再確認することとなった。歴史的事実をさらに探求することによって、真実が明らかになることを期待したい。

〔矯　飾〕

将門は、追捕される立場の貞盛が追捕する立場に逆転したことを矯飾と非難した。そもそも、貞盛は追捕を逃れて上京したにもかかわらず、それを拘束するどころか、逆に、将門召喚の官符を与えた公家の態度は非難されても仕方がないように思われる。このことを考証した論考、青木三郎「天慶改元の大赦」（平成四年『解釈』所載）があり、次のような記述が見える。

「承平八年三月中旬から下旬にかけて上京を果たした貞盛は、なんらかの有力者の庇護のもとに、追捕の官符撤回を将門との立場の逆転を策して、激烈な運動を繰り広げたことであろう。ところが、四月十五日からの激しい地震によって、都はそれどころではなくなってしまう。結局五月二十二日の改元まで、貞盛の運動は目立った効果を上げえなかったのではあるまいか。しかし、そうした運動の実績によって、改元の大赦の時には直ちにすんなりと赦免を申し渡された。そして今度は、逆に将門糾問の天判まで勝ち取り、その官符を懐に天慶元年六月中旬に下京することになった。この間非常に短い期間ではあるが、上京以来の激烈な運動が効を奏したといってよいだろう。」

たしかに、貞盛が天慶改元によって罪を許されていたのであれば、朝廷の措置がそれほど朝令暮改のような、いいかげんなものではなかったと思われる。それでは、なぜ、天慶の大赦が記されなかったのか。それは、底本では、将門が天慶改元の大赦によって恩赦を得て帰国したと誤って記述されているので、ここに、天慶の大赦を持ち出すことは不可能であったのであろうと論者が指摘している。この論は理解しやすいが、やはり推定の域に留まるように思われる。

58常陸介藤原維幾朝臣息男為憲偏假公威只好寃狂爰依将門従兵藤原玄明之愁将門為聞其事發向彼国而為憲与貞盛等同心率三千余之精兵恣下兵庫器仗戎具并楯等挑戰扵是将門勵士卒起意氣討伏為憲軍兵已了

【訓読文】

常陸介藤原維幾朝臣の息男、為憲は偏に公の威を假りて、只寃枉《エンオウ》を好む。爰に、将門の従兵藤原玄明の愁に依り、将門其の事を聞かむが為に彼の国に発向す。而るに為憲と貞盛等とは同心して、三千余の精兵を率ゐて恣《ホシイママ》に兵庫の器仗、戎具并に楯等を下して挑み戦ふ。是に将門、士卒を励し意氣を起し為憲が軍兵を討伏すること已に了りぬ。

【注解】

*息男為憲　「憲」は憲の異体字。常陸介維幾の長子。母は高望王の娘で、貞盛や将門の従兄弟にあたる。後に木工助に任じられ、工藤氏の祖となった。

*偏假公威　ひとえに公の威光をかさに着る。この藤原玄明の事件に、為憲が関わっていたことがこの書状によって分かる。

＊寃狂　底本の傍訓エンクキヤウ。類従本は寃枉、狂は枉の誤りか。寃枉ならば、無実の罪に陥れること。
＊従兵　この書状では、藤原玄明は将門の従兵となっている。これは本文に無い記述である。
＊恣　底本には「恐」があり、下欄に線を引いて「恣」がある。これを採った。
＊為憲与貞盛等同心　為憲が貞盛と同心していたことから、将門は許せなかったことが推察される。
＊兵庫　武器庫。
＊器仗　武器。底本では、仗を最初に伏と記し、それを改めたように見える。
＊戎具　兵具。
＊士䘏　士卒のこと。

【口語訳】

常陸介藤原維幾朝臣の息男爲憲は、偏に公の威力を借りて、全く無実の者を罪に陥れるのを好んでおりました。ここに、将門の従兵藤原玄明の愁訴によって、将門はその事状を聞こうとして、あの（常陸）国に出向きました。ところが、為憲と貞盛らとは同心して、三千余の精兵を率いて思いのままに兵庫の武器、兵器と楯などを取り出して戦いを挑んでまいりました。ここに、将門は士卒を励まし意気を高めて、為憲の軍兵を討滅してしまいました。

【解説】

〔藤原為憲〕

藤原維幾の子であるが、ここに初めて登場する。この書状では、公権力を笠に着て、無実の者を罰する非道の人物として記されている。この為憲が藤原玄明を迫害していたのか、玄明が将門に愁訴を行っていた。そこで、将門が武蔵国の武芝事件と同様に公権力に介入することになる。さらに、常陸国へ軍兵を向けると、為憲は貞盛と結んで精兵を整えて将門を待ち構えていた。将門にとって、絶対に許せぬ貞盛が現れたことにより、将門は全力を挙げて常陸の国府軍を攻略してしまったのである。実際に、国府を攻めるという暴挙に出たのは、おそらく宿敵となった貞盛がいたからに他なるまい。ところで、本文では、藤原玄明は国の乱人として、人民の毒害であった。官物の弁済をせず、国の役人を凌轢し、庶民の弱い身を略奪するなど、乱行を重ねる悪人である。書状から見れば、将門の常陸攻めはある程度理解出来るが、本文の方では、将門が常陸国府を攻略した理由を受け入れることは難しい。それでは、書状と本文で、全く内容が異なるのはどういうことであろうか。それは、資料の出所の違いであろうかとも思われる。書状は、将門方から出たのは明らかであろうし、本文は、維幾方、すなわち常陸国府の資料によると考えられよう。なお、先に良兼の死によって、一族の私闘は終わったと記したが、貞盛が関わったために攻撃が始まったとしたら、この常陸国府略奪の事件にも、未だ私闘の影が落とされていたのである。

ここには、為憲と貞盛の連携が記されているが、この結びつきは、かなり強固なものであったようである。後に将門が常陸掃討に出向いた折にも、二人は行を共にしていたらしく、将門は二人の名を挙げて追及を続けた。さらに、為憲は秀郷・貞盛連合軍に加わり、将門の最期の決戦にも参戦している。『尊卑分脈』によれば、その後、為憲は遠江守となり、その子孫が伊豆、相模の有力武士となったという。

59 于時領州之間滅亡者不知其數幾許況乎存命黎庶盡為将門虜獲也介維幾不教息男為憲令及兵乱之由伏弁過状已了将門雖非本意討滅一国罪科不軽可及百縣

【訓読文】

時に、領州する（之）間に滅亡する者其の数いくばくと知らず。況や存命せる黎庶《レイショ》盡く将門の為に虜獲せられたり

(也)。介維幾、息男爲憲を教えずして兵乱に及ばしめたる(之)由、伏弁の過状已に了りぬ。将門本意に非ずと雖も一国を討滅せり。罪科軽からず百縣に及ぶべし。

【注解】

＊領州　州は国を表す。ここの州は常陸国のこと。常陸国を領有する。

＊不知其數幾許　その数はどのくらいか分からない。

＊黎庶　人民、庶民。

＊虜獲　いけどりとうちくび。

＊不教息男為憲令及兵乱之由　息子の為憲の行為を諭して導かず、兵乱に及ばせたこと。この記述からは、将門が兵乱の首謀者は為憲であり、それを維幾が阻止しなかったと主張したことが分かる。

＊伏弁　前出↓Ｐ140

＊過状　過失を詫びる書状。

＊非本意　(国を滅ぼすのは)本意ではないと弁明している。

＊罪科不軽可及百縣　(一国を滅ぼした)罪は軽くはなく、百国を滅ぼすのと同様の重罪である。

【口語訳】

一国(常陸国)を領有する間に、滅亡した者は、その数がどのくらいか分かりません。言うまでもなく、存命する民は全て将門のために虜にされて殺されたのであります。介維幾は息男の為憲を教導しないで、兵乱に及ばせたことの罪を認めて、過失を詫びる書状が(記されて)すでに事が終りました。将門は、本意ではなかったが、一国を討滅してしまいました。その罪は軽くはなく、百国を滅ぼしたのと同じぐらいの重罪でありましょう。

60因之候朝議之間且虜掠坂東諸国了伏案昭穆将門已柏原帝王五代之孫也縦永領半国豈謂非運昔振兵威取天下者皆吏書昕見也将門天之昕与既在武藝思惟等輩誰比将門而公家无褒賞之由屢被下譴責之苻者省身多恥面目何施推而察之甚以幸也

【訓読文】

之に因りて朝議に候《ウカガ》ふ（之）間に、且つは坂東の諸国を虜掠すること了りぬ。伏して昭穆《ショウボク》を案ずるに、将門は已に柏原帝王の五代の孫也。縦ひ永く半国を領せむとも豈に運に非ずと謂はむや。昔、兵威を振ひて天下を取る者、皆吏（史）書に見る所也。将門天の与へたる所既に武藝に在り。思ひ惟《ハカ》るに等輩誰か将門に比せむ。而るに、公家褒賞の由無くして屢譴責《ケンセキ》の符を下さる者《テヘリ》。身を省るに恥多し。面目何ぞ施さむ。推して之を察せば甚だ以て幸也。

【注解】

＊朝議　朝廷の評議。

＊候　うかがう。様子を見る。候と同じ意。

＊昭穆　中国で宗廟の霊位の席次。中央を太祖とし、二世、四世、六世は左に列して昭といい、三世、五世七世は右に列して穆という。ここでは、父祖より代々の系譜をいう。

＊柏原帝王　桓武天皇。

＊半国　全国の半分の意であろう。将門は奥羽地方をも支配領域に含めようとしていた可能性がある（川尻秋生「将門の乱と陸奥国」『日本歴史』平成四年四月号所載）ことから、あるいは、この半国も単なる言葉のあやではないのかもしれない。

＊豈謂非運　どうして天運ではないと言えようか。（天運、すなわち天から与えられたものであると言える。）

*史書　楊本では史書とする。文意から史書と思われる。
*天之所与　天から与えられ生まれつき身につけているもの。
*在武藝　（将門が天から与えられたのは）武芸である。
*等輩　字類抄トウバイ。同輩。同輩の中で比べられる者はいないと自負を示したのである。
*譴責　過ちを咎め、責める。

【口語訳】

　これにより、朝廷の評議にお伺いをしていた間に、その一方では、坂東の諸国を押領してしまいました。謹んで、我が父祖以来の系譜を考えてみると、将門はそもそも桓武天皇の五代の子孫であります。たとえ、永く国の半分を領有しても、どうして天運ではないと言えましょうか。（半国を領有しても、それは天から与えられた運であると言えます。）昔から武力を振って天下を取った者は、皆、史書に見えるところであります。将門が天から授かったものは武芸にあるのです。よく考えてみますと、同輩の中では、誰が将門に比べられましょうか。しかしながら、朝廷には、褒賞するお沙汰もなく、しばしば過ちを糺す官符を下されたのであります。我が身を省ると、恥が多く何とも面目がございません。このことを推察くだされば、甚だ幸いであります。

61 抑将門少年之日奉名薄於太政大殿數十年至于今矣相国摂政之世不意擧此事歎念之至不可勝言将門雖萌傾国之謀何忘舊主貴閣且賜察之甚幸以一貫万将門謹言

　天慶二年十二月十五日

謹々上　大政大殿少将閣賀　恩下

【訓読文】

抑、将門は少年の日、名簿を太政の大殿に奉りて数十年、今に至る（矣）。相国摂政の世に意はざるに此の事を擧ぐ。歎念の至り勝《ア》げて言ふべからず。将門、国を傾くる（之）謀を萠せりと雖も何ぞ舊主の貴閣を忘れむ。且つ之を察し賜らば甚だ幸ならむ。一以て万を貫す。将門謹みて言す。

天慶二年十二月十五日

謹々上　太政大殿少将閣賀　恩下

【注解】

＊少年之日　将門は少年時代に藤原忠平に仕えていた。

＊奉名薄　「薄」は簿の誤りかもしれない。当時、竹冠の字を草冠の字に書く場合があったが、この簿には当たらないようである。↓P21「名簿」家人や弟子となる際、差し出す名札。名札を差し出して主従関係を結ぶ。

＊数十年　この数十年がそのとおりだとすれば、この時の将門は、かなり高齢となる。底本には、「或余年矣」と傍書している。これを十余年と解してか、十数年とする説もある。

＊相国　太政大臣の唐名。

＊攝政　「攝」は攝。藤原忠平は、延長八年、朱雀天皇の即位の時に摂政に任じられた。

＊不意擧此事　思いがけずこの事件を起こした。

＊嘆念之至　きわめて嘆かわしく思うこと。

＊不可勝言　「あげて言ふべからず」「言ふに勝（タ）ふべからず」の二通りの訓読法がある。「勝」の傍訓アにより、前者の読みをした。

＊傾国之謀　国を傾け滅ぼすはかりごと。
＊貴閣　貴下、貴台などと同様、書状における二人称
＊以一貫万　「一貫」は、一つの原理で全てを貫き通す意。「万」は「よろず」の意。「一」は、ここでは、前に述べた「何ぞ舊主の貴閣を忘れむ」を指すと考えられる。この一事を全てに及ぼすということで、たとえ謀反を起こしても、（ありとあらゆると場合に一貫して）忠平家を大事にすることを示したと考えられよう。ここは、将門が何とか自らの行動を理解してほしいと思い、その気持が溢れている表現のように思われる。
＊天慶二年十二月十五日　この書状の日付は、将門が上野国に遷った日である。十九日に追放した国司に付けられた使者がこの書状を持参したとする推定がある（H）。
＊謹々上　書状の宛名書きの上に添える語。『貞丈雑記』九、書札之部によれば、「〔上所の事〕上所と云は状の宛所の人の名字の上に、或は「謹々上」「謹上」「進上」と書くことなり。「進上」は上也、「謹々上」は中也、「謹上」は其次也。「進上」は上輩に書く、「謹々上」は等輩よりも少し敬ふ、謹上は等輩に書く。」という。また、貴人に奉るに貴人の名に上所書く事なしともある。これを引いて、Fの補注には、太政大臣宛の書状に上所を書いたのは将門の非礼というべきであると解説する。
＊大政大殿　太政大臣のこと。
＊少将　『九暦逸文』天慶二年十月一日の条に「左近少将藤原師氏」とある。ここの少将は、藤原忠平の第四子、師氏を指すといわれる。「大政大殿の少将閣賀恩下」とあるから、この書状の宛先は、師氏と考えられよう。師氏に宛てて、忠平に取り次いでもらったものであろうか。さらに、前に記したように、「謹々上」の上所から推せば、将門の書状は師氏に宛てたことが補強されよう。ただし、『貞丈雑記』の記述がここに当てはまるかは疑問もある。

＊閣賀　閣下のことかといわれる。いずれにしろ、敬称であろう。
＊恩下　書状の宛書の下に付ける脇附であろう。恩下の実例は見出されていないという。主恩の下への意か。

【口語訳】

そもそも、将門は少年の時に、名札を太政大臣の大殿に差し出して（お仕えして）から数十年、今日に至りました。その太政大臣が摂政の時代に、思いがけず、こうした事件を起しました。嘆かわしい思いが極まり、言葉に表して申しあげることが出来ません。将門は、国を滅そうとする謀を起こしたけれども、どうして、旧の主人の貴方様を忘れましょうか。さらに、この心をお察しくださらば、幸甚でございます。この（旧主を忘れぬ）一つの思いが全てを貫き通しております。（以上）将門が謹んで申しあげます。

　天慶二年十二月十五日

謹々上　太政大臣少将閣賀　恩下

【解説】

〔書状の形式〕

この書状について、当時の書状の様式の面から解説しておく。まず、差し出し人の「将門」（差出所という）が記され、「謹言」（下付）と謙譲語を付ける。こうした「某謹言」のような形は平安後期まで続くという。次いで、相手への挨拶をこめた文言があり、本文に入って行く。上京の後、恩赦により帰国して以降、次々と起こる事件について、自らの立場を述べて理解を求めている。結びに至って、差出所の「将門」と「謹言」（この場合は、書止という。）が繰り返される。日付を書き、相手の名前（充所）の上に、「謹々上」（上所）を付けている。この上所には、主に「進上」「謹々上」「謹上」が用いられ、「進上」が最も敬意が高いとされていた。充所の下には、敬称「閣下」が付き、最後の「恩下」は、他に例がないようだが、おそらく脇付であろう。このように、本書状は、当時の書札の儀礼である、差出所、充所、日付、本文、下付、書止、上所、敬語、脇付などの諸要素が整えられていることが分かる。当時の一般的な書状から見ると、かなり形式ばって整然としているということが出来よう。

〔将門書状の真偽〕

ここの将門の書状は、実際に、本人または側近の者が藤原忠平家へ出したものか、あるいは、作者が創作したものであろうか。従来、二説が拮抗している。

（1）書状であるから当然であるが、いわゆる記録体の文体で綴られて、対句表現などは見受けられない。当時の実際の書状と見てもおかしくはない。

（2）本物ならもっと文を練るはずで、「表現に修飾を施さず駢儷文に遠い故をもって作者の創作と考える」という説がある。（大曽根章介「語り物―将門記・陸奥話記を中心として」『国文学解釈と鑑賞』昭和五十六年所収）。また、実際の書状ならば、自称を表す予などの代名詞が使用されるが、ここでは全て将門を用いている。この将門の多用は、本文と書状では一致している。このことから、本文と書状は同一作者の手になると考えられるとする説もある（森田悌「『将門記』について」『摂関時代と古記録』平成三年刊所収）。

なお、この書状が将門ないしは将門方の人物から出された真の書状であったとしたら、どのようなことが考えられようか。もし、書状がほんものであれば、『将門記』の作者は、それを実際に見ることが出来た者ということになる。そうなると、作者圏はかなり狭められるのであろうが、やはり、新たな資料の発見がなければ、なかなか確定し難い問題であろう。

62于時新皇舎弟将平等竊擧新皇云夫帝王之業非可以智競復非可以力争自昔至今経天緯地之君纂業羕基之王此尤蒼天之所与也何慥不権議恐有物譏扵後代努力云々于時新皇勅云武弓之術既助兩朝還箭之功且救短命将門苟揚兵名扵坂東振合戰扵花夷今世之人必以撃勝為君縦非我朝僉在人国

【訓読文】

時に、新皇の舎弟将平等、窃に新皇に挙して云はく、夫れ帝王の業は智を以て競ふべきに非ず。復た力を以て争ふべきに非ず。昔より今に至るまで、天を経《タテ》とし地を緯《ヌキ》とする（之）君、業を纂ぎ基を承る（之）王、此れ尤も蒼天の与ふる所也。何ぞ慥《タシカ》に権議せざらむ。恐らくは物の譏《ソシリ》後代にあらむか。努《ユ》力《メ》云々と。時に、新皇勅して云く、武弓の術は既に兩朝を助く。還箭《カンセン》の功は且《マ》た短命を救ふ。将門苟も兵の名を坂東に揚げて合戦を花夷に振ふ。今の世の人は必ず撃ち勝《マサ》るを以て君と為す。縦ひ我朝に非ずとも、僉《ミナ》、人の国に在り。

【注解】

＊将平　将門の弟。『尊卑分脈』に大葦原四郎とある→系図

＊帝王之業　『帝範』の「帝王之業非可以智競、不可以力争者矣」によった語句。帝王の（国を治める）大業は人の智によって競いあうべきではなく、力によって争うべきではないの意。

＊経天緯地之君　「経」の傍訓タテトシ。「緯」の傍訓ヌキトスル。『帝範』「経天緯地之君纂業承基之王」によった語句。（たて糸の天とよこ糸の地をより合わすように）天地を治める帝王のこと。

＊纂業羕基之王　「纂」は纂。帝業を継ぎ皇基を承けた王のこと。

＊蒼天之所与　蒼天には、天帝、造物主の意味がある。

＊慥　前出P66

真福寺本　62

＊権議　はかり議論すること。
＊物議　世の非難。
＊努力　「ゆめ」強く命令する時に言う語で、「努」「努力」「勤」などの字を当てる。多くは禁止の語を伴う。字類抄「努ユメユメ」けして、すこしも、必ず…してはならないの意。
＊勅　「勅」は勅と同字。将門を新皇として、天皇に関わるこの字を用いた。
＊武弓之術　弓を用いる武術のこと。
＊兩朝　異朝（中国）と本朝（日本）
＊還箭之功　矢を射返してたてた手柄。
＊短命　命を短くすることの意。
＊以撃勝為君　「勝」の傍訓ル、まさると読む。打ち勝さる者を君主とする。
＊人国　外国

【口語訳】

その時、新皇の舎弟将平らがひそかに新皇に申して云うことには、「さて、帝王の大業は人の智によって競うべきではないし、また力によって争うべきではありません。昔から今に至るまで、天地を治める君主、帝業と皇基を受け継ぐ王、これは本来、天が与えたものであります。どうして、しっかり諮《ハ》かり、議論しないのでありましょう。（このままでは、）おそらくは、後世に世の批判があるのではないでしょうか。けして、けっして。（皇位についてはならない）」と。その際、新皇が勅語して云うには、「弓の武術はすでに、異朝、本朝をともに助けたことがあり、矢を射返す手並みは命を縮めるのを救って来た。将門は、かりにも兵の名前を坂東に揚げ、合戦の手腕を中央と地方に振るったのである。今の世の人は、必ず撃ち勝る者を主君とする。たとえ、我国になくとも、多く（の事例が）外国にあるのだ。」と。

【解説】

〔新皇勅曰〕

先に「将門名曰新皇」とあり、ここから、将門は新皇と記述されるようになり、滅亡するまで続いていく。「将門告曰」が「新皇勅曰」と変わったのである。それのみならず、「賜天裁」「藤氏奏曰」「有勅歌曰」「下勅命」という表現までが現れる。将門が新しい天皇となり、朱雀天皇を本天皇と記すことからすれば、当然といえば、当然であろうが、やや奇異な感じがしないでもない。将門を新皇あるいは新天と崇める、将門方の内部の人々の表現と考えるべきであろうか。これらは、都の貴族にとっては、とうてい容認することの出来ない表現であろうと思われる。

このような表現を用いた作者の意図はどう考えればよいのであろうか。おそらく、新皇将門とその王国を強調して誇張したのであろう。そこで、将門方の内部の諫言や常陸遠征の場面では、そうした表現が目につく。次いで、秀郷・貞盛の進攻になると、新皇の表現は続くものの、貞盛が主語となる「貞盛追尋」のような所では、「将門擐甲冑」とあり、新皇と将門が混在する。作者は、将門方の資料から、将門を新皇らしく表現しようと意図し、さらに、事件の進行と共に貞盛方の資料を混入して行ったのであろうか。

63如去延長年中大赦契王以正月一日討取渤海国改東丹国領掌也盍以力虜領哉加以衆力之上戰討経功也欲越山之心不憚欲破巖之力不蔳勝闘之念可淩高祖之軍凢領八国之程一朝之軍政來者足柄碓氷固二関當禦坂東然則汝曺所申甚迂誕也者各蒙叱罷去也

【訓読文】

去る延長年中、大赦契王《タイシャケイオウ》の如きは、正月一日を以て渤海国《ボツカイ》を討ち取りて東丹国と改めて領掌する也。盍ぞ力を以て虜領せざらむや。加ふるに、衆力を以てする（之）上に、戰ひ討つこと功を経る也。山を越えむと欲る《ス》（之）心憚らず。巖を破らむと欲る《ス》（之）力弱からず。闘《タタカイ》に勝つ（之）念、高祖の軍を凌ぐべし。凡そ八国を領せむ（之）程に、一朝の軍政め來たらば、足柄・碓氷二関を固め、當に坂東を禦がむ。然れば則ち、汝曹《ナンダチ》が申す所甚だ迂誕《ウタン》也者《テヘリ》。各《オノオノ》叱を蒙りて罷り去る也。

【注解】

＊延長年中　九二三〜九三一年

＊大赦契王　大契赧王の誤りという。大契赧王は渤海国を滅ぼした契丹の太祖耶律阿保機のこと。

＊渤海国　耶律阿保機は、九二六年（延長四年）正月三日に渤海扶余城を占拠したという。こうして、渤海を滅ぼした後、耶律阿保機は東丹国を建てた。「丹」は舟のような字であるが、文意により丹とした。

＊衆力　大勢の人々の集団の力。

＊戰討経功　戦い討って功績を挙げて来た。

＊越山之心不憚、破巖之力不弱　六字句の対句。山を越える心に気後れはない。巌を破る力は弱くはない。

＊高祖　漢の国を立てた劉邦のこと。

＊一朝　朝廷全体

＊足柄・碓氷　東海道の足柄峠（現神奈川県南足柄市）・東山道の碓氷峠（現群馬県碓氷郡と長野県北佐久郡）。東国へ入る要衝の地。昌泰二年（八九九）に、両方に関が置かれた。

＊汝曺　「曺」は曹。字類抄ナンタチ。本文の傍訓チガ。ナンダチガと読める。
＊迂誕　物事にうとく偽りであること。
＊叱　底本の傍訓イサメ。

【口語訳】

「去る延長年中、大赦契王などは、正月一日に渤海国を討ち取って、東丹国と改めて領有したのであった。どうして、力をもって（国を）奪い取らないことがあろうか。加えて、（我軍は）多くの人々の集団の力をもって事に当たる上に、（敵と）戦い討ちとって功績を挙げて来たのである。山を越えようとする心に憚るところはない。巌を破ろうとする力は弱くはない。闘いに勝つ心は、漢の高祖の軍をも凌ぐであろう。およそ八国を領有した時に、朝廷が全力を挙げて、追討軍が攻めて来たら、足柄・碓氷の二関を固め、まさに坂東を禦ごうと思う。それゆえ、汝らが申すことは全く物事にうといでたらめだ。」と述べた。各々はお叱りを受けて引き下がったのである。

【解説】

〔東 丹 国〕

契丹の太祖の耶律阿保機は、契丹族の迭剌部内に生まれた。諸部族を統合し、西方の突厥・タングート・ウイグルに親征し、外モンゴリアから東トルキスタンまで抑えた。ついで、東方に兵を動かし、九二六年に渤海国の扶余城を落として、満洲一円を手中に収めた。そこに、新たに東丹国を建て、皇太子の倍にその経営を委ねた。しかるに、本国へ凱旋の途中、扶余府（今の黒竜江省農安付近）で没した（G）。この東丹国の建国は、『扶桑略記』の延長八年（九三〇）四月一日の条に、東丹国の使者が来朝した記事があり、我国にも知られていた。これは将門の言葉の中に現れているのであるが、必ずしも、将門がこうした外国の間近の情報を知っていたとは限らない。ここは、作者が将門の言葉として創作した可能性の方が強いかと思われる。

64且縦容之次内竪伊和負経謹言有争臣則君不落不義若不被遂此事者有国家之危昕謂違天則有殃背王則蒙嘖願新天信耆婆之諫全賜推悉之天裁者新皇勅曰能才依人為愆就人為喜口出此言不及駟馬昕以出言无遂哉略敗議汝曺无心甚也者負経巻舌鉗口黙而閑居昔如秦皇焼書埋儒敢不可諫矣

【訓読文】

且《シバラ》く、縦容の次に、内竪伊和員経《イワノカズツネ》謹みて言す。争ふ臣有れば則ち君不義に落ちず。若し此の事を遂げられずは国家の危み有り。所謂天に違へば則ち殃有り。王に背けば則ち嘖《セメ》を蒙る。願くは、新天、耆婆《ギバ》の諫を信じて全く推悉《スイシツ》の天裁を賜へ者《テヘリ》。新皇勅して曰く、能才は人に依りては愆《トガ》と為《ナ》り、人に就きては喜びと為《ナ》る。口に此の言を出せば駟馬に及ばしめず。所以《ユエニ》言に出すことは遂ぐる无からむや。略して議を敗るは汝曹が无心の甚だしき也者《テヘリ》。員経舌を巻き口に鉗《フツ》むで黙して（而）閑居す。昔秦皇の書を焼き儒を埋むるが如きは敢て諫むべからず（矣）

【注解】

＊縦容　ゆったりくつろぐさま。

＊内竪　宮中で走り使いなどをした童子。ここでは、近侍の若者の意か。

＊伊和負経　播磨国完栗郡の伊和君の後裔かといわれる。

＊有争臣則不落不義　「争臣」は主君を諫めて善に導く臣。『臣軌』に「有諍臣七人則主無過挙」とあり、『孝経』や『漢書』にも同様の語句がある。諫言する臣がいれば主君は不義に陥らない。

＊違天則有殃　天命に違えば禍がある。『孟子』離婁篇に「順天者存、逆天者亡」とある。

＊嘖　本文の傍訓はイサと読めるが、その下の一字は不明。楊本にはイサメヲとある。「叱責」訓戒の意。

＊新天　この語は、中国使節の一員の手になる七言絶句に見え、「天安二年（八五八）という年紀から、将門記成立以前にあって列島に受容された語であることがわかる。」という。（猿田知之『「将門記」の表現』前掲）ここでは新皇を指す。

＊耆婆之諫　耆婆は古代インドの名医。父の王を投獄して、自身が王となった阿闍世太子を諌めて、仏陀のもとに行き懺悔することを勧めたという。

＊全　またし（形容詞）欠けたところがない。完全である。

＊推恙　ことごとくを推し計る。

＊能才　物事を成し遂げる才能。

＊為愆　「愆」名義抄ツミ、トカ。あやまち、欠点の意

＊出此言不及駟馬　「駟馬」四頭立ての早い馬車。『臣軌』に「出言不當駟馬不能追」、『論語』に「君子過言出口駟馬追之不及」とある。これらに拠った語句。一度、口に出した言葉は速度の早い四頭立ての馬車でも及ばない。

＊𣅿以　この語の原形「故になり」から、ここでは、ユエニと読む

＊略敗議　はかりごとをして、議事をくつがえす。議事とは、先の大議を指すか。↓P146

＊鉗口　傍訓フフムテ。口をつぐむ。

＊昔如秦皇焼書埋儒　秦の始皇帝が書物を焼き学者を生き埋めにしたようなこと。いわゆる「焚書坑儒」。

【口語訳】

且く、（将門が）くつろいでいた時、近侍の伊和員経が謹んで言した。「諌言する臣がいれば、主君は不義に落ちま

せん。若し此の事を取り遂げることが出来なければ、国家が危なくなりましょう。天命に逆らえば禍いがあり、王に背けば責めを受けると申します。どうか新天、古代インドの耆婆が行ったような諫言を信じて、しかと、ことごとくを推し計った（新皇の）裁定をくださいませ。」と。新皇が勅答して言った。「優れた才能は、人によっては欠点となり、人によっては喜びともなる。口に言葉を出せば、（はやく広まり）四等だての馬車にも追いつかせない。その故に、言葉に出したことは、成し遂げないわけにはいかないのだ。計略して（決めた）議事をくつがえすなど、汝等の無心は甚だしいものである。」と。員経は舌を巻き、口をつぐんで黙して引き籠もってしまった。昔、秦の始皇帝が書物を焼き、学者を穴埋めにしたような状況では、強いて（誰も）諫めることが出来なかった。

【解説】

〔会話中の典拠のある語について〕

ここの将門への諫言の記述の中には、典拠ある語が会話の中に盛んに用いられている。まず、将平の言葉は、『帝範』の序中の語句が用いられ、将門が東丹国建国を実例に引いて答えている。次いで、伊和員経が『臣規』の語句を引いて諫めるが、将門は、『論語』の一節なども用いて退けてしまう。こうして、この章の結びは秦の始皇帝の「焚書抗儒」のような状況であると評されている。実際に、こうした会話があったとは考えられないが、まさしく作者が工夫を凝らして創作したのであろう。とくに、唐の太宗が帝王たるものの模範を撰した『帝範』と唐の則天武后が臣下の規範を撰した『臣軌』を登場人物の言葉の中に引いた趣向は注目されよう。この両書は中国思想の主流、儒家思想に基づく帝王学と臣道を説いている。作者は、それぞれの書から、この場面にふさわしい適切な語句を引用したのである。この作者の創作からは、作者自身の教養について考えさせる章節ともなっている。これまでも、見て来たように、他の場面にも、『将門記』の会話の中には、かなり典拠のある語句が載せられている。おそらく、作者は登場人物の言葉に権威づけを行うことによって、大文章をものそうと意図したのであろうと思われる。

65唯武蔵権守興卋王為時宰人玄茂等為宣旨且放諸国之除目下野守叙舎弟平朝臣将頼上野守叙常羽御厩別當多治経明常陸介叙藤原玄茂上総介叙武蔵権守興卋王安房守叙文屋好立相模守叙平将文伊豆守叙平将武下総守叙平将為且諸国受領點定且成可建王城議其記文云王城可建下総国之亭南兼以檥橋号為京山崎以相馬郡大井津号為京大津便左右大臣納言叅議文武百官六弁八史皆以點定内印外印可鑄寸法古文正字定了但孤疑者暦日博士而已

【訓読文】

唯だ武蔵権守興世王時の宰人たり。玄茂等宣旨と為《シ》て、且つ諸国の除目を放つ。下野守に舎弟平朝臣将頼を叙す。上野守に常羽御厩別當多治経明を叙す。常陸介に藤原玄茂を叙す。上総介に武蔵権守興世王を叙す。安房守に文屋好立を叙す。相模守に平将文を叙す。伊豆守に平将武を叙す。下総守に平将為を叙す。且つ諸国の受領を點定し且つ王城を建つべき議を成す。其記文に云く、王城を下総国の亭南に建つべし。兼て檥橋《ウキハシ》を以て号して京の山崎と為《シ》、相馬の郡大井の津を以て京の大津と為《セ》む。便ち左右大臣、納言参議、文武百官、六弁八史、皆以て點定し、内印外印鑄《イ》るべき寸法、古文正字定め了りぬ。但し孤疑《コギ》するは暦日博士のみ。

【注解】

＊時宰人　前出↓Ｐ156

＊宣旨　天皇の命を伝える公文書。

＊放諸国之除目　先に、同様の表現がある。↓Ｐ154。除目が二度行われたのではなく、記述が重なっているのである。

先に除目を放つと記した後に、将門の即位、将門の書状、将門への諫言の記事が入り込んで中断されている。ここは、先に記された除目の具体的な内容である。

＊叙　底本では「釵」のように見えるが、楊本を参照すると「敍」であろう。「敍」の新字体「叙」の方が底本に近い。官職を授けるの意。

＊點定　字類抄テムチャウ。点検して決定すること。

＊王城　皇居。現岩井市岩井の中根辺りに推定されるが不明である。現地には、島広山などに当てているが伝承の域を出ない。さらに、伝説では、守谷をはじめ将門の王城がさまざまの地に伝えられている。

＊亭南　「亭」には宿の意味もある。本文から推して石井宿の南のことか。すなわち、石井営所の南方。

＊檥橋　檥の傍訓ウキ。浮橋のことであろうか。浮橋は水上に筏や舟を並べて橋としたもの。楊本は礒津橋とする。この橋の所在地には、現結城郡八千代町磯、猿島郡総和町釈迦など諸説があるが、定説はない。

＊京山崎　現京都府乙訓郡大山崎町。京都の南の入口に当たる。

＊相馬郡大井津　倭名抄、相馬郡に大井が見える。現千葉県東葛飾郡沼南町大井、現野田市木間ケ瀬、現水海道市、現取手市戸頭などが当てられるが、これも定説はない。

＊京大津　現滋賀県大津市。先の山崎に対し、北方からの入口。

＊納言参議　納言は大、中、少がある。上への奏上と下への伝達を行う官。参議は政策を議する官。

＊文武百官　朝廷の文官と武官の総称。

＊六弁八史　六弁は左右の大、中、少弁のこと。文書を受け、命令を下達する官。八史は、左右の大史、少史各二人。文書を取り扱う官。

＊内印外印　内印は天皇の御璽、外印は太政官の官印。
＊古文正字　古文は秦以来の古い文字。正字は、俗字や略字に対する正しい体の字。
＊孤疑　一つ残った疑問。
＊暦日博士　暦博士のこと。暦道を教え、暦を作った教官。

【口語訳】

まさに、武蔵権守興世王は、この時の主宰者であった。玄茂等は（新皇の）宣旨として、さらに諸国の除目を思いのままに行った。下野守に弟の平朝臣将頼を任命する。上野守に常羽御厩の別当、多治経明を任命する。常陸介に藤原玄茂を任命する。上総介に武蔵権守興世王を任命する。安房守に文屋好立を任命する。相模守に平将文を任命する。伊豆守に平将武を任命する。下総守に平将為を任命する。一方では、（こうして）諸国の受領を点検して決定し、同時に、王城を建てようとする議決を行った。その記録文には「皇居を下総の国の亭の南に建てよ。重ねて、檥橋をもって京の山崎に当て、相馬郡大井の津を京の大津となそう。」とある。そこで、左右大臣、納言参議、文武百官、六弁八史等を皆すべて決定し、内印・外印を鋳造する寸法と古い字体・正字を定め終わった。但し、暦日博士だけは、疑問があってやり残すこととなった。

【解説】

〔将門の除目と王城〕

新皇即位に際して、宰人であった興世王と玄茂がここでも中心となって、宣旨として除目を行っている。これによれば、下野守―平将頼、上野守―多治経明、常陸介―藤原玄茂、上総介―興世王、安房守―文屋好立、相模守―平将文、伊豆守―平将武、下総守―平将為となっている。この除目については、従来、多くの疑問が出されている。そこで、詳しく検討を行っておきたい。

（1）除目が二度記されていること

本文では「上野国府に入場し、四門の陣を固めて諸国の除目を放つ。」と記し、その後に「時に」として、昌伎を登場させ、将門が新皇に即位する記事に移る。これが終わると、「公家」への長い書状があり、さらに、将平と員経の諫言となる。この諫言が退けられた後に、漸く、宰人の興世王と玄茂が宣旨として除目のことに戻るのである。間に入った記事が長いために、二度も除目が行われたように見えるが、一つの除目の記述が重なったと解してよいと思われる。

ここの記事の関係は、以下のように整理されている。

上野国庁を舞台にした坂東諸国の除目の記事が新皇託宣とそれに続く将平・員経の諫言の記事によって中断され、その託宣と諫言の記事がまた将門書状の挿入によって中断されるという仕組みになっているというわけで、将門書状の存在がこの一連の新皇託宣と除目の叙述を輻輳させ、複雑なものにしているといってよい。（梶原正昭「『将門記』の構造—将門書状をめぐって—」『古典遺産』三十八号、昭和六十二年）

（2）除目の内容

主宰者、興世王と玄茂の二人が上総国と常陸国を任されているのは、将門の本拠地、下総国を挟む重要な地域であったからであろうか。

また、どういうわけか、武蔵守が欠けており疑問である。当時、武蔵守の百済貞連は、都へ上る途上であったと想定される（『日本紀略』天慶二年十二月二十九日に入京。）から、国府には不在であった。しかも、興世王は、なおも武蔵権守と記述されている。このことと何か関わりがあったかもしれない。このあたりに、この除目が現実のものでなかったのかという疑いの余地もあろう。

武蔵国が入っていない代わりに、坂東以外の伊豆守が見える。これは、『本朝世紀』の天慶元年十一月三日の条に、伊豆国の申請によって、平将武の追捕を命じる官符が駿河・伊豆・甲斐・相模に出されたと見えることと関わっている。すなわち、将武は、この地域一帯で反体制的な活動を行っていた人物であった。したがって、ここに地縁のあった将武が任命されたものであろうか。この伊豆に、将門の力が及んだことについては以下の論説がある。

ここで伊豆が将門の支配下に入っていることは、相模・安房・上総等を含む関東南岸の海上交通に、将門の力が及んでいたことを示している。そしてその王城は、すでに「水の都」としての性格を強めつつあった京都以上に水上交通を意識し、内海の掌握を視野に入れた地に設定されていた。（網野善彦「平将門の国家とその崩壊」『三和町史』平成八年刊）

なお、将門の兄弟の内、弟の将平だけが国司に任命されていない。あるいは、先に、将門に諫言をしたことが関わっていようか。将門が新皇になることを推進した、興世王・玄茂らに対して、慎重な態度をとった人たちもあったことが想定されよう。

さらに、親王任国とされる上野国は、守を任命しているが、常陸国と上総国は、親王任国を尊重してか、介の任命となっている。これに関して、以下の解説がある。

つまり、将門は、親王の給与はこれまでどおり保証したのである。ならば、中央政府および寺社王臣家への貢納物も保証したのではなかろうか。新皇即位を告げる天皇への奏上は、将門と政府との交渉の始まりのはずだった。将門は、これまでいわれてきたような「坂東独立王国」を目指したわけではなかったのである。（下向井龍彦『武士の成長と院政』日本の歴史7平成十三年刊）

（3）除目の現実性

この除目では、武蔵国が除かれていたことに疑念が持たれる。さらに、気になるのは、はたして実際に除目が行われて、それぞれの守や介は赴任したのであろうかという問題である。この後、将門は武蔵・相模を巡見して、印鎰を領掌して公務を勤むべき由を留守の国掌に命じた。武蔵国は不明ではあるが、相模守は将文と決まっていたのだから、ここに言う公務云々の記述には齟齬があるようにも感じられる。もし、将文が相模守として国庁に入っていれば、こうした書き方はしないはずであろう。この除目の現実性には、少なからぬ疑問が残るのではなかろうか。

このように、将門の除目には、いくつかの謎があり、その解明の努力もさまざまに行われている。しかしながら、なかなか明確な答えは見つけられない。これに続く王城の建設や文武百官の制定も現実性に乏しく、作者がいかなる意図をもって記述したのか分かりにくいところでもある。あるいは、作者が将門の王国を大げさに誇張することによって、その権威づけを行おうとしたのかもしれない。その王城の記述で気になることは、王城を建てて、都の山崎や大津に擬する地までも、その周辺に定めようと記していることである。まさしく、これは東国の地にミニ京都を出現させようとする意図を示しているのであろう。また、左右大臣以下の記述は、もう、それに当てる登場人物もいないことから、ただ朝廷の官職を並べ立てて、このように王国の組織も出来上がっていることを誇示したものと捉えられようか。これについては、以下のような明解な説明もある。

さらに『将門記』は、将門が左右大臣から文武百官を任じ、内印・外印を定めたと記しているが、これは誇張であろう。それは暦日博士のみは置けなかったということを明確にするための伏線とみることもできるので、将門が時間の支配—元号を立てることのできなかった点を『将門記』は強調したかったのではなかろうか。確かに、国号を決めなかったこととともに、これは将門の国家・王権としての未熟さを物語っている。（網野善彦「平将門の国家とその崩壊」前掲）

いずれにしろ、将門の滅亡は、天慶三年二月十四日である。それまで僅かな日数しかないことを思えば、王城建設の議が図られたとしても、実際に造成する時間はなかったのである。将門王国の建設は、計画のみで終わってしまったと考えられる。

66偏聞此言諸国長官如奐驚如鳥飛早上京洛然後沾武蔵相模等之国新皇巡検皆領掌印鎰可勤公勢之由仰留守之国掌乃可預天位之状奏於大政官自相模国帰於下総仍京官大驚宮中騒動于時本天皇請十日之命於佛天厥内屈名僧於七大寺祭礼奠於八大明神詔曰忝膺天位幸纂鴻基而将門监悪為力欲奪国位者昨聞此奏今必欲来早饗名神停此耶悪速仰佛力拂彼賊難乃本皇下位攝二掌於額上百官潔齊千祈於仁祠

【訓読文】

偏に此言を聞き諸国の長官魚の如くに驚き、鳥の如くに飛び早く京洛に上る。然して後、武蔵相模等の国にいたる迄、新皇巡検して皆印鎰を領掌して、公務を勤むべき（之）由を留守の国掌に仰す。乃ち天位に預るべき（之）状を大政官にに奏し、相模国より下総に帰る。仍て京官大に驚き宮中騒動す。時に本《モト》の天皇十日の命を佛天に請ふ。厥内に、名僧を七大寺に屈して、礼奠《レイテン》を八大明神に祭る。詔して曰く、忝くも天位を膺《ウ》けて幸に鴻基を纂《ツ》ぐ。而も、将門は監悪を力として国位を奪はむと欲者《ステヘリ》。昨此の奏を聞く。今必ず来たらむと欲。早く名神に饗して此の耶悪を停めたまへ。速に佛力を仰ぎ彼の賊難を拂ひたまへ。乃ち本皇は位を下り二掌を額上に攝りて、百官は潔齊《ケツサイ》して千の祈を仁祠に［請ふ］

【注解】

＊如奐驚鳥如飛　「奐」は魚。魚のように驚き、鳥のように飛び立つ。魚が驚きやすいものとして「驚魚浮水面」（『本

朝文粋』）などと表している。

＊畄守之国掌　「畄」は留。「国掌」は国衙で記録・雑務を行う国司の属官。国の長官らが去った後を守っていた属官のこと。

＊預天位之状　天皇の位を預かる旨を記した書状。これが実際に出されたとしたら、そこには、除目以下、王城建設などの記述があったのかもしれない。

＊大政官　太政官のこと。前の書状が太政大臣藤原忠平家あてに出されていたが、ここは太政官に宛てている。

＊京官　京都に在住し、中央官庁に勤務する官吏

＊本天皇　本にノと傍訓があり、「本」モトの天皇と読む。朱雀天皇を指す。

＊請十日之命　十日の命の猶予を願ったということ。

＊佛天　仏の敬称。

＊屈名僧　名僧に膝を屈して招請する意。

＊七大寺　普通は、奈良の東大寺・興福寺・元興寺・大安寺・薬師寺・西大寺・法隆寺の総称。あるいは、後の八大明神に対する語として、単に七つの大寺としたのかもしれない。

＊祭礼奠　供物を捧げ供えること。

＊八大明神　伊勢神宮など八つの大社をいうのであろうか。あるいは、七大寺の対語として記されているか。

＊詔　天皇の言葉。「詔」は詔。「詔」は臨時の大事に、「勅」は普段の小事に用いるという。詔を出すなど、ここの天皇の慌てぶりは大変なものだが、作者の創作であろうか。

＊膺　傍訓ウケテ。

＊纂⿰亻鳥基　⿰亻鳥は鴻の誤まりか。「鴻基」は帝王の大事業の根本。「纂」は名義抄ツク。「つぐ」の意

＊监悪　「监」は監。前出↓Ｐ127。

＊昨聞此奏今必欲來　昨日はこの（謀反の）奏上を聞き、今日は必ず攻め上って来ようとしている。

＊饗名神　「名神」は神祇官の奉幣にあずかる諸神社。「饗」傍訓キコシメス。御酒を供えもてなす（饗応の意）。

＊停此耶悪　「停」の傍訓メタマヘ。耶は邪と同字通行↓Ｐ105

＊仰佛力　「仰」の傍訓ク。しかし、ここでは、仰ぐと終止形には読めないから、仰ぎと連用形に読む。

＊拂賊難　「拂」は払。ここに、傍訓はないが、前の文と対句をなしているから「拂ひたまへ」と読む。「賊難」賊のために災難を受けること。

＊位　座所、ここは玉座。

＊揣二掌扵額上　両手を額の上に合わせて祈る。

＊百官　いわゆる文武百官。内外の諸官。

＊潔齊　心身を清めること。傍訓スは連用形シと読む。ここの傍訓は、先の「仰ぐ」と同様に、連用形に読むべきところを終止形に読んでいる。

＊千祈於仁祠　底本はこの前に一字が欠けている。楊本には「請」とあり、この字を補って解釈した。「仁祠」は寺院のこと。

ここには、欠字1、誤字1，読み誤りと思われる傍訓が2箇所あり、書写が乱れている。

【口語訳】

ひとえに、この（将門の）言葉を聞き、諸国の長官は魚のように驚き、鳥のように飛び立ち、急いで京都に上った。

その後、武蔵・相模などの国にいたるまで、新皇は巡回して取り調べをし、全て国印と鍵を手中に納めて、公務を勤める命令を留守を預る下級の属官に下した。その際に、（将門は）天皇の位に預かる旨の書状を太政官に差し出し、相模国より下総に帰った。そこで、中央の諸官吏は大いに驚き、宮中は大騒ぎとなった。その時、本の天皇は十日の命の猶予を仏に祈った。そして、七大寺に願って名僧を招請して、供物を八大明神に祀った。詔して仰せになることには、「畏れ多くも皇位を受けて、幸いに国家を治める事業の基礎を引き継いだ。しかし、将門が乱悪を力として、国位を奪おうとしているという。昨日、この報を聞いた。今日は必ず攻め上って来ようとしている。早く諸社に饗応して、この邪悪を停めていただきたい。速やかに仏の力を頂き、あの賊難をお払いください」と。そして、本皇は玉座を下り両手を額の上に合わせ（て祈り）、百官は心身を清めて千度もの祈りを寺院に［願った。］

67 況復山々阿闍梨修邪滅悪滅之法社々神祇官祭頓死頓滅之式一七日之間所焼之芥子七斛有餘所供之祭祈五色幾也悪鬼名号焼扵大壇之中賊人形像着扵棘楓之下五大力尊遣侍者扵東土八大尊官放神鏑扵賊方而間天神嚬嘁而謗賊類非分之望地類呵嘖而憎悪王不便之念

【訓読文】

況《マ》や復た、山々の阿闍梨《アジャリ》は邪滅悪滅の法を修す。社々の神祇官は頓死頓滅の式を祭る。一七日の間に焼く所の芥子は七斛有餘。供る所の祭祈は五色幾也《イクバク》。悪鬼の名号を大壇の中に焼き、賊人の形像を棘楓《イバラキリ》の下に着く。五大力尊は侍者を東土に遣し、八大尊官は神鏑を賊方に放つ。而る間に、天神嚬嘁《ヒンセン》とくちひそむで、賊類非分の望を謗《ソシ》り、地類呵《カ》嘖《シャク》して悪王不便の念を憎《ソネ》む。

【注解】

＊阿闍梨　高徳の僧の称。
＊邪滅悪滅之法　邪悪を滅ぼす修法。修法とは、密教で加持祈祷の法。
＊神祇官　ここでは神官を指す。
＊頓死頓滅之式　「頓死頓滅」急に死滅させる意味。「式」式神（陰陽師が使役する神）悪人をすぐに死滅させる威力のある式神。
＊一七日之間　七日間。修法や祈祷を行う期間。
＊芥子　護摩を焚く時に炉の中に投ずる芥子。名義抄「芥子カラシ」護摩に用いる芥子とはカラシナの種子をいう。
＊斛　斛は石と同じで十斗をいう。
＊祭料　祭祀料。
＊五色　ここの色は、種類とか品目の意かとも思われるが、Fに「青、黄、赤、白、黒の五色の幣」とする解説があり、これに従う。
＊大壇之中　修法を行う際、本尊を掛ける壇。この大壇を中心に、護摩壇、十二壇、聖天壇を立てる四壇の形が普通という。
＊賊人形像　賊人（将門）の人形。
＊着於棘楓之下　「棘」いばら「楓」傍訓キリ。これらに、賊の人形を吊す。
＊五大力尊　五大力菩薩（金剛吼・竜王吼・無畏十力吼・来電吼・無量力吼）又は、五大尊（不動・降三世・軍荼利・大威徳・金剛夜叉）のこととともいう。いずれも仏教神である。

＊遣侍者於東土　菩薩などの脇に立つ側付きの者を東国に遣わす。
＊八大尊官　陰陽道で吉凶の方位を司る八神（太歳神・大将軍神・大陰神・歳刑神・歳破神・歳殺神・黄幡神・豹尾神）とされる。
＊放神鏑於賊方　神の鏑矢を賊の方へ放った。後に、将門が神の鏑にあたって倒れたことと対応する。仏教神の五大力尊に対して、こちらは、陰陽道の神、八大尊官を登場させた。
＊天神　天の神
＊嚬嘁　右側にセムト、左側にクチヒソムテと傍訓がある。嚬嘁（ヒンセン）とくちひそむと読む。（文選読み）苦々しく口をゆがめ憂うることか。「嘁」は名義抄に見えるが、意味などの記述がない。
＊謗賊類非分之望　賊たちの分に過ぎた望みを誹謗する。
＊地類　天神に対して地の神をいう。
＊呵嘖　叱り責める意。
＊憎悪王不便之念　悪王の不都合な考えを憎む。

【口語訳】

ましてや、諸山の阿闍梨たちは邪悪を滅ぼす修法を行った。諸社の神官らは（悪を）即座に死滅させる式神を祭った。七日間に焼いた芥子は七斛に余りあった。（祭壇に）供えた幣は五色、その数はどれほどになろうか。悪鬼の名号を大壇の中に燃やし、賊の人形の像を棘や楓の下に吊した。五大力尊は、その侍者を東国に遣わし、八大尊官は神の鏑矢を賊の方へ放った。その間に、天の神は苦々しく口をゆがめて、賊たちの分際に過ぎた望みを誹謗し、地の神は、叱責して悪王の不都合な考えを憎んだ。

【解説】

〔京宮大驚宮中騒動〕

将門の謀反が明らかになり、都の騒動と社寺の調伏が記されている。ここも、「七大寺」、「八大明神」を始め、百と千や五、七、八などの数の入った語句を対句に仕立てた文飾が目立っている。そのため、かなり誇張した表現となっており、現実性に乏しい文章となっている。そこで、その状況が実際にどうであったか、当時の記録の記事をまとめて示す。

天慶二年十二月二十七日

下総国豊田郡の武夫が平将門并に武蔵権守興世王に従って、謀反を起こし東国を虜掠した（『日本紀略』）。

天慶二年十二月二十九日

信濃国から、平将門が上野介、下野守らに兵士を付けて追い上げたという報が入った（『日本紀略』）。

天慶三年一月一日

東国の兵乱のため音楽を奏さなかった（『日本紀略』）。

天慶三年一月三日

平将門・藤原純友の兵乱を鎮定するために、比叡山・東寺・愛宕山・四天王寺が修法を始める。また、この日、宮城の四方の諸門に矢倉を構築した（『貞信公記抄』、『園太暦』）。

天慶三年一月六日

平将門・藤原純友の乱を鎮定するため、朝廷が伊勢神宮に奉幣し、五畿七道の名神の神階一階を進める（『貞信公記抄』）。

天慶三年一月九日
平将門の謀反を知らせた源経基が従五位下に叙される（『日本紀略』）。
天慶三年一月十一日
平将門らを討伐した者に不次の賞を与える旨の太政官符が東海・東山道の諸国に下される（『本朝文粋』）。
天慶三年一月十二日
兵士を宮城十四門に配置して警備させた（『貞信公記抄』）。
天慶三年一月十三日
諸社に奉幣した（『師守記』）。
天慶三年一月十四日
追捕凶賊使及び東国の掾八名が任命される（『貞信公記抄』、『日本紀略』）。
天慶三年一月十九日
参議藤原忠文が右衛門督・征東大将軍に任命された（『日本紀略』）。
天慶三年一月二十二日
平将門調伏の修法が諸寺で行われる（『貞信公記抄』）。
天慶三年一月二十四日
平将門調伏の修法が諸寺で行われる（『貞信公記抄』）。

68然新皇案井底淺勵不存堺外之廣謀即自相模帰本邑之後未休馬蹄以天慶三年正月中旬為討遺歒等帶五

千之兵發向於常陸国也于時奈何久並一兩郡之藤氏等相迎於堺罄美而大饗新皇勅曰藤氏等可指申掾貞盛并為憲等之所在于時藤氏等奏曰如聞其身如浮雲飛去飛来宿處不定也奏訖

【訓読文】

然るに、新皇井底の浅き励みを案じて、堺の外の広き謀を存ぜず。即ち相模より本邑に帰りて（之）後、未だ馬の蹄を休めず、天慶三年正月中旬を以て遺りの敵等を討たむが為に、五千の兵を帯して常陸国に発向す（也）。時に奈何《ナカ》、久並《クジ》一両郡の藤氏等堺に相迎へて美を罄《ツク》して大饗す。新皇勅して曰く、藤氏等、掾貞盛并に為憲等が所在を指し申すべしと。時に藤氏等奏して曰く、聞くが如くは、其の身浮雲の如し。飛び去り飛び来たりて宿処不定也と奏し訖りぬ。

【注解】

＊井底浅勵　井戸の底のような狭い所で浅はかに力を奮うこと。天慶三年一月十一日の官符に「独知井底之広、空忘海外之守」という語句がある。これと同じような語句が用いられている。

＊堺外之廣謀　国外に向け、広い視野をもった計略

＊休馬蹄　馬のひづめを休める。

＊遺敵　残敵。

＊奈何・久並　那珂郡・久慈郡。常陸国の北部の郡。

＊藤氏　ここでは常陸国に勢力を持つ藤原氏一族をいう。

＊罄美　罄の傍訓ツクス。名義抄には、同類の字にツキスとある。美味を極めるの意。

＊大饗　大いに酒食を供してもてなすこと。

＊飛去飛来　飛んで去ったかと思うと飛んで来る。宿処不定のさまをいう。唐の劉廷芝の詩句「飛来飛去落誰家」（「代

悲白頭翁」）などを念頭において記した句か。

【口語訳】

しかし、新皇は、井戸の底のような狭い所で浅はかにも奮励することを思い、国外へ向けて広い視野を持つ計略を考えなかった。すぐに、相模より本拠に帰った後、まだ馬の蹄を休めないで、天慶三年正月中旬、残りの敵を討つために、五千の兵を引き連れて常陸国へ出向いた。その時、奈何、久慈両郡の藤原氏が国境に迎え、美味を極めて大いに饗応した。新皇が勅して言った。「藤原氏ら、掾貞盛并に為憲らの所在を指し申せ。」と。その際、藤原氏が申し上げて言った。「聞くところによると、その身は、まるで浮雲のように、飛び去ったかと思うとまた飛んで来て、宿る場所は不定であります。」と申し上げ了った。

69 爰猶相尋之間漸隔一旬僅吉田郡蒜間之江邊拘得掾貞盛源扶之妻陣頭多治経明坂上遂高等之中追領彼女新皇聴此事為匿女人媿雖下勅命々々以前為夫兵等悉被虜領也就中貞盛之妾被剝取露形更无為方矣眉下之涙洗面上之粉胷上之炎焦心中之肝内外之媿成身内媿會嵇之報遭會嵇之敵何謂人哉何恨天哉生前之慙有稠人而已

【訓読文】

爰に猶相尋ぬる（之）間に、漸く一旬を隔つ。僅に吉田郡蒜間《ヒルマ》の江の辺に掾貞盛・源扶の妻を拘《トラ》へ得たり。陣頭多治経明《ツネアキ》、坂上遂高《カツタカ》等が中に彼女《カノメ》を追ひ領したり。新皇此事を聴き、女人の媿を匿さむが為に勅命を下すと雖も勅命以前に夫の兵等の為に悉く虜領せられたり（也）。就中、貞盛の妾《メ》は剝ぎ取られて形を露《アラワ》にして更に為方《センカタ》无し（矣）。眉下の涙は面上の粉を洗ひ、胸上の炎は心中の肝を焦《イ》る。内外の媿身内の媿と成る。会稽の報会稽の敵に遭ひたり。何ぞ人を謂はむや。何ぞ天を恨みむや。生前の慙は稠人《チュウジン》に有るのみ。

【注解】

＊吉田郡　常陸国那珂郡の東部を私称して、このように呼ぶ。現水戸市の南部。

＊源扶　前出↓Ｐ7

＊蒜間之江　蒜は蒜であろう。現東茨城郡の涸沼を指す。

＊拘　とらえる。

＊陣頭　軍陣のまっさき。ここでは、軍の先頭の指揮者の意味と思われる。部将、部隊長のこと。この語は、武士団の戦場における職制名であったと思われると解説されている（中田祝夫解説『将門記』昭和六十年勉誠社刊）。

＊多治経明　前出↓Ｐ185

＊坂上遂高　坂上田村麻呂の子に、常陸国や上総国に住んだ者がいる。この坂上一族と関わるかもしれない。しかし遂高は伝未詳。

＊被剥取露形　衣服を剥ぎ取られ裸になる。

＊更无為方　まったく為す術がない。

＊内外の媿　国の内外で、人々が受けている恥辱。これまでの将門の戦いの中でも、女人が凌辱される記述が見られた。↓Ｐ141

＊會嵇　前出↓Ｐ37

＊稠人　多くの人

【口語訳】

ここに、捜索している間に、漸く十日ばかりが過ぎた。やっと吉田郡蒜間の江の辺りに、掾貞盛と源扶の妻を捕らえることが出来た。部将多治經明・坂上遂高等の軍中にかの女を拘束した。新皇はこの事を聞き、女人の辱めを隠すために勅命（新皇としての命令）を下したけれども、それ以前に、その兵たちの為に全て凌辱されていた。とくに、貞盛の妻は衣服を剥ぎ取られ裸にされており、どうしようもない状態であった。目から溢れる涙は顔面の白粉を流し、胸に燃え上がった（恨みの）炎は心中の肝を焼くような思いをしたのである。国の内外で噂された女人の恥が（今や）自分自身の恥となったのである。敵に報復しようとして、かえって、その敵に遭って恥辱を受けてしまうこととなった。どうして、人のせいにしようか。どうして、天を恨もうか。（人のせいにしても天を恨んでもしかたがなかろう。）生前に受ける慙は、多くの人々にあることだからである。

70爰傍陣頭等奏新皇曰件貞膩之妾容顔不卑犯過非妾願垂恩詔早遣本貫者新皇勑曰女人流浪返本屬者法式之例又鰥寡孤獨加優恤者古帝之恒範也便賜一襲為試彼女本心忽有勅歌曰

冊尒手毛風之便丹吾そ問枝離垂花之宿緒

妾幸遇恩餘之頼和之曰

冊尒手毛花之匂散来者我身和比志止拎毛保江奴銫

其次源扶之妾恥一身之不幸寄人詠曰

花散之我身牟不成吹風波心牟遭杵物尒佐利計留

翫此言間人々和惚逆心御止［貞銓曰御止者暫息］

【訓読文】

爰に傍の陣頭等新皇に奏して曰く、件の貞盛が妾は容顔卑しからず、犯過妾に非ず。願はくは、恩詔を垂れて早く本貫に遣さむ者《テヘリ》。新皇勅して曰く、女人の流浪は本属に返る者《テヘリ》。法式の例なり。又鰥寡《カンカ》のやもめ孤独のひとりひとに優恤《ユウジュツ》を加ふるは古帝の恒範也。便ち一襲を賜りて彼の女の本心を試さむが為に忽に勅歌有りて曰く、

よそにても風の便に吾ぞ問ふ枝離れたる花の宿を。

妾幸に恩余の頼に遇ひて之《コレ》に和して曰く

よそにても花の匂の散り来れば我身わびしとおもほえぬかな

其の次に源扶の妾一身の不幸を恥ぢて人に寄せて詠みて曰く、

花散りし我身も成らず吹く風は心もあはきものにざりける。

此の言を翫ぶ間に、人々和怡《ワイ》して逆心暫くやすみぬ。[員銓曰く、御止は暫く息む。]

【注解】

＊陣頭　前出↓P201

＊恩詔　情けある詔。

＊本貫　本籍地。

＊本屬　本籍、本貫。

＊女人流浪返本属者　ここの読みは、敢えて底本の訓点に従って【訓読文】のようになった。しかし、本来、ここは、次の句と対句の文を形成しているから、以下のように読むのが普通であろうか。

女人の流浪は、本属に返すは法式の例なり。

鬘寡孤獨に、優恤を加ふるは古帝の恒範なり。

*鬘寡　底本「鬘寡」は以下の熟語から、鰥寡であろう。「鰥寡孤獨」鰥は妻を亡くした老人。寡は夫を亡くした老女。孤は孤児、獨は子のいない老人。ここの読みは文撰読み→鰥寡のやもめ、孤獨のひとりひと。

*優恤　心をいためて救うこと。

*古帝之恒範　古来の帝の規範

*一襲　ひとかさね。一揃の意。

*彼女の本心　貞盛の妻の本心。（1）妻が自分（将門）をどう思っているか。（2）妻が心の奥に秘めている夫の状況（動向や居所）の二説がある。ここでは（2）の意に採って解釈する。

*勅歌　新皇将門の歌。以下に貞盛の妾の歌、扶の妾の歌が続く。

*恩余之頼　有り余る恩頼。「恩頼」は神や天皇からさずかる恵み深いたまもの。P8の〓崛之神と同様に挿入によって創出された語。（猿田知之「将門記の表現」前掲）

*花の匂　「匂」あざやかな色が美しく映えること。花が美しく映えて散りかかるとは、夫の貞盛の温情が伝わって来ることに例えている。

*おもほゆ　「おもはゆ」の転。自然に思われる。

*我身牟　「牟」この字は、ここでは、後の「心牟」と共に「も」と読むものと思われる。↓P89

*不成　成りたたない。どうにもならない。

*心牟遭杵（こころもあはき）　はかない気持ちの意。

*ざりける　「ぞありける」から出来た語で歌によく用いられる。「であるなあ」の意。

＊翫此言間　このように歌を詠み交わして、言葉を弄んでいる間に。
＊和愡　やわらぎなごむ意　歌によって心が和むというのは『古今集仮名序』の「男女の中をもやはらげ、猛き武士の心をも慰むるは歌なり」が想起される。
＊逆心　反逆の気持ち。
＊御止　傍訓ヤスミヌ。割注に暫息とある。
＊負銓　『日本見在書目録』に見える『韻詮』のことかという。これは現在見ることが出来ない。

【口語訳】

ここに、側にいた部将らが新皇に申し上げて言った。「あの貞盛の妻は顔かたちが卑しくない。罪を犯した過ちは（夫の貞盛にあり）妻にはありません。どうかお願いですから、お言葉をいただき早く本籍地に返しましょう。」と。新皇が勅して言った。「女人の流浪は本籍に返るという。（これが）法令の慣例である。又、やもお、やもめ、孤児、子のない老人など身寄りのない者に恵みを与えるのは、古来の帝の恒に変わら規範である。」と。そこで、一揃えの衣服を下さり、その女の本心を試そうとして、勅歌を詠んで言った。

（歌意）

よその離れた場所にいても、私は風のたよりによってあなたに問う。枝を離れた花の宿りを（あなたから離れていった夫の宿り場所を聞きたい。）

妻は幸いに深い恩恵を受けて、これに唱和して言った。

（歌意）

よその離れた場所にいても、花が光に映えて散りかかって来るので、私は我身がわびしいとは思われないことだ。

（夫の温情がはるかに伝わって来るので、自身をわびしいとは思われない。）

その際に、源扶の妻は我身の不幸を恥じて、人に託して詠んで言った。

（歌意）

花が散った我身はもう実もつけることもなくどうにもならない。吹く風に、心もはかないことであるよ（夫と死別した自分はもうどうにもならない。この世をはかなく思うだけだ。）

このように、歌を詠み交わして言葉を翫ぶ間に、人々は気持ちを和らげなごませ、反逆の心をしばらく休めたのである。［員鈴にいう。御止は暫くやすむ］

【解説】

〔歌の内容〕

将門が貞盛の妻に、歌を読みかけたのは、（1）将門が恩情をかけたことを妻はどう思っているかを試そうとした。（2）貞盛の動向をつきとめようと妻の本心を探ろうと試みた。という二通りの解釈がある。

将門は、貞盛を何としても捕らえたかったこそ、常陸に進行して来たのである。そこで、うわべは恋の歌ともとれるような内容の歌を詠んで、その裏に、貞盛の動向を探ろうとしたと思われる。（1）はうわべの意味で、（2）こそが将門の歌の本意と解したい。三首の歌のおよその内容は、先に示したとおりであるが、注目すべきは、花という語がどの歌にも見えることである。しかも、その花は、枝から離れて散る花である。これをキイワードと捉えたい。花は、さまざまなものに例えられるが、その一つに「主（アルジ）」がある。そこで、ここでは、この花が夫を意味しているのではないかと考えられる。このように想うと、将門の歌は、枝から離れた（あなたの所から姿を消した）夫の貞盛の宿り所を問うという内容となる。妻の返歌は、花が美しく散りかかって来る（夫の優しい思いが伝わってくる）

からわびしくはないと将門の問いをはぐらかしたという解釈となる。また、扶の妻の歌は、花が散った（夫が死んだ）自分は子ができるわけでもなく、むごい世間の風当たりに心もはかないものだという意味にとれよう。

　このように、三首は、花を夫に準えて詠まれたと捉えることが出来よう。なお、先に貞盛の動静は、「飛び去り飛び来たり、宿処不定なり」と記されていた。この語句は、劉廷之の「洛陽城東桃李の花、飛び来たり飛び去って誰が家に落つ」という詩句を下敷きにしたのかもしれない。そうであれば、桃李の花が貞盛ということになり、後に、花を主題に歌を交わす伏線となっていることが分かる。しかも、和歌を交換することによって、気分が和らいだとして、『古今集仮名序』のような記述で締めくくっている。ここの叙述からは、並々ならぬ作者の文学的な手腕を看取することが出来よう。

71雖歴多日无聆件敵仍皆返遣諸国兵士等僅㪽遺之兵不足千人傳聞此事貞盛并押領使藤原秀卿等驚四千余人兵忽欲合戰新皇大驚以二月一日攣随兵超向扵敵地下野之方

【訓読文】

　多日を歴《フ》と雖も件の敵を聆くこと无し。仍て皆諸国の兵士等を返し遣はす。僅に遺る所の兵千人に足らず。この事を伝へ聞き、貞盛并に押領使藤原秀郷《ヒデサト》等、四千余人の兵を驚して忽ち合戦せむと欲《ス》。新皇大に驚きて二月一日を以て随兵を率ゐる敵の地下野の方に超え向ふ。

【注解】

＊歴多日　多くの日数を経る。

＊件敵　例の敵。貞盛や為憲を指す。

＊諸国兵士　Fによれば、「将門勢には、諸国国衙の兵士―健児所や軍団の兵士が主力であった。彼等は現地の有力農民から選抜したものである。時は二月に入り、農事の季節に入る。また彼等の兵站維持も大変である。旁々農村に還住させる必要がある。」と詳しい解説がある。

＊押領使　兵を率いて国内の凶徒や盗賊を鎮圧するのを職務とする令外の臨時の地方官。

＊藤原秀郷　藤原北家房前の五男魚名流で、父は下野大掾村雄、母は下野掾鹿島女である。下野国衙に反抗して、配流を下知されたことがあったが、結局、下野押領使として、将門を追討し下野守となった。百足退治の伝説が伝えられ、俵藤太として知られており、将門と同様に伝説の多い人物である。底本では、ここに唐突に登場して来る。

＊驚す。「驚」には速いの意もある。ここでは、人を驚かすほど速く動かすことであろう。

＊下野之方　貞盛が秀郷と提携したのであろう。秀郷の本拠は、下野国である。

【口語訳】

多くの日数を経たが、例の敵（の動静）を耳にすることがなかった。そこで、諸国の兵士たちを皆（それぞれの国へ）返してやった。僅かに遺る兵は千人に足りなかった。このことを伝え聞いて、貞盛并に押領使藤原秀郷等は、四千余人の兵をすばやく動員して合戦しようとした。新皇は大いに驚き、二月一日には随兵を率いて敵の地、下野の方に越え向かった。

72于時新皇将門前陣以未知歒之昕在副将軍春茂陣頭経明遂高等後陣以訪得歒之昕在為見實否登高山之頂遥見北方依實有歒略氣色四千余人許也爰経明等得既一人當千之名不可見過件歒今不奏新皇迫以討合扵押領使秀郷之陣秀郷素有古計如案討靡玄茂之陣其副将軍及夫兵ホ迷三兵之手散扵四方之野知道

之者如弦徹出未知之者如車旗廻僅存者少遂亡者多

【訓読文】

時に新皇将門が前の陣、未だ敵の所在を知らざるを以て、副将軍春茂が陣頭、経明・遂高等が後の陣に以て敵の所在を訪ひ得たり。実否《ジツフ》を見むが為《タメ》、高山の頂に登りて、遥に北方を見れば実に依りて敵有り。略して気色四千余人許り也。爰に、経明等既に一人当千の名を得て、件の敵を見過すべからず。今、新皇に奏せずして迫りて以て押領使秀郷の陣に討ち合ふ。秀郷、素より古き計《ハカリゴト》有りて、案の如くに玄茂の陣を討ち靡す。其の副将軍及び夫の兵等は三兵の手を迷ひて、四方の野に散りぬ。道を知る（之）者は弦の如くに徹り出づ。未だ知らざる（之）者は車の如くに旗《マ》ひ廻る。僅に存せる者は少し。遂に亡ぶる者は多し。

【注解】

＊副将軍春茂　玄茂を指す。

＊陣頭　傍訓ニがあり返り点の印もある。「陣頭に」と読めるが、返って読むことは出来ない。先に、「陣頭多治経明坂上遂高等」とあった（↓Ｐ200）ことから、陣頭経明、遂高等と続けて読みたいところである。ここの記述では、将門軍は、新皇将門自身の前陣と副将軍玄茂の後陣に分けられていたことが知られる。そこで、傍訓ニは読まないで、「副将軍玄茂の陣頭経明・遂高等の後陣に」と訓読することにした。

＊實否　前出↓Ｐ47

＊高山　現栃木県下都賀郡岩舟町と佐野市の中間にある三毳山を指すとする説がある。確かに、この地域には、他に高い山はない。この山から秀郷軍を発見して討ち合ったというが推定の域を出ていない。

＊略　傍訓シテ。多くの注釈書は、ホボと読むが、傍訓に従った。

＊一人當千　前出↓Ｐ95
＊今　この時。
＊不奏新皇　将門に申し上げず。前陣と連携しなかったことになる。
＊古計　傍訓により「古き計りごと」と読む。老練な軍略のこと。
＊三兵之手　軍を三手に分ける戦法　次の四方の野と対応させている。
＊如弦　弓の弦のように真直ぐにの意
＊旗迴　傍訓により、「まひめぐる」と読む。真っ直ぐに逃げる者、ぐるぐる回る者があり、玄持方の軍が一斉に行動出来なかったことを指す。

【口語訳】

その時、新皇将門の前陣は、まだ敵の所在を知らなかった。副将軍玄茂の陣頭、経明や遂高らの後陣では、敵の所在を探り得た。事実かどうかを調べようと、高い山に登って遥かに北方を見ると、実際に敵がいた。だいたいの様子では四千余人ばかりであった。この際、経明らは一人当千の名を得ており、その敵を見逃すはずがなかった。この時すぐに新皇に報告もせず、（敵軍に）接近して、秀郷の陣に討ち合った。秀郷は、もともと老練な謀を廻らせており、思いどおりに玄茂の陣を討ち破った。副将軍とその兵は、三軍に兵を動かす軍略にとどまって、四方の野に逃げ散った。道を知る者は弓の弦のように真っ直ぐに通り抜けた。道を知らなかった者は車のようにぐるぐると駆け廻った。僅かに生き残った者は少なかった。ついに亡びた者は多かった。

73于時貞盛秀郷朩就蹤征之裎同日未申尅許襲到於川口村新皇揚聲巳行振釼自戰貞盛仰天云私之賊則如

雲上之電公之従則如廁底之虫然而私方无法公方有天三千兵類慎而勿帰面者日漸過於未尅臨於黄昏各募李陵王之臆皆成死生決之勵矣桒弓快挽［快多乃之ク挽比加礼］蓬矢直中公従者自常強私賊者自例蒻昕謂新皇折馬口於後牽楯本於前昨日之雄今日之雌也故常陸国軍哂咲畄宿下総国兵忿愧早去

【訓読文】

時に、貞盛・秀郷等蹤《アト》に就きて征く（之）程に、同日未申尅許に川口村に襲ひ到る。新皇声を揚げて已に行き釼《ツルギ》を振ひて自ら戦ふ。貞盛天を仰ぎて云ふ。私の賊は則ち雲上の電の如し。公の従は則ち廁《カワヤ》の底の虫の如し。然れどもの私の方は法无し。公の方には天有り。三千の兵類は慎みて（而）面を帰すこと勿れ者《テヘリ》。日は漸く未尅に過ぎて黄昏に臨みぬ。各《オノオノ》李陵王の臆《ムネ》を募り、皆死生決の励を成す（矣）。桒の弓快《タノシ》く挽かれ［快たのしク挽ひかれ］、蓬の矢直く中る。公の従者は常よりも強く、私の賊は例よりも弱し。所謂新皇は馬の口を後に折りて楯の本を前に牽く。昨日の雄は今日の雌也。故に常陸国の軍は哂《アザケ》り咲ひて宿に留りぬ。下総の国の兵は忿《イカ》り愧ぢて早く去りぬ。

【注解】

＊就蹤征之程　あとに追い征くうちに。

＊同日未申尅　天慶三年二月一日午後二時から四時頃

＊川口村　川口は、水口のことで、現茨城県結城郡八千代町水口とされるが、この地と決定する確証はない。

＊揚聲已行　将門は（已に迎撃態勢を整えていて）大声を揚げて、立ち向かったのであろう。このように、これまで将門自身が奮戦すると、戦いに勝っていたのだが、作者は、この場を公と私の（団体戦の）対決として描き、戦いの様相が大きく変わって来る。

＊私之賊則如雲上之電　私の賊（将門方）は、まさに雲の上の電のようである。

＊公之従則如厠底之蟲　公の従兵（貞盛・秀郷方）は、まるで厠の底の虫のようである。「厠底の虫」は蛆虫をいうか。両軍の兵の強弱の対比の表現がおもしろい。ところで、このように「厠虫」まで対句に用いるのは、『仲文章』にも見えており、当時としては特殊とも言えないようである。
＊私方无法　私の方には拠るべき法（道理）がない。
＊公方有天　公の方には天（の加護）がある。
＊三千兵類　この三千は実際の数ではなく、全軍の兵と解する説がある。（F）
＊勿帰面　顔を後に向けてはならない。（退いてはならない。）
＊各募李陵王之臆　「臆」胸、心。各々が李陵王のような勇猛な心を強める。
＊皆成死生決之勵　皆が死生を決しようとして奮いたつこととなる。
＊桒弓快挽　「桒」は桑。『礼記』に、男子が生まれた際、「桑弧蓬矢」とある。これは、『明文抄』にもあり、よく知られていたようである。
＊蓬矢直中　「蓬矢」の傍訓アシノヤ。字類抄にも、蓬にアシの訓が見える。普通、葦の矢は、桃の弓と対比され、追儺の行事で用いられる。Hでは、まこもの矢ととるのが妥当かとあるが、桑との対で、蓬（ヨモギ）としたい。
＊公従者自常強私賊者自例弱　公の従者は常よりは強く、私の賊はいつもよりも弱かった。
＊折馬口後　馬の口を後に向ける意で、敵に背を向け敗走すること。
＊牽楯本扵前　楯の本を自らの前に引きつけて逃げること。「楯を牽く」は「楯を築く」「楯を構ふ」の対語として用いられている。
＊昨日之雄今日之雌　昨日の強い雄は今日の弱い雌と変わった。

＊常陸国軍哂咲留宿　貞盛の常陸国軍は勝ち戦さとなり、あざけり笑って宿に留まった。

＊下総国兵忿愧早去　将門の下総国の兵は、忿り愧じて早々に引き下がった。ここに、両軍を国の軍と表現しているのは注目される。

【口語訳】

その時、貞盛と秀郷らは、敵の蹤について征く内に、同日未申の刻頃、川口村に襲い到ることとなった。新皇は声を揚げて、すでに敵を向かい討って剣を振りかざして自ら戦った。貞盛は天を仰いで云った。「私の賊はまさに雲の上の雷のようである。公の従者はまるで厠の底の虫のようである。しかし、私の方には拠るべき道理がない。公の方には天の助けがある。我軍の兵たちは、全員慎んで面を返してはならない。」と。日は漸く未の刻を過ぎて、たそがれ時になった。各々、李陵王のような勇猛な心を強め、皆々死生を決めようと奮いたった。（まさに男子誕生の時のように）、桑の弓は気持ちよく引かれ、［快たのしく挽ひかれ］蓬の矢が真っ直ぐに当たる。（という状況となった。）公の従者は常よりも強く、私の賊はいつもより弱かった。いわゆる、新皇は馬の口を後に向けて、楯の本を前に引い（て退いた。）昨日の雄は、今日の雌となり変わった。そこで、常陸国の軍は敵をあざけり笑って宿に止どまった。下総国の兵は怒り恥じて早々に去って行った。

74厥後貞盛秀郷等相語云将門既非千歳之命自他皆一生之身也而将門獨跋扈於人寰自然為物防也出則競監悪於朝夕入則貪勢利於国邑坂東之宏蠹外土之毒蟒莫甚於之

【訓読文】

厥の後、貞盛・秀郷等相語りて云く、将門既に千歳の命に非ず。自他皆一生の身也。而るに、将門独り人寰に跋扈《バツコ》とふみはだかりて自然に物の防為《タリ》(也)。出ては則ち監悪を朝夕に競ひ、入りては則ち勢利を国邑に貪る。坂東の宏《オオイ》なる蠹《ノムシ》、外土の毒の蟒《ヤマカガチ》も之より甚しきは莫し。

【注解】

＊非千歳之命　千年の命があるわけではない。

＊自他皆一生之身也　自他ともに、皆、一生の身なのである。

＊跋扈於人寰　傍訓により、「ばっことふみはだかりて」と文選読みをする。人の世にのさばり、思いのままに振るまっての意。

＊為物防　「防」傍訓サマタゲ。妨の誤記とされるが、互いに類字であるので、このままでも意味は通じる。

＊勢利　権勢と財利。

＊坂東之宏蠹　「宏」傍訓オホイナル「蠹」傍訓ノムシ（木喰い虫の古名）、字類抄ノムシ。木材・樹木のしんを食い破ることから、物事を損ない破るものを表す。例えば、蠹賊などと用いる。坂東の大きな木喰い虫の意味。

＊外土之毒蟒　「外土」地方の意。「蟒」傍訓ヤマカガチ。字類抄ヤマカカチ。大蛇のこと。都を離れた地方の有毒な蟒。

【口語訳】

その後、貞盛・秀郷らは語り合って云った。「将門とて、もともと千歳の命があるわけではない。自他ともに皆、（寿命のある）一生の身である。それなのに、将門一人が人の世にのさばり、思いのままに振るまっていて、おのずから物事の妨げである。国外に出ては、乱悪を朝夕に行い、国内に入っては、権勢や財利を国や郷から貪っている。坂東の大きな木喰い虫、地方の毒蛇もこれより甚だしいものはない。

75昔聞斬霊虵而鎮九野剪長鯢而清四海［漢書曰霊虵者人嗤尤之名左傳楚子曰長鯢者大奐之名故喩不義之人飲少国者也］方今敎害凶賊非鎮其乱自私及公恐損鴻徳欤尚書云天下雖安不可不戰甲兵雖強不可不習縦此度雖勝何後戰可忘加以武王有疾周公代命大分貞貮等奉命於公将撃件敵旺以集群衆而加甘詞調兵類而倍其數以同年二月十三日着強賊地下総之堺

【訓読文】（ここは、貞盛と秀郷の会話が前から続いている。）

昔聞きしかば霊虵を斬りて、九野を鎮め、長鯢《チョウゲイ》を剪りて、四海を清むと。［漢書に曰く、霊蛇は人の嗤尤《シユウ》の名なり。左傳に楚子が曰く、長鯢は大魚の名なり。故に、不義の人の少国を飲む者に喩ふる也。］方に今、凶賊を敎害して其の乱を鎮むるのみに非ずは、私より公に及びて恐らくは鴻徳《コウトク》を損はむ歟。尚書に云はく、天下安しと雖も戦はざるべからず。甲兵強しと雖も習はざるべからず。縦ひ此の度勝つと雖も何ぞ後の戦を忘るべけむ。しかのみならず、武王の疾《ヤマイ》有りしかば周公命に代る。大分《オオムネ》、貞盛等命を公に奉はりて、将に件の敵を撃たむとすと。所以《ソエニ》、群衆を集めて、甘詞を加えて兵類を調えて其の数を倍して、同年二月十三日を以て強賊の地下総之堺に着く。

【注解】

＊斬霊虵而鎮九野　「霊虵」は霊力を持つ蛇。「九野」は天下の意。『漢書』高帝紀に、白帝（秦）が霊蛇に化けたのを赤帝（漢）が斬った夢の話があり、これは、漢の高祖が秦を滅ぼして天下を統一する予兆といわれた。『帝範』には、「斬霊蛇而定王業」とある。この語句はこの方に拠るか。

＊剪長鯢而清四海　「長鯢」大きな雌鯨。「四海」天下。『帝範』の「剪長鯨而清四海」に拠った語句であろう。

＊漢書　前漢の歴史を記した紀伝体の書。後漢の班固の撰。ここの「漢書曰霊蛇者人嗤尤之名」は黄帝と漢の高祖との混同による誤りという。先に示したように、霊蛇は白帝のことで嗤尤ではない。以下のように、嗤尤とは時代が

異なる。作者に、『史記』と『漢書』の混同があったか。
＊嗤尤　ふつう蚩尤と記し、中国の黄帝の時代の伝説的人物。『史記』によると、蚩尤は黄帝に従わず乱を起こし、涿鹿の野に滅ぼされたという。この人物について、我国の『明文抄』には「昔黄皇帝、為皇天下時、蚩尤與黄帝争天下。蚩尤銅頭鉄身、戦坂泉野。弓刃不能害其身。爰黄帝仰天誓云、我必王天下殺蚩尤。時玉女自天降来、即返閉禹歩。此時蚩尤身如湯沸顛死也。」とあり、よく知られていた話という。
＊左傳　春秋左氏伝の略称。『春秋』の注釈書で春秋三伝の一。
＊楚子　楚の荘王。名は旅、武勇の資質があり、国内の反乱を平定した。「左傳楚子曰」以下の注記は『春秋経伝集解』の「鯨鯢大魚名、以喩不義之人呑小国」を引いたものであるという。左傳とあるのは、誤りとされている（E）。
＊非鎮其乱　「鎮」の右下の傍訓ノミニ。このノミは強い断定。
＊自私及公　私的な争いから国家への反逆に及ぶ。
＊損鴻徳　天皇の徳を損なうの意から、天位を損なうこと。
＊尚書　『書経』の別名。堯舜から秦の穆公に至る政治史・政教を記した中国最古の経典。「尚書曰」とあるが、以下の語句は見えないという。
＊天下雖安不可不戰　「天下が平和であっても、（それを維持するため）戦わなければならない。」これは、「天下雖安忘戦必危」（天下安しと雖も、戦を忘るれば必ず危し）」と『漢書』息夫躬伝にある語句に近いと思われる。『帝範』にも、「土地雖広、好戦則民彫、邦境雖安、忘戦則民殆」とある。
＊甲兵雖強不可不習　「甲兵」よろいを着けた兵士。よろいを着け武装した兵士は強いけれども、訓練をしなければならない。底本は、ここの「可」以下、「周」まで行間に書いている。

＊縦此度雖勝何後戦可忘　たとえ、この度勝っても、後の戦いを忘れるはずがあろうか。

＊加以　加之と共に名義抄に見え、シカノミナラズと読む。その上にの意。

＊武王有疾周公代命　武王が病に倒れたら、周公丹はその命に代わったという意味。天下を統一した周の武王とその弟周公旦の故事。武王が死んだ後、周公がその子成王を助けて国の基礎を築いた。このことから、以下の二つの解釈がある。（1）ここは、貞盛と秀郷の会話の中の言葉であるから、一方が倒れたら、一方が戦いを続けるという意とする。（2）将門が倒れたら、弟らが代わって戦いを続けるととる。ここは、やはり、貞盛と秀郷の会話であり、この前の「甲兵」以下の文言も併せ考えれば、（1）の解釈に従いたい。

＊大分　傍訓オホムネ。おおよそ。

＊貞感等奉命於公　「奉」の傍訓ハリテ。ウケタマハリテと読むことになる。字類抄「奉」ウケタマハル。貞盛らは命令を公からうけたまわるの意。

＊所以　傍訓ソヘニ。それだから。

＊甘詞　人を喜ばせるような巧みな言葉。

＊倍　マスと読む。増すこと。

＊同年二月十三日　二月一日に川口村まで来襲した貞盛・秀郷軍は、いったん下野に引き揚げて、兵数を増して態勢を整えて、この十三日に再来した説（H）をとりたい。

＊下総之堺　下総国の国境。この堺を現猿島郡境町、または猿島町逆井とする説がある。しかし、本文の中で、この「堺」は、これまで、国の堺という意で用いられていた。しかも、貞盛・秀郷軍が下野に一旦戻って再来したような記述からも、ここは国境と解釈する。

【口語訳】

昔聞いたところによると、霊力を持つ蛇を斬って天下を鎮めたとか、大きな雌鯨を剪って天下を清めたという。「漢書によれば、霊蛇は人間の嗤尤の名であるという。左伝には楚子が「長鯢は大きな魚の名である。だから不義の人間が小国を飲み込む者に譬えるのである。」と言っている。」まさに今、凶賊を殺害して、その乱を鎮めるのでなければ、（事が）私的な争いから国家への反逆に及んで、おそらくは、天皇の位をも損なうことになろうか。尚書の言うところでは、天下が安らかであっても（その維持のため）戦わなければならない。甲を着けた兵士は強くても、訓練しなければならない。たとえ、この度勝つとしても、どうして後の戦いを忘れることが出来ようか。そればかりでなく、武王が病にかかると周公がその命に代わったということがある。（すなわち、一人が倒れれば、一人がそれに代わるつもりである。）およそ、貞盛らは公から御命令を承って、まさに例の敵を討とうとしているのだ。」と。そこで、群衆を集めて、巧みに弁舌を行い、兵士を揃えて、その数を増して同年二月十三日に強賊の地である下総国の境に到着した。

76 新皇擬招弊敵等引率兵使隠於辛嶋之廣江爰貞盛行事於左右廻計於東西且始自新皇之妙屋悉焼掃与力之邊家火煙昇而有餘於天人宅盡而无主於地僅遺緇素弃舎宅而入山適畄士女迷道而失方不恨常陸国々已損唯歎将門等之不治今貞盛追尋件仇其日尋不逢

【訓読文】

新皇は弊《ツカ》るる敵等を招かむと擬《シ》て兵使を引き率て辛（幸）嶋の広江に隠る。爰に貞盛は事を左右に行ひ、計を東西に廻して且つ新皇の妙屋より始めて、悉く与力の辺の家までに焼き掃ふ。火の煙昇りて天に余り有り。人宅盡きて地に主无し。僅に遺る緇素《シソ》は舎宅を弃て山に入る。適《タマタマ》留れる士女は道に迷ひて方を失ふ。常陸国の已に損ひぬるを恨みず。唯し将門等の不治なることを歎く。今、貞盛件の仇を追ひ尋ぬ。其日尋ぬれども逢はず。

【注解】

＊弊歒　（戦いに）疲れた敵。

＊兵使　兵士か。

＊辛嶋之廣江　辛嶋は前出のとおり幸島とする。広江も前出の広河の江であろう。

＊行事於左右廻計於東西　あれこれと事を行い、あちこちに計略を廻した。

＊妙屋　美しい館。

＊与力之邊家　与力（→P11。）「家」傍訓マテニ。

＊緇素　僧と俗人

＊士女　身分のある男と女

＊常陸国々巳に損　常陸国々の踊字は「之」かといわれる。「損」傍訓ヌ。ここは、「損はれぬる」と受身に読むことが多かったが、ふつうに読むべきであろう。すなわち「常陸国之巳に損ひぬるを恨みず」と読めば、文意が通じることになる。（人々は）貞盛ら常陸国の兵が下総国（とくに石井営所付近）に損害を与えたことを恨まなかった。むしろ将門らの失政を嘆いたという内容になる。なお、「恨む」は、当時は上二段活用。

＊将門等之不治　「不治」は政治のうまくいかないこと。失政。

【口語訳】

新皇は疲れている敵等をおびきよせようとして兵士を率いて幸嶋の広江に隠れた。ここに、貞盛はあれこれと事を行い、あちこちに計略を廻して、さらに新皇の美しい館から、全て与力の辺りの家を焼き払った。火の煙は昇って、天に満ちあふれた。人の宅は焼け尽きて、地にその主は見当たらない。わずかに残る僧と俗人は住家を捨てて山に入った。たまたま留まった男女は道に迷って行き所を失った。（この人々は）常陸国（の兵たち）がすでに（この下総の地に）損害を与えたことを恨まず、ただ将門らの失政を嘆いた。今ここに、貞盛は例の仇、将門を追い尋ねた。その日は捜索したものの、（将門軍に）逢わなかった。

【解説】

〔不恨常陸国之已損〕

ここでは、訓読文で「常陸国の已に損ひぬるを恨みず」という読みを示した。「国」の後の踊り字は「之」と解することにした。（踊り字として、常陸の国々ととり、常陸国の兵達とするのも可能であろうか。）また、これまでは、「損はれぬる」と受身に読むことが多かった。常陸国が已に損われたというのでは理解しがたい。そこで、Eでは常陸国ではなく、下総国とあるべきところとし、作者の思い違いであろうとする。Fは常陸国の下に軍が脱かとする。たしかに、これは、常陸国軍（貞盛軍）が新皇の妙屋から、与力の辺りの家を焼き払ったのであるから納得出来るが、受け身に読むことには従いがたい。さらに、適当な文字を補うのは、出来るだけ避けたいと思う。

ここの訓読文のように読めば、常陸国軍の侵略に、人々はそれを恨まず、かえって、こうした結果をもたらした将門の不治（失政）を嘆いたという解釈となる。すでに、民心は将門から離れてしまったことを表したのであろう。

77 厥朝将門身擐甲冑案飄序之遁霧心懐逆悪存衛方之乱行〔白居曰飄序者喩於虚空也衛方者荊府之人也天性好奸猶追捕之時上天入地者也〕而恒例兵衆八千余人未來集之間啻昕攣四百余人也且帯辛嶋郡之北山張陣相待矣貞𠈓秀郷等翫子反之鋭衛練梨老之釼功〔白居易曰子反養由兩人昔漢斐舜岱之人也子反年始

卌投鉾十五里養由年始七十棄釼於三千里故有此句也」

【訓読文】

厥の朝に、将門は身に甲冑を擐《ツラヌ》きて飄序《ヒョウジョ》の遁れ處を案じ、心に逆悪を懐きて衛方之乱行を存す。［白居曰く、飄序とは虚空に喩ふる也。衛方は荊府《ケイフ》之人也。天性奸猶《カンユウ》を好みて追捕する（之）時天に上り地に入る者也。］而るに、恒例の兵衆、八千余人未だ来集せざる（之）間に啻に率ゐる所四百余人也。且く辛（幸）嶋郡の北山を帯して陣を張りて相待つ（矣）。貞盛・秀郷等子反《シハン》の鋭衛《エイエイ》を翫むで梨老の釼功を練す。［白居易の曰く、子反養由兩人は昔、漢の斐舜岱《ハイシュンタイ》の人也。子反は年始めて卌、鉾を投ぐること十五里。養由は年始めて七十、釼を三千里に奪ふ。故に此句有る也。］

【注解】

＊擐甲冑　「擐」は名義抄にツラヌク、ヨロヒコロモキルなどとある。甲冑を着ける意。『帝範』序に「躬擐甲冑親當矢石」という例がある。

＊飄序　後の註に虚空に喩えるとあるが不明。「飄序之遁處」は実際にはない遁れ得る場所をいうか。

＊衛方　註に、荊府之人とある。荊府は漢南の荊州の首府。

＊白居　白居易のこと。中唐の詩人。字は楽天。その詩は、流麗で平易であり、「長恨歌」「琵琶行」などが広く愛誦され、我国の平安朝文学に大きな影響を与えた。ただし、白居易の著作の中にこうした記述は見出されないという。

＊虚空　何もない空間。仏典では、一切の事物を包容し、その存在を妨げないことを特性とする。

＊奸猶　ずるく悪いはかりごと。「猶」は猷（はかりごと）に通じる。これまでの注釈書では、群書類従本にある「奸猾」として、心がねじけ、悪賢い意としている。

＊恒例兵衆　いつも参集していた兵士たち。

＊未来集之間　この「間」は、中世の軍記物語によく用いられる原因・理由の意に用いられているという説がある。しかし、ここの「間」は『将門記』の他例と同様に、「〜のうちに」の意の方に近いと思われ、原因・理由の確例とは認めがたい。

＊辛嶋郡　前出のように幸島郡のことであろう。

＊北山　現岩井市辺田の北山、上岩井、駒跿など諸説があるが、推定の域を出ない。

＊子反之鋭衛　子反は、後の註に漢の斐舜岱の人で鉾を十五里も投げた人とあるが、どういう人物か未詳である。「鋭衛」するどい武器を用いて軍を守ること。

＊梨老之釼功　「梨老」は老人の意味。後の註には、梨老を養由に当てている。年七十としているので、老練な養由が剣を用いた功績をいう。ここでは、貞盛・秀郷が戦いを始める様子を子反と養由の武勇に例えたのである。なお、白居易曰くとあるが、ここも出典不明である。

＊練　前出↓P128

＊斐舜岱　この地名は不明である。

【口語訳】

その朝に、将門は身に甲冑を着けて、何もない空間（実際にはないが、受け入れられる逃げ場所）を思案したり、心中に反逆を抱いて、衛方のように悪がしこく追捕を免れようと考えた。［白居易が言うところ、飄序とは虚空に喩えるのである。衛方は荊府の人である。天性、悪がしくずるい謀を好んで、追捕した時、天に上り地にもぐつた者であると。］しかし、いつも参集する兵士ら、八千余人がまだ来集しない間、ただ、率いる兵は四百余人であった。しばらく、幸島郡の北山を背にして、陣を張って（敵を）待った。貞盛・秀郷らは子反のように鉾を思いのままに用いて陣を固め、老練な養由のように剣を振るって手柄をたてようと構えていた。［白居易が言うには、子反・養由両人は、昔、漢の斐舜岱の人である。子反は四十歳になってから、鉾を十五里も投げ、養由は七十歳になっても剣を三千里（の遠征）に奪ったのであったと。そこで此の句があるのである。」

78以十四日未申尅彼此合戰于時新皇得順風貞盛秀郷等不幸立扵咲下其日暴風鳴枝地籟運塊新皇之南楯拂前自例貞盛之北楯覆面因之彼此離楯各合戰之時貞盛之中陣擊變新皇之従兵羅馬討且討取之兵類八十余人皆所追靡也爰新皇之陣就跡追来之時貞盛秀郷為憲朩之伴類二千九百人皆遁去只所遺精兵三百余人也此朩失方立巡之間還得順風

【訓読文】

十四日未申尅を以て、彼此合ひ戦ふ。時に、新皇順風を得て貞盛・秀郷等不幸にして咲下に立つ。其日、暴風枝を鳴らして、地籟《チライ》塊《ツチクレ》を運ぶ。新皇の南の楯は前を払ふ。例よりも貞盛の北（にならべる）楯は面を覆ふ。之に因りて、彼此楯を離れて各合ひ戦ふ（之）時に、貞盛が中の陣撃ちて変へて、新皇の従兵は馬に羅《カカ》って討ちつ。且つ討ち取りたる（之）兵類八十余人、皆追靡する所なり。爰に、新皇の陣跡に就きて追ひ来たる（之）時、貞盛・秀郷・為憲等が伴類二千九百人皆遁げ去りぬ。只遺る所の精兵三百余人也。此等、方を失ひ立ち巡る（之）間に還りて順風を得つ。

【注解】

＊未申尅　午後二時〜四時頃。

＊順風　矢を放つのに順風、すなわち追い風のこと。

＊咲下　この語はすぐ後にも出て来る。ここでは、「下」に傍訓サル、後には「咲」傍訓ヒ「下」傍訓レヌとある。「わ

らひくださる」「わらひくだされぬ」と読まそうとしたようである。しかし、これでは解釈出来ず、どの注釈書も「吹下」の誤りとして来た。そうであれば、風下の意となる。
＊暴風鳴枝地籟運塊　「地籟」地上に発する音響。「塊」つちくれ。暴風は、木々の枝を鳴らし、地響きをたてて塊を飛ばした。初春の関東平野には、季節風が南方から土ぼこりを飛ばして吹き荒れる。この語句は典拠がありそうだが、不明である。
＊自例　傍訓により、「例よりも」と読む。「例」は群書類従本には、「倒」とある。これならば、「おのずから倒る」と読める。その場合の読みは以下のとおり。「南の楯は前を拂ひて自から倒る。」
＊拂前　前へ倒れ落ちる。
＊北楯　「北」の傍訓ナラヘル。「北」を「比」と捉えて付訓したのであろうか。先の南の楯の対語として、北の楯と読む方がよいと思われる。傍訓ナラヘルも生かせば、北にならべる楯となる。この辺りの底本は、「咲下」をはじめ、訓点の方にも乱れがあるようだ。
＊撃變　傍訓ウチカヘテ。攻撃を変えての意。
＊追靡　追いなびかせる。追い退ける。
＊失方立巡　手段を失って立ち巡ること。
【口語訳】

十四日未申の刻に、両軍が合戦となった。その時、新皇は追い風を受け、貞盛・秀郷らは不幸にして風下に立った。その日、暴風が木々の枝を鳴らし、地上にすさまじい音を響かせて土くれを吹き飛ばした。新皇の南の楯は、いつもよりも（ばたばたと）前へ倒れ落ちた。貞盛が並べた北の楯も（兵たちの）顔面を覆った。このため、両軍が楯を離れて各々が戦った時に、貞盛の中の陣が攻め方を変えたので、新皇の従兵は馬に乗って討って出た。すぐに討ち取った兵士たちは八十余人、全軍をも追い退けた。ここに、新皇の陣が跡に就いて追い迫って来た時、貞盛・秀郷・為憲らの伴類二千九百人は皆遁げ去った。ただ遺った精兵は三百余人であった。これらが（戦う）手だてを失い（あちこち）立ち巡っている間に、かえって追い風を受けることとなった。

79 于時新皇帰本陣之間立於咲下貞盛秀郷等弃身命而力限合戦爰新皇着甲冑疾駿馬而躬自相戰于時現有天罸馬忘風飛之歩人失梨老之術新皇暗中神鏑終戰於託鹿之野獨滅蚩尤之地天下未有将軍自戰自死誰図不糺少過及於大害私施勢而将奪公徳仍寄朱雲之人刎長鯢之頚［漢書曰朱雲者悪人也昔朱雲請尚方之釼殺人之頚也］便自下野国副解文以同年四月廿五日其頚言上

【訓読文】

時に、新皇本陣に帰る（之）間に咲下に立ちて、貞盛・秀郷等身命を弃てて力の限り合ひ戦ふ。爰に、新皇甲冑を着て駿馬より疾くして躬《ミ》自ら相戦ふ。時に、現に天罸有りて馬は風の如き飛ぶ（之）歩を忘れ、人は梨老が術を失へり。新皇暗《ソラ》に神鏑《シンテキ》に中りて終に託鹿《タクロク》之野に戦ひて独り蚩尤の地に滅しぬ。天下に、未だ将軍自ら戦ひ自ら死せることは有らず。誰か図りし。少過を糺さず大害に及ばむとは。私に勢を施して将に公徳を奪はむとするや。仍て朱雲《シュウン》の人を寄せて長鯢《チョウゲイ》の頚を刎る。［漢書に曰く、朱雲は悪人也。昔朱雲は尚方の剣を請ひ、人の頚を殺《ト》る也。］便ち下野の国より解文を副へて同年四月廿五日を以て其の頚を言上す。

【注解】

＊咲下　前出のとおり、風下か。

＊疾駿馬　傍訓により「駿馬より疾くして」と読む。これまで、「駿馬を疾めて」と読むものが多い。Fのみ「駿馬を疾くして」と読む。

＊有天罸　将門の死は天罸によるという見解が示されている。

＊風飛之歩　本文には、「風」と「飛」との間に「如き」と小さく書かれている。これまで、この「如き」は「如く」の誤りとして「風の如く飛ぶの歩み」と読まれていた。たしかに、「飛ぶ」を修飾するとすれば、「如く」とするべきである。しかし、先述のように「之」の字を読まないのだから、「如き」と読んで、「飛ぶ歩み」を修飾することも可能であろう。ここでは、本文の傍訓どおりに「風の如き飛ぶ歩み」と読む。

＊梨老之術　梨老は前出↓Ｐ220

＊中神鏑　天罰として、神の鏑矢が当たったという意。これは、Ｐ194に都における調伏の記事に「八大尊官放神鏑」とあり、これに照応しているのである。

＊託鹿之野　「託鹿」の傍訓タクロク。「託鹿の野」は正しくは涿鹿の野という。↓Ｐ216。

＊蚩尤之地　前出↓Ｐ216。ここでは、将門を黄帝と戦った蚩尤に準えている。

＊不糺少過及扵大害　わずかな過ちを糺さないで大きな害悪に広がっていく。

＊私施勢而将奪公徳　「公徳」公の徳、すなわち、天皇の徳から天位のこと。私的な勢力を広げて、天皇の地位を奪おうとすること。

＊朱雲　『漢書』朱雲伝に拠る。朱雲が上書して、尚方の斬馬剣を賜り佞臣張禹を斬ることを請うた故事。朱雲のような憂国の士を召し寄すの意。

＊長鯢之頚　「長鯢」大きな雌鯨で悪人に例えている。前出↓Ｐ215

＊朱雲者悪人也　この註の解説では、朱雲を悪人としているが、本文の内容とは逆になり、誤りとされている。矢作武「漢籍と軍語り」（『解釈と鑑賞』昭和六十三年十二月）によると、「悪は魯の単なる誤写で［朱雲は魯人なり］ではないか」とし、『将門記』に最も多く引用されている『帝範』の納諫篇「折檻壊疎」の注に［漢書云、朱雲字子遊、魯人。］とある」と考証している。『扶桑略記』では、「秀郷馳至斬将門頚」と記述されており、秀郷をこの朱雲に例えたとも考えられる。ここでは、朱雲が長鯢の頚を斬ると中国の故事を載せて、直接的に記述するのを避けて、間接的な表現となっている。

＊同年四月廿五日其頚言上　『貞信公記抄』「（天慶三年）四月廿五日、左大弁来告将門首将来状」。『日本紀略』「廿五日庚申、藤原秀郷差使進平将門首」とある。こうした記録から、この記述が実際にあったことと分かる。

【口語訳】

その際、新皇が本陣に帰る間に風下に立って、貞盛・秀郷らは身命を棄てて、力の限り合戦した。ここに、新皇は甲冑を着て駿馬より速く動き自ら（先頭に）戦った。この時、現実に天罰が下り、馬は風のように飛ぶ歩みを忘れ、人は梨老のような優れた武術を失った。新皇はむなしく神の鏑矢に当たって、ついに、（往昔）蚩尤が黄帝と託鹿の野に戦って敗れたように、一人さびしく滅び去ったのである。かって、天下に、将軍が自ら戦い、自ら討ち死にしたというようなことはなかった。誰が推し量ったであろうか。わずかな過ちを糺さないで、（このように）大きな害悪に至ろうとは。（また、将門のように）私的な勢力を大きく広げて、まさに天皇の地位を奪おうとするとは。よって朱雲のような人を召し寄せて、長鯢の首を刎ったのである。［漢書に言うには、朱雲は悪人である。昔、朱雲は尚方の剣を請いて、人の頚をとったのである。］すなわち、下野の国より解文を副えて同年四月廿五日にその首をさし上げた。

【解説】

〔蚩尤と将門の死〕

蚩尤は、銅頭鉄身の怪人であると伝えられたが、『史記』五帝紀には「蚩尤作乱、不用帝命。於是、黄帝乃徴師諸侯、與蚩尤戦於涿鹿之野。遂禽蚩尤。」と、蚩尤が黄帝に敗れた記述がある。『将門記』においては、将門の滅亡がこのような中国の故事を引用して記されたのであった。続いて、将軍が自ら戦い、討ち死にしたことはなかったと将門の死を惜しむような表現がある。作者は将門への思いからか、『扶桑略記』に見える「即ち貞盛の矢に中り落馬す。秀郷馳せて至り将門が頚を斬る。以て士卒に属す。貞盛馬より下りて秀郷の前に到る。」のような具体的な記述を避けたのであろう。作者は、まず神の鏑に射られたと記し、後は、前述のように蚩尤と黄帝の戦いを記して、将門の死を蚩尤の滅亡に準え、さらには、朱雲を登場させて長鯢を斬った故事を持ち出して、間接的に、将門が秀郷に頚をとられたことを示したのである。作者は、将門の死を直接的に記述することが出来なかったのではなかろうか。また、秀郷が朱雲に準えられていたのであれば、作者が悪人と記した事も分かるような気がするのである。

なお、先に引いた『明文抄』（P216）では、正月十七日の騎射の行事を説明して、「蚩尤天下怨賊也」とし、その邪気を払うために蚩尤の頭を毬に見立てて射ることを記している。『史記』など、漢籍から我国に伝えられた黄帝と蚩尤の譚が『明文抄』の記述のように捉えられていた。このことは、やがて将門の首伝説や鉄身伝説を生むことにも繋がって行ったことが想定されよう。

80但常陸介維幾朝臣并交替使幸遇理運之遺風便以十五日帰任国舘辟若鷹前之鴙遺扵野原俎上之臭帰扵海浦昨日暫含凶叟之恨今新蒙亞将之恩几新皇失名滅身允斯武蔵権守興世王常陸介藤原玄茂朩謀之所

為也哀哉新皇敗徳之悲滅身之歎辟若欲開之嘉禾早萎将耀之桂月兼隠［有春節故云嘉禾等也以二月十四日逝過故言桂月兼隠也］左傳云貪徳背公宛如馮威踐鉾之虎故書云少人得才而難用悪人貪徳而叵護𠩄謂无遠慮有近憂若謂之歟

【訓読文】

但し、常陸介維幾朝臣并びに交替使は幸に理運の遺風に遇ひて、便ち十五日を以て任国の館に帰ること、譬へば鷹の前の雉の野原に遺り、俎《マナイタ》の上の魚の海浦に帰るがごとし。昨日は暫く凶叟《キョウソウ》の恨みを含み、今は新に亜将《アショウ》の恩を蒙れり。凡そ新皇名を失ひ身を滅すること、允《マコト》に斯《コレ》、武蔵権守興世王・常陸介藤原玄茂等が謀の為す所也。哀しき哉、新皇の敗徳の悲しび、滅身之歎は、譬へば開かむと欲《ス》る（之）嘉禾の早く萎み、耀むと将《ス》る（之）桂月の兼て隠るるが若し［春節に有る故に嘉禾等の如く云ふ也。二月十四日を以て逝過せるが故に桂月兼て隠ると言ふ也］左伝に云く、徳を貪りて公を背くは、宛も威を馮《タノ》みて鉾を践《フ》む（之）虎の如し。故に書に云く、小人は才を得て用ゐ難し。悪人は徳を貪りて護り叵《ガタ》し。所謂遠き慮の无きは近き憂へ有りといふは若しくは之を謂ふか。

【注解】

＊理運之遺風　よい巡り合わせの風が遺っていたこと。好運の巡り合わせ。

＊維幾朝臣　将門が常陸国府を攻略した際、維幾は交替使と共に豊田郡鎌輪の宿に連行され、一家に住まわされたことが記されていた。

＊十五日　天慶三年二月十五日か。Hには、鎌輪宿は二月始めの川口村の合戦後、まもなく解放されていたであろうから、常陸国府への帰還は二月十五日とみた方がよいかもしれないとある。

＊任国　常陸国を指す。

＊鷹前之雉　鷹の前に怯えていた雉。前出↓Ｐ99
＊俎上之臭　まな板の上にいて今にも切られそうであった魚。
＊凶叟之恨　ここでは「凶」は不運の意。「叟」は長老。不運に遭った長老（維幾）の恨み。
＊亞将之恩　「亞将」は次将の意味から、守の次にあたる介を指すと見れば、新たに常陸介に戻ったことと解されよう。
＊新皇失名滅身　将門が新皇の名を失い、自身を滅したこと。
＊敗徳之悲　「徳」は公徳・天徳のことである。ここでは、天皇の位を失った悲しみのこと。
＊滅身之歎　我身を滅ぼした嘆き。
＊嘉禾　めでたい穀物、ここでは麦を指すか。
＊桂月　美しい月
＊嘉禾等也　傍書に「トノ如」とある。嘉禾等の如く云ふ也と読む。
＊二月十四日逝過　「逝過」逝去。十四日に逝去したので満月にならなかったという意味。
＊左傳　前出↓Ｐ216ここに、「左傳云」とあるが、この書にこうした語句は見当たらないという。
＊如馮威踐鉾之虍　「馮」は馮。「虍」は虎。その威力をたよりに鉾を踏みつける虎のようである。『仲文章』に「侈徳好悪似踏鉾之虎」とあり、無謀な行為を表す語句として知られていたようだ。
＊少人得才而難用　「少人」は小人のことか。小人物が才能を持っていても活用はし難い。
＊貪徳　ここに言う徳も公徳・君徳の意であろう。天皇の徳すなわち天位を欲しがる意。
＊叵　名義抄カタシ

＊无遠慮有近憂　遠い先を見通す深い思慮がなければ、間近に心配ごとが起きるということ。『論語』に「人無遠慮必有近憂」とある。傍訓イムハは、イウハのこと。

【口語訳】

さて、常陸介維幾朝臣と交替使は幸に、好運の巡り合わせを身に受けて、その十五日になって任国の常陸の館に帰ることとなった。それは、例えて言えば鷹の前の雉が野原に残り、俎の上の魚が海の浦に帰るようなものである。昨日までは、ずっと不運な長老の（ように）恨みを抱いており、今は、新たに、常陸介に戻る恩恵を受けたのである。およそ、新皇はその名を失い、身を滅ぼすこととなったが、それは全て武蔵権守興世王、常陸介藤原玄茂が行ったことによるのである。哀しいことであるよ。新皇が天位を失った悲しみ、自分自身を滅した嘆きは、例えれば、花を開こうとする、めでたい穀物が早くも萎み、これから輝こうとする月が前もって隠れてしまったようなものである。「春の季節であるから、嘉禾などのように言うのである。二月十四日に逝去したために、月が（満月）前に隠れたと言うのである。」左伝に言うところ、君徳（天位）を欲深くほしがって公権に背けば、まるで威力を頼って鉾を踏みつけた虎のようである。そこで書に言うには、小人物は才能があっても活用することは出来ない。悪人は、むやみに天位をほしがっても、それを維持することが出来ない。いわゆる「遠くまで見通した深い思慮がないと間近に心配ごとが起きる」ということは、あるいはこのことを言うのであろうかと。

【解説】

〔徳について〕

将門が討たれた直後から、「徳」という語を用いた表現が続いている。ここに、整理して、その意味を考えておく。

・私施勢而将奪公徳（Ｐ226）これは、新皇将門が神鏑に中り死去した直後に見える「不糺少過及於大害」に対する文である。ここでは、将門が私的な勢力を広げて、公の徳すなわち天皇の位を奪おうとしたと解釈した。そもそも、天位（天皇の地位）には、天皇としての徳を備えた人物が就くのである。とすれば、天皇の位につくということは、その徳を備えていると考えることが出来よう。そこで、天徳（公徳・君徳）は、場面によっては天位と捉えることも出来るように思う。これまでの注釈書では、徳を国の利益などとする解釈もあるが、公の徳（天皇の地位）としたものもある。このように考えを進めると、以下に示した「徳」も天徳であり、天皇の地位（将門は天位に預る状を太政官に奏していた。）と捉えなければならないと思われる。・敗徳之悲。（天位を失った悲しみ）・貪徳背公。（天位をほしがって公に背く）・貪徳而叵護。（天位をほしがり、それを護り難い）

81 爰将門頗積功課扵官都流忠信扵永代而一生一業猛监為宗毎年毎月合戰為事故不屑學業之輩此只翫武藝之類是以對楯問親好悪被過然間邪悪之積覃扵一身不善之謗聞扵八邦終殞版泉之地永遺謀叛之名矣
[漢書曰版泉者昔高祖之合戰之地也]

【訓読文】

爰に、将門は頗る功課を官都に積みて、忠信を永代に流《ツタ》ふ。而るに、一生の一業は猛監を宗と為し、毎年毎月に合戰を事と為す。故に学業の輩に屑《モノノカズ》ならず。此、只武藝之類を翫《モテアソ》べり。是を以て楯に對しては親を問ひ、悪を好みては過を被る。然る間に、邪悪の積りて一身に覃《オヨ》び、不善の謗は八邦に聞えて終に版泉之地に殞《ホロ》びて永く謀叛の名を遺せり（矣）。［漢書に曰く版泉は昔高祖之合戰之地也。］

【注解】

＊功課　前出↓P132

＊一生一業　一生の一つの所業
＊猛監　猛烈な濫悪の意。
＊不屑　底本の解説によれば、紙背訓にモノカスナラスとあるという。字類抄にも同じ読みがある。「もののかずならず」全く問題にしない意。
＊學業之輩　学業に取り組む者たち。
＊対楯問親　楯を向かい合わせて、親を問い責める。始めに、良兼ら親族と私闘を行ったことを表したのであろう。良兼が相手であるから、妻の父すなわち、岳父なので親と戦ったとしたのであろう。
＊不善之謗　よくないという非難。
＊八邦　坂東八国
＊阪泉之地　『史記』によれば、阪泉之野で黄帝と炎帝との戦場である。先に示した『明文抄』では、黄帝と蚩尤の決戦場。坂泉野とある。↓Ｐ216。ここでも、将門は蚩尤に準えられている。
＊漢書　ここは、『史記』の誤りとされる。
＊高祖　先のとおり『漢書』ではないので、高祖と黄帝が混同されている。

【口語訳】

ここに、将門は都の朝廷にたいそう功績を積み、忠誠を永代に伝えたのである。しかし、その一生の所業は、主に猛烈な濫悪を行い、毎年毎月に合戦をしていた。その故に、学業の徒には全く関心を示さず、ただ武芸に関わることに携わっていた。そこで楯に対って親を問い責め（て闘いを続け）、悪を好んで罪を受けた。そうしている間に、邪悪が積もって、将門の一身に及んで、悪い非難の評判が坂東八国に聞こえ、ついに（昔の）阪泉のような戦場に滅び、

永く謀反の名を遺したのである。［漢書にいう、版泉は、昔、高祖の合戦の地である。］

82 于時賊首兄弟及伴類等可追捕之官苻以去正月十一日下於東海東山両道諸国其官苻云若殺魁師者募以朱紫之品又斬次将軍者随其勲功将賜官爵者仍詔使左大将軍叅議兼修理大夫右衛門督藤原朝臣忠文副将軍刑部大輔藤原朝臣忠舒等遣八国之次賊首将門之大兄将頼并玄茂ホ到於相模国被殺害也次興世王到於上総国被誅戮也坂上遂高藤原玄明ホ皆斬於常陸国

【訓読文】

時に、賊首の兄弟及び伴類等を追捕すべき（之）官符を去る正月十一日を以て東海・東山両道の諸国に下さる。其官符に云く、若し魁師《カイシ》を殺《ト》らむ者は募るに朱紫の品を以てし又次の将軍を斬らむ者は其勲功に随ひて将に官爵を賜はむとす者《テヘリ》。仍、詔使左大将軍参議兼修理大夫右衛門督藤原朝臣忠文《タダブミ》、副将軍刑部大輔藤原朝臣忠舒《タダノブ》等を八国に遣す（之）次に、賊首将門が大兄将頼并に玄茂等相模国に到りて殺害せられたり（也）。次に興世王上総国に到りて誅戮せられたり（也）。坂上遂高・藤原玄明等皆常陸国にして斬らる。

【注解】

＊賊首兄弟及伴類等可追捕之官苻　「賊首」賊の首領の将門。将門・兄弟及び、伴類らを追捕する官符。

＊正月十一日　天慶三年正月十一日に溯る記述となる。

＊魁師　官符のの引用なので魁師である。賊徒の長の意で将門を指す。

＊朱紫之品　四位、五位の位階　前出↓Ｐ103。

＊詔使　前出↓Ｐ140。

＊筲　督と同じ。
＊官爵　官職と官位。
＊藤原朝臣忠文　藤原式家、参議枝良の子。将門追討ため、征東大将軍に任命された。『日本紀略』によると、忠文は、天慶三年二月八日に節刀を賜って都を出発した。
＊藤原朝臣忠舒　藤原忠文の弟。征東副将軍に任命された。
＊大兄将頼　大兄は舎弟の誤りであろう。なお、兄の右下に傍訓ミとあるから、コノカミ（兄）と読ませようとしたのであろう。

【口語訳】

その時、賊首、その兄弟及び伴類らを追捕することを命じる官符を正月十一日に東海・東山両道諸国に下された。その官符に云うには、若し賊の首領を殺した者には、四、五位の官位（すなわち）朱紫の衣を用意して募り、次の将軍を斬った者には、その勲功によって官位を賜ることとしようと。さて、詔使として左大将軍参議兼修理大夫右衛門督藤原朝臣忠文・副将軍刑部大輔藤原朝臣忠舒らを八ケ国に派遣した際に、賊首将門の兄（弟）将頼ならびに玄茂らは相模国に至って殺害された。興世王は上総国で誅され、坂上遂高・藤原玄明らは皆、常陸国において斬られた。

【解説】

〔正月十一日の官符〕

「応抜有殊功輩加不次賞事」と題する官符で、『本朝文粋』に全文が載っている。以下に、本文に引用されている部分を掲げておく。

若殺魁帥者募以朱紫之品賜以田地之賞永及子孫伝之不朽又斬次将者随其勲功賜官爵者諸国承知依宣行之普告遐邇令

知此由符到奉行

（訓読文）若し魁帥を殺さば、募るに朱紫の品を以てし、賜ふに田地の賞を以て永く子孫に及ぼし、これを不朽に伝へむ。又、次将を斬る者は、其の勲功に随ひ官爵を賜ふてへり。諸国承知し宣に依りて之を行ひ、普く遐邇に告げて、此の由を知らしめよ。符到らば奉行せよ。

83相次海道撃手将軍兼形部大補藤原忠舒下総権少掾平公連為押領使以四月八日入部即尋撃謀叛之類厥内賊首将門舎弟七八人或剃除鬢髪入於深山或捐捨妻子各迷山野猶於遺成恐去又正月十一日官苻各散四方或馮二月十六日詔使恩苻行稍公涟

【訓読文】

相次ぎて海道の撃手《ウツテ》の将軍兼刑部大輔藤原忠舒、下総権少掾平公連を押領使と為《シ》て、四月八日を以て入部して、即ち謀叛の類を尋ね撃つ。厥の内に、賊首将門が舎弟七、八人、或は鬢髪を剃除して深山に入り、或は妻子を損捨して各山野に迷ふ。猶し遺るものは（於）恐れを成して去る。又、正月十一日の官符各《オノオノ》四方に散る。或は二月十六日の詔使の恩符を馮んで稍《ヨウヤ》く公庭《クテイ》に行く。

【注解】

＊海道撃手将軍　副将軍藤原忠舒が東海道からの追討将軍となり、将門滅亡後の残党を追撃したのであろう。

＊形部大補　刑部大輔の誤り。

＊平公連　前出↓Ｐ76。

＊将門舎弟七八人　将平・将文・将武などの他にも系図に現れていない弟たちがいたようである。

＊剃除鬢髪入於深山　鬢髪を剃り除いて（僧形となり）、深山に入り込んだ。
＊捐捨　捨て去る。
＊遺　この傍訓はノハ。遺るものは。
＊詔使恩符　これは、いかなる官符か定かではない。詔使、藤原忠文によって発せられた（出頭すれば罪が軽減されるというような）恩情ある符か。
＊公涯　公の場。

【口語訳】

それに次いで、海道の撃手の将軍兼刑部大輔藤原忠舒、下総権少掾公連を押領使として、四月八日に入国した。すぐに、謀反の人々を捜して討ち果たした。その内に、賊首将門の舎弟七、八人は、或いは鬢髪を剃り落として（僧形で）深山に入り、或いは妻子を捨て去って山野をさまよった。なお、遺った者は、恐れをなして逃亡した。又、正月十一日の官符が四方に広まった。或いは、二月十六日付けの詔使による恩赦の符を頼りにして公の場に赴いた。

84然間武蔵介源経基常陸大掾平貞盛下野押領使藤原秀郷朩非无勲功之勇有褒賞験仍去三月九日奏中務軍謀克宣忠節爰着賊首戎陣到武功於三涯者今介恒基也始雖奏虗言終依實事叙従五位下掾貞盛頃年雖歴合戦未定勝負而秀郷合力斬討謀叛之首是秀郷古計之所厳者叙従四位下又貞盛既歴多年之険難今誅兇怒之類尤貞盛勵之所致也故叙正五位上已了

【訓読文】

然る間に、武蔵介源経基・常陸大掾平貞盛・下野押領使藤原秀郷等勲功の勇无きに非ず、褒賞の験有り。仍て、去る三月九日の奏に、中務《なかツカサ》、軍のきみに謀ること克《ヨ》く忠節を宣ぶ。爰に、賊首の戎陣《ジュウジン》に着きて武功を三庭に到《イタ》す者《テヘリ》。今介恒基ならむや(也)、始め虚言を奏すと雖も終に実事に依り従五位下に叙す。掾貞盛頃年合戦を歴と雖も未だ勝負を定めず。而るを秀郷合力して謀叛の首を斬り討つ。是秀郷が古き計の厳《イカメシ》き所なり者。従四位下に叙す。又貞盛既に多年の険難を歴て今兇怒の類を誅せり。尤も貞盛が励みの致す所也。故に正五位上に叙し已に了りぬ。

【注解】

*勲功の勇　勲功が認めめられるような武勇があること。

*去三月九日奏中務軍謀克宣忠節　この読み方は、これまでも諸説があり、難しい。訓点を見ると、「奏」に切点が、「軍」に返り点があり、傍訓は、「日」にノ、「軍」にサノキミニ、「謀」にコト、「克」にヨク、「宣」にフがある。これに従って読もうとすると、軍に付く返り点を生かすことが出来ない。(上に返る語がない。)そこで、これを無視すると、「去る三月九日の奏に、中務、いくさのきみに謀ることよく忠節を宣ぶ」と読める。「奏」臣下または宮司が天皇に上奏する行為。「中務」太政官の八省の一、中務省のこと。天皇側近の職務と内廷関係の諸雑務を担当した。「軍」傍訓により、「いくさのきみ」(→前出P83)。「克」よく(苦心して、耐えて)の意。

*賊首戎陣　賊首の将門の戦陣の意であろう。賊首は、他の箇所と同様、賊の首領の意である。将門の首とするのは、誤りであろう。

*三廷　王庭(朝廷)の誤りとする説がある。しかし、文意からは、「庭」は合戦の場のことと考えられよう。三度の合戦の場の意か。→解説。

*到　傍訓ス。文意から致すの意。

*謀反之首　ここも、将門の首を斬り落としたとする解釈がある。しかし、「謀叛の」に続くので、ここの「首」も賊

首ととるのが穏当で、首領の意とする。
＊古計　前出↓Ｐ210
＊兇怒之類　凶悪な一党のこと。
【口語訳】

その際、武蔵介源経基・常陸大掾平貞盛・下野の押領使藤原秀郷らには、勲功（が認められる）武勇がないはずはなく、褒賞を顕すことになった。そこで、去る三月九日の奏に、中務省が「軍将らには、謀りごとをよく巡らせて（朝廷への）忠節を（尽くした）」と宣べた。これには、賊首将門の戦陣に至り、三度の合戦の場に武功をあげたとあった。今となっては、武蔵介恒（経）基であろうか。始めは（将門が謀反をしたと）虚言を奏上したが、後に実際の事件となったことにより従五位下に叙した。常陸大掾平貞盛は、この数年（将門と）合戦をして来たが、勝負を決し得なかった。しかしながら、藤原秀郷が力を合わせて謀反人の首領を斬り討った。これは、秀郷の老練な計略の厳しさにあったという。従四位下に叙した。又、貞盛は既に多年の艱難を経て、凶悪な一味を誅殺した。とくに、貞盛の奮励の結果であった。そこで正五位上に叙して（褒賞の沙汰が）了ったのであった。

【解説】

〔去三月九日奏中務軍謀克宣忠節〕

この文の解釈を主な注釈書を整理してに見ると、以下のとおりである。
（１）三月九日、中務に奏して、軍の謀克く忠節を宣ぶ。
（２）三月九日、中務に奏して、軍に謀を克くせしことの忠節を宣ぶ。
（３）三月九日の奏に、中務、軍の謀克く忠節を宣ぶ。
真福寺本　84

（4）三月九日の奏に、中務、軍謀克く忠節を宣ぶ。

以上の読みで、まず問題となるのは、始めの「三月九日の奏に」又は「三月九日中務に奏して」の箇所である。ここを考えてみよう。『令集解』巻第三の中務省の条を見ると、

「審署詔勅文案受事覆奏」の中に、受勅人宣送中務省、中務覆奏也。「労問」の中に、依軍防令、凱旋之日、奏遣使郊労、是也。問者存問也。とある。これらの記述を併せ考え、さらに、ここの切点、返り点から検討しても、「中務に奏して」とは読むことが出来ない。そこで、中務省が奏したと理解して、訓読文のように読み、「三月九日の奏に、中務省が…」と解釈した。これ以降の読みは大差はないが、「軍」は傍訓により「いくさのきみに」と読みたい。「いくさのきみ」は、藤原秀郷や平貞盛らを指すと考えられよう。源経基を加えることも可能であろう。そこで、ここの訓読文のような読みとなった。

なお、当時の記録から見ると、この褒賞は実際に行われたことが分かる。

『貞信公記抄』

三月五日。甲斐解文、信濃解文、秀郷申文来、将門殺状、右大将奏聞秀郷等功可賞事。

九日。叙位秀郷・貞盛、又賜国々報符。

『日本紀略』

九日。乙亥、以下野掾藤原秀郷叙従四位下、以常陸掾平貞盛叙従五位下、並依討平将門之功也。

また、『本朝文粋』第二巻には、「位記」に次のような実例が見える。これは、前記の読みに参考になる。

紀納言

無位藤原朝臣忠平

右可正五位

中務。先功名臣、後胤遺種。非唯悦当時之器量、亦感曩日之付託。
宜授爵命用異寵栄。可依前件。主者施行
寛平七年八月廿一日
〔爰着賊首戎陣到武功於三庭者〕
この文中の「賊首」を将門の首とする解釈がある。本文中の「賊首」は、例えば、賊首将門、賊首兄弟などと用いられ、ここ以外も、全て賊の首領の意味で将門を指していると思われる。しかも、将門が首を取られた最期の場面では、「其頸言上」と「頸」の字が用いられている。そこで、ここの賊首を将門の首とせず、賊の首領将門ととらえた。
「三庭」の庭は、(武功を遂げた)戦場にという意にとるのが自然であろう。また、三は三軍を表すかという説もあるので(G)、三軍の合戦場と解することも不可能ではなかろう。
さらに、『今昔物語』などに「戦の庭」という語があることに想到して、ここまでの記述を詳しくたどって見ることにした。、すなわち、秀郷が戦いに登場してからは、下野の合戦、川口村の合戦、石井の決戦と三度のいくさが行われていた。そこで、このことから推して、三庭は、三つの合戦場と捉えることが可能であろうと考えるに至ったのである。
なお、『九暦』には、「西対南西廊東三庭」とあり、三庭の用例が見られるが、ここの意味とは異なると思われる。
85以之謂之将門謬肩過分之望雖従逝水之涯為人施官不怨其心何者虜以遺皮人以遺名也可憐先滅己身後揚他名今検案内昔者依六王之逆心有七国之灾難今者就一士之謀叛起八国之騒動縦此覬覦之謀古今𥅖希也況本朝神代以来未有此事然則妻子迷道取噬臍之媿兄弟失𥅖无隠身之地

【訓読文】

之を以て之を謂ふに、将門が謬りて過分の望を負ひて逝水の涯に従ひたりと雖も、人の為に官を施せり。其の心に怨みず。何とならば、虎は遺れる皮を以てし、人は遺れる名を以てす（也）。憐むべし、先づ己が身を滅して、後に他の名を揚ることを。今案内を検するに、昔は六王の逆心に依り、七国の災難有りき。今は一士の謀叛に就き、八国の騒動を起せり。縦ひ、此の覬覦《キユ》の謀は古今にも希なる所也。況や本朝神代より以来未だ此事有らじ。然らば則ち、妻子は道に迷ひ臍《ホソ》を噬《クラ》ふ（之）媿を取り、兄弟は所を失ひて身を隠す（之）地无し。

【注解】

＊以之謂之　この事からこの件を言うと、

＊逝水之涯　流れ逝く水の涯。生涯を閉じたことをいう。

＊為人施官　他人のために官位を恵み与えたこと。将門が謀反を起こしたため、貞盛・秀郷らが討伐して、その結果として官位を与えられたことをいう。

＊虎以遺皮人以遺名　普通の読みは「虎は以て皮を遺し、人は以て名を遺す。」。傍訓によれば、訓読文の読みとなる。前者の熟した読みに従う方がよいかもしれないが、訓点に従った。虎は遺る皮により、人は遺る名による。『明文抄』に『朝野僉載』を出典として「人死留名虎死留皮」とある。

＊検案内　前出↓P25

＊六王之逆心有七国之灾難　「灾」は災。『帝範』の「六王懐叛逆之志七国受鉄鉞之災」に拠ったと思われる。漢の景帝の時代に、呉王の呼びかけで、六カ国が連合して反乱した。呉王を加えて七国の災難とする。『尾張国郡司百姓等解』には、「昔依六王之誅戮、熾七国之災蘖、今繋一守之濫糸、致八郡之騒動」と同様な表現が見える。

＊覬覦之謀　「覬覦」は、分不相応な望みを抱くこと。ここでは、（将門が）分不相応な天位を望んだ謀略。
＊噬臍之媿　「臍を噬ふ」は後悔しても及ばないこと。『春秋左氏伝』（荘公六年）に「若不早図後君噬臍」とある。

【口語訳】

この事実からこの件をいうと、将門が謬って過分の望みを持ち、流れ逝く水のように、生涯を閉じたが、他の人に官位を恵むこととなった。その心に（何も）怨んでいるわけではない。なぜかというと、虎は死後に遺した皮により、人は死後に遺した名前によるからだ。（まさに）憐れむべきである。先ず自分の身を滅ぼして、他の人の名前を揚げるなどということは。今、実情を調べてみると、昔は六王の逆心によって、戦国七国の災難に発展した。今は一人の武士の謀反により、坂東八国の騒動を起こした。たとえば、こうした天位を望む分不相応な謀略は、古今にも希なことである。ましてや、我国においては神代から未だこうしたことはないであろう。それだからこそ、（将門の）妻子は道にさまよって臍を噛むような恥を受け、兄弟は（住む）場所を失い、身を隠す場所もないのである。

86 如雲之従暗散扵霞外如影之類空亡扵途中或乍生迷親子而求山問川或乍惜離夫婦而内訪外尋非鳥暗成四鳥之別非山徒懐三荊之悲有犯无犯薫蕕乱扵同畔有濁无濁混経謂扵一流方今雷電之聲尤響百里之内将門之悪既通扵千里之外将門常好大康之業終迷宣王之道「尚書曰大康者无道而好田獦扵東都死也車改曰宣王古戴故有此句也」仍作不善扵一心競天位扵九重過分之辜則失生前之名放逸之報則示死後之媿

【訓読文】

雲の如くある（之）従は暗に霞の外に散り、影の如くある（之）類は空く途の中に亡ぶ。或は生き乍ら親子を迷ひて山に求め川に問ふ。或は惜み乍ら夫婦を離れて内に訪ひ外に尋ぬ。鳥に非ずして暗に四鳥の別を成し、山に非ずして徒に三荊《サンケイ》の悲を懐く。犯有るも犯无きも薫蕕《クンユウ》を同畔に乱る。濁有るも濁无きも涇渭《ケイイ》を一流に混《ヒタタ》く。方に今、雷電の声は尤も百里の内に響く。将門の悪は既に千里の外に通れり。将門常に大康《タイコウ》の業を好みて終に宣王の道に迷ふ。［尚書に曰く、大康は道无くして田猟《デンリョウ》を好み、東都に死する也。車改曰く、宣王といふは古を戴く。故に此句有る也］仍て不善を一心に作して天位を九重に競ふ。過分の辜《ツミ》は則ち生前の名を失ひ、放逸の報は則ち死後の媿を示しぬ。

【注解】

＊四鳥之別　『孔子家語』の「顔回篇」に「中国の桓山の鳥が四羽の子を生んだ。これらが成長して飛び立つ時、母鳥が悲しみ鳴いて送った。」とある。

＊三荊之悲　『斉諧記』に「三人兄弟が父の財産を平等に分配し、堂前の荊樹を三つに切ろうとした。ところが急に木が枯れ始めた。三人は、木でさえ、三分されると聞くだけで枯死しかかっていると気づき、三人が離れることを恥じて、財産を分けるのを止めて力を合わせた」という故事がある。前の「四鳥」とこの「三荊」は兄弟や親子の別れの悲しみを表す対句として用いられたという。

＊薫蕕　薫りのよい草と悪臭のある草。

＊経謂　「涇」と「渭」のことである。中国陝西省にある涇水と渭水は、前者が濁り、後者は澄んでいる。『魏書』に「涇渭同波薫蕕其器」とあるように「涇渭」「薫蕕」は、それぞれ対語として用いられる。

＊混　傍訓ヒタタク。混ぜ合わせること。

＊大康之業　大康は、『尚書』によると。夏王啓の子で、在位十九年であったが、逸楽に耽り民政を顧みなかったため帝位を追われたという。『仲文章』に「好大康无道之狩」とある。

＊宣王之道　「宣王」周の中興の祖と称えられた名君。宣王が行った正しい治世のこと。

＊田獦　名義抄「獦」は獵の俗字。狩猟のこと。
＊車改　車攻のことか。「車攻」は『詩経』小雅中の篇名。この篇の始めの「毛序」に宣王の復古が見える。
＊古戴　古いものを重んじる。復古政治を行ったことを指す。
＊過分之辜　分際を越えた行いに加わる罪。
＊放逸之報　勝手きままな行いに対する報い。

【口語訳】

（群がる）雲のように多くいた従者たちは、ひそかに霞の彼方に逃げ散り、影のように付き従っていた者たちは、空しく道の途中で亡びてしまった。或いは、生きながら親子を別々に迷わして、（それぞれの行方を）山に求め川に聞いた。或いは、別れを惜しみながら夫婦を離れて、国内に訪れ国外にも尋ねた。鳥ではないのにひそかに「四鳥の別れ」をして、山ではないのに徒に「三荊の悲しみ」を心に抱いた。（その有様は、）罪が有る者も罪がない者も、香りのよい草と悪臭のある草が同じ畔に乱れているようであり、（悪心を抱いて）濁りのある者も濁りのない者も涇水と渭水を一つの流れに混ぜ合わせたようになっている。まさに今、雷電の音は、大いに百里の内に響き、将門の悪は、すでに千里の外に知れ渡っている。将門は、常に夏の大康が逸楽に耽った所行を好んで、終に周の宣王の優れた治世の道を見失ったのである。［尚書に言う、大康は（治世の）道を持たず、狩猟を好み、東都に死んだのである。車攻に言う、宣王という人は古を重んじ（復古政治を行っ）た。その故に、この句があるのである。］さて、（将門は）不善を一心に行って、天皇の位を宮中に競い合った。その過分の（行いに加わる）罪は、生前の名声を失い、勝手きままな（行いに対する）報いは、死後に恥を示すことになるのである。

87諺曰将門依昔宿㐂住於東海道下総国豊田郡然而被羈煞生之暇曽无一善之心而間生死有限終以滅没何往何來宿於誰家田舎人報云今住三界国六道郡五趣𨙻八難村但寄中有之使告消息云予在㐂之時不修一善依此業報迴於悪趣

【訓読文】

諺《コトワザ》に曰く、将門は昔の宿世に依りて、東海道下総国豊田郡に住す。然れども、殺生の暇に羈《ツナガ》れて曽って一善の心无し。而る間に、生死限り有りて終に以て滅び没しぬ。何《ドコ》にか往き何《ドコ》にか來りて誰が家に宿ると。田舎の人と報じて云く。今、三界国六道郡五趣郷八難村に住む。但し中有《チュウウ》の使に寄せて消息を告げて云く、予在世の時一善を修せず。此の業報に依りて悪趣に廻る。

【注解】

＊諺　巷説、世間の噂。

＊宿㐂　前世から続く因縁

＊被羈煞生之暇　暇もないほど殺生に関わったこと。

＊何徃何来　「何」の傍訓ドコニカ。どこにか往きどこに来りて。

＊田舎人　田舎の人、すなわち地方の人。しかも「と報じて」とあり、自分から田舎人と名乗ったことが注目される。

＊住三界国六道郡五趣𨙻八難村　「三界」は、欲界・色界・無色界。一切の衆生が生死輪廻する三つの世界。「六道」地獄・餓鬼・畜生・修羅・人間・天上。人が因果により赴く六つの場所。「五趣」六道の修羅を除いた所。「八難」仏道修行の妨げとなる八つの障難。地獄・畜生・餓鬼の三悪道と長寿天・辺地・盲聾瘖瘂・世智弁聡・仏前仏後を指す。三界から八難まで、仏教語を組み合わせて居所の地名としている。

＊中有之使　「中有」は、衆生が死んで次の生を受けるまでの間（我国では四十九日）。そこからの使者。
＊業報　善悪の要因によって受ける苦楽の報い。
＊悪趣　現世で悪事をした結果、行かねばならない苦しみの世界。地獄・餓鬼・畜生の三趣、これに修羅を加えた四趣、前出の五趣をいう。

【口語訳】

巷説に言うことは、将門は昔の宿命によって、東海道下総國豊田郡に住む。しかし、殺生に暇がないほど関わり、かって一善の心が無かった。そうする間に、生死には限りがあって終に滅び没した。どこかに往きどこかに来て誰の家に宿るかと。田舎の人と自らを知らせた者が云うには、今、三界の国六道の郡五趣の郷八難の村に住む。ただ、中有の使者に託して、その動静を告げて云った。「我は在世の時、一善をも行わなかった。この行いの報いによって悪趣すなわち苦しみの世界を巡ることとなった。

88訴我之者只今万五千人痛哉将門造悪之時催伴類以犯受報之日蒙諸罪以獨苦也置身於受苦之釼林焼肝於鐵圍之煨燼楚毒至痛不可敢言但一月之内只有一時之休其由何者獄吏言汝在世之時旿誓願之金光明経一部之助者冥官暦云以十二年為一年以十二月為一月以卅日為一日以之謂之我日本国暦當九十二年彼本願可脱此苦者抑閻浮兄弟娑婆妻子為他施慈為悪造善雖口甘忍不可食生類雖心惜而好可施供佛僧者巳魂消息如右

天慶三年六月中記文

【訓読文】

我を訴ふる（之）者は只今万五千人、痛き哉、将門悪を造りし（之）時は、伴類を催して以て犯しき。報を受くる（之）日は諸《モロモロ》の罪を蒙りて以て独り苦しぶ也。身を受苦の剣林に置きて、肝を鉄囲の煨燼《カイジン》に焼く。楚毒《ソドク》至りて痛きは敢えて言ふべからず。但し一月の内に只一時の休まり有り。其由何とならば、獄吏の言く、汝在世の時に誓願せし所の金光明経《コンコウミョウキョウ》一部の助なり者《テヘリ》。冥官暦《ミョウカンレキ》に云く、十二年を以て一年と為し十二月を以て一月と為し卅日を以て一日と為す。之を以て之を謂ふに、我が日本国の暦には、九十二年に當り、彼本願を以て此の苦を脱るべし者《テヘリ》。抑、閻浮《エンブ》兄弟、娑婆《シャバ》妻子は他に施しの慈を為す。悪を為し、善を造るには、口に甘しと雖も恐れて生類を食すべからず、心に惜しと雖も（而）好みて佛僧に供へ施すべし者《テヘリ》。亡魂の消息右の如し。

天慶三年六月中記文

【注解】

＊造悪　悪を行うこと。作善に対する仏教語。
＊催伴類　伴類（↓P11）を招集する。
＊受苦之劍林　苦しみを受ける（地獄の）剣の林。
＊鐵圍之煨燼　「鉄囲」鉄を巡らせた囲い。「煨燼」燃えのこり。鉄の囲いの中の燃えかす。これは無間地獄を指すという。なお、底本の「煨燼」は、火へんが忄に見える。
＊楚毒　苦しみ、痛み。
＊獄吏　地獄の役人。
＊一時之休　これまで「休」を「やすみ」と読むが、傍訓によれば、「やすまり」である。心身が安らかになること。

＊金光明経　金光明最勝王経を指す。鎮護国家の経典として我国で広く行われていた。『今昔物語』巻六に、「生類を殺した後、死んだ男が金光明経を書写・供養すると誓って蘇生し、四巻の金光明経を書写した。これを聞いた人、百人が殺生を断ち、肉食をやめた。」という話を載せている。
＊冥官暦　冥界で用いられる暦。
＊謂之　この後から、傍らに「奥書句自此可次也」（奥書の句此より次ぐべきなり。）と傍書がある。次節の「或本云」以下がこれに次ぐという意味である。
＊彼本願　傍書「ヲ以」本願を以って。
＊閻浮兄弟・娑婆妻子　「閻浮」は、須弥山の南方にあるとされる島をいうが、現世の称となった。「娑婆」は、苦悩の多い世界の意から、この世のをさすようになった。「兄弟・妻子」は、特定の人々を指すのではなく、一般の兄弟や妻子のことであろう。ここは、「抑」で一般の人々へと話題を転じたと解されよう。
＊為他施慈、為悪造善　従来、「他の爲に慈を施し、悪の為に善を造れ」という読みをしていた。しかし、先の「為」に傍訓ス、次の「為」にシとあり、加点者は「なす」「なし」と読ませたいらしい。これを踏まえて訓点に従って読むと、「為他施慈」は「他に施しの慈をなす」と読め、さらに「為悪」は「悪を為し」となり、「造善」は、傍訓ニハに従い「善を造るには」と読むことになる。「他の者に施しのめぐみを行う。悪を為し（ても）善を造るには…」の意になる。
＊雖口甘恐不可食生類　口に美味いからといっても、恐れて生き物を食べてはならない。
＊三魂消息　死んだ将門の魂の動静。「消息」を書状とする説があるが、ここでは、取らなかった。「消息」名義抄アリサマ。

＊天慶三年六月中記文　原初『将門記』の成立年月と考えられていたが、さまざまな異説がある。

【口語訳】

我を訴える者は　只今一万五千人、痛いことだ。将門が悪を行った時は、伴類を集めて犯した。報いを受ける日は、多くの罪を背負って一人苦しむのである。身を受苦の剣の林に置いて、肝を鉄囲いの燃えかすに焼いた。その苦しみは極まって、痛みは言葉に表すことが出来ない。但し、一月の内に、只一時、休まりがある。そのわけは何故かといえば、獄吏が云うには、汝が在世の時に願がけした金光明経一部の助けである。冥官暦に云うには、（現世の）十二年を一年とし、十二月を一月とし、卅日を一日とする。このことから言うと、我が日本国の暦では九十二年に当たって、その（金光明経に祈願した）本来の念願を遂げて、この苦しみを脱れるであろうと。そもそも、現世の兄弟・妻子は、他の人たちに施しの恵みを行っている。（なお、）悪を行って、（後にそれを悔いて）善を造ろうとするには、口に美味であっても、恐れて生類を食してはならないし、心では惜しいと思っても、進んで僧侶に布施をしなければならない。」と述べた。死亡した将門の魂の動静は右のとおりである。

天慶三年六月中記文

【解説】

〔天慶三年六月中記文〕

この六月は、将門が二月に滅亡したので、その四カ月後にあたる。この年月をもって、『将門記』の成立と考えられて来た。その後、多くの学者によって、この年月が疑いを持たれて否定されたこともあった。しかし、また、この年月の成立説が再び現れるようになった。主な成立説を以下に結論のみ示しておく。

＊末ニ（天慶三年六月中記文）トアレバ、将門滅亡後、未数月を出サル内ニ、其見聞スル所ヲ筆セシ者ニ似タリ（星

野恒「将門記考」『史学会雑誌』明治二十三年）。

＊この書は天慶三年六月というような乱後数月に近い時にできたのではなく、かなりのちに、中央在住の文人が史料とともに史料をのりこえた創作をも加えてまとめた物語的性格のものである（坂本太郎『日本の修史と史学』昭和三十三年）。

＊「天慶三年六月中記文」という識語はあるいは右の亡魂消息に附属したもので、一種の虚構とも考えられ、それほど信をおく必要もないと思われる。実際の成立は乱後数年、もしくは十年ちかくであったかもしれない（川口久雄『平安朝日本漢文学史の研究』昭和三十四年）。

＊「天慶三年六月中記文」という一行は、『将門記』の成立年月を示すものとして、きわめてふさわしい自然な識語と認められるのである（永積安明「『将門記』成立論」『文学』昭和五十四年）。

89 或本云我日本国暦曰九十三年内可有其一時之休今須我兄弟ホ遂此本願可脱此苦然則如聞生前之勇不成死後之面目慠々之報受憂々之苦一代有讎敵戦之如角牙然而勝強屓鞆天下有謀叛競之如日月然而公増私滅凡世間之理痛死而不可戦生現在有恥死後无譽但㐂闘諍堅固尚監悪賦也人々心々有戦不戦若有非常之疑後々達者且記而已矣仍里无名謹表

【訓読文】

或本に云ふ、我日本国の暦に曰く、九十三年の内に、其一時の休り有るべし。今須く我兄弟等此の本願を遂げて此の苦を脱《マヌカ》らすべし。然れば則ち、聞くが如くは、生前の勇みは死後の面目と成らず。慠々《ゴウゴウ》たる（之）報は憂々たる（之）苦を受く。一代の讎敵《シュウテキ》有り。之を戦ふに角牙の如し。然れども強きものは勝ち、弱きものは負く。天下に謀叛有りて、之を競ふに日月の如し。然れども、公は増り私は減せり。凡そ、世間の理は、痛んで死すとも戦ふべからず。現在に生きて恥あらば、死後に誉无し。但し、世は闘諍堅固《トウジョウケンゴ》、尚し監悪盛りなり。人々心々に戦有るも戦はざれ。若し非常の疑有らば、後々の達者且つ記すのみ。(矣) 仍て里の无名謹みて表す。

【注解】

*或本　これは『将門記』の別本をいうのか、単に「亡魂消息」の別説を指すか問題である。「或本云」は「可脱此苦」までだけに係る説もある。

*可脱此苦　先に同じ表現があり、「脱る」は自動詞下二段活用であるから、「マヌカルベシ」と読む。字類抄に「脱マヌカル」とある。ここでは、「脱」にカラスと傍訓があり、読み方が難しい。ここは他動詞形の「マヌカラス」と考えてみた。(『今昔物語』には、「マヌカラカス」も見える。)

*生前之勇不成死後之面目　生前の武勇は死後の面目とはならない。

*慠々之報受憂々之苦　おごりにおごった報いには、嘆きに嘆く苦しみを受ける。

*一代有讎敵　一代の仇となる敵がいる。

*如角牙　角や牙を突き合わせて争うようなものである。

*勝強　「強」の傍訓ノハ「強きものは」と読むのであろう。変則ではあるが、訓点により「強き者は勝ち」と読むことになる。

*屓蒻　「蒻」傍訓ハだけだが、同様に、「弱きものは負く」と読む。

*如日月　太陽と月が光を競い合うようなものである。これを将門と純友、あるいは忠常の反乱とする説がある。この書者には、こうした意識があったかもしれないが、確かな根拠があるわけではないら、ここでは表面的な意味

だけを捉えておく。
＊公増私減　公の力は増し、私の勢いは減じる。
＊世間之理　この世の中の道理
＊痛死　「痛死」傍訓どおり読むと、痛むて死す。苦痛を受けて死ぬ。
＊闘諍堅固　末法思想による現世観の一つ。釈尊入滅後、仏教の盛衰が五百年毎に、五段階に次のように区切って説かれている。・解脱堅固・禅定堅固・多聞堅固・造寺堅固・闘諍堅固…末法の末にあたり、教法は全く隠没して邪見が増す時期。我国では、永承七年（一〇五二）から、闘諍堅固に入ったとされる。
＊人々心々有戦不戦　「不」は命令形に読み、文意から「人々は戦う心があっても、戦ってはならない。」と解釈した。
＊非常之疑　思いがけない疑い。将門の乱と同じような非常事態の疑いとする説があるが、ここでは、「これまでの記述に、思いがけない疑いがあれば」の意にとった。
＊後々達者且記而已矣　後世の達識の者が、さらに記すばかりである。『陸奥話記』の結末には、「少生但千里之外、定多紕繆之。知実者正之而已」とある。ここも、同様の結語と考えられよう。
＊里无名　村里の名もなき者。これを（1）真本『将門記』の作者（2）「或本」の書者とする二説がある。
【口語訳】

或る本に云う、我が日本国の暦に言うと九十三年の内に、その一時の休まりがあるであろう。今、我が兄弟ら、この本願をきっと成し遂げてこの苦しみを免れさせよと。さてそこで、聞くところによれば、生前の武勇は死後の面目にはなるものではない。おごり高ぶった報いには、嘆き悲しむ苦しみを受ける。一代の仇敵があって、これと戦うのは、まるで獣が角と牙を突き合うようである。しかしながら、強い者は勝ち、弱い者は負ける。天下に謀叛が起こり、これを競い合うのは、さながら日と月が光り合うようである。しかしながら、公の力量は増大し、私の威勢は減退した。およそ、世間の道理では、痛んで死んでも戦ってはならないのである。現在に生きて恥があれば、死後に誉れはない。ただし、世は闘諍堅固に入り、なおも乱悪が盛んである。人々は心々に戦う気持ちがあっても戦ってはならない。もし、（これまでの記述に）思いがけない疑いがあれば、後々の識者がさらに記すばかりである。よって、里の無名の者が謹んで表わした。

　　　兼徳三年正月廿九日於大智房酉時許書了

　　同年二月十日未時読了

最後に、この識語がある。承徳三年（一〇九九）正月廿九日に書写され、二月十日までに加点記入したのである。

【解説】

　　〔或　本〕

『将門記』の一異本を示すと考えられるが、どのような性格の本かは不明である。書写の際に、追書されたものといわれる。この或本が（1）「我日本国」から「可脱此苦」までの三十二文字とする説と（2）「我日本国」から最後までの全文とする説がある。しかし、この（1）説については、先に示した永積安明「『将門記』成立論」に明確な反対論があり、これ以降、（2）説が強められている。とくに、樋口州男「『将門記』にみえる或本云について」（『古代天皇制と社会構造』昭和五十五年）は、「（1）説はきわめて興味深い新説であるにもかかわらず、残念ながら説得力に欠け、現状の段階では成立し難いといわねばならないことになるのである。」と述べ、以下のように注目すべき見解が示されている。

「それでは「或本云」以下全文の加筆者は、一体いかなる意図のもとに「或本」の異説をわざわざ引いたのであろうか。ここで注目したいのは、そのうちにみられる「九十三年」という数字である。これに関して将門の亡魂消息中では「九十二年」とあり、また『言泉集』所引将門合戦章でも「九十二年」とある。―中略―このように加筆者をしてこだわらせている「九十二年」「九十三年」という数字に注目する時、思いだされるのは平忠常の乱である。それというのも、この忠常の乱が平定された長元四年（一〇三一）は、将門討死の天慶三年（九四〇）から数えてちょうど九十二年目にあたるからである。」

この論旨に従えば、「或本云」以降を加筆した人物は、忠常の乱を少なからず意識していたのであり、「天下有謀叛競之如日月」「公増減私」さらに、「非常の疑」の解釈にも影響を及ぼすことになりそうである。ただし、今日においてもなお、或本の性格が明確ではないことから、ここでは、「或本云」以下の解釈に、忠常を念頭におくことはしなかったのである。

〔若有非常之疑後々達者且記而矣〕

（1）ここを普通に解釈すれば、「もし、思いがけない疑いがあれば、後の達識者がさらに記すばかりだ。」となる。これは、諸書が触れているように、『陸奥話記』の結末に、「知実者正之而已」と同様の表現であろう。すなわち、「或本」の作者（あるいは加筆者）が「思いがけない疑いを持たれるような誤りの記述があれば、後の識者がさらに正して書き直すばかりだ」（G）という内容で、謙遜した表現となる。次の「里无名謹表」と併せて、これまでの記述を終わる語句となっている。

（2）ここの非常の疑を（謀叛のような）非常事態とする解釈がある。「もし、非常事態（闘諍）が起る疑いがあれば、後々の達識者が取り敢ず記録しておくべきである。」（F）さらに、前半はFと同様な表現で、後半は、「後世の識者のために、したためただけである。」（E、I）と、「且記」の主語を変えた解説もある。

たしかに、闘諍堅固の語があり、乱悪が続くという記述はあるが、それは、「人々心々有戦不戦」で一応終わっているのではなかろうか。ここでは、（1）に述べられているように、文を締めくくる表現と捉えておきたい。

楊守敬本

解　題

この写本は、古くから世に知られることなく伝えられていたようである。近代を迎え、明治十三年に来日した清国人の楊守敬（一八四〇〜一九一五）の所蔵となっていた。楊守敬は、古典籍に精通した学者で、訪日中に古書を渉猟していたのである。将門研究家の織田完之が「柏木本は清国人張新桂に渡りて我国に無し」（祭魚洞文庫資料）と記しているが、あるいは、これが該当するのかもしれない。いずれにしても、明治までの所在は全く不明である。この清国に渡った古写本がどのような経緯で、我国に戻ったかも明らかではない。その後、河井氏、七条氏、片倉氏と所蔵が変わり、つい最近まで古書店にあったが、現在の所在は、また不明となっている。昭和十八年、七条氏の所蔵の時、国宝に指定されて、戦後に重要文化財となっている。

昭和三十年、貴重古典籍刊行会から、山田忠雄氏の解説付きで復刻された。現在は、この影印本が出されて、漸く、誰もが目にすることが出来るようになった。この写本は、『弁中辺論』という仏書の紙背に書かれたものである。これを表にして、二軸の巻子本に仕立てられていた。一軸、紙数十二、全長二十二尺三寸八分、天地一尺八寸八分から一尺九寸一分、二軸、紙数十一、全長十九尺九寸一分、天地は一尺八寸八分から一尺九寸一分。残念ながら、冒頭と末尾がかなり欠けており、真福寺本の５／８の分量しか存在しない。本文は一筆で自由奔放な筆使いで記され、同字連続、誤字、傍書などが多く目につき、草稿本かと思われる。訓点も豊富に施されていて、かえって訓読するのが難しくなるくらいである。こうした書風、訓法から、真福寺本よりもむしろ古い内容と推定され、さらに、二本は別系統の異本ともいわれている。これまで、楊守敬旧蔵本、片倉本などと書かれた場合が多かったが、ここでは、簡明に楊守敬本と呼ぶことにした。

凡　例

一、**底本**　現在、原本の所蔵は不明である。、通称、楊守敬旧蔵本（貴重古典籍刊行会複製本、昭和三十年）を用いた。その影印本（新人物往来社『平将門資料集』所収）と、原本を原寸大で撮影したガラス乾板から焼きつけた印画紙による影印資料（千葉県『千葉県の歴史資料編古代』所収）も参照した。本書では楊守敬本とし、楊本と略す。

一、**本文**　底本には、衍字、誤字、傍書などが極めて多いため、真本とも対照し、これまでの研究をも参考にして本文を決定した。なお、底本の形態、字体は、以下のように改めている。

＊底本には、改行や段落はないが、内容によって区分を行った。

＊衍字や誤字と思われるものなどは、原則として本文には採用しなかった。

＊本文は通行の正字体を用いることが原則であるが、底本の字体を出来るだけ生かすように以下の工夫を行った。

1、通行の字形と異なる文字は、可能なかかぎり活字化して、その字形に従うように努めた。

（例）等・ホ（等）所（所）扵（於）幸（幸）𢖠（率）帰（帰）𣪘（殺）𨗉（庭）𠂹（承）

2、底本の字体が旧字体よりも新字体に近いものは、新字体を用いた。

（例）万、総、与、為、弁、余、数、従、来、礼、乱、戦、随、争、焼

3、踊り字は、わかりやすく全て「々」字で表した。

＊底本には、挿入、連続、転倒を示す符号がある。これらは省略したが、原則として指示には従う。（とくに注解で記したものがある。）

＊底本には、訓点が多く施されているが、省略せざるを得なかった。

＊小字の割注は、分かりやすくするため、本文中に［　］印で示すこととした。
＊本文に、それぞれ番号を付して真福寺本と対照できるようにした。

一、**訓読文**　真本と重複するところも多いが、全文の訓読を行った。
＊真本と同様に訓点を重視する。底本には、一語に複数の傍訓が付いていることが多いので、そうした場合は、より適切と思われる方を選ぶこととした。
＊訓読文の字体は、通行の正字体と新字体を用いるのを原則とした。
＊訓読文の振り仮名は、特別な場合を除いて現代仮名遣によった。
＊いわゆる置き字は（　）印で明示した。
＊本文に漢字がないのに傍訓がある場合、その傍訓を生かして訓読を行った。
(例)「鳥飛」に傍訓ゴトクがある。→鳥のごとく飛ぶ。

一、**注解**　原則として、真本で注解したものは省いてある。真本との対照ページを参照いただきたい。楊本のみに見える語句については詳しく説明することとした。

一、**解説**　楊本独自の記述の中から、必要に応じて解説を行った。

一、**口語訳**　訓読文と同様に、全文の口語訳を示した。

一、**参照文献**

猿田知之・和田英道「楊守敬旧蔵本『将門記』翻刻」（昭和四十八年『日本文学』所載）
西崎亨「楊守敬旧蔵本将門記・訓読語彙稿」（昭和五十二年『訓点語と訓点資料』所載）
鈴木恵「将門記古写二本対校資料」（昭和五十八年『東洋大学短期大学紀要』所載）

楊守敬本将門記翻刻（『千葉県の歴史』資料編古代所収、平成八年刊）
（真福寺本と共通の文献。↓Ｐ４）
＊注釈書Ａ～Ｉの記号はそのまま使用する。↓Ｐ５
＊注解をはじめとして、真本で記述したものは、原則として省いてあるので、真本との対照表によって参照出来るようにしてあるのでご覧いただきたい。↓Ｐ359

1鵄命急成出籠之鳥歓厥明日件介無道合戦之由觸扵在地国日記已了以其明日帰扵本堵自茲以来更無殊事

【訓読文】

雉命。急に籠を出たる（之）鳥の歓を成す。厥の明日に件の介無道に合戦する（之）由を在地の国に触れて日記し已に了んぬ。其の明日を以て本《ホン》堵《ト》に帰りぬ。これより以来《コノカタ》更に殊なる事無し。

【注解】

*鵄命　楊本は前後がかなり欠けており、ここ、真本の底本八十四行から始まることになる。将門が良兼を下野国府に追い詰めたが、一方を開いて逃してやるところである。この前に、真本「皆免鷹前之鵄命」のような文があったかと思われる。

*出籠之鳥歓　籠を出た鳥の歓喜。

*了　傍訓ハヌ。オハンヌと撥音便に読む。

*以来　傍訓コノカタ。

【口語訳】

…雉の命。急に籠から出た鳥の歓びを表した。その明日に、（将門方は）あの介良兼が無道に合戦した事実を辺りの国に触れ廻り、日記に記録し終わったのであった。その明日に（将門は）本拠に帰った。これ以来、とくに変わった事はなかった。

【解説】

〔同字連続の衍字〕

本文の「日記已了」以後、底本では「其明日帰帰扵本堵自茲以来更無殊事」となっている。（明日は明旦となっていて、横に日の字を傍書する。）ここでは、「帰」の字が連続しており、一字を衍字としたのである。このことについて、四六文を整えるために、こうした同字連続の衍字が生じたという論がある。犬飼隆「楊守敬本将門記の同字連続の衍字」（『国語国文学論集七』昭和五十三年刊）によれば、こうした同字連続の衍字は二十一ケ所あり、その大半が四六文の体裁を整えようとしたところに原因があると解説されている。すなわち、ここの例では、「帰」の字を重ねることで、四字句を四回連続しようとしたと推測されたのである。

2 然間依前大掾源護之告状件護并犯人平将門及真樹等可召進之由官苻去羕平五年十二月廿九日苻同六年九月七日到来差使者左近衛番長正六位上英保純行同姓氏立宇自加支興等被下常陸下野下総等國仍将門告人以落同年十月十七日火急上道便叅公庭具奏事由

【訓読文】

然る間に、前大掾源護が告状に依りて、件《クダン》の護并に犯人平将門及び真樹等を召し進むべき（之）由の官符去し承平五年十二月廿九日の符同六年九月七日に到来す。使者左近衛番長《ツガイノオサ》正六位上英保純行《トモユキ》、同姓氏立、宇自加支興《トモオキ》等を差して常陸下野下総等の国に下されたり。仍て将門は告げし人の以前に同年十月十七日に火急に上道して、便ち公庭《クテイ》に参じて具《ツブサ》に事の由を奏す。

【注解】

＊純行　「純」に傍訓トモ、モトユキカとある。

＊支興　傍訓トモヲキ、ヨシ。

＊告人　「告」に傍訓ツケシ。この読みは「つげし人」と和語になっている。

＊以落　「落」らしき字に傍訓センニ。「前」のことであろう。この後にも見られる。

【口語訳】

その間に、前大掾の源護の告発状により、あの（原告）護并に被告の平将門及び真樹等の召喚を命じた内容の官符、すなわち去る承平五年十二月廿九日付の官符が同六年九月七日に到来した。使者として左近衛の番長正六位の上英保純行、同姓氏立、宇自加支興らを遣わして、常陸・下野・下総らの国に下された。そこで、将門は告発者（護）より以前に、同年十月十七日急速に上洛して、すぐ朝廷に参上し詳しく事件のいきさつを奏上した。

3 幸蒙天判扵検非違使所被略問允雖不堪理勢佛神有感相論如理何況一天恤上有百官頋犯准輕罪過不重振兵名扵畿内施面目扵京中経廻之程乹徳降詔鳳暦既改［言帝皇御冠服天慶元年以羕平八年故有此句］

【訓読文】

幸に天判を蒙りて、検非違使の所に略問せらるるに允に理務に堪へずと雖も佛神の感有りて相ひ論ずるに理の如し。何ぞ況や一天の恤《メグミ》の上に百官の顧み有りて、犯し軽きに准へ罪過重からず。兵の名を畿内に振ひ面目を京中に施す。経廻の程に乾徳《ケントク》詔を降し鳳暦既に改る。［言ふこころは帝皇御冠服、天慶元年に承平八年を以てす。故に此の句有り。］

【注解】
＊蒙天判　真本の訓みと異なり、訓読文のように読む。
＊検非違使所　傍訓により、検非違使ノトコロニと読む。
＊犯　傍訓ヲカシとある。真本のように「所犯」ではないので、「犯」一字で名詞に読む。
＊乹徳　「乹」は乾と同字。
＊言　傍訓イフココロハ。言う意味はの意。
＊政故有此句也（政に傍訓アラタマル）　元年の右下にこの語句が書かれている。要するに承平八年を天慶元年と改めたことを示す。

【口語訳】

幸いに天皇の判定をいただいて、検非違使の所に事件の大要を問われた際、まことに（将門は）筋道を立てて答えるような理詰めの務めに堪えられなかったが、仏神の感応があって論述は理に叶っていた。ましてや、天皇の同情がある上に、廷臣たちの恩顧も加わり、犯したことが軽いのに準じて罪科は重くなかった。（かえって）兵の名を畿内に振い面目を都中に高めることとなった。滞在しているうちに、天皇が詔勅を降し、すでに元号が改まった。［いう意味は、天皇が御元服で、承平八年を天慶元年に当てることとした。そこで、この語句が有るのである。］

4故松色含千年之緑蓮糸結十善之蔓方今万姓重荷輕於大赦八虐大過淺犯人幸将門此遇仁風依羕平七年四月七日恩詔罪無輕重含悦靨於春花賜還向於中夏忝辞燕丹之遑修帰嶋子之墟堺［傳口昔燕丹事於秦皇遥送久年然後燕丹請暇帰於古郷即秦皇仰云縦為白首馬生角時汝廳還時燕丹跪而仰者天為為之白首府

地馬為之生角秦皇驚乃許帰賜又嶋子幸入常楽國之更還本郷之墟故有此句子細本文已而」昕謂馬有北風之愁鳥有南枝悲況於人倫之思何無壊土之心仍以同年五月十一日早辞都洛着於弊宅

【訓読文】

故に松の色千年の緑を含み、蓮の糸は十善の蔓を結ぶ。方に今、万姓の重き荷は大赦に軽む。八虐の大きなる過は犯人よりも淺くなりぬ。幸に将門此の仁風に遇ひて、承平七年四月七日の恩詔に依て、罪の軽重無くして悦びの靨《エクボ》を春花に含みて還向を仲夏に賜る。忝くも燕丹の遑《イトマ》を辞して終に嶋子《トウシ》の墟堺に歸りぬ。[伝に曰く、昔の燕丹《エンタン》は秦皇に事《ツカマツ》って遥に久年を送る。然して後に、燕丹古郷に歸らむと暇を請ふ。即ち秦皇仰せに云く、縦ひ、烏の首白くなり馬の角の生ひむ時に汝を廳《ユル》し還さむといへり。時に、燕丹 跪《ヒザマツ》きて天を仰ぎしかば（而）烏之が為に首白くなりにき。地を府しかば馬之が為に角生ひたり。秦皇驚きて乃ち許し歸すを賜る。又嶋子は幸に常楽の国に入れりといへども、更に本郷の墟に還る。故に此句有り。子細は本文をみるべし（已而）。」所謂馬は北風の愁へ有り。鳥は南枝の悲び有り。況や人倫の思に於いて何ぞ壊土《カイド》の心無からむ。仍て、同年五月十一日を以て、早く都洛を辞して弊宅《ヘイタク》に着きぬ。

【注解】

＊千年之緑　「之」の字が右に出ている。挿入符により入れる。

＊蔓　傍訓ハナカツラ。・花鬘ならば、花に糸を通して髪飾りにしたもの。この意味にとる注釈書があるが従い難い。花葛ならば、茎がツル状の多年草の植物の名。どちらかと言えばこちらになるが、蔓は蔓と同字であるから、ここも真本と同様に蔓と解するのが至当であろう。

＊万姓重荷輕於大赦　「輕」の傍訓カロム。軽くなるの意。

＊八虐大過淺犯人　「淺」の傍訓サシ、クナリヌ。加点者は「淺」を形容詞と捉えている。「犯人」の傍訓ヨリモ。

＊修　傍訓ツヒニ。「終に」の意味にとる。
＊墟堺　傍訓サカイ
＊傳口　「口」の傍訓ク。「曰く」であろう。傳に曰くの意。
＊即　傍訓スナハチ。
＊爲　烏の異体字。
＊廳還　傍訓ユシ。「ゆるし」の意味。「還」傍訓サムトイヘリ。
＊府　傍訓フシカハ　ここの「府」は俯と同じ意味。
＊許歸賜　許し歸すを賜ると読む。
＊入　この字の傍訓レリトイヘトモ。
＊常楽国之　常楽之国のこと。「常楽の国に入れりといへども」と読むことになる。
＊已而　転倒符があり、而已である。傍訓ヲミルベシとある。割註の文字、語順は乱れており、傍訓で補っている。
　かなり読みにくくなっている。
＊壊土之心　「壊」は懐であろう。故地を懐かしむ心。

【口語訳】

そこで、松の色は千年の緑を表すように（天皇の御代が長く輝き続け）、浄土と縁を結ぶという蓮の糸は天皇の系統を（無上の隆盛と結び付けた。）まさに今、多くの民の重い負担は大赦によって軽くなり、八つの大きな過ちは犯人（の深い罪）よりも浅いものとなった。幸いに、将門は、こうした仁愛の世風に遇って、承平七年四月七日の恩詔によって、罪の軽重に関係なく許されて花咲く春に笑顔を見せて、仲夏に帰国をいただいた。有難くも、燕の国の太子丹のようにお暇の挨拶をして、浦の嶋子のように自宅に帰ることになった。［伝に言う、昔、燕の丹が秦皇に仕えて長年を過ごした。その後、燕の丹は故郷に帰ろうと暇を請うた。その際、秦皇が仰せに言うには、かりに、烏の首が白くなり馬の角が生えるならば、汝を帰すのを許そうと。その時、燕の丹が跪づいて天を仰いだところ、烏はこのために首が白くなった。地に俯したところ、馬はこのために角が生えた。秦皇は驚いて、丹は、すぐに帰郷の許しをいただいた。又、嶋子は幸いに常楽の国に入ったけれども、やはり故郷の地に帰った。そこで、この語句が有るのである。詳しくは本文を見るのがよいだろう。］いわゆる馬には北風が吹くと故郷を想う愁いがあり、鳥には南側の枝に巣を作って故郷を偲ぶ悲しみがある。ましてや、人間の思いの中に、故郷を懐かしむ心がないはずがなかろう。さて、（将門は）同年五月十一日に、早くも都を辞して自宅に着いたのである。

5
未休攘脚亦不歴幾程件介良兼不忘本意之怨欲遂會嵇之心頃年眄榛兵革具其藝殊自常也便以八月六日囲来於常陸下総兩國之境子飼之渡其日儀式請霊像而張於前陣［請霊像者故上総介高望像并故陸奥将軍平良持者也］整精兵襲政将門其日為将門明神有忿専不行事随兵少上用意皆滅只乍立肩而還於本土

【訓読文】

未だ旅脚を休めず、亦幾ばくの程を歴ざるに件の介良兼本意の怨を忘れずして會稽《カイケイ》の心を遂げむと欲ふ。頃年《ケイネン》構へたる所の兵革具る。其勢常よりも殊也。便ち八月六日を以て、常陸・下総両国の堺、子飼の渡に囲み來る。其の日の儀式は霊像を請じて前陣に張れり。［霊像を請じといふは故上総介高望《タカモチ》の像并に故陸奥将軍平良持《ヨシモチ》の者也。］精兵を整へて将門を襲ひ政む。其の日、将門が為に明神忿有りて専ら行事せず。随兵少き上、用意皆滅《オト》れり。只、立ち乍ら負けて本土に還りぬ。

【注解】

＊其藝　「藝」傍訓イキヲイとある。勢のことであろう。

＊子飼之渡　「渡」に傍訓リがある。「わたり」の方が「わたし」より古い読み方である。

＊請霊像者　「者」イハ。「霊像を請じといふは」と読む。

＊上総介高望、陸奥將軍平良持　真本では、高茂、良茂とあったが、こちらは、高望、良持となっている。

＊襲政　真本で指摘したように、「政」を「攻」の意に用いる

＊忿　傍訓ウラミとイカリ。名義抄　イカル、ウラム。ここは神の怒り。

＊専　傍訓モムハラ。「もっぱら」のこと。

＊行事　傍訓により行事すと読む。事を行うの意味。

＊滅　傍訓ヲトレリ。この字は、さんずいが変形している。

＊乍立肩　立ったまま負けて。すなわち呆然となすすべもなく負けるの意。

【口語訳】

まだ、将門が旅の脚を休めず、また、いくらも時が経ないうちに、例の介良兼は本来の怨みを忘れないで報復の気持ちを遂げようと思っていた。近頃、準備した軍備が具わり、その勢いはいつもとは違っていた。ただちに八月六日には、常陸と下総両国の堺、子飼の渡に囲んで来た。(良兼方の)その日の儀式は、霊像を勧請して陣の前に掲げていた。[霊像を請じと言うのは、故上総介の高望の肖像、ならびに、故陸奥将軍平良持のものである。]よりすぐった軍兵を整えて将門を襲い攻めて来た。その日は、(父祖の)神の怒りが(将門方に)あって、もっぱら戦いを行うわけにはいかなかった。従う兵少がない上に、用意は全て劣っていた。ただ、なすすべもなく負けて、本拠に帰ったのであ

る。

6爰歙介等替焼代亦焼政報返政附亘火煙扇風覆面将門何勵兵士何戦其度焼掃下総國豊田郡栗栖之院常羽御廐及百姓之舎宅于時民烟煙絶而漆柱峙於毎家人宅榴収而奇灰満於毎門晝煙遐如匿天之雲夜炬迩似散地之星以同七日歙者奪猛名而早去将門懐酷怨而暫隠

【訓読文】

爰に、歙の介等替りに焼き代りに亦焼き政む。報ひに返して政めて火を附け亘す。煙は風を負って面に覆ふ。将門何《イカガ》勵み、兵士何《イカガ》戦はむ。其度、下総国豊田郡栗栖《クルス》の院常羽御廐《インイクハノミマヤ》及び百姓の舎宅を焼き掃ふ。時に、民烟に煙絶えて而も漆の柱家毎に峙《ソバダ》ち、人の宅に榴《コシキ》を収めて奇しき灰門毎に満てり。晝の煙は遐《ハルカ》に天を匿せる（之）雲の如し。夜の炬は迩《チカ》くして地に散ぜる（之）星に似たり。同七日を以て、歙は猛き名を奪って而も早く去りぬ。将門は酷き怨を懐いて暫く隠れぬ。

【注解】

＊歙介　真本の彼介に対して、ここでは、はっきり歙と記している。これ以下、「何戦」までは真本には見えない。ミセケチなどによって、本文を定めるのに苦労する。傍訓についても加点者の意図が理解できないものがある。ひとまず、訓読文のように読むこととした。

＊替焼代亦焼政　替りに焼き、代りに亦焼き政む。良兼軍が将門方の居宅をかわるがわりに次々と焼きながら攻めたという意味。

＊報返政　これまでの仕返しの報復に攻撃をする意味。

＊附亙火　火を一面につける。
＊煙肩風覆面　煙は、風を受けて勢いよく顔面を覆う。
＊何　傍訓イカガ
＊民烟　傍訓タミノカマドとあるが、音読して民家と捉えられよう。↓P67
＊炬　傍訓ホノホハとトホシヒハと二通りある。「炬」の意味と、この場の状況を考えると、（立ち明かしのような）燃え残りの炎と解したい。
＊簟猛名　「簟」傍訓フルムテとハレテとフルンテと三通りある。「奪」と「奮」（フルフ）の混同による付訓のように思える。「ふるって」と読むことにした。

【口語訳】

ここに、敵の介らは、（将門方の民家を）かわるがわる焼きに焼き、さらに焼きながら攻撃した。これまでの報復として攻め返して、一面に火を放ったのである。その煙は、風を受けて顔面に覆って來る。将門は、どのように心を奮い立たせ、兵たちはどのように戦おうか。その時は、下総国豊田郡栗栖院、常羽御厩および百姓の舎宅を焼き掃らった。この時、民の家には煙が絶えていても、漆のような黒い柱（焼けぼっくい）が家ごとに峙っており、人の宅には櫓を収めていても、奇しい灰が門ごとに満ちている。昼の煙は、はるかに天を隠した雲のようである。夜の燃え残りの火は、近くに散在する星に似ている。同七日になって、敵は猛々しい名前を奮って、すばやく去って行った。将門はひどい怨みを懐いて、暫く身を隠したのであった。

【解説】

〔良兼軍の進撃〕

この場面では、子飼の渡から、良兼軍が襲来して、栗栖院一帯を焼き払う。その凄まじい戦闘ぶりが、ここの前半に描かれている。将門軍は、なすすべもなく、敵方の蹂躙を許すことになった。この部分は、楊本にだけ記されており、こうした、凄惨な描写があることによって、「于時」以下の対句を連ねた「戦後の惨状」の表現がいっそう際立つことになるのである。

ところで、現在、子飼の渡や栗栖院、常羽御厩などの位置が推定されている。それによれば、鎌輪の営所や次の堀越（津）渡は、子飼の渡から栗栖院の間に存在することになる。良兼軍の凄まじい進撃ぶりからすれば、鎌輪の営所などは焼かれたようにも思われる。当時との地形の違いもあろうが、これまでの推定を再検討する必要もありそうである。

7 将門偏欲遺兵名扵後代欲致合戦扵生前一兩日之間所構鉾楯三百七十枚兵士一倍以月同十七日同郡下大方郷堀津渡固陣相待件敵叶期如雲立出如雷響到其日将門急勞脚病毎事朦々未幾合戦如竿打散所遺民家為仇皆悉焼已又郡中稼穡人馬共被損害也所謂千人屯處草木倶彫者啻謂之歟

【訓読文】

将門偏に兵の名を後代に遺さむと欲ふ。合戦を生前に致さむと欲ひて一兩日の間に構へたる所の鉾、楯三百七十枚なり。兵士一倍なり。同月十七日を以て同郡下大方郷堀津渡に陣を固めて件の敵を相待つ。期に叶って雲の如くに立ち出て、雷の如くに響き到る。其の日、将門急に脚の病を労りて事毎に朦々《モウモウ》たり。未だ幾くも合戦せざるに算の如くに打ち散らされたり。遺る所の民家仇の為に皆悉く焼亡せられぬ。又郡中の稼穡《カショク》人馬共に損害せられたる也。所謂千人屯る処には草木倶に彫むとは啻だ之を謂ふか。

【注解】

*欲致合戦於生前　この前の「欲遺兵名於後代」と対句を成している。合戦を生前に行おうと願うの意。

*月同十七日　「月同」は同月であるが、むりに月の同じとも読める。

*大方卿　このやゝ斜め上に「下カ」と小さく書かれている。下大方郷とした。

*堀津渡　真本では、堀越渡となっている。

*件敵　「敵」にヲと傍訓があるから、次の訓読文のように、「相待」の客語として読んだ。真本と同様に、次の文の主語として読むことも出来る。

*叶期　傍訓どおり読むと、期ニカナムテ。「カナムテ」は、かなって。

*響到　「到」傍訓イタルカ。他のところのように、致とも捉えられよう。

*如竿　算の如く。算木が散乱するように。

*打散　傍訓ウチチラサレタリ。

*焼亡　傍訓セウマウセラレヌ。

*郡中稼穡　「穡」は名義抄に、穡の俗字でアキオサメとある。稼穡は、植えつけと取り入れのことで、農作物を表す。

*千人屯雺　傍訓ノアツマル、タナヒク、ムラカルニハとある。(「むらがる」は、四段と下二段に活用した。真本の「むらがれ」は下二段活用である。) ここは、傍訓により屯る処と読む。「雺」は處。

【口語訳】

将門は偏に兵の名を後代に遺そうと望んだ。また、合戦を生前になそうと願い、一両日の間に、準備した鉾や楯は三百七十枚である。兵の数は二倍にした。同月十七日に、同郡の下大方郷堀津渡に陣を固めて例の敵を待ち構えた。予期したとおり、雲の湧くように大軍が現れ、雷のように大音響が響きわたった。その日、将門は、急に脚の病にかかり、全てが曚々として何も分からなくなった。まだ、いくらも戦わないうちに算木が散乱するようにばらばらに討ち散らされていた。遺っていた民家は敵のために全て焼き亡ぼされてしまった。又、郡中の農作物、人馬共に損害を受けた。いわゆる「千人が駐屯する所には草木がともに弱り衰える」とは、まさにこのことを言うのか。

8 以登時将門為労身病妻子共隠宿扵辛嶋郡葦津江邊依有非常之疑妻子載舩泛扵廣大之江将門帯山居陸閑奥之岸経一兩日之後件敵以十八日各分散之比以十九日敵介取辛嶋之道渡扵上総國其日将門婦乗舩指寄扵彼方之岸于時彼敵等得注人約尋取件舩七八之艘之内所被虜領雑物資具三千餘端妻子同共被討取也即以廿日渡扵上総國爰将門妻去夫留忿怨不少其身乍生其魂如死妾擐宿慷慨心肝惆悵草枕假寝豈有何益哉

【訓読文】

登時を以て、将門身の病を労らむが為に、妻子共に辛嶋郡葦津《アシツ》の江の邊に隠し宿す。非常の疑有るに依りて、妻子を船に載せて、広大の江に泛ぶ。将門は山を帯して陸閑の奥の岸に居て、一兩日を経て（之）後に、件の敵十八日を以て各《オノオノ》分散する（之）比に、十九日を以て、敵の介辛嶋の道を取りて上総国へ渡る。其の日、将門婦を船に乗せて彼の方の岸に指し寄せたり。時に、彼の敵等注人の約を得て、件の船七八の艘を尋ね取りて、之の内に、虜領《リョリョウ》せられたる所の雑物・資具三千餘端、妻子同じく共に討ち取られぬ。（也）即ち廿日を以て上総国に渡る。爰に、将門が妻は去り夫は留りて忿怨すること少なからず。其の身生き乍ら其の魂死したるが如し。妾は旅の宿にして慷慨《コウガイ》とたのみ心肝惆悵《チュウチョウ》といたむ。草の枕に假に寝る。豈に何の益か有らむや。

【注解】

＊廣大之江　広大は広河を指すと思われる。

＊陸閑　傍訓クカカ。地名であろうが不明。

＊注人　手引きをする者。

＊妻去夫留　傍訓により、「妻は去り、夫は留って」と読める。真本よりも理解しやすい読みといえる。

＊慷慨　傍訓カウカイトタノミ。文選読み。ただし、「慷慨」は憤り嘆くことの意であるから、タノミでは意味が通じにくいが、妻が嘆き訴えて、夫の元へ帰るのを願う気持ちを表したものであろう。

＊惆悵　傍訓テウチャウトイタム。文選読み。「惆悵」は嘆き恨むことの意。

＊草枕　旅のこと。

【口語訳】

即時に、将門は我身の病を癒すために、妻子と共に辛（幸）嶋郡葦津江の辺りに身を隠して宿っていた。非常事態の疑いがあったので、妻子を船に載せて、広大な江に浮かべた。将門は山を背後にして陸閑の奥の岸に居て、一、二日を過ごす後に、例の敵は十八日となって、それぞれ分散して行った比、十九日には、敵の介は辛嶋の道を取って上総国へ渡った。その日、将門の妻を船に乗せて、彼方の岸に寄せた。その時、（敵は）手引きをする者との取り決めによる知らせを得て、その船七、八艘を捜し出して、この中から、雑物や日用の道具など三千余端が妻子共々取り押さえられた。そして、廿日には上総の国へ移ることになった。ここに、将門の妻は去って、夫は留まって大いに怒り恨むこととなった。その身は生きながらその心は死んだも同然であった。妻は他国の旅の宿りにおいて、憤り怨んでその心は悲しみ嘆くばかりである。（慣れない）旅寝をして仮に眠る。どうして（このように妻を連れ去り）、いかなる利益が有るのだろうか。

9 妾垣存貞婦之心与幹朋欲死夫亦成漢王之勵将思尋楊家女迴謀之間数句相隔戀懐之雰無相逢期而間妾之舎兄等成謀以九月十五日竊令還向出豊田郡既背同氣之中属本夫之家辟若遼東之女随夫事令討父國

【訓読文】

妾は恒に貞婦の心を存して幹朋《カンホウ》と死なむと欲《オモ》ふ。夫は亦漢王の励を成して将に楊家の女を尋ねむと思ふ。謀を廻す（之）間に数句を相隔てて恋懐《レンカイ》の処に相逢ふ期無し。而る間に妾が舎兄等謀を成し、九月十五日を以て窃《ヒソカ》に豊田郡に還向（出）せしむ。既に同氣の中を背いて本夫の家に属きぬ。譬《タト》へば遼東《リョウトウ》の女の夫に事へ随ひて、父が国を討たしめたるが若し。

【注解】

＊垣　傍訓ツネニ。恒の誤りか。
＊貞婦　貞操を堅く守る婦人。
＊舎兄　真本は舎弟とする。
＊九月十五日　真本九月十日
＊還向（出）　「出」を衍字として、豊田郡に還向せしむと読んだ。「出」を読めば、還向して豊田郡に出さしむ。

＊随夫事　「事」はつかふ。事の傍訓ヒ。「つかふ」は下二段活用であるから、本来なら、へとなるべきであろう。

【口語訳】

妻は貞婦の心をつねに存して、『幹朋賦』に見えるように、夫を慕って死にたいと思った。夫（将門）は、漢王が妻を慕って、楊家を訪ねたように、心を励まして妻の家を尋ねたいと思った。謀を廻すうちに数旬が過ぎ去る間にも、恋い慕う気持ちを抱いていたところ、お互いに会う機会がなかった。そうする間に、妻の兄たちが謀をして、九月十五日にひそかに豊田郡に還り向かわせた。すでに（妻は）兄弟の仲を背いて、本来の夫の家に属することとなった。例えば、遼東の女が夫に従って、父の国を討たせたようなものである。

10将門尚与伯父為宿世之讎彼此相㧓于時介良兼依有因縁到着於陸常國也将門僅聞此由亦欲証代㕧倫之精兵千八百余人草木倶靡以十月九日發向於常陸國真壁郡乃始自彼介服織之宿与力伴類舎宅如負掃焚焼一兩日之間追尋件敵皆隠高山乍在不逢

【訓読文】

将門は尚伯父と宿世の讎《カタキ》と為《シ》て彼此相挑む。時に、介良兼因縁有るに依りて常陸国に到着す（也）。将門僅に此由を聞きて亦征《ユ》いて伐《ウ》たむと欲ふ。備へたる所の精兵千八百余人なり。草木倶に靡けて十月九日を以て常陸国真壁郡に発向す。乃ち彼の介の服織《キヌオリ》の宿より始めて、与力の伴類の舎宅員《カズ》の如くに焚《ヤキ》焼掃ふ。一兩日の間に、件の敵を追ひ尋ぬるに皆高き山に隠れて在り乍ら逢はず。

【注解】

＊㧓　挑の異体字。傍訓ソムキヌ、イトム、タガフとあるが、いどむと読む。

＊陸常國　常陸国のこと。
＊証代　傍訓ユイテウタムト。「征伐」の誤りとされる。「ユイテ」はイ音便。
＊十月九日　真本は十九日とする。
＊服織　傍訓キヌヲリ。現在の真壁町羽鳥という。
＊掃焚焼　焚も焼もともに「やく、もやす」の意。傍訓は「焚」にヤキとある。「焚焼」は、例えば、「焚焼其祖廟」（其の祖廟を焚焼す。）のように用いられる。ここは、「焚焼」に返り点があり、傍訓もヤキなので、「やきはらふ」と読むことにする。

【口語訳】
将門は、尚も伯父と宿世の讎となって、あれこれと挑み合っていた。その時、良兼は姻戚がいることから、常陸国に到着した。将門はかすかに、このことを聞いて、征って伐とうと思った。準備した精兵は千八百余人である。草木を靡かして、十月九日に常陸国真壁郡に出発した。すぐさま、あの介の服織の宿から始めて、力を貸す伴類の家宅を全て焼き掃った。一両日の間に、例の敵を追い尋ねると、皆、高い山に隠れて、そこにいるのだが、逢わなかった。

11逗留之裎聞在筑波山以十三日如波立出依實件敵従弓袋山南谿遥揚千餘人聲山響草動軒謭諠譊也将門固陣築楯且送牒状且寄兵士于時津中孟冬日臨黄昏因茲各々挽楯陣々守身晝則掛箭以眄人矢之昕中夜則枕弓以危敵心之昕勵風雨莭蓑笠為家晩冬日之寒草露之時蚊虻為仇暁夏夜之熱然而各為恨敵不憚寒温合戦而已矣

【訓読文】

逗留の程に、筑波山に在りと聞きて十三日を以て波の如くに立ち出づ。実に依りて、件の敵弓袋《ユブクロ》山の南の谿《タニ》従《ヨ》り遙に千余人声を揚ぐ。山響き草動じて軯謞《ヘイキク》とよみ諠譁《ケンカ》とかまびすし（也）。将門陣を固めて、楯を築いて且つ牒状を送り且つは兵士を寄す。時に、津中、孟冬の日黄昏に臨む。茲に因りて、各々楯を挽きて陣々に身を守る。晝は則ち箭を掛けて以て人の矢の中る所を眄《ミ》る。夜は則ち弓を枕として以て敵の心の励む所を危ぶむ。風雨の節には蓑笠を家と為《ナ》して冬の日の寒きを晩《クラ》す。草露の時には蚊虻を仇と為して夏の夜の熱きを暁《アカ》す。然れども、各、敵を恨みむが為に寒温を憚からず合戦する而已《ナラクノミ》（矣）

【注解】

*十三日　十月十三日。真本は廿三日。

*如波立出　波が寄せるように一斉に立ち出た。

*風雨莭蓑笠為家晩冬日之寒　「晩」の傍訓クラス。風や雨の時節には、蓑や笠を家として、冬の日の寒さの中で夜を迎えるの意味。

*草露之時蚊虻為仇暁夏夜之熱　「暁」の傍訓アカス。草に露を置く頃には、蚊や虻までも伴として夏の夜の熱さを明かすの意味。

*津　傍訓リン。このリンの意味は不明。これをリツと見て、津を律とした本文（郡書類従本）が現れたのであろうか。（→P81）

*眄人矢之所中　「眄」は「旴」と同じ。傍訓カヘリミル。

*而已　傍訓ナラクノミ。…ということだの意で強い断定を表す。

【口語訳】

滞在していた際に、（良兼軍は）筑波山にいると聞いて、十三日に波のように一斉に出立した。事実そのとおりに、例の敵は弓袋山の南谿から、遙に千余人が声を揚げた。山は響き、草が動き、わめきののしるようにがやがやとうるさかった。将門は、陣固めをし、楯を築いて、さらに挑戦状を送りつけた上で、兵士を進めた。その時、津の中は冬の初め、黄昏に臨んでいた。このために、各々が楯を引いて、それぞれの陣に自身を守るのであった。昼は、箭をつがえて、他人の矢が中るところを顧みる。夜は、弓を枕にして敵が心を奮いたたせるのを危ぶむ。風雨の節には、蓑や笠を家として、冬の日の寒さを暮らす。草露の時には、蚊や虻までも仲間にして夏の夜の熱さを明かす。しかしながら、各々が敵を恨むために寒温を憚らず合戦するというのである。

【解説】

〔長隅対〕

ここは、真本に比べて、複雑な長隅対（二句を隔てて対する。）という対句となっている。分かりやすく書くと以下のようになる。

風雨の節、蓑笠爲家、晩冬日之寒
草露之時、蚊虻爲仇、暁夏夜之熱

こうした対句から、作者は、この場面で大いに工夫を凝らして文を練ったことと思われる。おそらく、合戦における兵士たちの苦しみを強調したかったのではなかろうか。なお、真本では、「晩冬日之寒」と「暁夏夜之熱」がないので、普通の五字の隔句対となっている。また、『仲文章』には、「暁春夜之長、晩夏日之熱」という類句が見えるており、こうした表現が対句によく用いられたのであろう。

12其度軍行頗有秋遺敷稲穀於深泥渉人馬於自然飽秣斃死牛者十頭酔酒被討者七人［真樹陣人其命不死］
謂之口惜焼幾千之舎宅想之可哀滅何万之稲穀遂不逢其敵空帰於本邑

【訓読文】

其の度の軍《イクサ》の行くに頗る秋遺有りて稲穀を深き泥に敷して、人馬を自然に渉す。秣に飽きて斃れたる死牛は十頭。酒に酔って討たれたる者は七人。［真樹が陣の人其の命死せず。］之を謂へば口惜しき。幾千之舎宅を焼く。之を想ふに哀むべし。何万の稲穀《トウコク》を滅す。遂に其の敵に逢はずして空しく本邑に帰りぬ。

【注解】

*軍行　傍訓ノユクニ。軍（いくさ）の行くに。
*頗　傍訓スクブル。
*秋遺　傍訓シウユイ　秋の収穫の残り。
*稲穀　傍訓タウコク
*幾千　傍訓ソコハク
*何万　傍訓イクソハク
*邑　傍訓オフ

【口語訳】

その度の軍事行動には、きわめて秋の収穫の残りが有り、実った稲を深い泥の上に敷いて、人馬をそのまま渉した。秣を食べ過ぎて斃れた死牛は十頭。酒に酔って討たれた者は七人。［真樹の陣の人は死ななかった］これを謂えば、口惜しいことよ。幾千の家宅を焼いた。これを想うと哀しむべきことよ。何万の実った稲をだいなしにした。（将門は）

遂に敵に逢わないで空しく本拠に帰った。

13厥後以同年十一月五日介良兼掾源護并掾平貞盛公雅公連秦清文凡常陸國歒ホ可追捕将門官苻被下扵武蔵上総常陸下野ホ國也扵是将門頗述氣力而諸國掌乍抱官苻慥不張行亦好不堀求而介良兼尚銜忩怨之毒未停敎害之意求便伺隟終欲討将門

【訓読文】

厥の後に、同年十一月五日を以て介良兼、掾源護并に掾平貞盛、公雅、公連、秦清文凡そ常陸国敵等を将門に追捕せしむべき官符、武蔵、上総、常陸、下野等の国に下されたり（也）。是に、将門頗る氣力を述べつ。而るに、諸国の掌《ツカサ》官符を抱き乍ら、慥《タシカ》に張り行はず。亦好く掘り求めず。而るを介良兼尚しも忩怨の毒を銜《フフ》むで、未だ殺害の意を停めず、便を求め隙を伺ふ。終に将門を討たむと欲ふ。

【注解】

*常陸國歒等　「歒」という字が入っていることが真本より理解しやすい。↓P87

*好　傍訓ヨク。しっかり、とくに。

*隟　傍訓ヒマ。すき。

【口語訳】

その後に、同年十一月五日、介良兼、掾源護并に掾平貞盛、公雅、公連、秦清文など常陸国の敵等を将門に追捕させる官符が武蔵、上総、常陸、下野等の国に下された。是に、将門は意気ごみを述べた。しかし、諸国の国司は官符を手にしながら、たしかに執行せず、特に追求しなかった。ところが、介良兼は、なおも、怒りの憎悪を心に持ち、まだ、殺害の意志をなくさず、つてを求めて隙を伺って、ついに将門を討とうと思っていた。

14于時将門之駈使丈部子春丸依有因縁屢融於常陸國石田荘邊之田屋于時彼介心中以為［字書以為者於牟比美良久］讒釼破巌屬請傾山盍得子春丸注豈不殺害将門ホ之身即召取子春丸問案内申云甚以可也今須賜此方之田夫一人将罷令見彼方之氣色云々彼介愛興有餘恩賜練絹一疋語云若汝依實令謀殺害将門者汝省荷夫之苦役必為乗馬郎頭何況積穀米以増勇分衣服以擬賞者

【訓読文】

時に、将門が駈使丈部の子春丸因縁有るに依り、屢《シバシバ》常陸国の石田の庄辺の田屋に融ふ。時に、彼の介心中に以爲［字書以爲は、おもひみらく］讒劍は巌を破り、属請には山を傾く。盍《イカン》ぞ、子春丸の注を得て豈に将門等の身を殺害せざらむ。即ち、子春丸を召し取りて案内を問ふに申して云はく甚だ以て可也。今、須く此の方の田夫一人を賜らむ。将《イ》て罷て彼方の氣色《ケシキ》を見せ令めむ云々。彼の介の愛興に餘り有りて練絹一疋を恩賜して語へて云く。若し汝実に依りて、謀《ハカリゴ》ち将門を殺害せ令めたらば、汝が荷夫の苦役を省いて必ず乗馬の郎頭と為《セ》むと。何ぞ況や穀米を積みて以てますます勇せて、衣服を分ちて以て賞と擬《セ》むと者《イエリ》。

【注解】

＊石田荘　「荘」は庄。石田は前出。Ｐ89

＊以為　傍訓オモヘラク→Ｐ91

＊牟　「も」と読む。→Ｐ91

＊讒劔破巌　「讒」傍訓ワツカニ、タトヰと「釼」ツルキとあるが、これでは読みが不明である。真本の読みの音読

に従う。

＊盍　傍訓イカソ
＊賜　傍訓タマハラム。
＊将罷　傍訓ヰテマカテ
＊令見　傍訓ミセシメム
＊語云　傍訓コシラヘテイハク。言葉巧みにさそう意。
＊謀　傍訓ハカリゴチ「謀つ」という動詞。「謀りごちて将門を殺害せ令めたらば」と読む。
＊令　傍訓タラハ。「しめたらば」と読む。
＊省　傍訓ハフイテ。
＊増　傍訓マスマス。
＊勇　傍訓イサマセテ
＊賞　傍訓タマヒモノ。
＊者　傍訓イヘリ

【口語訳】

当時、将門の駆使、丈部子春丸は姻戚がいることから、しばしば常陸国石田の庄辺りの田屋に通っていた。その際、彼の介が心中に思ったことは、[字書に、以為はおもひみらく]人をおとしいれる言葉の剣は、巌をも破り、強引に頼み込む言葉は山をも傾ける。子春丸の手引きを得て、どうして将門らの身を殺害しないでいられようか。そこで、子春丸を呼び寄せて実情を問うたところ、(子春丸は)申して言った。「大いに結構です。今、こちらの農夫一人をぜひ貸していただきたい。連れて行って、あちらの様子を見させましょう。」などと。あの介は、喜びの感情を溢れさせて、練絹一疋を恵み与えて説得して言った。「もし、汝が実際に謀って将門を殺害させたならば、汝の荷夫の苦役を除いて、必ず、乗馬の郎頭としよう。」と。それに加えて、米穀を積んで一層奮起を促し、衣服を分かち与えて「賞としよう。」と言った。

15子春丸急食駿馬之宍未知後死偏随鴆毒之甘喜悦罔極孿件田夫帰於松宅豊田郡罡埼村以其明日早朝子春丸彼使者各荷炭而到於将門石井之營所一兩日宿衛之間麾孿使者其兵具之置所将門之夜之遁所及東西之馬打南北出入悉令見知爰使者還叅具挙此由

【訓読文】

子春丸急に駿馬の宍《シシ》を食らって未だ後に死なむことを知らず。偏に鴆毒《チンドク》の甘きに随ひて喜悦極り罔《ナ》し。件の田夫を率て私宅豊田郡岡埼の村に帰る。其の明日の早朝を以て、子春丸と彼の使者と各炭を荷ひて将門が石井の営所に到る。一両日宿衛《シュクエイ》の間に、使者を麾《マネ》き率て其兵具の置き所、将門が夜の遁れ所、及び東西の馬打、南北の出入悉く見せ知らしむ。爰に、使者還り参じて具に此の由を挙ぐ。

【注解】

＊食　傍訓クランテ。食らって。

＊孿　ゐて。連れての意。

＊松宅　私宅のことであろう。

＊罡　「罡」は岡。

＊石井の營所　営所の傍訓タチ、ヤトリトロ（宿り所）。
＊麾　まねく。

【口語訳】

子春丸は、たちまち、駿馬の肉を食らって（故事にあるように）未だ後に死ぬことを知らなかった。ひとえに、鴆の毒の甘さに従って、喜ぶ様は極まりなかった。例の田夫を連れて、私宅の豊田郡岡崎村に帰った。その明日の早朝、子春丸と彼の使者と各々炭を背負って、将門の石井の営所に着いた。一、二日宿直する間に、使者を連れまわって、武器の置き場所、将門の寝所および東西の騎馬の出入り口、南北の出入り口を全て見知らせた。こうして、使者は帰って来て、（良兼に）詳しくこの報告を申しあげた。

16彼介良兼々而構夜討之兵以同年十二月十四日夕發遣扵石井之営所其兵類所謂一人當千之限八千余騎既張養由之弓「漢書曰養由者執弓則空鳥自落百討百中故云々」弥肩解為之觳「淮南子曰有弓師名曰夷羿尭皇時人也有十介之日此人即射九介之日落地其日内有金為故名解為仍喩扵上兵者也」催駿馬之蹄「郭漢曰駿馬生三日而超其母一日内行百里也仍喩扵駿馬也」揚李陵之鞭如風徹征如鳥飛着即以亥尅結城郡法城寺之當路打着之䄇有将門一人當千之兵暗知夜罰之氣色交扵後陳之従類徐行更不知誰人便自鵝鴨之橋上打竊落立而馳来扵石井之宿具陳事之由主従惚忰男女共囂

【訓読文】

彼の介良兼、兼て夜討の兵を構へて、同年十二月十四日夕を以て、石井の営所に発遣す。其の兵類、所謂一人当千の限り、八千余騎なり。既に養由が弓を張り、「漢書に曰く、養由は弓を執れば、則ち空の鳥自ら落つ。百たび討つに百中す。故に云々。」弥《イヨイヨ》解烏の靫《ヤナグイ》を負ひたり。［淮《エ》南《ナン》子《ジ》が曰く、弓の師有り。名を夷羿と曰ふ。尭皇の時の人也。十介が日有り。此人即ち九介の日を射て地に落す。其の日の内に金烏有り。故に解烏と名づく。仍て上兵に喩ふる者也。」駿馬の蹄を催し、［郭《カク》漠《ハク》が曰く、駿馬は生れて三日まで（而）其の母を超ゆ。一日の内に百里を行く也。仍て駿馬に喩ふる也。」李陵の鞭を揚げて風の如くに徹り征くこと鳥の飛び着くが如し。即ち亥剋を以て、結城郡法城寺の当りの路に打ち着く（之）程に将門が一人当千の兵有りて、暗に夜討ちの気色を知りて、後陣の従類に交はって徐《ヨウヤ》く行くに更に誰人とを知らず。便ち鵝《カ》鴨《モ》の橋の上より打ちて、窃に前に立ちて石井の宿に馳せ来たって、具に事の由を陳ぶ。主従は惚《ソウ》怦《スイ》とあはてて男女共に囂し。

【注解】

＊八千餘騎　八千は（真本）八十の誤りと思われる。

＊駿馬之蹄　「駿」は駿と同字。割註の中の二文字は、複雑で読みにくかったり、極端に崩しているが、いずれも「駿」馬の意味にとれよう。

＊如風徹征如鳥飛著　訓点どおりに読み、「風の如くに徹り征くこと鳥の飛び着くが如し。」とした。真本の「風の如くに徹り征き、鳥の如くに飛び著く」と対句に読む方がよいと思われる。

＊郭漠　郭璞のこと。

＊結城郡　傍訓ユキマノ郡

＊夜罸　夜討ちのことであろう。

＊後陳　後陣のこと。

＊徐行　「徐」の傍訓ヤウヤクユクニ

＊鵝鴨橋　傍訓カモカモ「かもの橋」のことか。
＊上打　「上」傍訓ウヘヨリ。「打」傍訓ウチ。傍らに「前（傍訓サキ）立テ」と小さく添えている。「打ち前立ちて」と読めるが、次の「落打」とダブるので前打を除去した。
＊落立　「落」の傍訓サキ。P264にも前を落と書いている。前の字と混同している。
＊惚忰　「惚」傍訓ソウ。「忰」傍訓アハテテ、トイソキ。これから文撰読みと捉えて、「そうすいとあわてて、（いそぎ）」と読まそうとしたようである。
＊囂　傍訓カマビス。かまびすし。

【口語訳】

彼の介、良兼は、かねてから夜討ちの兵を準備をしていて、同年十二月十四日の夕方、石井営所に派遣した。その兵たちは、いわゆる一人当千の者ばかり八十余騎である。すでに、養由が弓を張り［漢書にいう、養由が弓を手にすれば、空の鳥がひとりでに落ちた。百射百中である。そこでこういうのである。］さらに解烏の靫を身に着けている。［淮南子にいう、弓の師がいた。名を夷翠という。尭皇の時代の人である。十の太陽が出た日があった。この人は九の太陽を射て地に落とした。その太陽の内には金の烏がいた。その故に、解烏と名づけた。さて、上兵に喩えたのである。］（その上兵たちが）駿馬の蹄を響かせ、［郭璞がいう、駿馬は生まれて三日経つと、その母を超える。そこで、一日の内に百里を行くのである。その故に駿馬に喩えるのである。］勇将、李陵のように鞭を挙げて風のように通って征くのは、鳥が飛び着くようである。そして、亥刻になって、結城郡法城寺の辺りの道に到着した時に、将門方の一人当千の兵がいて、それとなく夜討ちの気配を察知して、（良兼軍の）後陣の従類に交じってゆっくりと行くが、全く誰であるか分からなかった。やがて、鵝鴨の橋の上より、ひそかに前に打ち立ち、石井の宿りに馳せて来て、くわしく事の有様を通報した。将門主従は驚き恐れ、男女共々、大騒ぎとなった。

17爰敵ホ以卯尅押圍也於斯将門之兵不足千人揚聲告云昔聞者由弓者［人名也］楯爪以勝数万之軍子柱［人名也］立針以奪千刃之鉾況有李凌王之心慎而汝ホ勿帰面将門張眼嚼齒進以撃合于時件敵ホ如雲逃散将門羅馬而如風追政矣逃之者宛如遇猫之鼠失穴追之者辟如政鴙之鷹離鞲第一箭射取上兵多治良利其遺者不當九牛之一毛其度被戮害四十余人猶遺者存天命逃散［但注人子春丸有天罰而事顕以正月三日被取殺害已了也］

【訓読文】

爰に、敵等卯尅を以て押し囲む也。斯に将門が兵の千人に足らず。声を揚げて告げて云く。昔聞きしかば、由弓《ユキュウ》といひし人は［人の名也］爪を楯として以て数万の軍に勝てり。子柱《シチュウ》といひし人は［人の名也］針を立て以て千刃の鉾を奪ひき。況や李陵王の心有り。慎しんで、汝等、面を帰すこと勿れ。将門は眼を張り歯を嚼んで進みて以て撃ち合ひぬ。時に、件の敵等雲の如く逃散しぬ。将門馬に羅《カカツ》て而も風の如く追ひ政む。（矢）之に逃ぐる者は宛も猫に遇へる（之）鼠の穴を失へるが如し。之を追ふ者は譬へば雉を政むる（之）鷹の鞲《タカタスキ》を離るるが如し。第一の箭に上兵多治良利《ヨシトシ》を射取る。其の遺りの者は九牛之一毛にも当らず。其の度戮害せられたるは四十余人。猶し遺れる者は天命を存して逃げ散りぬ。［但し、注人の子春丸天罰有りて事顕れぬ。正月三日を以て取らへられて殺害せられ已に了んぬ（也）。］

【注解】

＊不足千人　「千」は（真本）十人の誤りであろう。

＊由弓　人名であるが不明。これ以下、割注にかけて、傍訓イシヒトノナナリ

＊子柱　同じく不明。割注にかけて、チウトイシヒトハと続けている。ここは、割注があるのに、加点者は傍訓を本文と直接つなげている。「といひし人」という傍訓からは、加点者にも、この人物が分からなかったようにも思われる。

＊李凌　李陵のこと。

＊如遇猫　底本には、過猫とあり、遇猫と傍書する。後者を採った。

＊四十余人　真本とは兵士の数が一ケタ違ったが、被害者の方は全く変わらない。おそらく、先の千は十の誤りであろう。

＊正月三日被取煞害　「トラヘラレテ」と、三日と殺害の間に傍書されている。

【口語訳】

ここに、敵らは卯の刻になって、営所を押し囲んで来た。ここに、将門の兵は十人に足りなかった。（将門は）声を揚げて告げて言った。「昔、聞いたところでは、由弓［人名である］は、爪を楯として、数万の軍に勝った。子柱［人名である］は、針を立てて千本の鉾を奪った。ましてや、（自分は）李陵王のような勇猛心がある。けして、汝ら、顔をそむけてはならない。」と。将門は眼を張り歯を嚙んで、進んで撃ち合った。その時、例の敵らは、雲（が散る）ように逃散した。将門は、馬にまたがり、疾風のように追い攻めた。これを逃れる者は、まるで猫に遇った鼠が穴を失ったようなものである。これを追う者は、譬えば雉を攻める鷹が鷹匠の韝から飛び立つようなものである。第一の箭に、上兵多治良利を射取る。その残りの者は、九牛一毛にも当たらない。その時、殺害された者は、四十余人。なおも、残った者は天運があって逃げ散った。［ただし、注進者の子春丸は天罰があって事が露顕した。正月三日に捕ら

えられて、すでに殺害されてしまったのである。」

18此後掾貞盛三思立身修徳莫尚於忠行損名失利無甚於邪悪清廉之比宿於鮑室羶奎之名取於同烈然本文云不憂前生之貧報但倶吟名悪之後流者若貞盛久巡監悪之地必可有不善之名不出花菓門以遂官上花城以達身加之一生如隙千歳誰榮猶争直生可辞盗跡苟貞盛奉身於公廷幸預於司馬之例況乎積勞於朝家弥可拝朱紫衣其次憶奏身愁亦畢以去羕平八年春二月中旬自山道京上

【訓読文】

此の後に、掾貞盛三たび思して、身を立て徳を修むることは忠行より尚《サキ》なるは莫し。名を損じ利を失ふことは邪悪より甚だしきは無し。清廉の比なれども鮑室《ホウシツ》に宿りぬれば羶奎《センケイ》の名を同烈に取る。然も本文に云く、前生の貧報を憂へず、但し倶に名悪の後に流《ツタワ》らむことを吟く者《テヘリ》。若し貞盛久しく監悪之地に巡らば必ず不善の名有るべし。花門に出て、以て官を遂げ花城に上りて以て身を達せんにはしかず。加之《シカノミナラズ》、一生は隙の如し。千歳誰か栄えむ。猶、争で直《ウルワ》しく生きて盗跡を辭すべし。苟も貞盛身を公庭に奉りて幸に司馬の例に預れり。況や労を朝家に積みて弥朱紫衣を拝すべし。其の次に憶ひ身の愁へ等を奏し畢りぬべし。去りし承平八年春二月中旬を以て山道より京に上る。

【注解】

＊此後　後ニと傍書。

＊三思　幾度も自身を顧みて思案すること。

＊清廉之比　傍訓ナレトモ。清廉の比なれども。

＊尚　傍訓サキナルハ。

＊名悪　悪名と同じ。
＊不出花桒門　この語句は意味不明である。まず「花桑門」という語が不明である。桑門は僧侶の意であるから、「桑」は、あるいは衍字かもしれない。さらに、右下に花の字が小さく書かれているから花門とするのが一案となる。真本では、「不如出花門」とある。そこで、「不出」は「不如出」の誤として、「不如出花門」として解釈することは可能である。
もう一つの読み方は、やはり「桑」の右横に書かれた「華」の字を生かすことである。この場合は、花は無視せざるを得ない。華門は、そまつな門となる。やはり、「不如」を加えて、「そまつな坂東の自宅の門を出て、都へ上り…にこしたことはない」という解釈になろうか。
＊争直生　傍訓によると、「いかで、うるわしく生きて」と読める。
＊司馬之例　この「例」は列のことであろう。
＊憶　心の中の思い。
＊畢　この傍訓ヌ。ここは、ヌベシでなければ意味がとれない。

【口語訳】

この後に、掾貞盛は、よくよく(己の身を)顧みて(以下のように考えた。)身を立て徳を修めるには、忠義の行いより以上のものはない。名を損ない、利益を失うのは、邪悪より甚だしいものはない。(自分が)清く正しい場合であっても、鮑などの(干魚の)貯蔵室に滞在すれば、なまぐさく汚れた名前を(そうした汚れた)同類として受けることとなる。さて、本文には、「前世のつたない報いを憂えないで、ただ悪名が後の世につたわることを嘆く」と云う。もし、貞盛が久しく乱悪の地に巡っていると、必ず不善の名前を受けるであろう。都に出て、官位を得て朝廷に参上して、自身の望みを達するに越したことはない。さらに、一生はほんの一瞬間であろう。千年も誰が栄えようか。やはり、何とかまっとうに生き方をして、人のものを奪うような行為は辞めるべであろう。かりそめにも、貞盛は公家に身を差し上げ、幸いに司馬の官職をいただいている。さらに、朝廷に労力を積んで、朱紫の衣を拝するような地位に昇るべきであろう。その際に、心の思い、自身の愁いなどの奏上も果たしてしまおう。去る承平八年春二月中旬に東山道から京に上った。

19将門具聞此言告伴類云讒人之行増忠人之在己上邪悪心嫐富貴之先我身昕謂蘭花欲茂秋風敗之賢人欲明讒人隠之今件貞盛會嵆未遂欲報難忘若上官都讒将門身欤不知追停貞盛蹂躙云啻率百余騎之兵火急追証

【訓読文】

将門具に此言を聞きて伴類に告げて云く。讒人《ザンジン》の行は忠人の己が上に在ることを憎《ソネ》び、邪悪の心には富貴の我身に先だたむことを嫐《ネタ》む。所謂蘭花は茂《モ》せむと欲《ス》とも秋風之を敗る。賢人明ならむと欲とも讒人之を隠す。今件の貞盛会稽を未だ遂げず。報いむと欲らむこと忘れ難し。若し官都に上りなば将門が身を讒せむか。不如《シカジ》、貞盛を追ひ停めて蹂躙《ジュウリン》せむと云ふ。啻に百餘騎の兵を率して、火急に追ひ証《ユ》く。

【注解】

＊増　傍訓ソネヒとある。「憎」（そねぶ）のことであろう。

＊嫐　傍訓ネタム。

＊茂　傍訓モクセムト、サカエムト。「茂す」と捉えた。

＊不知　傍訓シカジ。「知」は「如」であろう。

＊証　ユク「征」前出↓P278

【口語訳】

将門は、詳しくこの言葉を聞いて、伴類に告げて云った。「讒言をする人の行いは、忠節な人が自分の上にいることを憎む。邪悪の心を持つ人には、富貴な人が自身より先にいることをねたむ。いわゆる蘭花が茂ろうと願っても、秋風がこれを妨げる。賢人が明晰であろうと望んでも、讒言する人がこれを隠蔽する。今、例の貞盛には報復を未だ果たしていない。報復しようとすることを忘れることは出来ない。もし、都に上ったなら、将門の身を讒言しようとするか。貞盛を追い停めて、踏みにじるのに越したことはなかろう。」と。ただ百余騎の兵を率いて、すぐさま追って征った。

20以二月廿九日追着扵信濃國小懸郡國分寺之邊便帯千隈川彼此合戦無有勝負厥内彼方上兵他田真樹中箭而死又此方上兵夂室好立中矢而生也貞盛幸有天命免呂布之歒鏑遁隠山中将門千般掻首空還堵邑

【訓読文】

二月廿九日を以て、信濃国小懸《チイサガタ》（縣）郡の国分寺の辺に追ひ着きぬ。便ち千隈川を帯して彼此合戦す。勝負の有ること無し。厥の内に彼《カ》の方の上兵他田真樹箭に中って死ぬ。又此《コ》の方の上兵文室好立《フンヤヨシタチ》矢に中って而も生きたり（也）。貞盛幸に天命有りて呂布の敵の鏑を免れ、山中に遁れ隠れぬ。将門千般《チタビ》首を掻いて空しく堵邑に還る。

【注解】

＊小懸郡　『和名抄』小縣郡のこと。傍訓チキサカタ。

＊他田真樹　傍訓ヲサソタノサタムラ
＊夊室好立　傍訓フヤノヨシタチ。文室のこと。
＊千隈川　現千曲川を指す。
＊歊鏑　傍訓カフラヲ、ヤサキヲ
＊千般　傍訓チタヒ
＊搔　傍訓カイテ（イ音便）

【口語訳】

二月廿九日に、信濃国小県郡の国分寺の辺に追い着いた。そこで、千曲川を隔てて、両軍が合戦した。勝負がつかなかった。その内に、彼方の上兵他田真樹が箭に中って死んだ。また、此方の上兵文室好立は矢に中ったが命をとりとめた。貞盛は、幸いに天命によって、呂布のように鋭い敵の鏑から免れて、山中に逃れ隠れた。将門は、何度も何度も頭を掻いて、空しく本拠に帰ったのである。

21爰貞𠙚千里之粮被奪一時㨈空之涙灑於草目疲馬䑛薄雪而越坂飢従含寒風而憂上然而生分有天僅届京洛便録度々愁由奏太政官可糺行之天判賜於在地国貞盛以去天慶元年夏六月中旬京下之後懐官苻雖相糺而件将門弥施逆心倍為暴悪厥内介良兼朝臣以六月上旬逝去

【訓読文】

爰に、貞盛千里の粮を一時に奪はれて、旅の空の涙を草の目に灑《ソソ》く。疲れたる馬は薄き雪を䑛《ネブ》って而も坂を越ゆ。飢ゑたる従は寒風を含みて憂へ上る。然れども、生分天に有りて僅に京洛に届《トド》く。便ち度々の愁への由を録《シル》して太政官に奏す。糺し行ふべき（之）天判を在地国に賜り、貞盛去りし天慶元年夏六月中旬を以て、京下の後に、官符を懐きて相糺すと雖も、而も件の将門弥逆心を施して倍《マスマス》暴悪を為す。厥の内に、介良兼朝臣、六月上旬を以て逝去す。

【注解】

*涙 この語にはナムタと付訓して、小さく傍書している。

*届 傍訓トドク、イタル。

*録 傍訓シルシテ

*去天慶元年夏六月中旬 ここは、真本のところで詳述したとおり、問題のある年月である。↓P111、わざわざ夏と記しているのが注目される。

*逝去 逝水とあり、その横に逝去と傍書する。

【口語訳】

ここに、貞盛は、長い旅の食料をいっぺんに奪われて、旅の空の下、涙を草の芽ににそそいだ。疲れた馬は薄い雪を舐めて坂を越えた。飢えた従者は寒風を受けて嘆きながら上った。しかし、将門との争いに天運があってやっと都に着いた。そこで、度々、愁訴を記録して太政官に奏上した。（朝廷は）糾明を行えとする天皇の裁定を所在地の国に下された。貞盛は、去る天慶元年夏六月中旬に、都を下った後、官符を所持して糾明したけれども、当の将門は、いよいよ逆心をあらわして、ますます暴悪を行った。そのうちに、介良兼朝臣は六月上旬に逝去した。

22沈吟之間陸奥守平維扶朝臣以同年冬十月擬就任國之次自山道到着於下野苻貞盛与彼太守有知音之心相共欲入於彼奥州令聞事由返報云甚以可也者乃擬首途之間亦将門伺隟追来固前後陳狩山而尋身践野

而求蹤貞盛有天力如風徹行如雲隠散太守思煩弃而入任國也

【訓読文】

沈吟する（之）間に陸奥守平維扶《コレスケ》朝臣同年冬十月を以て任国に就かむと擬《ス》る（之）次に山道より下野の府に到着す。貞盛と彼の太守と知音の心有りて相共に彼の奥州に入らむと欲《オモ》ふ。事の由を聞こえ令るに返報して云く甚だ以て可也者《テヘリ》。乃ち首途《カドデ》せむと擬る（之）間に、亦将門隙を伺ひて追ひ來りて、前後の陣を固めて山を狩って而も身を尋ね、野を践んで而も蹤《アト》を求む。貞盛天力有って風の如くに徹《トオ》り行き雲の如くに隠れ散ず。太守思ひ煩って弃てて而も任国に入りぬ。（也）

【注解】

＊狩山　「狩」の傍訓カッテ。促音便の表記がある。

【口語訳】

（貞盛が）憂い嘆いている間に、陸奥守平維扶朝臣が同年冬十月に任国に就こうとする途次、東山道から下野国府に到着した。貞盛は、太守維扶とは、よく心を知り合っていたので、一緒にあの奥州に入ろうと願った。このことを伺わせたところ、大いに結構という返答であった。そこで、出立しようとした時に、また、将門が隙を伺って追って来て、前後の陣を固めて、山狩りをして（貞盛の）身を尋ね、野を踏査して足跡を捜し求めた。貞盛は、天力があって風のように通り行き、雲のように隠れ散った。太守は思い悩んで、（貞盛を）見棄てて任国に入った。

23厥後朝以山為家夕以石為枕兇賊之恐尚深非常之疑弥倍縈々不離國輪匿々不避山懐仰天観世間之不安伏地吟一身之難保一哀二傷猒身叵癈聞鳥喧則疑例敵之噦見草動則驚注人之来乍嗟運多月乍憂送数日

楊守敬本　23

然而頃日無合戦之音漸慰旦暮之心

【訓読文】

厥の後、朝には山を以て家と為《シ》、夕には石を以て枕と為《ス》。兇賊の恐れ尚し深く、非常の疑ひ弥々倍《マ》すなり。縈々《エイエイ》として国の輪を離れず、匿々《チョクチョク》として山の懐を避けず。天に仰ぎては世間の不安なることを観じ、地に伏しては一身の保《マヌカ》れ難きことを吟《ナゲ》く。一つは哀しび二には傷む。身を厭ふとも瘶《ワス》れ叵《ガタ》し。鳥の喧《カマ》びすしきことを聞きては則ち例の敵の曦《シワブ》くかと疑ひ、草の動くを見ては則ち注人の來るかと驚《アヤブ》む。嗟き乍ら多月を運び、憂へ乍ら数日を送る。然れ而《トモ》、頃日、合戦の音無くして漸く旦暮の心を慰《ヤス》む。

【注解】

*兇賊之恐尚深　「恐」の傍訓ナリ。「恐なり」で切ると後へ続かないので、ナリは採らない。

*縈々　傍訓ニクレトモ、ツクツクトシテ。真本のように音読する。

*匿々　傍訓カクルレトモ。これも音読する。

*難保　「保」の傍訓マヌカレ。免れ難いの意。

*叵　難しの意。

*瘶　傍訓ワスレ。自身を捨てて滅する意。

*曦　傍訓シハフクカト。

*驚　傍訓アヤフム。

*慰　傍訓ヤスム。

【口語訳】

その後、（貞盛は）朝には、山を家とし、夕べには、石を枕とした。兇賊来襲の恐れは、なおも深く、非常事態が起こる疑いは、いよいよ倍増した。廻り廻って（常陸の）国の周りを離れることはない。隠れ隠れて山の中から出ることがない。天を仰いでは、世の中が安らかでないことを観じ、地に伏しては、自身一人が免れ難いことを歎く。一つには哀しみ、二には、痛ましく思う。我が身を厭っても、滅し難いものである。さて、鳥がやかましく鳴くのを聞けば、例の敵が声をあげているかと疑い、草が動くのを見ては、密告者が来たかと驚く。嘆きながら多くの月を過ごし、憂いながら数日を送った。しかしながら、近ごろ、合戦の聞えもなく、漸く朝夕の心を慰めた。

24然間以去承平八年二月中旬武蔵権守興世王介源経基与足立郡司判官代武蔵武芝共各争不治之由如聞國司者無道為宗郡司者正理為力其由何者郡司武芝年来恪勤公務有譽無謗苟武芝治郡之名頗聴國内撫育之方普在民家代々國掌不求郡中欠負往々判史更無違期之譴責

【訓読文】

然る間に、去りし承平八年二月中旬を以て、武蔵権守興世王、介源経基と足立郡司判官代武蔵武芝共に各《オノオノ》不治の由を争ふ。聞くが如くは国司は無道を宗と為《ス》、郡司は正理を力と為《ス》。其の由何者《イカントナラバ》郡司武芝年來公務に恪勤《カクゴン》するに誉れ有りて誇り無し。苟も武芝治郡の名を頗る国内に聴え、撫育の方普く民家に在り。代々の国掌は郡中の欠負を求めず。往々の判史は更に違期《イゴ》の譴責無し。

【注解】

＊足立郡　傍訓アシタチ

楊守敬本　24

*何者　傍訓イカントナラハ
*恪勤　「勤」は傍書され、傍訓カクコンスルニ。
*國掌　国の司の意。
*欠屓　傍訓カフ。
*撫育之方　「方」の傍訓ホウ。
*判史　傍訓シリ。刺史（国守の唐名）のことか。
*違期　傍訓ヰコ。
*譴責　傍訓セメ。

【口語訳】

その間に、去る承平八年二月中旬に、武蔵権守興世王・介源経基と足立郡司判官代武蔵武芝とは、共にそれぞれ政治がよく行われていないことを言い争った。聞くところによると、国司は、道理に合わないことを主張し、郡司は正しい理屈を力としていた。それは、どういうことかと言えば、郡司武芝は、年来、公務に忠実に励み、誉れは高く、誹謗はなかった。そもそも、武芝は、郡を治める名声が極めて国内に聞こえており、民を慈しみ、育む方策が民家に行きわたっていた。代々の国司は、郡中の租税の不足を要求することなく、時々の国司は、けして租税の納期の遅れを咎めだてすることもなかった。

25而件権守正任未到間推擬入部者武芝検案内此國為羕前之例正任以前任用輙不入部之色也者國司之偏稱郡司之無礼後微蔑兵仗押而入部矣武芝為恐公事暫匿山野便如案内襲来武芝昕々舎宅縁邊之民家掃

底捜取𠩄遺之舎宅加検對弃去也

【訓読文】

而るに、件の権守正任未だ到らざる間に　推して入部せむと擬《ス》者《テヘリ》。武芝案内を検するに、此国の前の例を承《ウ》けむが為に正任以前に任用輙《タヤス》く入部せざる（之）色なり者《テヘリ》。国司は之を偏に郡司の無礼なりと称して、後に微《アナガチ》に兵仗を発して押して而も入部す（矣）。武芝公事を恐れむが為に暫く山野に匿る。便ち、案内の如く武芝が所々の舎宅、縁辺の民家に襲ひ来りて、底を掃ひて捜し取る。遺る所の舎宅に検封を加へて弃てて去りぬ（也）。

【注解】

*檢案内　「案内」の傍に舊例と書く。

*為承前之例　傍訓によると、「前の例を承けむが為に」と読む。「前例を引き継ぐために」の意味。ここの読みは、真本と異なり、違った内容となっている。

*任用　職務に採用すること。ここは。任用された者を指す。

*微　傍訓アナカチニ。

*𠩄々舎宅　「所」の下は破損して見えない。真本を参照して「所々」とした。

*検對　「對」傍訓フ。検封ととらえた。

【口語訳】

しかし、あの権守は、正任の守がまだ着任していない際に、強いて、郡内に入ろうとしたという。武芝は、実例を調べてみると、この国の前例を引き継ぐために、正任の守の着任以前に、職務に任用された国司がたやすく入部することはないということを述べた。国司（権守興世王ら）は、このことを偏に郡司の無礼であると称して、その後、強引に兵力を用いて、無理に入部した。武芝は、裁判沙汰を恐れるために、しばらく山野に隠れた。すると、案じたとおりに（興世王らは）武芝の所々の家宅、その縁に連なる民家に襲って来て、底をさらうように物品を捜し取り、遺った家宅は検査して封印し、そのまま放置して去って行った。

26 凡見件守介之行事主則挾仲和之行［花陽国志曰仲和者為太守重賦貪財漁国内也］従則懐草竊之心如箸之主合眼而成破骨出膏計如蟻之従分手而勵盗財物隠運之思粗見國内彫弊平民可損仍國書生ホ尋越後國之風新造不治悔過一巻落扵廳前皆分明扵比國郡也

【訓読文】

凡そ件の守介の行ふ事を見るに、主は則ち仲和の行を挟み、［花陽国志に曰く、仲和は太守と為り賦を重くし財を貪り国内を漁どる也。］従は則ち草窃の心を懐く。箸の如き（之）主は眼を合はせて而も骨を破りて膏を出す計《ハカリゴト》を成す。蟻の如き（之）従は手を分ちて而も財物を盗み隠し運ぶ（之）思ひを励む。粗《ホボ》國内の彫弊を見れば平民を損ひぬべし。仍て国の書生等越後の国の風を尋ねて、新たに不治の悔過一巻を造り廳の前に落す。皆比《ナラ》びの国郡に分明なり（也）。

【注解】

＊箸　傍訓ヱトリ。名義抄「屠児」。これは「鷹狩りの鷹の餌とするため、牛馬を屠って、その肉を取る者」のこと。この語は、『今昔物語』などにも見える。ここは、箸をえとりと読むのは疑問であり、真本と同様に、箸（はし）の意にとっておく。しかし、こうした解釈も成り立たたなくもない。

＊出膏成計　底本には「成」が「膏」の後にあるが、前の「成」とダブっている。出膏之計の誤りであろう。「計」の

傍訓ハカリコト。

＊分明扵比国郡　「比」の傍訓ナラビノ。あたりのの意。

【口語訳】

およそ、あの守と介の行う事を見ると、主は、仲和の行いを身につけ、［花陽国志に曰く、仲和は郡の長官となり、租税を重くし、財を貪り、国内の搾取を行った。］従者は、盗賊の心を抱いている。いわゆる、箸のような主は、眼を合わせて骨を破って膏を出すような計略をたてている。さながら、蟻のような従者は、手分けをして財物を盗んで隠して運ぶような思いを励ましている。およそ、国内の疲弊した様子を見ると人民を害することになろう。そこで、国の書生たちは、越後国のやり方を聞いて、新たに、失政を悔い改めさす一巻の書を造り、国庁の前に落としておいた。（事件の）全てがこの辺りの国や郡に明らかとなった。

27武芝已雖帯郡司之職自本無公損之聆昕被虜掠之私物可返請之由屡令覧擧而曽無弁（糺之政頻到合戦之構于時将門忽然）聞此由告従類云彼武芝ホ非我近親之中又彼守介非我兄弟之胤然而為鎮彼此之乱欲相向於武蔵國者随莭攣自分兵杖就武芝之當野武芝出申云件権守并介ホ一向整兵革皆攣妻子登於企比郡挾服山也者将門武芝相共指府𢌞向于時権守興卋王先立而出於府衙介経基未離山陰将門且興世王与武芝令和此事之間各傾數坏逓披榮花

【訓読文】

武芝已に郡司の職を帯せりと雖も本より公損の聆無し。虜掠せらるる所の私の物を返請すべき（之）由屡々覧挙せしむれども、曽て弁じ糺す（之）政《マツリゴト》無し。頻に合戦の構を到す。時に、将門忽然に此の由を聞きて従類に告げて云く。彼の武芝等は我近親の中に非ず。又彼の守介は我兄弟の胤に非ず。然れ而、彼此の乱を鎮めむが為に武蔵国に相向はむと欲ふ者《テヘリ》。節に随ひ、自分の兵杖を率して武芝が当りの野に就く。武芝出て申して云く、件権守并に介等一向に兵革を整へて、皆妻子を率して比企郡の挟服山に登る（也）者《テヘ》れば、将門と武芝と相共に府を指して発向す。時に、権守興世王先に立ちて府衙に出づ。介経基未だ山の蔭を離れず。将門具《カツガツ》興世王と武芝と此の事を和せしむる（之）間に、各《オノオノ》数坏を傾けて逓に栄花を抜く。

【注解】

＊私物　「私」の傍訓クシノ。「わたくしの物」

＊覧挙　傍訓ケンキョ。「覧」は覧。この前後、ミセケチや破損が目立つ。

＊弁紥…忽然　「弁」は読めるが、それ以後、忽然までは不明である。傍訓が見えるのを頼りに、真本を参照して読むこととなった。ここの（　）内の本文は推定したものである。

＊相向於武蔵國　ここの「於」の字体は、扵ではない。以後、混用されている。

＊随節　訓点から「節に随ひて」と読む。その折すぐにの意。

＊兵革　兵草とあるが、傍書の「革」を採った。

＊比企郡　企比郡とあるが、傍書により、比企郡とした。

＊挟服山　傍訓サフクノヤマ。

＊具　傍訓カツカツ　かつがつ（とりあえずの意）と読む。

＊逓　傍訓タカヒニ。逓に。

【口語訳】

武芝は、已に郡司の職についていたが、もともと公の物を損耗させるような風聞はなかった。（武芝は）略奪された私物を返却するように、しばしば、文書によって上申させたが、これまで調べて糾すような政治的措置はとられなかった。（守や介は）しきりに合戦の構えをとっていた。その時、将門は、このことを聞いて、たちまち従者たちに告げて言った。「あの武芝らは我近親の仲ではない。又、あの守や介は、我兄弟の血筋でもない。しかし、あれこれの乱を鎮める為に、武蔵国に赴こうと思う。」と。すぐさま、自分の兵力を率いて、武芝の居る野の辺りに就いた。武芝が現れて、申して言った。「あの権守と介等は、ひたすら軍備を整えて、それぞれ妻子を率いて、比企郡狭服山に登っています。」と。そこで、将門と武芝とは一緒に国府を指して出発した。その時、権守興世王は、先立って国府に現れた。介経基は、まだ山の陰を離れなかった。将門がとりあえず興世王と武芝とこの事件を和解させている間に、（酒宴となり）各々、数杯を傾け合って、逓いに栄花を祝し華やいだ雰囲気になっていった。

28 而間武芝之後陣等無故而圍彼經基之營眆介経基未練兵道驚愕分散云々急聞府下于時将門鎮監悪大意既以相違興世王留於国衙将門亦帰扵本郷爰經基眆憶者権守与将門被催於郡司武芝抱誅経基之疑即乍含深恨遁上扵京都仍為報興世王将門亦之會嵆巧虚妄之言扵心中挙謀叛之由扵太政官因之京中大驚城邑併囂

【訓読文】

而る間に、武芝が後陣等故無くして彼の経基が営所を囲ふ。介経基未だ兵の道に練《レン》せず、驚き愕《オビ》えて分散すと云々。急に府下に聞こゆ。時に、将門監《ミダ》れたる悪を鎮る大意既に以て相違しぬ。興世王は国衙に留る。将門等は本郷に帰りぬ。爰に、経基が憶《オモ》ふ所の者は、権守と将門とは郡司武芝に催されて、経基を誅たむといふ(之)疑ひを抱く。即ち、深き恨みを含み乍ら、京都に遁れ上る。仍て、興世王将門等が会稽を報いむが為に虚妄の言を心中に巧へて、謀叛の由を太政官に奏す。之に因りて、京中大いに驚き城邑併《シカシ》ながら囂《カマ》びすし。

【注解】

＊經基　ここには、経基と混用されている。

＊大意　おおよその意志。

＊愕　傍訓ヲヒエテ

＊监　「监」は監。傍訓ミタレタル。「監」についてはＰ127参照。

＊抱誅経基之疑　「抱」の後に「将」その横に「門」を傍書する。すでに、主語に将門があるので、ここは衍字として省いた。「誅」傍訓ウタムトイフ。

＊虚妄之言　「言」の傍訓コトハ。うそ、いつわりの言葉。

＊囂　傍訓カマヒスシ。

【口語訳】

そうする間に、武芝の後陣が理由もなく、あの経基の営所を囲んだ。介経基はまだ兵の道に熟練していず、驚き恐れてばらばらに逃げ散ったという。たちまちに、国府のもとに聞こえた。この時、将門が乱悪を鎮めるという大意はくい違ってしまった。興世王は国衙に留まった。将門らは本拠に帰った。ここに、経基は、権守と将門とが郡司武芝に誘われて、自身を滅ぼそうとしている疑があると憶ったのであった。すぐに、深い恨みを心に抱きながら、京都に逃れ上った。そこで、(経基は)興世王と将門らへの報復をしようと虚妄の言葉を心中にたくらみ、彼等の謀叛を太政官に奏上した。これによって、京中は大いに驚き、宮中は、全てに大騒ぎとなった。

29爰将門之私君大政大臣家可挙實否之由御教書以去慶二年三月廿五日寄於中宮少進多治真人助直縄所被下到来云々仍将門取常陸下総下野武蔵上毛野五箇國之解文申之謀叛無實之由以同五月二日言上然間介良兼朝臣以六月上旬乍臥病床剃除鬢髪卛去已了目尓之後更以無殊事

【訓読文】

爰に、将門が私君大政大臣家実否を挙ぐべき（之）由の御教書《ミキョウショ》去りし天慶二年三月廿五日を以て中宮少進多治真人助直《スケタダ》縄に寄せて下さるる所なり。到來せり云々。仍て、将門常陸、下総、下野、武蔵、上毛野五箇國の解文を取りて、謀叛無実の由を申す（之）。同五月二日を以て言上す。然る間に、介良兼朝臣六月上旬を以て病の床に臥し乍ら鬢髪を剃除して卛去し已に了りぬ。尓《ソレ》よりの後、更に以て殊なる事無し。

【注解】

＊将門之　この後に、「家」の字がある。衍字とした。

＊去慶二年　ここは「天」が抜けている。「去天慶二年」のこと。

＊多治真人　底本はこの後に「助直縄」とある。助直と助縄が考えられるが、助縄が正しいようである。（真本では、Hの解説を引用した。）上横手雅敬『将門記』所収の将門書状をめぐって」（前掲）には、「一般に行われている真福寺本の多治真人助真は、楊守敬本では多治真人助直縄となっている。助直あるいは助縄と書いてスケタダと読むのであろう。多治助縄は『貞信公記抄』では延喜二十（九二〇）年から天暦二（九四八）年にかけて登場する人物であり、真福寺本の助真は助直を誤写したものであろう。」とある。

＊旡被下　「所」傍訓ナリ。「被」傍訓ルル。下さるる所なり。
＊目尓之後　「目」の傍訓ヨリ、「尓」の傍訓ソレ。それよりの後と読む。「目」は「自」であろう。

【口語訳】

ここに、将門の私の君、太政大臣家の謀叛の実否を申し上げるようにという御教書が、天慶二年三月廿五日に、中宮少進多治真人助縄に寄せて、下されたのである。（その御教書が）到来したという。そこで、将門は、常陸、下総、下野、武蔵、上野五箇国の解文を取って、謀叛が無実のことを申し上げた。同じ五月二日に言上した。そうした間に、介良兼朝臣は、六月上旬に、病の床に臥したまま、鬢髪を剃り去って死去してしまった。それより後は、とくに変わったことはなかった。

30而比武蔵権守興世王与新司百済貞連彼此不和也乍有姻娅之中更不令廰座矣興世王恨世寄宿於下総国抑依諸國之奏状為将門可有功課之由被議於宮中幸沐恩澤於海内須満威勢於外國

【訓読文】

而る比に、武蔵権守興世王と新司百済貞連《クダラノサダツラ》とは彼此不和也。姻娅《インア》の中に有り乍ら更に廰坐せしめず（矣）。興世工世を恨みて下総国に寄宿す。抑諸国の奏状に依って、将門が為に功課有るべき（之）由宮中に議られたり。幸に恩澤を海内に沐みて須く威勢を外国に満つべし。

【注解】

＊彼此不和也　「不和」傍訓フチ、シラズシテ。加点者は不知と誤ったようである。
＊姻娅　傍訓アヒムコ。↓P38

＊諸国の奏状　先に、五箇国の解文とあったのを指す。

＊満威勢扵外國　「満」の傍訓ミツベシ。「満つ」は四段活用。

【口語訳】

そうした頃に、武蔵権守興世王と新司百済貞連とは、互いに不和であった。（貞連は）姻娅の関係にありながら、（興世王に対し）国庁に席を与えなかった。興世王は、この政略を恨んで下総国（の将門）に寄宿した。さて、諸国の奏状によって、将門が武蔵国の紛糾を調停した功績に対して、評価すべきことが宮中にに議せられた。（将門は）幸いに、恩恵を国内に受けて、当然ながら、その威勢が国外までも満ちるであろう。

31 而間常陸國居住藤原玄明䓁素為国之乱人為民之毒害也望農莭則貪満足町段歩数至于官物則無束把弁之済動凌轢國使之来責兼劫畧庸弱民之身見其行事則甚扵夷狄聞其操則伴扵盗賊于時長官藤原朝臣維幾為令弁済官物雖送度々移牒對捍為宗敢不府向背公而盗施猛悪居私而妄冤部内

【訓読文】

而る間に、常陸国に居住する藤原玄明等素より国の乱人為《タリ》、民の為の毒害也。農節に望んでは則ち町段に満ち足る歩数を貪り、官物に至りては則ち束把《ソクハ》の弁済無し。動《ヤヤ》むずれば、国の使の來りて責むるを凌轢《リョウレキ》して、兼ては庸民《ヨウミン》の弱き身を劫略す。其の行事を見れば則ち夷狄よりも甚だしく、其の操を聞けば則ち盗賊に伴へり。時に、長官藤原朝臣維幾《コレチカ》官物を弁済せしめむが為に度々の移牒《ウツシチョウ》を送ると雖も対捍《タイカン》を宗と為《シ》て敢て府に向はず。公に背きて而も恣に猛悪を施し、私に居ては妄《ミダリ》に部内を冤ぐ。

【注解】

＊貪満足町段歩数　町・段に満ち足る歩数を貪りと読む。町・段に満ち足りるほど広大な土地からの収穫物を貪るという意味。

＊束把弁之済　転倒符により「束把之弁済」と読む。「済」の字は変形。

＊劫畧庸𦙶民之身　底文では、「劫畧庸」がミセケチの横にあり「弱民之身」に続き、「劫畧庸弱民之身」となる。「庸」に傍訓ヨウミノとある。そこで、庸民（ようみん）が考えられ、真本を参照して「劫畧庸民之弱身」として解釈した。

＊夷狭　傍訓イテキ。夷狄のことである。

＊盗　傍訓ホシキママニ。「盗」は真本の「恣」字のことであろう。

【口語訳】

その間に、常陸国に居住する藤原玄明は、もともと国にとっては、乱を起こす人物である。人民にとっては、害毒となる者である。農作の時節になると、町・段に十分及ぶ広大な坪数（の収獲物）を貪り、官有物に至っては、一束一把たりとも弁済をしなかった。ややもすれば、国の使者が来て責めるのを侮って辱め、弱い一般人民の身を脅かして奪い取った。その所業を見ると、夷狄よりも甚だしく、その節操を聞けば、盗賊と変わりがない。この際、長官の藤原朝臣維幾は、官有物を弁済させるために、度々、移牒を送ったが、もっぱら逆らい拒んで、国府に出向こうとしなかった。公の意向に背いて、しかも極悪の所業を行い、私に居を構えて、妄にその地域の人々を虐げていた。

32長官稍集度々之過状依官苻之旨擬追捕之間急提妻子遁渡於下総国豊田郡其之次盗度下用行方河内兩

郡之不動倉穀糒ホ其数在郡司眆進之日記即服従扵将門仍可捕送之移文送扵下総国并将門而常稱逃亡之由曾無提渡之心凡為国成宿㔺之敵為郡張暴悪之行鎮奪往還之物為妻子之稔垣掠人民之財為従類之榮也

【訓読文】

長官稍《ヨウヤ》く度々の過状を集めて官符の旨に依りて追捕せむと擬《ス》る（之）間に、急に妻子を提げて下総国豊田郡に遁れ渡る。其の次に、行方河内に度《ワタ》り下りて両郡の不動倉の穀糒《モミホシイイ》等を盗用す。其の数は郡司の進むる所の日記に在り。即ち将門に服従す。仍て捕らへ送るべき（之）移文を下総国并に将門に送る。而るに、常に逃亡の由を稱して曽て提《トラ》へ渡すべき（之）心無し。凡そ国の為に宿世の敵と成り、郡の為に暴悪の行を張る。鎮《トコシナ》へに往還の物を奪ばうて妻子の稔ひと為《シ》、恒に人民の財を掠めて従類の栄と為《ス》る也。

【注解】

*盗度下用行方河内両郡不動倉穀糒等　ここの訓点は苦心して付けたようである。それらを推測して、「度下行方河内、盗用兩郡之不動倉穀糒等」という内容と解釈して読むこととした。

*下総国　底本では、「國」と「国」と「囯」が混用されている。

*服従扵将門　藤原玄明が将門に服従した。これは真本には記述がない。これによって、後の書状で、将門が玄明を従兵と記したことが首肯される。

*提渡　傍訓トラヘワタスベキ。

*奪　傍訓バウテ、「うばうて」ウ音便。

*垣　傍訓ツネニ。「恒」のこと。

＊掠　掠と同字。

【口語訳】

長官は、稍く度々の罪過の資料を集めて、官符の主旨によって追捕しようとする間に、急に妻子を引き連れて下総国豊田郡に逃れ渡った。その次いでに、行方・河内に渡り下って、両郡の不動倉の穀糒等を盗み取った。その数量は、郡司が注進した日記に記録がある。そこで、（玄明は）将門に服従した。（長官は玄明を）捕らえ送らせる内容の公文書を下総国ならびに将門に送った。しかし、常に逃亡の理由をつけて、もともと捕らえ渡す気持ちがない。およそ、（玄明は）国のためには宿敵となり、郡のためには乱暴な悪行をなしていた。いつも、街道の荷物を奪って、妻子を豊かにして、つねに人民の財物を掠め取り、従者の栄えとしたのである。

【解説】

〔藤原玄明〕

ここに登場する藤原玄明は、系譜は不明であるが、その行動範囲から常陸の東部、霞ケ浦あたりを根拠とする在地の富豪層の一人と推定される（F）。国にとっては、乱人であり、民にとっても害毒であると記されている。こうした人物であるのに、将門は素より侘び人を助けて気を述べ、便ない者を顧みて力をつける人柄ということから、庇護することになる。玄明は、妻子を連れて下総の豊田郡に逃れて来て、将門に服従する。この「服従於将門」は、真本には見られない記述である。そこで、後の将門書状の中で、「将門の従兵」と記されると、唐突の感じがするのであるが、ここでは、この語句があるので分かりやすくなっている。玄明は、将門の従者となっていたのである。

この後、常陸椽藤原玄茂という者が将門軍の中枢に入り、活躍するが、この人も名前からして玄明と縁があったと考えられよう。しかし、これらの詳細は全く不明である。

33将門素済侘人而述氣顧無便而託力于時玄明朩為介維幾朝臣常懐狼戻之心深含虵悪之毒或時隠身欲誅戮或時出力欲合戦試玄明問此由於将門乃有可被合力之様弥好跋扈之猛心悉構合戦之方内議已訖仍集部内之干戈發堺外之兵類

【訓読文】

将門は素より侘人《ワビビト》を済ひて而も氣を述べ、便り無きを顧みては而も力を託《ツ》く。時に、玄明等介維幾朝臣の為に、常に狼戻《ロウレイ》の心を懐きて、深く蛇悪の毒を含みて或る時には身を隠して誅戮《チョウリク》せむと欲ふ。或る時には力を出して合戦せむと欲ふ。試みに玄明此の由を将門に問ふ。乃ち合力せらるべき（之）様有り。弥跋扈《バツコ》の猛《タケミ》を好む。心には悉く合戦の方《ミチ》を構へて内議已に訖んぬ。仍て部内の干戈を集めて堺の外の兵類を発す。

【注解】

＊狼戻　「戻」は戻。狼のように心がねじけ、道理にそむくこと。

＊虵悪之毒　「虵」は蛇。蛇の体内の毒のような悪意。

＊問此由　「問」傍訓キコユ。問ふと読む。

＊合戦之方　「方」の傍訓ミチ。合戦の方策。

【口語訳】

将門は、もとより、失意の人を済ひて意気を示し、よるべない者を世話して力を貸していた。この時、玄明等は、介維幾朝臣に対しては、常に狼のようにねじけた心を懐き、蛇の毒のような悪意を含んでいた。ある時は、身を隠して誅戮しようとした。ある時は、力を示して合戦しようとした。玄明は、試みにこのことを将門に聞いてみた。すると、力を貸してもよいという様子であった。（玄明は）いよいよ好んで勝手気ままに猛々しく振る舞い、心の中で、すべて合戦に向けて計略をたて、内々の会議がすでに終わったのであった。そこで（将門軍は）、国内の武器を集め、国外の兵士たちも徴発した。

34以去天慶二年十一月廿一日渉扵常陸國々兼脩警固相待将門便将門到云件玄明ホ令住國土不可追捕之由奉牒扵國而国不兼引可合戦之由示送返事仍彼此合戦之程國軍三千人如員被討取也将門之随兵僅千人押塘府下不令東西長官既伏過契詔使復伏扵敬啒

【訓読文】

去る天慶二年十一月廿一日を以て、常陸国へ渉る。国は兼て警固を備へて将門を相待つ。便ち、将門到りて云く、件の玄明等を国土に住まはしめ追捕すべからざる（之）由の牒を国に奉る。而るを、国は承引せずして、合戦すべき（之）由の返事を示し送る。仍て、彼此合戦する（之）程に、国の軍三千人員の如くに討ち取られたり。（也）将門が随兵僅に千人府下を押し塘んで東西せしめず。長官既に過契《カケイ》に伏し、詔の使ひ復た敬屈に伏す。

【注解】

＊彼此合戦之程　底本「彼」は被に見えるが、文意により改めた。「程」この字体となっている。

＊國軍三千人　「軍」の傍訓ツハモノ。

＊伏扵敬啒　「啒」は屈のこと。首をたれて畏まること。

【口語訳】

去る天慶二年十一月廿一日に、常陸国へ渉った。国は、兼ねてから守りを固めて、将門を待ちかまえていた。そこへ将門が到着して云った。「あの玄明らを本土に住まわせて、追捕してはならないという牒を国に奉る。」と。しかし、国は承知しないで、合戦しようという返事を示し送った。そこで、双方が合戦するうちに、国の兵たち三千人がことごとく討ち取られていた。将門の随兵は、わずかに千人、府下を押し囲んで自由に動かさなかった。長官は、すでに（将門と玄明の）過った契りに降伏して、詔使もまた首をたれて畏まっていた。

35世間綾羅如雲下施微妙珎財如竿分散万五千絹布被奪五主之客三百余之宅烟滅於一旦之煙屏風之西施忽取裸形之媿府邊中之道俗酷當為害之危金銀雕鞍瑠璃塵匣幾千幾万誰採誰領矣

【訓読文】

世間の綾羅《リョウラ》は雲の如くに下し施し、微妙の珍財は算の如くに分散しぬ。万五千の絹布は五主の客に奪はれぬ。三百余の宅烟は一旦の煙に滅しぬ。屏風の西施《セイシ》は忽ちに裸形の媿を取る。府邊の中の道俗は酷く害せらるる（之）危みに当れり。金銀を雕《ミガ》ける鞍、瑠璃を塵《チリ》ばめたる匣《ハコ》、幾千幾万。誰か採り誰か領せむ（矣）。

【注解】

＊五主之客　「客」傍訓マラト。まらうど。
＊一旦　「旦」は具に見えるが、傍訓をとる。
＊雕鞍　傍訓ミカケルクラ。
＊塵　傍訓チリハメタル
＊幾千幾万　傍訓「幾」カ、「千」チ「万」ツ。

【口語訳】

世の中の綾絹や薄絹は、雲のように多く、（人々に）下し施すこととなり、なんとも言えないほど珍しい財宝は、算木を乱すように分散した。一万五千もの絹布は、五主の客人に奪われてしまった。三百余の人宅は、一朝の煙となって滅びてしまった。屏風の陰にいた美女は、急に裸形をあらわにする恥をさらした。国府辺りの僧侶、俗人たちは、ひどく害される危機に直面していた。金銀でみがいた鞍、瑠璃をちりばめた匣は、幾千幾万、(どのくらいになるものか、) 誰が採り、誰が領したのであろうか。

36 定額僧尼請頓命於夫兵僅遺士女見媿於生前可憐別駕押紅涙緋襟可悲府君跪二膝泥上方今监悪之日為景已傾放逸之朝領掌印鎰仍追立長官并詔使令随身既畢廰衆哀慟留於舘後従類俳佪迷於道前以其九日還於豊田郡鎌輪之宿長官詔使令住一家雖加愍労寝食不穏

【訓読文】

定額《ジョウガク》の僧尼は頓命《トンメイ》を夫《カ》の兵に請ふ。僅かに遺れる士女は媿を生前に見る。憐れぶべし。別駕《ベツガ》紅の涙を緋の襟に押《ノゴ》ふ。悲しぶべし。府君二の膝を泥の上に跪《ヒザマツ》く。方に今、監悪の日に、烏景《ウケイ》已に傾き、放逸《ホウイツ》の朝には、印鎰を領掌す。仍て長官并に詔使を追ひ立てて、随身せしむること既に畢んぬ。廰の衆は哀慟《アイドウ》して、館の後に留り、従類俳佪して道の前にて迷ふ。其の九日を以て、豊田郡鎌輪《カマワ》の宿に還る。長官詔使を一家に住せしむ。愍《メグ》み労《イタワ》りを加ふと雖も寝食穏かならず。

【注解】

*府君　国府の長官。傍書より採る。

*其九日　前の記述から廿九日か。

【口語訳】

国分寺や国分尼寺などの僧尼は、一時の命をその兵たちに乞うた。わずかに遺った（身分のある）男女は、辱めを生前に受けたのである。憐むべきことである。介（維幾）は、血涙を緋の襟にぬぐった。悲しむべきことである。国の長官は、両膝を泥の上に跪いた。まさに今、乱悪の日、太陽は西に傾いて暮れ、放逸の翌朝には、国府の印と鍵を（将門が）所有した。そこで、長官及び詔使を追い立てて、付き従わせることが既に終わった。国庁の人々は、嘆き悲しんで、建物の後ろに留まり、従者たちは、うろうろして道の前にさまよった。其の廿九日に、（将門軍は）豊田郡鎌輪の宿に還った。長官と詔使を一家に住まわせた。（彼等に）あわれみと労りを与えたが、その寝食は穏やかではなかった。

37 于時武蔵権守興卋王竊議於将門云今検案内雖討一國公責不軽虜掠坂東暫聞氣色者将門報答云将門所念啻斯而已其由何者昔斑足王子欲登天位敎千玉之頚或太子欲奪父位降其父於七重之獄苟将門刹帝之苗裔三卋之末葉也同者始八國兼欲虜領王城今須先奪諸國之印鎰一向受領之限追上於官都然則且掌入八國且胥附万民者本議已訖

【訓読文】

時に、武蔵権守興世王窃に将門に議って云く、今、案内を検するに一国を討てりと雖も公の責め軽からじ。坂東を虜掠して暫く気色を聞かむ者《テヘリ》。将門報答して云く、将門念ふ所は啻斯而已《コレナラクノミ》。其の由何《ナントナラバ》者、昔斑足《ハンソク》王子は天位に登らむと欲ひて、千王の頚を殺《ト》り、或る太子は父が位を奪はむと欲《シ》て其の父を七重の獄に降せり。苟も、将門刹帝《セッテイ》の苗裔三世の末葉也。同じくは、八国より始めて兼て王城を虜領せむと欲ふ。今、須く先ず諸国の印鎰を奪ひて一向に受領の限を官都に追ひ上げむ。然れば則ち且つは掌《タナゴコロ》に八国を入れ且つは腰に万民を附けむ者《テヘリ》。本議已に訖んぬ。

【注解】

*斯而已　「而已」傍訓ナラクノミ。

*千玉頚　千王頚のこと。

*掌　傍訓ロ、たなごころ。真本のツカサとは別の読みになる。↓P147

【口語訳】

その時、武蔵権守興世王は、窃かに将門に議して云った。「今、実情を調べてみると、一国を討ったとしても、公の咎めは軽くはないであろう。(同じことなら)坂東を奪い取って、暫く様子を伺ってみよう。」と。将門が応答して云った。「将門が念うところも、まさに、そのとおりだ。その訳は何かといえば、昔、斑足王子は天位に登ろうと望んで、千人の王の頚をとり、或る太子は、父の位を奪おうと望んで、その父を七重の獄に降した。仮にも、将門は、皇族の血筋の三世の子孫である。同じことなら、坂東八国から始めて、さらに(都の)王城を奪おうと思う。今なすべきことは、まず諸国の印と鍵を奪って、全ての国司という国司を京都に追い上げよう。そうなれば、八国を掌中にして、さらに、全ての民を思いのままに手なずけよう。」と。重要な共議が終わったのである。

38即帯数千兵以去天慶二年十二月十一日先渡於下野國各騎如龍之馬皆率如雲之従也揚催鞭蹄将越一万里之坂心勇精奢欲勝十万之軍既就於國廳張其儀式于時新司藤原弘雅前司大仲臣完行朝臣朩兼見欲奪國之氣色先再拜将門便擎印鎰跪地奉授

【訓読文】

即ち数千の兵を帯して、去りし天慶二年十二月十一日を以て、先ず下野国に渡る。各《オノオノ》竜の如くの馬に騎《ノ》りて、皆雲の如くの従を率せり（也）。鞭を揚げて蹄を催して将に万里の坂を越えむとす。心勇み精《タマシイ》奢って十万の軍に勝たむと欲ふ。既に国廰に就き其の儀式を張る。時に、新司藤原弘雅、前司大中臣完行朝臣等兼て国を奪はむと欲《ス》る（之）気色を見て、先ず将門を再拝して、便ち印鎰を擎げて、地に跪《ヒザマ》ついて授け奉る。

【注解】

＊揚催蹄鞭　「揚鞭」に「催蹄」が間に入っている。ここは、「揚鞭催蹄」とあるべきところで、そのように読む。

＊心勇精奢　「精」傍訓タマシヒ。

＊大仲臣完行朝臣　「仲」は「中」が正しい。「完」の横に「全」が傍書されている。ここは、完行の方が正しいようである。

【口語訳】

すぐに、数千の兵を率いて、去る天慶二年十二月十一日に、先ず、下野国に渡った。各々、龍のような馬に騎りて、皆、雲のように（多い）従者を率いていた。鞭を揚げ、蹄の音を響かせて、まさに万里の坂を越えようとする。心を勇ませ、精が高まって十万の軍に勝とうと欲う。既に、国庁に着いて（入場の）儀式を行った。その際、新司藤原弘雅、前司大中臣完行朝臣らは（将門が）もともと国を奪おうとする気配を見て取り、先ず、将門を再拝して、すぐに印と鍵を捧げて、地に跪いて差し上げ奉った。

39如斯騒動之間舘内府邊悉被虜領今差幹了之使追上長官扵官都長官唱然歎云天有五衰人有八苦今日遭

苦大底何為時改世変天地失道善悪起佛神無験嗚呼哀哉鶏儀未舊飛於西朝龜甲乍新託於東岸［言任中有此愁故云々］

【訓読文】

斯《カク》の如きの騒動の間に、館の内府辺悉く虜領せられぬ。今、幹了《カンリョウ》の使を差して長官を官都に追ひ上ぐ。長官唱へて然も歎きて云く、天には五衰有り。人には八苦有り。今日苦に遭へり。大底何為《イカガセ》むや。時改り世変じて、天地道を失ひ、善（伏し）悪起き、仏神の験《シルシ》無し。嗚呼《アア》哀哉《シキヤ》。鶏儀未だに旧りざるに、西朝に飛び、亀甲新し乍ら東岸に耗《ホロ》びぬ。［言ふは任中に此愁へ有り。故に云々。］

【注解】

＊如斯騒動　「如」の傍訓キノ「斯」の傍訓クノ。かくのごときの騒動と読む。「かくのごときの」は「鎌倉以前に、活用語の連体形に連体格助詞「の」がついた唯一の語例となる。」（「花を見るの記」の言い方の成立追考）→P20

＊何為　傍訓イカカセムヤ。

＊善悪起　善悪起きと読めるが、「善」の後に一字分があいており、真本の「善伏悪起」を参照して、「伏」を補って解釈した。

＊哀哉　傍訓カナシカヤ。「かなしきや」と読む。

＊託　傍訓ホロビヌ。「託」は「耗」であろう。

【口語訳】

このような騒動の間に、館の内、国府の周辺が悉く虜領されてしまった。今、強健で才覚のある使者に命じて、長官を都へ追い上げた。長官は、声を上げて、しかも嘆いて云った。「天には五衰があり、人には八苦がある。今日、この苦に遭った。もう、どうしようもないものか。時が改まり、世が変わって、天地が道を失なう。善がなくなり、悪が起きて、仏も神も効験がない。あゝ、哀しいことだ。鶏の占いの道具がまだ旧くなっていないのに、西方に飛び去るように失われ、亀甲の占いのそれも新しいままに、東方に消滅してしまった。」と。［これは、長官の任中に、こうした愁いがあったために云うのである。］

40簾内之児女弃輿而歩於霜擐門外之従類離馬而向於雪坂治政之初止開笑之靨任中之冨弾歎息之爪被取四度之公文空還於公家被奪一任之公廨徒疲於擐暗国内吏民嚬眉而涙涕堺外士女擧聲而哀憐昨日聞他上之愁今日取自下之媿略見氣色天下騒動世上彫弊云々吟之終従山道追上已了

【訓読文】

簾《スダレ》の内の児女は輿を棄てて霜の旅を歩び、門の外の従類は馬を離れて而も雪の坂に向ふ。治政の初めに開笑の靨《エクボ》を止め、任中の盛りには歎息の爪を弾く。四度の公文《クモン》を取られて空く公家に還る。一任の公廨《クガイ》を奪はれて徒に旅の暗に疲る。国内の吏民眉を嚬《ヒソ》めて涙涕し、堺の外の士女は声を挙げて哀憐す。昨日は他の上の愁へと聞き、今日は自が下の媿を取る。略して氣色を見るに、天下の騒動世上の彫弊なり云々。之を吟《ニヨ》びて終に山道より追ひ上ること已に了んぬ。

【注解】

＊開笑之靨　笑った際のえくぼ。

＊世上彫弊　傍訓ナリ。続いて云々と文が切られている。「莫甚於斯」と真本と同様な傍書もあるが、ここには採らなかった。

【口語訳】

簾の内の子どもや女は、輿を棄てて、さらに霜を踏む旅に出て、門の外に住む従者たちは、馬の鞍を離れて、雪の坂に向かった。（国司として赴任した）治政の初めには、（人々が）笑って瞖を顔に表すような順調な政治を行って、任期の最盛期には、爪弾きをするような嘆かわしい状況になった。四度の公文書など、重要な書類を取られて、空しく都の公家に帰ることとなった。国司在任中の俸給までも奪われて、旅の暗さにただ疲れてはてた。国内の役人や人民は、眉をひそめて涙を流し、国外の身分ある男女は、声を挙げて哀れみ悲しんだ。昨日は、他人の身の上の愁いと聞いたが、今日は、自分の身の恥をさらした。およそ、この状況を見ると、（まさしく）天下の騒動、世間の疲弊ということである。このように、（国司らは）呻き苦しんで（いたが）、ついに、彼らを東山道から追い上げることが了わったのである。

41 次将門以同月十五日遷㆑於上野國次上野介藤原尚範朝臣被㆑奪印鎰以十九日急付使追㆑上於官都其後領府入廳固四門之陳且放諸國之除目

【訓読文】

次に将門同月十五日を以て、上野国へ遷る次に上野の介藤原尚範《ヒサノリ》朝臣印鎰を奪はれて、十九日を以て急に使を付いて官都に追ひ上ぐ。其の後、府を領して廳に入る。四門の陣を固めて、且つ諸国の除目《ジモク》を放つ。


【注解】
＊印鎰　ここの「印」は「仰」に近い崩し方である。
＊且　傍訓カツガツ　さらに加えての意。

＊除目　ここの「除」の字は崩されているが、除と捉える。
＊放　傍訓ハナツ

【口語訳】

次に、将門は、同月十五日に、上野国へ遷った。ついで、上野介藤原尚範朝臣は、印鎰を奪われて、十九日には、急に使を付けて京都へ追い上げた。その後、国府を占領して国庁へ入った。さらに、四方の門の陣を固めて、諸国の除目を思うがままに発令した。

42于時有一昌伎者憒八幡大菩薩使奉授朕位扵蔭子平将門其位記云右大臣正二位菅原朝臣道真霊魂昕表尚八幡大菩薩起副八万軍奉授朕位今須以卅二相音楽早可奉迎者爰将門捧頂冄拜況乎四陣擧而立歡数千併以伏拜又武蔵権守并常陸掾藤原玄茂等為其時之掌人喜悦辟若貧人之得富羑咲宛如蓮花之開敷扵斯目製奏謚号将門名曰新皇

【訓読文】

時に、一の昌伎《カンナギ》するてふ者有り。八幡大菩薩の使と憒《クチバシ》りて朕が位を蔭子平将門に授け奉る。其の位記に云く、右大臣正二位菅原朝臣道真の霊魂表したまはむ所なり。尚、八幡大菩薩、八万の軍を起したまはむを副へて朕が位を授け奉る。今、須く卅二相の音楽を以て早く迎へ奉るべし者《テヘリ》。爰に、将門項に捧げて再拝す。況や四陣擧って而も立ちて歡ぶ。数千併《シカシ》しながら以て伏して拝す。又武蔵権守并に常陸掾藤原玄茂等其の時の掌人として喜悦すること譬へば貧人の富を得たるが若く、美咲すること宛も蓮花の開敷せるが如し。斯に、自ら謚《イミナ》を製りて奏す。将門を号して名づけて新皇と曰ふ。

【注解】

＊一昌伎者　傍訓ヒトツノカナキスルテモノ。さらに、「昌」にはカムナキとある。一のかむなぎするてふ者の意か。（一人の巫するという者）

＊憒　傍訓クチハシテ。この「憒」は、辞書に見えて、「心おこたる」の意とある。心が呆然となることを指していると思われる。これは、真本の説明で触れた「久留比天毛乃云」に近い意味であろうが、こうした文字を用いた疑問が残る。真本の「憒」とは通じる字であろうか。ともに名義抄や字類抄には見えない。口走るは、『新撰字鏡』に「誆」、『倭玉篇』に「噏」と見える。

＊右大臣正二位菅原朝臣道真　延喜四年（九〇四）、菅原道真が死去した時は、従二位右大臣で、死後二十年後の延長元年（九二三）正二位右大臣を贈られた。その後、正暦四年（九九三）五月に、左大臣、同十一月に正一位太政大臣を贈られた。楊本の正二位右大臣は、延長元年の追贈により、真本の左大臣は、正暦四年五月の追贈による。（天慶二年の際には、正二位右大臣である。）

＊旫表旨　「旫」傍訓ナリ。「表」傍訓アラハシタマハム。「旨」は者とも考えられるが、ひとまず衍字として除いて読まないことにした。「表したまはむ所なり」

＊「起」傍訓ヲコシタマハム。下に「副」があり、「起したまはむを副へて」と読む。

＊掌人　傍訓ヨリト。「よりうど」官衙の職員。ここは、執行者の意か。

＊目製　「目」は「自」として読んだが、この上に除らしい字がかすかに見え、除目とも読めるか。そうであれば、「除目を製りて」と読む。

＊製奏謚　「製」の傍訓ツクテ、ツクリシテ。訓点によると、「謚を製りて奏す」と読む。

＊諡　傍訓イミナ。称号のこと。真本では、諡号で一語とするが、ここは、訓点により、訓読文のように読んだ。↓

Ｐ158

【口語訳】

その時、一人の巫をするという者が現れた。八幡大菩薩の使と口走って、「朕の位を蔭子、平将門にお授け申そう。その位記に云う。右大臣正二位菅原朝臣道真の霊魂が表される所である。なお、八幡大菩薩が八万の軍をお起こしになったのを副へて朕の位をお授け申そう。今、卅二相の音楽で早くお迎え申し上げなさい。」と。ここに、将門は、頂きに捧げて再拝した。ましてや、四陣がこぞって立ち上がって歓こんだ。数千の兵が全て伏し拝んだ。又、武蔵権守ならびに常陸掾藤原玄茂らは、その時の担当者として喜悦することは、例えば貧しい人が富を得たように、また、麗しく笑う様は、さながら蓮花が開き広がるようであった。自ら製作して諡を奏上し、将門を号して、名づけて新皇といった

43 仍於公家且奏之事由其状云将門謹言不蒙貴誨星霜多改謁望之至造次何言伏賜高察恩幸々々然先年依源護等之愁状被召将門為恐官符急然上道祗候之間奉仰云将門事既霑恩澤仍早返遣者帰着舊堵已了然後忘却兵事緩絃晏居

【訓読文】

仍て公家に且つは事の由を奏す。其の状に云く、将門謹《ツツシ》みて言《モウ》す。貴誨《キカイ》を蒙らず星霜多く改り、謁望《エツボウ》の至り、造次に何を言さむや。伏して高察を賜らば恩幸〃〃。然るも先年に源の護等が愁への状に依りて将門を召さる。官符を恐れむが為に急然に上道し祗候《シコウ》する（之）間に、仰せを奉るに云く、将門が事既に恩沢に霑へり。仍て早く返し遣す者《テヘリ》。

旧堵に帰り着くこと已に了んぬ。然して後に兵事を忘却して紘を緩《ユル》べて晏居す。

【注解】

＊之事由　事之由であろう。

＊言　傍訓ウス。後に、マウサムヤとある。申すの意。

＊恩幸々々　ありがたく幸せの意。

＊奉仰　「奉」傍訓ウケタハルニ。「奉」には①目上にさし上げる②目上からいただくの両方の意味がある。ここは、傍訓からも②の意となる。

＊祒候　傍訓テイコウ

＊返遣者　「者」に傍訓ナリとあるが、他と同様にテヘリと読む。

＊晏居　しずかに落ち着いている

【口語訳】

さて、公家（私君の忠平家）に、さらに、事件の顚末を奏上した。その書状に（以下のように）述べた。将門が謹んで申し上げます。お教えをいただかなくなってから、多くの歳月が過ぎ、拝謁したい思いが極まり、にわかに、どのように申しあげましょうか。どうか、御賢察いただければ、まことに有難いことでございます。さて、先年、源護らの愁訴状によって、将門をお召しになりました。官符を恐れて、すぐさま上京し伺候する間に、仰せをいただいて、「将門のことは、既に恩赦に浴した。そこで、すぐに返してつかわそう。」ということで、すでに、故地に帰着を終えました。その後、軍事のことをすっかり忘れて、弓弦を緩めて安らかに過ごしておりました。

44而間前下総国介平良兼興数千兵襲政将門不能背走相防之間為良兼被殺損及奪掠人物之由具注下総國之解文言上扵官都爰朝家被下諸國合勢可追捕良兼等之官符亦了而給召将門等之使然而依心不安遂不上道付官使英保純行具由言上又了

【訓読文】

而る間に、前の下総国の介平良兼数千の兵を興して将門を襲ひ政む。背き走るに能はず相防ぐ（之）間に、良兼が為に人物を殺損及び奪ひ掠めらるる（之）由を具に下総国の解文に注して官都に言上す。爰に、朝家、諸國勢を合せ良兼等を追捕すべき（之）官符を下さること亦了んぬ。而して、将門等を召す（之）使を給ふ。然れ而、心安からざるに依りて遂に上道せず、官の使英保《アナホノ》純行《トモユキ》に付けて具なる由を言上し又了んぬ。

【注解】

＊背走　傍訓ソムキハシル

【口語訳】

そうする間に、前下総国の介平良兼が数千の兵を興して将門を襲い攻めて来ました。背走することが出来ず、防戦する間に、良兼のために、人や物を殺害され、奪い掠められたことを詳しく下総国の解文に記して朝廷に言上しました。ここに、朝廷は、諸国が勢力を合わせ、良兼らを追捕せよという官符を下され、ことが決着しました。ところが、将門らを召喚する使を下さいました。しかし、（それでは）心が穏やかではないので、ついに、上京せず、官吏の英保純行らに託して、詳しく、事由を言上することも又終わりました。

45未蒙報裁欝悒之際今年之夏同平貞盛拳可召問将門之官苻到来扵常陸國仍國司頻牒送将門今件貞盛脱

追捕蹐上道者也公家須捕糺其由而還給得理之官苻是尤被矯餝也又右少弁源相身朝臣引被仰旨所送書状詞云依武蔵介経基之告状定可推問将門後苻已了者

【訓読文】

未だ報裁《ホウサイ》を蒙らざるに、欝悒《ウツユウ》の際に、今年の夏、同じき平貞盛、将門を召し問ふべき（之）官符を拳りて常陸国に到来す。仍て国司頻に牒を将門に送る。今件の貞盛は追捕を脱れて蹐《ヌキアシ》に上道する者也。公家には須く捕へ其の由を糺すべきに而も還りて理を得る（之）官符を給ふ。是、尤も矯飾《キョウショク》せられたり（也）。又右少弁源相身《スケモト》朝臣仰を被りたる旨を引きて送る所の書状に詞に云く、武蔵介経基の告状に依りて将門を推問すべき（之）後の符を定めて已に了んぬ者《テヘリ》。

【注解】

＊際　傍訓アヒタ。

＊貞盛拳可召問将門之官苻　「拳」は奉や奏に重ね書きしたようである。この字の前の「可」を衍字とし、後の可を採る。貞盛が将門を召し問う官符を手にするの意。

＊矯餝　「餝」は飾と同字。

＊源相身朝臣　「相身」傍訓スケモト。この横に、「職」「元」の二字を傍書する。

【口語訳】

まだ、裁定の報告をいただかなくて、気が晴れない時に、今年の夏、同じ平貞盛が将門を召し問う内容の官符を握って常陸国に到来しました。そこで国司が頻りに文書を送って来ました。あの貞盛は、追捕をのがれて、こっそりと上京した者であります。公家では、当然捕らえて事由を糺さなければならないのに、（それをせず）しかも、かえって貞盛にとって理にかなう官符を下さったのでした。これは、うわべを偽り飾ったのに他なりません。又右少弁源相身朝臣が（貴閣の）仰せをいただいた内容を引用して、送って来た書状の文言には、「武蔵介経基の告状よって、将門を問い糾す内容の後の官符がすでに出され終わった。」ということでした。

46待詔使到来之比常陸介藤原維幾朝臣息男為㥯偏假公威只好冤枉爰依将門従兵藤原玄明之愁為問其事發向彼国而為㥯与貞盛ホ同心率三千余之精兵恣下兵庫器伏戎具并楯ホ挑戦之処於是将門勵士率起意氣討伏為㥯軍兵已了

【訓読文】

詔使の到来を待つ（之）比、常陸介藤原維幾朝臣息男為憲《タメノリ》偏に公の威を仮りて只冤枉《エンオウ》を好む。爰に、将門が従兵藤原玄明が愁へに依りて、其の事を問はむが為に彼の国に発向す。而るに、為憲と貞盛等とは同心に三千余の精兵を率し、恣《ホシイママ》に兵庫の器仗、戎具并に楯等を下し、挑み戦ふ（之）処、是に、将門は士卒を励し、意氣を起して為憲が軍兵を討ち伏すこと已に了んぬ。

【注解】

＊待詔使到来之比　真本とは訓点が異なり、ここの文頭に置く。↓P164

＊息男為憲　藤原維幾の息子。

＊冤枉　傍訓シヘタケマケムコトヲ。無実の罪におとすこと。底本は、冤狂を冤枉と直したように見える。

＊器伏　器仗のことであろう。太刀、弓矢など武器の意

＊戒具　戎具のこと。戦いの用具、武具。

＊士塋　士卒のこと。

【口語訳】

詔使の到来を待つ頃、常陸介藤原維幾朝臣の息男為憲は、公の威光を借りて、無実の者を罪に陥れるのを好んでいました。ここに、将門の従兵、藤原玄明の愁訴によって、その事情を問うために、あの国に出向きました。しかし、為憲と貞盛らとは同心して、三千余の精兵を率いて、思いのままに、兵庫の武器、武具ならびに楯らを引き出して戦いを挑んで来たので、ここに、将門は、士卒を励まし、意気を高めて、為憲の軍兵を討滅してしまいました。

47飲羽滅亡者不知其数幾許況乎存命黎庶盡為将門虜獲也介維幾令不教息男為憲而令及兵乱之由伏弁過状已了将門雖非本意討滅一国罪科不軽可及百懸何異

【訓読文】

羽を飲むで滅亡せる者其の数幾許《イクバク》と知らず。況や命を存せる黎庶《レイショ》は尽く将門が為に虜獲せられたり（也）介維幾息男爲憲を教え令めずして、兵乱を及ばしめたる（之）由を伏して弁ずる過状已に了りたり。将門本意に非ずと雖も一国を討ち滅ぼせり。罪科軽からじ百縣に及ぶべし。何ぞ異ならむ。

【注解】

＊飲羽　字類抄イムウ、インウ。矢羽まで深々と射るほど強い弓勢のこと。『陸奥話記』に、「所発矢莫不飲羽」とある。ここは、傍訓により、「羽を飲むで」と読む。

＊百懸　百縣のこと。

【口語訳】

矢を深く射込まれて滅亡した者はその数がどれくらいか分かりません。ましてや、存命する人民は、全て将門のために捕らえられて殺されました。介維幾は、息男の為憲を教導しないで、兵乱に及ばせた罪に伏して、過失を弁解する書状を記して、すでに事が終わりました。将門は、本意ではなかったが、一国を討滅しました。その罪科は軽くなく、百国を滅ぼしたことにも及ぶでしょう。どうして、（そのような大罪と）異なりがありましょうか

48因之候朝議之間且虜領坂東諸國了又伏検照穆将門柏原帝玉五代之係也縦永領半國豈謂非運昔振兵名威取天下者皆史書所見也将門天之所与既在武藝推思等輩誰比将門而公家无褒賞之由屡被下譴責之苻省身多恥面目何施推而察之甚以幸也

【訓読文】

之に因りて、朝議に候する（之）間に、且つ坂東の諸国を虜領すること了んぬ。又伏して照穆《ショウボク》を検するに、将門は柏原帝王五代の孫なり。縦ひ永く半国を領せむに豈に運に非ずと謂はむや。昔兵の名の威を振ひて天下を取る者皆史書に見えたる所也。将門天の与へたる所は既に武藝に在り。推して等輩を思ふに誰か将門に比せむ。而るに公家に褒賞の由无くして屡々譴責《ケンセキ》の符を下さる。身を省みるに恥多し。面目何《イ》かが施さむ。推して之を察せば甚だ以て幸也。


【注解】
＊候朝議　「候」傍訓シテマツ。朝議に候して待つ意。
＊照穆　「照」は昭であろう。「昭穆」のこと。
＊帝玉　帝王のこと。玉は、古くは王につくるという。

＊五代之係　「係」は「孫」のこと。
＊振兵名威　兵の名を上げて威力を振るうこと。
＊何　傍訓カカ、いかが。

【口語訳】

これにより、朝廷の評議を伺っている間に、さらに坂東諸国を押領することが終わりました。又、畏みて、父祖以来の系譜を考えてみますと、将門は、そもそも桓武天皇の五代の子孫であります。たとえ、永く国の半分を領有しても、どうして天運でないと言えましょうか。昔、兵の名の威を振るって天下を取る者は、皆、史書に見えているところであります。将門が天から授かったものは、まさに武芸であります。推しはかってみると、同輩の中で誰が将門に比べられましょうか。しかしながら、公家には、褒賞をするお沙汰もなく、しばしば、過ちを咎める官符を下されました。自身を顧みて恥が多く、面目をどうして施しましょうか。このことを推察いただければ、はなはだ幸いでございます。

49 抑将門少年日之奉名薄扵太政大臣殿数十年于今矣生相國搆政之丗不意擧此大事歎念之至不可勝言将門雖萠邦郡之謀何奉忘舊主貴閣且賜高察之幸也以一貫之将門謹言

天慶二年二月十五日

謹々上大政大臣殿少将問賀恩下

【訓読文】

抑《ソモソモ》、将門少年の日に、名簿を太政大臣殿に奉りて数十年、今に至る（矣）。相国《ショウコク》摂政の世に、不意に此の大事を挙ぐ。歎念の至り勝げて言ふべからず。将門邦郡の謀を萠《キザ》すと雖も何ぞ旧主の貴閣を忘れ奉らむや。且つ高察を賜らば（之）幸ひ也。一を以て之を貫く。将門謹みて言す。

天慶二年十二月十五日

謹々上大政大臣殿少将閣賀恩下

【注解】

＊少年日之　「日」傍訓ニ。下の「之」と順を変える転倒符がある。

＊于今矣生　真本は「至于今矣」とあり、ここの「生」は「至」か。「今に至る」と読む。「相国摂政の世に生れて」とも読めるが、数十年との続きぐあいがわるい。

＊不意　「不」傍訓フ、「意」傍訓ニ。ふいに

＊萠　物事を起こす意。

＊邦郡之謀　底本に「郎郡之謀」とあり、「郎」の横に「邦」が記され傍訓ハウがあるので、邦郡之謀と考えられる。国や郡（を奪取）の謀の意であろう。

＊以一貫之　一つの思い（貴閣を忘れないこと）がこの書状を貫き通していると解釈した。

＊天慶二年二月十五日　（十がぬけたか）十二月十五日のこと。↓解説

＊大政大臣殿少将問賀恩下　「大」は「太」であろう。太政大臣のこと。「問」は傍書の「閣下」の閣か。閣賀であろう。

【口語訳】

そもそも、将門が少年の日に名簿を太政大臣殿に奉って、数十年、今日に至りました。その太政大臣が摂政の時代

に、思いもかけず、こうした大事件を起こしました。嘆かわしい思いが極まり、言葉に出して言うことが出来ません。将門は、国郡を滅ぼす謀を起こしましたが、どうして旧主人の貴閣を忘れ申しましょうか。さらに、この気持ちをお察しくだされば幸いでございます。この（旧主を忘れぬ）一念がこれ（書状）を貫き通しております。将門が謹んで申し上げます。

天慶二年十二月十五日

謹々上　太政大臣殿少将閣賀恩下

【解説】

〔年月日の誤記について〕

これまで、何回か年月日の誤記や疑問を指摘してきた。ここで、真本と楊本の年月日が異なって記されたものをまとめておくことにする。（上側真本、下側楊本）

〔真本〕P75　九月十日　〔楊本〕P276　九月十五日

P77　十九日　P277　十月九日

P79　廿三日　P278　十三日

真本では、承平七年九月十日は、良兼が将門の妻を拉致し、その妻が自宅に返る日付である。九月十日妻が帰還、九月十九日に将門が真壁郡へ発向。その廿三日に弓袋山の戦いとなる。一方、楊本では、九月十五日帰還、十月九日に発向、その十三日に戦いとなる。

およそ、廿日くらいの違いとなる。Hでは、後に孟冬とあり楊本の方が妥当とある。

P128　天慶二年三月廿五日　P307　慶二年三月廿五日　「天」が抜ける。

P128　同月廿八日　　P307　月日の記述がない。

天慶二年三月廿五日に、藤原忠平の御教書が出され、同月廿八日に到来したという真本の記事である。これは、あまりにも早く不可解な記述である。楊本には、日付がなく不明である。

P143　廿九日　　P316　九日

天慶二年十一月廿一日に、将門は常陸国に向かう。廿八日、国府を滅ぼして、国司を連れて鎌輪に戻る日である。そこで、楊本の九日は理解しにくい。

P148　天慶二年二月十一日　　P318　天慶二年十二月十一日　真本の誤り

P172　天慶二年十二月十五日　　P332　天慶二年二月十五日　楊本の誤り

50于時新皇舎弟将平ホ竊擧新皇云夫帝王之業非可以智竸復非可以力争自昔至今経天緯地之君纂業恙基之王此尤如倉天之眆与也何慥不推議恐有物譏於後代努力云々于時新皇勅曰武弓之術既助兩朝還箭之功且救短命将門苟揚兵名於坂東振合戦於華夷今世之人必以撃勝為君縦非我朝僉在人国

【訓読文】

時に、新皇の舎弟将平等窃に新皇に挙げて云く、夫れ帝王の業は智を以て競ふべきにあらず。復た力を以て争ふべきにあらず。昔より今に至るに天を経《タテ》にし地を緯《スキ》にする（之）君、業を纂し基《モトイ》を承る（之）王、此尤も倉天《ソウテン》の与ふる所の如し（也）。何ぞ慥《タシカ》に推し議らずは、恐くは物の譏《ソシリ》り後代に有らむか。努力云々。時に、新皇勅して曰く武弓が術は既に両朝を助く。還箭の功は且短命を救ふ。将門苟も兵の名を坂東に揚げて、合戦を華夷に振るふ。今世の人は必ず撃ち勝つを以て君と為す。縦ひ我朝に非ずとも僉《ミナ》人の国に在り。

【注解】
＊帝玉　帝王のこと。
＊竸　「竸」は競と同字。競うこと。
＊倉天　「倉」には青いという意味がある。蒼天と同じ。
＊物の譏　「譏」傍訓ソシリ。
＊今世　傍訓コノヨ

【口語訳】
その時、新皇の舎弟将平らは、窃に新皇に申し上げて云った。「さて、帝王の大業は、人の智によって競うべきではなく、また、人の力によって争うべきではありません。昔から今に至るまでに、天をたて糸に、地を横糸にしてより合わすように、天地を治める君主、帝業をまとめ、皇基を受け継ぐ帝王は、本来、天が与える所のものでありましょう。何とか、しっかりと議論を進めなければ、おそらくは、世の批判が後世にまでありはしませんか。どうかどうか（お願いします）。」と。その時、新皇は、勅語して言った。「弓矢の武術は、すでに、本朝と異朝の両朝を助け、矢を射返してたてた手柄は、短い命を救ったものだ。将門は、仮にも兵の名を坂東に揚げて、合戦の（手腕）を中央と地方に振るって来た。今の世の人々は、必ず撃ち勝つ者を君主とする。縦え、我朝になくても、みな外国にあるのだ。

51今如延長年中大赦契王以正月一日討取渤海国改東丹國領掌也盍以力虜領哉加之衆力之上戦討経𭂖也欲越山之心不憚欲破山之巖力不𥴩擬勝闘之念可凌高祖之軍凡領八國裎一朝之軍政来者足柄碓氷固二閞以當禦坂東然汝𣅿申甚迂誕也者各蒙叱罷去也

【訓読文】

今延長年中、大赦契王《タイシャケイオウ》の如きは正月一日を以て、渤海国《ボッカイコク》を討ち取りて東丹国に改めて領掌せり（也）。盍《イカンソ》力を以て虜領せざらむや。加之《シカノミナラズ》、衆力の上に戦ひ討つに功を経るなり。山を越えむと欲《ス》る（之）心憚らず。山の巌を破らむと欲《ス》る力弱からず。鬪《タタカイ》に勝むと擬《ス》る（之）念高祖の軍も凌ぐべし。凡そ八国を領せむ程に、一朝の軍政め来らば足柄碓氷の二の関を固めて、以て当に坂東を禦《フセ》がむ。然るも、汝が申す所甚だ迂誕《ウタン》也者《テヘリ》。各《オノオノ》叱を蒙りて罷り去りぬ（也）。

【注解】

＊今　ここにの意。
＊漖　傍訓ホウ。「渤」のこと。
＊改　傍訓メテ。「政」に見えるが、「改」であろう。
＊衆力之上　底本「泉力」。泉力の横に「衆」らしく見える字がある。こちらを採る。
＊擬勝鬪之念　「鬪」の傍訓にフマムトとあるが、これを読むことが出来ない。「鬪に勝たむとする」の意味と捉えた。傍書が多く読みにくい所である。
＊迂　傍訓ヲチナシ。臆病である、意気地がないの意。ここは「迂誕なり」と音読みにしたい。

【口語訳】

ここに、延長年中、大赦契王の場合には、正月一日に渤海国を討ち取って、東丹国に改めて領有した。どうして、力をもって奪い取らないことがあろうか。そればかりでなく、（我々は）大勢の集団の力に加え、戦い討つことには、年功を経ているのである。山を越えようとする心には、気遅れがない。山の巌を破ろうとする力は弱くはない。鬪いに勝とうとする思いは、高祖の軍をも凌ぐであろう。およそ、八国を領有する際に、朝廷が全軍あげて攻めて来たら、足柄・碓氷二関を固めて、まさに坂東を禦ごうと思う。それなのに、汝が申すことは、はなはだ、臆病で偽りである。」と。各々お叱りをいただいて引き下がったのである。

52 且縦容之次内竪伊和負経謹言有争臣則君不落不議若被遂此事者有国家之危昕謂違天則有殃背王則蒙嘖願也新天信耆婆之諫全賜推悉之天裁者新皇勅曰能才依人為愆就人為㐂縦口出此之言不及駟馬昕以出言無贓哉畧而敗義汝無心之甚也者負経巻舌鉗口黙而閑居昔如秦始皇焼書埋儒敢不諫可

【訓読文】

且つ縦容《ショウヨウ》の次に内竪伊和員経謹みて言す。臣に争ひ有るときには、則ち君不義に落ちず。若し此の事を遂げられずは国家の危み有り。所謂天に違へば則ち殃有り。王に背けば則ち嘖《イサメ》を蒙る。願《コ》ふ也。新天耆婆の諫《イサミ》を信じて全く推《スイ》悉《シツ》の天裁を賜へ者《テヘリ》。新皇勅して曰く能才は人に依りて愆《トガ》と為し、人に就いて喜と為す。縦ひ此の言を口に出さば駟馬《シバ》に及ばさず。所以《ユエニ》、言を出して贓《カク》さむ無からむや。略して而も議を敗る。汝が無心の甚だしき也者《テヘリ》。員経舌を巻きて口を鉗《フフ》むで黙して（而）閑居しぬ。昔秦の始皇の如きは書を焼き儒を埋みしに敢えて諫むべからず。

【注解】

＊内竪　「竪」は豎で豎と通じる。傍訓ナイケム。内豎のこと。

＊不議　不義のこと。道にはずれること。この「不」により「被」の上に「不」が抜けたか。補って解釈する。

＊嘖　傍訓イサメ。戒めのこと。

＊王　傍訓ミカド。ここは、都の天皇を指す。

＊願也　「願」傍訓コフ。

＊㐂　喜の略字。底本には善のような字がある。傍書の字を採る。
＊無贓哉　「贓」かくす。かくすことは無かろう。
＊敗義　敗議か。先にあつた「本議巳訖」の「議」をいうか。その議決を無効にするの意か。
＊諫可　転倒符により「可諫」となる。

【口語訳】

ちょっと、（将門が）くつろいでいた時、近侍の伊和員経が謹んで申し上げた。「臣下に諫言する者がいる時には、主君が不義に落ちることがありません。もし、この事（諫言すること）を成し遂げられなければ、国家が危なくなります。いわゆる天に逆らえば、殃いがある。王に背けば、戒めを受ける。とあります。お願いです。新天皇、古代インドの耆婆が行ったような諫めを信じて、まったく全てを推し計った新皇の裁定を下さいませ。」と。新皇は勅答して言った。「優れた才能は、人によっては欠点とし、人にとっては喜びとする。たとえば、この言葉を口に出せば、四頭だての馬車にも追い着かせないほど、速く広まってしまう。その故に、言葉を出して（それを）贓しておくようなことは無かろう。ないがしろにして議決をやぶる。こうした汝の無心は甚だしいものである。」と。員経は舌を巻いて口をつぐんで黙って引き籠もってしまった。昔、秦の始皇帝などは書を焼き、学者を生き埋めにしてしまった。（それと同じような状況では、）あえて諫めることが出来ないのであった。

53唯武蔵権守興㐂王為其時宰人又玄茂等為宣旨且放諸国之除目下野守叙舎弟平朝臣将頼上野守叙常羽御厩別当多治経明常陸介叙藤原玄茂上総介叙武蔵前権守興㐂王安房守叙文室好立相模介叙平将文伊豆守叙平将武下総守叙平将為且諸国受領點定且成可建王城之儀其記文云王城建下総國之亭南兼以礒

津橋号為京山崎以相馬郡大井津号為京大津便左右大臣納言叅議文武百官六弁八吏皆以黙定内印外印可鑄寸法古文正字定了但孤疑者暦日博士而已矣

【訓読文】

唯し武蔵権守興世王其の時の宰人たり。又玄茂等宣旨と為《シ》て且つ諸国の除目を放つ。下野守には舎弟平朝臣将頼を叙す。上野守には常羽御廐の別当多治経明を叙す。常陸介には藤原玄茂を叙す。上総介には武蔵前権守興世王を叙す。安房守には文室好立を叙す。相模介には平将文を叙す。伊豆守には平将武を叙す。下総守には平将為を叙す。且つ諸国受領を点定す。且つ王城を建つべき（之）議を成す。其の記文に云く、王城は下総國の亭南に建つべし。兼ねては、礒津橋を以ては号けて京の山崎と為《セ》む。相馬郡大井津を以ては号けて京の大津と為《セ》む。便ち左右大臣、納言、参議、文武百官、六弁八史、皆以て点定しつ。内印外印、鑄るべき寸法、古文正字定め了んぬ。但し、孤疑すらくは暦日博士のみ（矣）。

【注解】

＊叙　真本では叙に見えるが叙にも近い。こちらは叙にさらに近い。
＊黙　傍訓テム。「黙」は「點」であろう。
＊王城之儀　「儀」傍訓タバカリ。「儀」は「議」であろう。
＊亭　傍訓テイの他にウマヤがある。石井の宿（やどり）の宿の意か。
＊号　傍訓ナツケテ。
＊八吏　八史のこと。
＊孤疑　一つだけ遺された疑い。

【口語訳】

ただ、武蔵権守興世王は、その時の主宰者であった。又、玄茂らは宣旨として、さらに諸国の除目を思いのままに行った。下野守には、舎弟平朝臣将頼を任じた。上野守には、常羽御厩の別当多治経明を任じた。常陸介には、藤原玄茂を任じた。上総介には、武蔵前権守興世王を任じた。安房守には、文室好立を任じた。相模守には、平将文を任じた。伊豆守には、平将武を任じた。下総守には、平将為を任じた。こうして一方では、諸国の受領を点検して決定し、同時に、王城を建てようとする議決を行った。その記録の文には「王城は下総国の亭の南に建てよ。併せて、礒津橋を京都の山崎に当て、相馬郡大井津を名づけて京都の大津とせよ。」とあった。すぐさま、左右大臣、納言、参議、文武百官、六弁八史、皆、点検して決定した。内印外印を鋳造する寸法、古文正字を定め終わった。ただし、一つだけ疑いがあり、（やり残したのは）暦日博士であった。

54緬聞此言諸国長官奐驚鳥飛早上京洛然後迠武蔵相模ホ之国新皇巡検皆領掌印鎰可勤公勢之由仰留守之国掌仍可領天位之状奏於大政官自相模国帰於下総国仍京官大驚宮中騒動于時本皇天請十日之命於仏天厥内屈名僧於七大寺祭礼奠於八大神詔曰忝膺天位幸纂鴻基而将門監悪為力欲奪国位者昨聞此奏今必欲来早饗名神停此邪悪速仰仏力拂彼賊難仍本皇下位搆二掌於額上百官潔清請千祈於仁祠

【訓読文】

緬に此言を聞きて諸国の長官魚のごとく驚き鳥のごとく飛びて早く京洛へ上る。然して後、武蔵相模等の国に迠《イタ》りて、新皇巡検して皆印鎰を領掌す。公務に勤むべき（之）由を留守の国掌に仰す。仍て天位に領《アツカ》るべき（之）状を大政官に奏す。相模国より下総国に帰りぬ。仍て京官大いに驚き宮中騒動す。時に、本天皇十日の命を仏天に請ふ。厥の内に名僧を七大寺に屈して、礼奠を八大神に祭る。詔して曰く忝く天位に膺《アズカ》って幸に鴻基を纂す。而も、将門が監悪を力と為《シ》て国の位を奪はむと欲《ス》と者《テヘリ》。昨は此の奏を聞く。今は必ず来むと欲《ス》らむ。早く名神を饗し此の邪悪を停めたまへ。速やかに仏力を仰ぎ彼の賊難を払ひたまへ。仍て、本皇位を下りて二の掌を額の上に摂りて、百官絜清して千たび祈りを仁祠に請ふ。

【注解】

*緬　傍訓ハルカニ。
*本皇天　底本に本皇天とあるが、本天皇のこと。朱雀天皇。
*膺天位　「膺」傍訓アツカテ。天位にあづかって。
*鴻基　鴻基のこと。皇基の意。
*饗名神　「饗」の傍訓ケイシ。酒や肴を神に捧げてもてなすこと。
*絜清　身を清める意。
*請千祈於仁祠　「千祈」千度の祈り。「仁祠」寺院。千度の祈りを寺院に願ったの意。

【口語訳】

はるかに、この言を聞き、諸国の長官は、魚のように驚き、鳥のように飛んで早く京都へ上った。その後、新皇は武蔵・相模などの国に至りて、巡回して取り調べをし、全て印と鍵を手中にした。公務に勤める命令を留守を預かる属官に下した。その際に、天皇の位に預かる旨の書状を太政官に奏上し、相模国から下総国に帰った。そこで、中央の官吏は大いに驚き、宮中は大騒ぎとなった。その時、本の天皇は、十日の命の猶予を仏に祈った。その内に、七大寺に名僧を招請して、供物を八大神に祀った。詔して仰せになった。「畏れ多くも天皇の位につき、幸いに、国家を治める事業の基本を受け継いだ。ところが、将門が乱悪を力として、国位を奪おうとしているという。昨日に、この報告を聞いた。今日は、必ず攻め上って来ようとしている。早く、名神に饗応して、この邪悪をお停めください。速やかに、仏の力をいただいて、あの賊難をお払いください。」と。そして、本天皇は、玉座を下って、両手を額の上に合わせ、百官は心身を清めて、千度の祈りを寺院に願った。

55況復山々阿闍梨奉勅修降魔邪悪滅之法社々之神祇官祭悪神頓滅之式一七日之間所焼之白芥子七斛有余所供之祭料五色幾也悪鬼名号焼扵火壇之中賊人形像着扵棘楓之下五大力尊遣侍者扵東土八大尊官放神鏑扵賊方而間天神嚬嘁而謗賊類非分之望地類呵嘖而増悪王不便之念

【訓読文】

況や復、山々の阿闍梨《アジャリ》は勅を奉じて降魔邪悪滅の法を修す。社々の神祇官は悪神頓滅の式を祭る。一七日の間に焼く所の白芥子《ビャクケシ》七斛に余有り。供ふる所の祭料五色幾《イクバク》ぞ（也）悪鬼の名号を火壇の中に焼く。賊の人形像を棘楓《キョクフウ》の下に着けたり。五大力尊は侍者を東土に遣し、八大尊官は神の鏑を賊の方に放つ。而る間に、天神嚬嘁して而も賊類非分の望みを謗《ソシ》り、地類呵嘖《カシャク》して而も悪王不便の念を憎ぶ。

【注解】

＊降魔邪悪滅の法　「降魔」悪魔を降伏すること。悪魔を降伏し、邪悪を滅ぼす修法。

＊悪神頓滅の式　「悪神」人に禍を与える神。「頓滅」急に滅びること。悪神を急に滅ぼす式神。

＊白芥子　傍訓ヒクケシ。びゃくけしと読むか。『望月仏教大辞典』十一版（平成五年）によれば、「ケシ芥子」として、以下の説明がある。梵語の薩利殺跛、又、舎利娑婆、舎利沙婆に作る。植物の名。即ち白芥子なり。白芥子は

ケシに非ず。ナタネに非ず。カラシなり。カラシは其性辛く、堅くして降伏の徳用を備へたり。

＊天神嚬慼　「嚬慼」の傍訓ヒンシクシテ。嚬蹙の意「顔をしかめて、にがにがしく思う」「慼」は名義抄に同様の字があるが、読みなどは不明。

＊増悪王不便の念　「増」傍訓ソネフ。「憎」ソネブであろう。

【口語訳】

ましてや、山々の阿闍梨は、勅命をいただき、悪魔降伏・邪悪滅亡の修法を行った。諸社の神官らは、悪神頓滅の式神を祀った。七日間に、焼いた白芥子は七斛に余りあった。（祭壇に）供えた御幣は五色、その数はどれほどになろうか。悪鬼の名号を火壇の中に焼き、賊の人形をば棘や楓の下に吊した。五大力尊は、その侍者を東国の地に遣わし、八大尊官は神の鏑矢を賊の方に放った。その間に、天の神は、苦々しく口をゆがめて、賊たちの分際に過ぎた望みを非難し、地の神は、叱責して悪王の不都合な考えを憎んだ。

56然而新皇只案井底之淺勵不存堺外之廣計即自相模国帰扵本邑之後未休馬蹄以天慶三正月中旬為討遣敵ホ帯五千人之兵發向扵常陸国也于時那河久慈兩郡之藤氏ホ相迎扵堺謦美大饗新皇勅曰藤氏ホ可指申掾貞盛并為㥯ホ之昕在于時藤氏ホ奏白如聞其身如浮雲飛去飛来宿何䖏敢悟昕居不定也奏白訖

【訓読文】

然れども、新皇只井底の浅き励を案じ、堺外の広き計りごとを存せず。即ち相模国より本邑に帰りし（之）後、未だ馬蹄を休めずして天慶三正月中旬を以て、遺りの敵等を討たむが為に五千人の兵を帯して常陸国に発向す（也）。時に、那河《ナカ》久慈《クジ》兩郡の藤氏等堺に相迎へて美を謦《トトノ》へて大饗す。新皇勅して曰く、藤氏等掾貞盛并に為憲等が所在を指し申すべし。時に藤氏等奏して白く、聞くが如くは、其身浮雲の如くして飛び去り飛び來ること何れの処に宿らむ。敢て居る所を悟すは不定也。奏して白《イ》ひ訖んぬ。

【注解】

＊天慶三　この後に「年」が消えている。真本により補う。

＊遣敵　この「遣」は遺の誤りであろう。

＊磬　傍訓トトノヘテ。ここは、「つくす」から「整える」の意としたか。

＊白　曰くと同じ意。

＊奏白訖　「奏」は秦に見えが、奏ととらえる。

【口語訳】

しかし、新皇は、ただ、井戸の底のような狭い所で、浅はかにも奮励することを思い、国外へ向けて広い視野を持つ計略を考えなかった。すぐに、相模国より本拠に帰った後、まだ馬の蹄を休めないで、天慶三年正月中旬に、遺った敵らを討つために、五千人の兵を率いて常陸国に出向いた。その時、那河・久慈両郡の藤氏らが国境に迎え、美食を整えて大いに饗応した。新皇は勅語して言った。「藤氏ら、掾貞盛ならびに為憲らの所在を指し申せ。」と。その際、藤氏らが奏して申した。「聞く所によれば、その身は浮雲のようで飛び去り、飛び来て、どこに宿るのだろうか。とくに、その居所を悟らすことは（なく）不明であります。」と申し上げ訖った。

57爰猶相尋之間漸隔一旬僅吉田郡蒜間之江邊拘得掾貞源盛扶之妻ホ也陳頭多治経明坂上遂高等陳中追領彼女新皇聆此事為匿女之人媿雖下勅命以前為夫兵ホ悉被侵領也就中貞盛之妾被剥取露形更无為方

矣眉下之涙洗面上之粉胷上之炎集心中之肝慮外之媿成身内之媿會嵇之報遭會嵇之敵何謂人哉何恨天哉生前慙有稠人而已

【訓読文】

爰に、猶し相尋ぬる（之）間に、漸く一旬を隔つ。僅に吉田郡蒜《ヒル》間《マ》の江の辺に掾貞盛源扶が妻等を拘へ得たり（也）。陣頭《ジントウ》多治経明、坂上遂高等が陣中に彼女を追ひ領す。新皇此の事を聆きて女人の媿を匿さむが為に勅命を下せりと雖も以前に夫《カ》の兵等の為に悉く侵し領せられたり（也）。就中、貞盛が妾は剥ぎ取られ形を露にして、更に為《セ》む方无し（矣）。眉下の涙は面上の粉を洗ひ、胸の上の炎は心中の肝を焦す。慮外の媿は身の内の媿と成る。会稽の報いに会稽の敵に遭ひたり。何か人を謂はむや。何ぞ天を恨みむや。生前の慙は稠人《チョウジン》に有らむ而已《ノミ》。

【注解】

*吉田郡蒜間　蒜は「蒜」であろう。
*貞源盛扶　「源」と「盛」が逆。貞盛、源扶のこと。
*女之人「女人之」のこと。
*陣中　陣中のこと。
*就中　ここの「中」は見えないが、真本により想定した。
*眉下の涙　「眉」の所も破損して見えない。真本から、眉下と想定される。
*集心中之肝　「集」の傍訓イル。焦であろう。
*慮外　思いのほかであること。思いがけないこと。

【口語訳】

ここに、なおも捜索している間に、漸く十日ばかりが過ぎた。やっと吉田郡蒜間の江の邊に、掾貞盛、源扶の妻を捕らえることが出来た。陣頭の多治経明、坂上遂高らの陣の中に、かの女たちを追い捕らえた。新皇は、この事を聞き女人の恥を隠すために、勅命を下したが、それ以前に、その兵たちのために、ことごとく凌辱されていた。とくに、貞盛の妻は、衣服を剥ぎ取られ、裸体をさらして、どうしょうもなかった。目から溢れる涙は顔面の白粉を流し、胸に燃え上がった（恨みの）炎は、心中の肝を焼くような思いであった。思いもかけない恥が自身の内の恥となった。敵に報復をしようとして、その結果として、かえって敵に遭って恥辱を受けてしまった。どうして人を謂おうか。どうして天を恨もうか。生前に受ける慙は、多くの人々にあるからである。

58 爰傍陣頭朩奏新皇曰件貞盛之妾容顔不卑犯過非妾願［　　］早遣本貫者新皇勅曰女人流浪可返本属者法式之例［　　］鰥寡孫□加優恤者古帝恒範也便賜一襲為□彼女之本心忽有勅歌曰

□□手牟風之便丹吾曽問枝緒離垂花□宿緒

【訓読文】

爰に、傍の陣頭等新皇に奏して曰く、件の貞盛が妾、容顔卑しからず。犯過妾に非ず。願はくは［　　］早く本貫に遣《ツカワ》さむ者《テヘリ》。新皇勅して曰く、女人の流浪は本属に返すべし者《テヘリ》。法式の例なり。又［　　］鰥寡孫□優恤《ユウジュツ》を加ふ者《テヘリ》。古帝の恒範也。便ち、一襲を賜り、彼女の本心を□《イマシ》めむが為に忽ち勅歌有りて曰く

□□ても風の便りに吾ぞ問ふ枝を離れたる花□宿りを

【注解】

＊非妾　「妾」は明確に読めない。ここと、後の「願」以下の何字かは、汚損［オソン］により読むことが出来ない。
この後は、真本も参照して、文字を推定して読んだものが多い。

＊本貫　本籍地、出身地。

＊鰥寡孫□　鰥寡孤独ということであろう。それならば、妻を失った男、夫を失った女、みなし子、老いて子のない者の意で、身寄りのない人々を指す。

＊□　誡のような字がかすかに見え、傍訓イマシメムカ。

＊□□手　歌の二字不明。「よそに」であろう。

＊牟　これは、「も」と読むか。真本は「毛」。

＊この歌一首以下、楊本は現存しない。

【口語訳】

ここに傍にいた陣頭らが新皇に奏上して言った。「あの貞盛の妻は、顔かたちが卑しくない。犯した罪は妻にはない。どうか、□はやく、本籍地に返しましょう。」と。新皇は勅して言った。「女人の流浪は本籍に返すべきだという。これは法式の例である。また、
□鰥寡孤独など身寄りのない人たちには恵みを与えるという。これは古来の帝の恒に変わらぬ規範である。」と。
そこで、一揃えの衣服を下さり、かの女の本心を□めようとして、すぐさま、勅歌を詠んで言った。

□□ても風の便りに吾ぞ問ふ枝を離れたる花□宿りを（歌意はP205参照）

【解説】

〔抄本と楊本〕

本書の9ページに、『将門略記』の冒頭を載せて『将門記』書き出しがある程度、想像されると記述した。こうした『将門記』を抄出し要約した、いわゆる将門記抄本は十一種類現存するという（H）。これらは、そう古いものではなく、全て江戸中期以降の書写である。この抄本の中で、最も基本となるのが『将門略記』であるといわれている。

さらに、注目すべきは、これら抄本は、真本ではなく楊本の系統を引くものであると推定されることである。楊本は、真本よりも古態と推定されており、しかも、抄本とも関わる貴重な文献である。しかし、前後が大きく欠落していることもあってか、これまで、注釈すら行われることがなかった。今後は、抄本と併せて楊本の研究を深める必要があると思われる。

人名・地名索引

＊見出し語　本文中の人名・地名を全て抜き出し、五十音順に配列した。
字体は現代通行の文字を用いた。
＊一般的な読みを現代仮名遣い・平仮名で記した。注目される傍訓はカタカナで付した。
＊読みの後に、語の所在を本文の番号で示した。真本は、真、楊本は、楊で表した。

人名（神仏名）

英保純行　あなほのともゆき　真14、56、楊2、44
夷翌　いいく　真28、楊16
伊和員経　いわのかずつね　真64、楊52
宇自加支興　うじかのともおき　トモヨシ　真14、楊2
氏立　うじたち　真14、楊2
衛方　えほう　真77
燕丹　えんたん　真16、楊4
興世王　おきよのおおきみ　真36、39、40、42、49、65、80、82　楊24、27、28、30、37、53
他田真樹　おさだのまさき　ヲサソタノサタムラ　真32、楊20
大中臣全（完）行　おほなかとみのまたゆき　真50、楊38
郭璞　かくはく　真28、楊16
員経　かずつね　真64、楊52
遂高　かつたか　真72
漢王　かんおう　真21、楊9
幹朋　かんほう　モトノトモ　真21、楊9
耆婆　ぎば　真64、楊52
尭皇　ぎょうおう　真28、楊16
公連　きんつら　真25、楊13
公雅　きんまさ　真25、楊13

百済貞連　くだらのさだつら　真42、楊30
国香　くにか　真4
源氏　げんじ　真6
高祖　こうそ　真63、81、楊51
五大力尊　ごだいりきそん　真67、楊55
子春丸　こはるまる　真26、27、29、楊14、15、17
維幾　これちか　真45、59、楊33、47
坂上遂高　さかのうえのかつたか　真69、楊57
貞盛　さだもり　真4、5、6、11、30、31、32、33、34、57、58、68、69、70、73、74、75、76、77、78、79、84、楊18、19、20、21、22、45、46、56、57、58

繁　しげる　真7
始皇　しこう　楊52
子柱　しちゅう　真29、楊17
子反　しはん　真77
嶋子　しまこ　真16、楊4
蚩尤　しゆう　真75、79
周公　しゅうこう　真75
朱雲　しゅうん　真79
秦皇　しんおう　真16、64、楊4
管原朝臣　すがわらのあそん　真54
菅原朝臣　すがわらのあそん　楊42
西施　せいし　真47、楊35
宣王　せんおう　真86
大康　たいこう　真86
太赦契王　たいしゃけいおう　真63、楊51
平朝臣将頼　たいらのあそんまさより　真65、楊53

平維扶　たいらのこれすけ　真34、楊22
平貞盛　たいらのさだもり　真25、57、84、楊13、45
平将門　たいらのまさかど　真14、54、楊2、42
平将武　たいらのまさたけ　真65、53
平将為　たいらのまさなり（まさため）　真65、楊53
平将文　たいらのまさぶみ　真65、楊53
平良兼　たいらのよしかね　真56、楊44
平良正　たいらのよしまさ　真7
平良茂　たいらのよしもち　真17
平良持　たいらのよしもち　楊5
高望　たかもち　楊5

高望王　たかもちのおおきみ　真7
高茂王　たかもちのおおきみ　真17
武芝　たけしば　真36、37、39、40、楊24、25、27、28
多治経明　たじのつねあき　真65、69、楊53、57
多治真人助真　たじのまひとすけまさ　真41
多治真人助直縄　たじのまひとすけただ　楊29
多治良利　たじのよしとし　真29、楊17
扶　たすく　真1、2、7
為憲　ためのり　真58、59、68、78、楊46、47、56
仲和　ちゅうわ　真38、楊26
裏　つつむ　真1
経明　つねあき　真72
経基　つねもと　真39、40、57、楊27、28、45
恒基　つねもと　真84
藤氏　とうし　真68、楊56
白居易　はくきょい　真77
丈部子春丸　はせつかべのこはるまる　真26、楊14
秦清文　はたのきよぶみ　真25、楊13
八大明神　はちだいみょうじん　真66、楊54
八幡大菩薩　はちまんだいぼさつ　真54、楊42
玄明　はるあき　ハルアキラ　真45、46、楊33、34
玄茂　はるもち　真65、72、82、楊53
春茂　はるもち　真72
斑足王子　はんそくおうじ　真49、楊37
秀郷　ひでさと　真72、74、77、78、79、84
武王　ぶおう　真75
藤原朝臣忠舒　ふじわらのあそんただのぶ　真82
藤原朝臣忠文　ふじわらのあそんただぶみ　真82
藤原公雅　ふじわらのきんまさ　真50
藤原維幾　ふじわらのこれちか　真43、58、楊31、46
藤原忠舒　ふじわらのただのぶ　真83
藤原玄明　ふじわらのはるあき　真43、82、楊31
藤原玄茂　ふじわらのはるもち　真

54、65、楊42、53
藤原尚範　ぶわらのひさのり　真53、楊41
藤原秀郷　ふじわらのひでさと　真71、84
藤原弘雅　ふじわらのひろまさ　楊38
文室好立　ふんやのよしたつ　真32、楊20
将門　まさかど　真1、2、6、7、8、9、11、12、13、14、16、17、18、19、20、22、23、25、26、27、28、29、31、32、33、34、39、40、41、44、45、46、49、50、53、54、55、56、57、58、59、60、61、62、66、72、74、76、77、81、82、83、85、86、87、88、楊2、4、5、6、7、8、10、11、13、14、15、16、17、19、20、21、22、27、28、29、32、33、34、37、38、41、42、43、44、45、46、47、48、49、50、54
真樹　まさき　マキ　14、24、楊2、12
将平　まさひら　真62、楊50
将頼　まさより　真82
護　まもる　真7、9、14、楊2
源相職　みなもとのすけもと、スケトモ　真57
源相身　みなもとのすけもと　楊45
源扶　みなもとのたすく　真69、70、楊57
源経基　みなもとのつねもと　真36、84、楊24
源護　みなもとのまもる　真4、7、14、25、55、楊2、13、43
武蔵武芝　むさしのたけしば　真36、楊24
由弓　ゆきゅう　真29、楊17
楊家　ようか　真21、楊9
養由　ようゆう　真28、77、楊16
良兼　よしかね　ヨシカヌ　真7、9、10、17、22、25、28、33、41、56、楊5、10、13、16、21、29、44
良正　よしまさ　真7、8、10、11
良将　よしまさ　真8
呂布　りょふ　真32、楊20
李陵　りりょう　真28、楊16
李凌　りりょう　キイレウ　真10
李陵王　りりょうおう　真29、73、楊17

地名（寺社名）

足柄　あしがら　真63、楊51
葦津江　あしずのえ　真20、楊8
足立郡　あだちのこおり　アシタチノコヲリ　真36、楊24
安房　あわ　真65、楊53
謂　い　真86
常羽　いくは　真18、65，楊6、53
石田　いしだ　真2
石田庄　いしだのしょう　真26、楊14
伊豆　いず　真65、楊53
磯津橋　いそつのはし　楊53
石井之営所　いわいのえいしょ、イシイ　真27、28、楊15、16
石井之宿　いわいのやどり　真28、楊16
碓氷　うすひ　真63、楊51
蒿前津　えさきのつ　真10
越後国　えちごのくに　真38、楊26
奥州　おうしゅう　アムシユ　真34、楊22
大井津　おおいのつ　真65、楊53
大串　おおぐし　真2
大津　おおつ　真65、楊53
岡崎村　おかざきのむら　真27、楊15
会稽　かいけい　真9、17、31、40、69、楊5、19、28、57
柏原　かしわはら　真60、楊48
上総　かずさ　真7、10、17、26、65、楊5、14、53
上総国　かずさのくに　真7、10、20、82、楊8
香取郡　かとりのこおり　真10
鎌輪之宿　かまわのやどり　カマノワ　真48、楊36
上野　かみつけ　真65、楊41、53
上毛野　かみつけの　真41、53、楊29
上野国　かみつけのくに　楊41
鵜鴨橋　かものはし　カモカモ　真28、楊16
辛嶋　からしま　真76
辛嶋郡　からしまのこおり　真20、77、楊8
辛島道　からしまのみち　真20、楊8
川口村　かわぐちのむら　真73
川曲村　かわわのむら　真8
漢　かん　真77
神前　かんざき　真10

北山　きたやま　真77
畿内　きない　真15、楊3
九野　きゅうや　真75
京中　きょうちゅう　真15、40、楊3、28
京都　きょうと　真4、40、楊28
京洛　きょうらく　真33、66、楊21、54
陸閑　くかか　楊8
久慈　くじ　真68、楊56
栗栖院　くるすのいん　真18、楊6
経　けい　真86
荊府　けいふ　真77
河内　こうち　真44、楊32
子飼之渡　こがいのわたり　真17、楊5
五趣郷　ごしゅのさと　真87
相模　さがみ　真65、66、68、楊53、54
相模国　さがみのくに　真66、82、楊54、56
狭服山　さふくのやま　サヤキ　サフク　真39、楊27
三界国　さんかいのくに　真87
山王　さんのう　真3
信太郡　しだのこおり　真10
信濃国　しなののくに　真32、楊20
下総　しもうさ　真14、17、41、66、75、83、楊2、5、29、54
下総国　しもうさのくに　真10、18、42、44、56、65、73、87、楊6、30、32、44、53、54
下大方郷　しもおおかたのさと　真19、楊7
下野　しもつけ　真34、65、71、84、楊2、13、22、29、53
下毛　しもつけ　真14
下毛野　しもつけの　真11、25、41、53
下野国　しもつけのくに　真50、79、楊38
下毛野国　しもつけのくに　真11、12
相馬郡　そうまのこおり　サマ　真65、楊53
託鹿　たくろく　真79
小縣郡　ちいさがたのこおり　真32、楊20
千阿川　ちくまがわ　真32
千隈川　ちくまがわ　楊20
筑破　つくば　真2
筑波山　つくばのやま　真23、楊11
東海　とうかい　真82
東海道　とうかいどう　真87

東山　とうさん　真82
東丹国　とうたんこく　真63、楊51
豊田郡　とよたのこおり　真87
取木　とりき　真2
奈何　なか　ナンカ　真68、楊56
行方　なめかた　ユキカタ　真44、楊32
新治　にいはり　真2
新治郡　にいはりのこおり　真8
日本国　にほんのくに　真88、89
野本　のもと　真1、2
顕舜岱　はいしゅんたい　真77
八難村　はちなんのむら　真87
服織　はとり　キヌオリ　ハショク　真22、楊10
版泉　はんせん　真81
坂東　ばんどう　真49、60、62、63、74、楊37、48、50、51
比企郡　ひきのこおり　真39、楊27
常陸　ひたち　真7、14、17、25、41、54、58、65、80、84、楊2、5、13、29、42、46、53
常陸国　ひたちのくに　真10、22、25、26、43、46、57、68、73、76、82、楊10、13、14、31、34、45、56
蒜間之江　ひるまのえ　真69、楊57
広河(大)之江　ひろかわのえ　真20、楊8
法城寺　ほうじょうじ　真28、楊16
勃海国　ぼっかいのくに　ホウ　真63、楊51
堀越渡　ほりこしのわたり　真19
堀津渡　ほりつのわたリ　楊7
真壁　まかべ　真2
真壁郡　まかべのこおり　真22、楊10
水守営所　みもりのえいしょ　真10
武蔵　むさし　真25、36、41、42、49、54、57、65、66、80、楊13、24、29、30、37、42、45、53、54
武蔵国　むさしのくに　真39、楊27
武射郡　むさのこおり　真10
陸奥　むつ　真17、34、楊5、22
陸閉岸　むつへの岸　ムスキ　真20
山崎　やまざき　真65、楊53
結城郡　ゆうきのこおり　ムスキ、ユキマノ　真28、楊16
弓袋之山　ゆぶくろのやま　真23、楊11
吉田郡　よしだのこおり　真69、楊57
遼東　りょうとう　真21、楊9
六道郡　ろくどうのこおり　真87

『将門記』により作成した系図

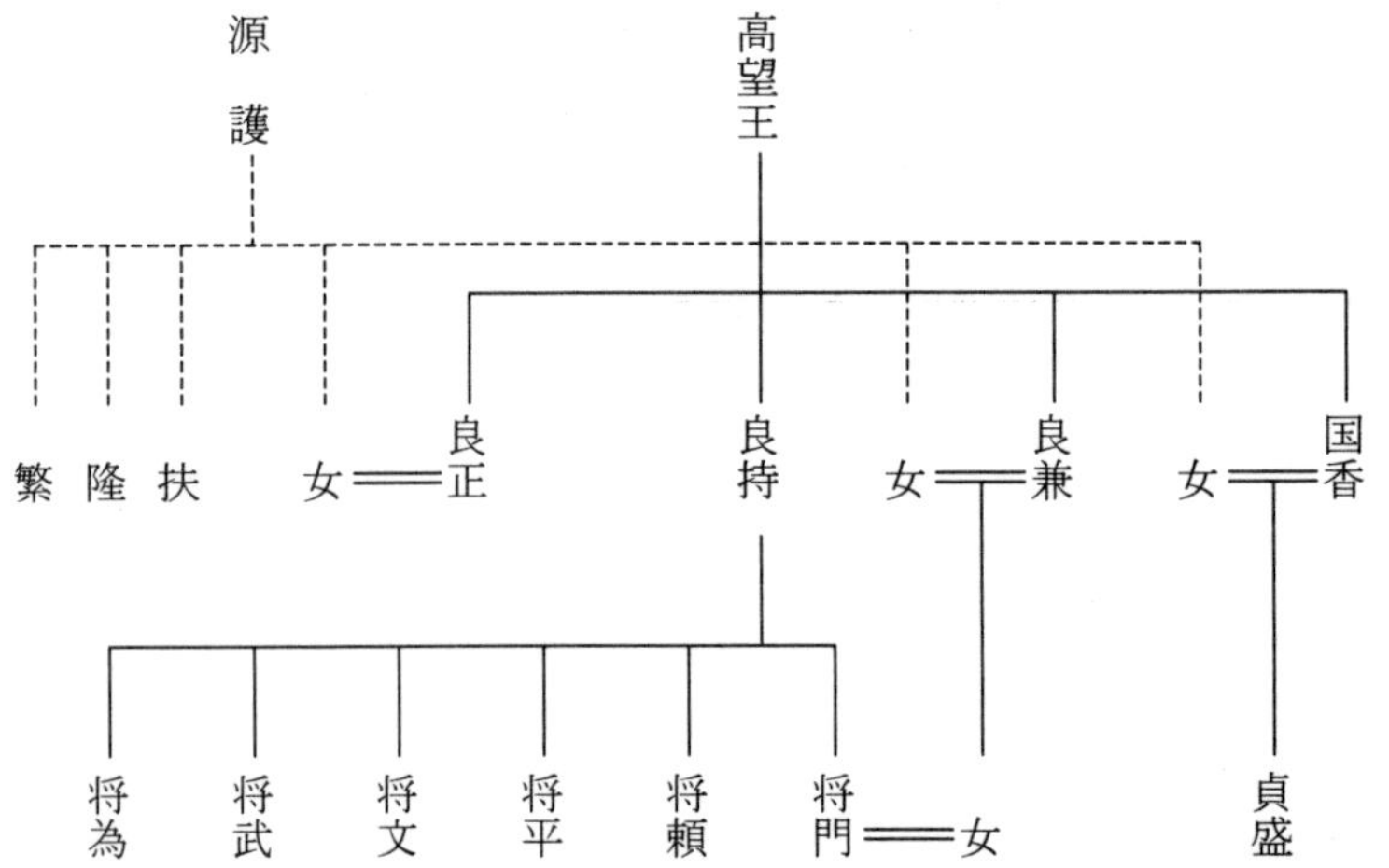

尊卑分脈（国史大系）

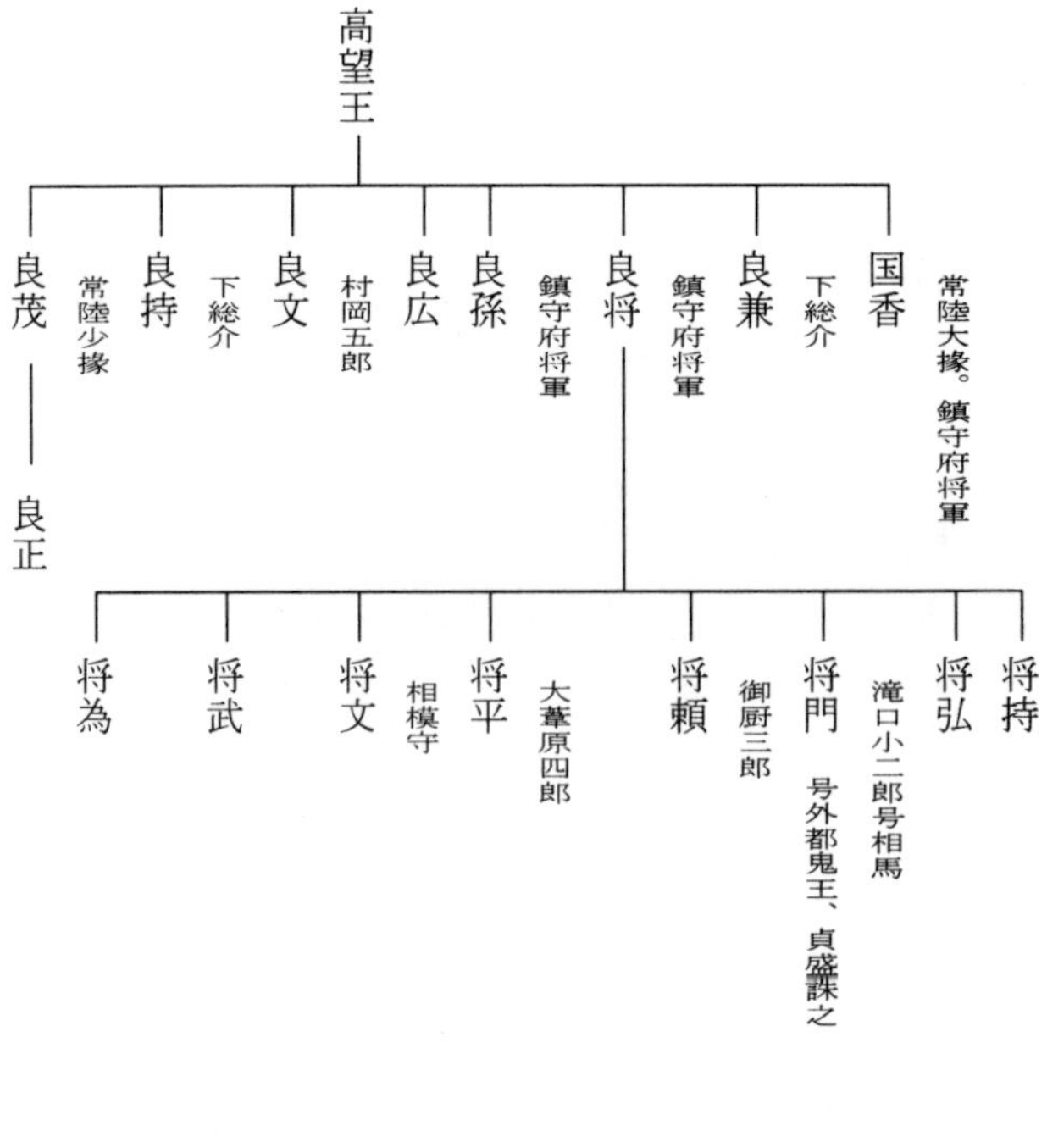

真福寺本・楊守敬本対照表

真本番号	13	14	15	16	17	18	19	20	21	22	23	24	25	26	27	28
楊本番号	1	2	3	4	5	6	7	8	9	10	11	12	13	14	15	16
真本番号	29	30	31	32	33	34	35	36	37	38	39	40	41	42	43	44
楊本番号	17	18	19	20	21	22	23	24	25	26	27	28	29	30	31	32
真本番号	45	46	47	48	49	50	51	52	53	54	55	56	57	58	59	60
楊本番号	33	34	35	36	37	38	39	40	41	42	43	44	45	46	47	48
真本番号	61	62	63	64	65	66	67	68	69	70						
楊本番号	49	50	51	52	53	54	55	56	57	58						

将門記の文体――あとがきに代えて

教員をしていた当時、何人か外国の方に日本語を教えたことがある。その際、「行くの時」とか「見るの日」という表現をしばしば聞いたことがある。連体形を体言に接続するのに、わざわざ「の」を付けたために、ぎこちない日本語になっているのである。その時、『将門記』中の例えば「将耀之桂月」を「まさに耀かむとするの桂月」と訓み下していたのを思い出した。

私が大学四年になった昭和三十四年春、古典遺産の会の将門記研究会に参加させていただいた。はじめて『将門記』を読み、会の皆さんに導かれて研究に励むこととなった。和化漢文の訓み方が分からず、『将門記』にしばしば現れる、先に示した「連体形＋之＋体言」の形をそのまま訓んでいた。こうした場合には、之の訓みを加えないことが分からなかった。その翌年に、ガリ版刷りの『将門記―研究と資料』（昭和三十五年刊）が出た時、『國語學』四十二号に、小林芳規先生の書評が載り、その中で御指摘をいただいて漸く気付いたのである。その後も、小林先生からお手紙で、和化漢文に関わる基礎知識も御教示いただいた。この『将門記―研究と資料』には、「将門記の語法、文体及び用語」を載せたのだが、初学のために基礎知識が不足しているのは否めなかった。そこで、先学の研究に学び、昭和三十七年には『古典遺産』十一号に「将門記の文体」を自分なりにまとめた。それには、「将門記の文体は記録体を基調として、さらに、その上に四六騈儷体ばりの対句を取りいれようとした所に成立している。」とある。こうした結論に至るまでに、記録体の語句の検討と対句についての調査を行っている。これを今から見ると、対句の内容の不備などにも言及して、作者の教養を低く考えているあたりは、若気の至りというべきであろう。対句が整っていないのは、本文の書写に誤りがあったかもしれず、そのことには思い至らなかったといえよう。

その後、高校教育に専心したために研究から遠ざかっていたが、平成に入る頃から将門伝承に関心を持ち、再び研究の世界を目ざすようになった。和漢比較文学会のお勧めにより、「将門記の文章」（『軍記と漢文学』平成五年刊）を発表して、やり残していた『将門記』の対句を形式面から探求した。そうした過程の中で、『将門記』の訓読が小林先生の御教示に応えていない状況に気付き、『古典遺産』五十二号に「将門記の読み」を書くことになった。正確な訓読文を模索している途次、たんに批評で終わることなく自身の注釈書を目標とするようになった。

今、ここに『将門記新解』と口はばったい書名で注釈書を刊行することになった。真本については、従来の注釈書と比べて、とくに訓読については僅かではあろうが前に進み得たと思う。訓読が変われば、当然、新しい解釈も出て来るはずである。とくに、展覧会を手伝ったことから、原本を閲覧出来、はな書きも確認したのは大きいことであった。楊本は、平成八年に影印資料が二つも出されて、誰でも原本を想定出来るようになったのは有難かった。こちらは、今まで注釈が行われていなかったから、原本の所在が分からず不安はあるものの、まさに新解とはなろう。かつて、「将門記の文体」を書いた時と同様に、心は晴れている。しかし、もう若気の至りなどと釈明は出来ないが、浅学であることには変わりはない。あるいは、思わぬ誤りをおかしているかも分からない。まだ、御叱正や御批評を賜りたいと願っている。そうしていただくことにより、『将門記』の解釈はさらに前に進むと信じたいからである。なお、本書において、最も悩んだのは本文の字体である。古い時代に書写された文字を一字一字正しく活字化することは難しい。当初は、本文に影印資料を用いようと考えていた。しかし、現在、多くの影印資料が出ているにもかかわらず、本文を影印資料にするには、まだまだ困難が多いことを知らされた。いずれ、このような悩みは解消することを望みたいと思う。ところで、これまでの注釈書は、Ｐ5に掲げて、本書の注釈にも引用させていただいたが、それ以外で、

あとがき

管見に入ったものは以下のとおりである。

国宝将門記伝　織田完之　明治三十八年（一九〇五）

将門記通読　倉持清治　岩井尋常高等小学校発行　昭和十二年（一九三七）

現代語訳将門記　岡村務・渡辺藤吉　つくばね会　昭和三十一年（一九五六）

将門記　本文と注釈　梶原正昭・佐藤陸　古典遺産の会　昭和三十五年（一九六〇）改訂E

全訳将門記　池田忠好　私家版（千葉県立図書館蔵）　昭和三十八年（一九六三）

将門記　林陸朗　現代思潮社　昭和五十年（一九七五）新訂G

MASAKADOKI　ストラミジョーリ　古典遺産　昭和五十六年～六十二年（一九八一～一九八七）

本書の刊行に、汲古書院の大江英夫氏にご教導をいただいた。謹みて御礼申しあげたい。また、本書の組版に際し、文字鏡研究会の許諾を得て、今昔文字鏡フォントを使用させていただいた。ここに記して感謝の意を表する。

平成十六年五月

村上春樹

著者略歴

村上春樹（むらかみはるき）

1937年生まれ、1960年早稲田大学卒業（国語学専攻）

その後、横浜市戸塚、桜丘高校勤務。退職後、横浜市立図書館嘱託、

大正大学オープンカレッジ講師、千葉県立関宿城博物館客員研究員。

主な研究

「将門記の文体」（『将門記―研究と資料』新読書社刊所収）

「将門記の文章」（『軍記と漢文学』汲古書院刊所収）

「将門伝説紀行」（『神奈川風土記』丸井図書刊連載）

「桔梗伝説の展開」（『常総の歴史』崙書房刊所載）

「平将門伝説の展開」（『軍記文学の系譜と展開』汲古書院刊所収）

「将門記の将門伝説」（『軍記文学の始発』汲古書院刊所収）

『平将門伝説』汲古書院刊

「将門記の読みについて」（『古典遺産』52号所載）

「将門記の叙述と文飾」（『東洋―比較文化論集』青史出版刊所収）

真福寺本
楊守敬本 将門記新解

二〇〇四年五月十二日　発行

著者　村上春樹

発行者　石坂叡志

製版　㈱エニウェイ

発行所　汲古書院

〒102-0072 東京都千代田区飯田橋二-五-四

電話　〇三（三二六五）九七六四

FAX　〇三（三二二二）一八四五

ISBN4-7629-3513-1　C3093